더게스트

THE GUEST

제 1234 회

발행일: 2026/07/25 (토) 15:33:33
추첨일: 2026/07/25 (토)
지급기한: 2027/07/26
52260 60456 81909 70282 30722 25613
HGSAVVLFA8DI2TBF 111012480/0000017478

A 수동   01 03 05 07 09 11

금액   1,000원

52260 60456 81909 70282 30722 25613

더 게스트

김찬영 지음

CABINET

차례

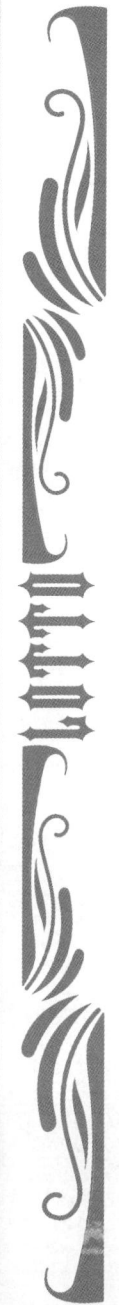

1. 프롤로그   7
2. 에덴   16
3. 태풍   38
4. 더 게스트   56
5. 선악과   78
6. 균열   99
7. 유가족   123
8. 실족   146
9. 이브   174
10. 환란   199
11. 방주   228
12. 의심   260
13. 식구   289
14. 패역   312
15. 응답(1)   333
16. 응답(2)   364
17. 무덤   393
18. 지저스 크라이스트!   425
19. 기적   447
20. 에필로그   463

작가의 말   478

1. 프롤로그

"너는 나를 불러라. 내가 대답하리라.
나는 네가 모르는 큰 비밀을 가르쳐주리라."

예레미야 33장 3절

오수빈은 흡사 교도소 면회실을 연상케 하는 반지하 로비에 심드렁히 서 있었다. 투명한 아크릴 판으로 막힌 카운터에 스카치테이프로 얼기설기 붙어 있는 이 성경 구절을 보자 새삼 실감이 났다. '천당 해수사우나'. 결국 또 이곳으로 돌아온 것이다. 21세기에 아직도 이런 대중목욕탕이 존재한다는 게 믿기 힘들 만큼 허름하고 음습한…… 인천 변두리의 어느 찜질방이었다.

수빈은 빈 카운터를 노크하며 사장님을 불렀다. 그러나 아무리 불러도 사장님은 코빼기도 내비치지 않았다. 그저 좌 남탕, 우 여탕의 카운터 양쪽 욕탕 문 주름 사이로 시설 안전성이 의심스러운 수준의 수증기만이 내뿜어져 나올 뿐이었다. 갈수록 희부예지는 로비에 우두커니 서 있자니 무슨 화재 현장 같기도 하고, 증기밥솥 안에 들어와 있는 것도 같았다.

"사장님! ……아, 사장님!!!"

기다리다 못한 수빈이 버럭 부르고 나서야 빈 카운터 아래서 반짝이는 무언가가 슬그머니 몸을 일으켰다. 머리가 시원하게 벗겨진 주인장 할아버지였다. 그는 이렇듯 카운터 안쪽 평상에 드러누워 늘 졸고 있다. 귀까지 어두워 꼭 이렇게 여러 번 큰 소리로 불러야만 했다.

주인장은 아직 꿈결인 양 느적느적 효자손으로 등을 긁으며 수빈을 물끄러미 보더니, 커다란 XXL 황갈색 찜질복 세트를 툭 건넸다. 장사에는 관심도 없어 보이는 그가 새파랗게 젊은 손님의 사이즈까지 친히 기억하는 이유는 간단했다. 수빈이 이달만 해도 집보다 여길 더 자주 찾았기 때문이다.

수빈은 이름 없는 길거리 뮤지션이었다. 이렇게 소개하면 통상 뮤지션으로서의 원대한 꿈을 품고 길거리를 발판 삼아 더 큰 무대를 동경하는…… 뭐 그런 헝그리 정신 아티스트라 생각하지만 글쎄, 수빈은 딱히 아니었다. 배운 게 도둑질이라는 말 정도가 딱 맞았다. 어려서부터 할 줄 아는 게 기타 치고 노래하는 것뿐이라 먹고살려면 이 수밖에 없었다. 나이 서른에 꿈 같은 것은 운운하기도 낯간지러운 낭만처럼 느껴졌거니와, 언제부턴가 정말 길거리에서 먹고 자는 날이 수두룩했기 때문에 툭 까놓고 그렇게 소개하는 것이었다. 배운 게 진짜 도둑질이 아니길 천만다행이라는 생각만이 음악의 유일한 원동력이었다.

오늘은 신축 개장을 했다는 웬 리조트의 풀 파티 특설 무대를 뛰고 오는 길이었다. 공연을 마치고 관계자가 갑자기 일당을 숙

박권으로 줄 수도 있다기에 간만에 호사 좀 누려볼까 잠시 고민했지만, 말 그대로 잠시였다. 이 빌어먹을 찜질방에서 차라리 미역국 한 그릇이라도 더 먹는 게 남는 장사임이 분명했으니까.

샤워를 마치고 나온 수빈은 로커를 열어 메고 왔던 검은색 기타 케이스를 꺼냈다. 앞주머니를 열자 주먹만 한 휴대용 앰프 하나와 각양각색의 화장품 샘플이 봇물 터지듯 쏟아져 나왔다. 수빈은 아오리사과 향의 기초 세트 몇 개를 골라 화장대 앞에 섰다.

덜 마른 긴 생머리를 수건으로 틀어 올리고는 거울 속 자신을 바라봤다. 렌즈를 낀 것처럼 까맣고 투명한 눈망울과 오똑한 콧날, 붉게 윤이 나는 입술과 갸름한 턱선, 하나씩 뜯어보면 고양이 상인데 합쳐놓으면 강아지 상이 되는 매혹적인 인상, 키 170센티미터에 몸무게 50킬로그램, 늘씬함을 베이스로 적당한 볼륨감까지. 당장 런웨이에 올라도 전혀 이상할 것 없는 피지컬이었다. 가슴팍에 '천당 해수사우나' 마크가 박힌 누리끼리한 코스튬만이 에러라면 에러였다.

찜질방 라운지로 들어서자 형언할 수 없는 편안함이 지친 몸을 감쌌다. 전반적으로 채도가 심하게 낮은 정방형의 라운지는 좁은 동굴 안처럼 안락하게 느껴졌다. 무엇보다 오호츠크 해변의 물범들마냥 군데군데 널브러진 동지들을 보니—비록 못 잡아도 평균 나이 60세는 될 것 같은 생면부지의 아줌마, 아저씨들이긴 했지만—묘한 동질감마저 느껴졌다.

아서라. 런웨이는 무슨 놈의 런웨이. 먹고살기도 팍팍한 인생 전부 다 런 어웨이지. 수빈은 이제 하다 하다 이곳이 편하게 느껴지는 스스로를 자조하며, 맥반석 계란 한 접시를 하릴없이 까먹었다. 그러다가 TV 앞에 삼삼오오 모여 웅성대는 한 무리에게 시선이 쏠렸다. 하나같이 손에 로또 용지를 쥔 대여섯 명의 동지들은 TV 안으로 들어갈 기세로 집중하고 있었다. 생방송으로 진행되는 〈제1234회 로또 추첨 방송〉이었다.

저 진정성 어린 얼굴들은 설마 진짜 당첨되길 바라기라도 하는 건가. 복권 살 돈 모아서 계란 하나 더 사 먹는 게 이득인 것을. 수빈은 시답잖게 여기며 TV에 시선을 던졌다.

남자 진행자가 한 해의 가장 무더운 절기인 대서가 찾아왔음을 알리자, 여자 진행자는 연일 계속되는 폭염 가운데 시청자들의 건강관리를 당부했다. 사족이 길어지니 방송을 보던 무리 중 몇 명은 "빨리 추첨이나 할 것이지 뭔 말이 저리 많냐!"라며 화를 내기 시작했다. 과연 한국의 웨스트코스트. 훌륭한 록 스피릿이야. 수빈은 막장 드라마를 보는 듯한 기분으로 반쯤 드러누워 쪽 하니 식혜를 빨았다.

이윽고 이번 주 당첨 번호를 추첨할 황금 손 게스트가 등장했다. 최근 다양한 작품에서 명품 조연으로 연기력을 인정받아 대세 배우 반열에 오른 희극인 김수열이었다. 그는 특유의 넉살로 유머러스하게 인사를 마치더니, 쫑알쫑알 주접을 떨며 앞에 있는 버튼을 힘차게 눌렀다. 그러자 투명한 통 안의 공들이 팝콘 튀겨지듯 튀어 오르기 시작했다.

"오늘의 첫 번째 추첨 번호! 행운의 숫자 7로 시작합니다!"

"두 번째 숫자는! 1번이네요!"

"계속해서 세 번째 볼! 3번입니다!"

"자, 네 번째 숫자도 알아보겠습니다! 9번!"

"다섯 번째 번호 추첨합니다! 몇 번이 나오게 될까요! 5번이네요!"

"다음 여섯 번째 행운의 숫자! 여섯 번째 숫자! 11번입니다!"

쉴 새 없이 돌아가는 공들만큼이나, 두 남녀 진행자들은 빠르게 상황을 전달했다. 그러나 별생각 없이 방송을 보던 수빈은 점점 자세를 고쳐 앉을 수밖에 없었다. '추첨'은 말 그대로 무작위로 공을 뽑는 것 아닌가. 그런데 지금 저 숫자들은…… 빌어먹을 규칙이 있잖아. 사이트에 집계되는 최종 결과는 오름차순으로 정렬되니까 정리하면…….

헐. 1, 3, 5, 7, 9, 11이라는 소리였다.

수년간 방송을 진행해 온 진행자들 역시 그제야 눈앞에서 기가 막힌 일이 벌어지고 있음을 인지한 듯 서로 어리둥절한 눈빛을 교환했다. 수빈은 이제 설마설마하는 마음으로 마지막 추첨 번호에 촉각을 곤두세웠다.

"마지막 2등 보너스 볼입니다! 마지막!! 마지막 추첨 번호오―는!!!"

남자 진행자는 격양이 됐는지 삑사리까지 냈다. 클로즈업된 공들이 타다다다닥 미친 듯이 돌아갔다. TV 속 사람들도, 천당 해수사우나 사람들도, 그것을 바라보는 모두에게 묘한 긴장감이 감돌았다. 그리고 드디어 선택받은 대망의 마지막 공이 승천했다.

"13번! 13번입니다!! 13번!!! 이야, 이런 일이 다 있나요!!!"

설마 했던 일들의 연속에 기어코 마지막 조각이 맞춰지는 순간이었다. 남자 진행자는 자기가 말하고도 믿을 수 없다는 듯 놀라워했다. 옆에 있던 황금 손 게스트이자 희극인 김수열은 어려운 퍼즐을 완성시킨 아이처럼 박수를 치며 감격의 주접을 떨었다.

"이럴 수가. 당첨 번호가 '수열'이군요. 저 역시 '수열'인데 말이죠. 혹시 몰래카메라인가요?!"

그러자 꿋꿋이 클로징 멘트를 이어가던 여자 진행자마저 허파에 바람이라도 들어간 듯 끅끅대기 시작했다. 방송 사고라면 사고 같은 모습이었다. 그러나 대한민국 복권사(史)에 한 획을 긋는 이 전대미문의 상황 탓에 현장은 알 수 없는 열기로 끓어오르는 것 같았다. 그러나 천당 해수사우나의 물범 무리만은 다른 의미로 끓어오르는 듯 보였다.

"쟈들 왜 저리 실실대냐?"

"번호가 완전히 줄 세웠잖여!"

"지들도 어이가 없겠지!"

"자동으로 돌려도 저거 주면 기계 오류냐고 다시 달라 하겠네!"

"옘병! 저딴 번호로 복권 사는 미친놈이 어딨대요!"

"니미~ 다 조작이여 조작!"

눈이 의심스런 광경이 도무지 납득되지 않는 듯 언성을 높인 이들은 하나같이 쥐고 있던 로또 용지들을 북북 찢더니 각자만의 방식으로 현실을 부정하며 뿔뿔이 흩어지기 시작했다. 타령하며 일어나 흡연실로 향하거나, 갑자기 나라 욕을 하며 잠을 청하거나, 이마가 벌게지도록 사정없이 맥반석 계란을 깨부수거나, 이

열치열인 듯 100도에 육박하는 불가마로 씩씩대며 들어갔다. 그들의 얼굴에는 죄다 '그럼 그렇지' 싶은 염세 내지는, '됐다 내가 무슨' 식의 실망이 가득했다. 통상 복권을 구입하고 결과를 확인한 대다수가 지을 법한 그런 표정들이었다.

그러나 오수빈은 달랐다. 똑같은 코스튬의 동지들 사이에서 유독 수빈만이 다른 그림 찾기처럼 이질감을 띠었다. 수빈만이 복권을 구입하고 결과를 확인한…… 극소수가 지을 법한 그런 표정을 짓고 있었다. 수빈은 유치원 때나 본 것 같은 구형 컴퓨터 앞에 앉았다. 낡아빠진 찜질방에 딱 어울리는 어둡고 으슥한 PC실이었다. 동전 투입구에 500원을 넣자 뒤가 투박하게 툭 튀어나온 모니터 화면에 희끄무레한 불빛이 들어왔다. 수빈은 윈도우 XP 특유의 저화질 블루라이트를 안면으로 맞으며 이번 주 '로또 당첨번호 조회'를 검색했다.

제1234회 차. 당첨 번호 1, 3, 5, 7, 9, 11. 그리고 보너스 번호 13.

진짜였다. 믿을 수 없는 일이지만 분명 꿈이 아니었다. 수빈은 덜덜 떨리는 손으로 '당첨금 보기' 항목을 클릭했다. 드르륵 드르륵 마우스 휠을 내리다 이내 허―억! 심장이 입 밖으로 나올 뻔한 것을 가까스로 참아야 했다.

이번 주 1등 당첨 복권 수 세 개. 그리고 1등 당첨금…… 60억.

수빈은 당최 지금 이게 다 무슨 일인지 혼란스러웠다. 어떻게 이딴 번호가 진짜 1등 당첨 번호가 될 수 있는지부터 시작해, 이딴 번호로 로또를 산 사람이 세 명이나 존재한다는 것까지 전부 믿을 수 없는 일들의 연속이었다. 특히 당첨 복권 수 세 개 중 무려 '수동'으로 구매한 한 명. 저놈은 찜질방 동지들 말마따나 가공할 미친놈이 틀림없을 것이다. 하지만 제일 믿을 수 없는 사실은 따로 있었다.

미친놈. 미친놈이라고. 하기야 하늘에서 떨어진 60억을 꽁으로 먹으려면, 그걸 거리낌 없이 사용할 만큼 배포가 있으려면, 일확천금이 몰고 올 어떠한 시련과 고난도 이겨낼 수 있으려면 하늘 입장에서도 미친놈쯤은 돼야 그 기회를 줄 만하겠지.

수빈은 정리되지 않는 생각들에 사로잡혀 홀린 듯 핸드폰을 꺼냈다. 그리고 익숙하게 다이얼을 눌러 누군가에게 전화를 걸었다.

통화 연결 중…… '미친놈'.

놀랍게도 하늘의 선택을 받은 그 미친놈은 수빈도 잘 아는 놈이었다. 아니, 잘 안다는 말이 무색할 만큼…… 특별한 사람이었다. 이 와중에 정말 이놈을 미친놈으로 저장해 놓은 우연의 일치까지 생각하면 온몸에 소름이 끼칠 지경이었다. 수빈은 속절없이 흐르는 통화 연결음을 들으며 핸드폰을 바라보고 있었다. 그때였다.

뚜벅뚜벅. 아무도 없는 어두운 PC실 바깥에서, 그럴 리 없는 신발 소리가 들려왔다. 수빈은 본능적으로 인터넷 창을 닫고 자세를 낮췄다. 고개만 빼꼼 쳐들어 바라본 PC실의 반투명 유리창 밖으로, 키가 껑충한 두 젊은 사내들의 실루엣이 보였다.

역시 불길한 직감은 단 한 번도 틀린 적이 없다. 실루엣만 봐도 알 수 있을 만큼 지긋지긋한 놈들이었다. 집에도 못 가고 길거리를 전전하게 만든 개자식들이니까.

수빈은 그들의 실루엣이 소란스럽게 PC실을 지나치는 틈을 타

쫓기듯 몸을 숨겨 달아났다. 모니터 불빛만이 수빈이 떠난 자리를 여전히 비추고 있었다. 화면은 윈도우 XP의 상징과도 같은 바탕 화면이었다.

  초원. 푸르른 초원이었다.

2. 에덴

　초원. 그야말로 푸르른 초원이었다.
　요셉은 끝이 분명한 들판도 과연 초원이라 부를 수 있는 것일지에 대해선 사실 의문이었다. 그러나 실력 좋은 축구 선수가 힘껏 공을 차도 그 경계를 채 넘지 못할 만큼 드넓은 들판이었기에, 초원이라 불러도 손색없을 것만 같았다. 저 멀리 지평선과 수평선이 만나는 경계가 신비로이 내다보이는 곳. 요셉은 그런 특별한 초원에 있는 셈이었다.
　사방으로 탁 트인 초원 위를 수놓은 들풀들은 저마다 색도 크기도 달랐지만 하나의 녹색 물결을 이루는 수채화 같았다. 성인 남성 가슴 높이까지 자란 억새풀과 울창한 녹음(綠陰), 그 사이를 뛰노는 몇 마리의 말들, 굽이진 능선을 따라 너머에 무엇이 있을지 알 수 없을 만큼 우뚝 솟은 봉우리까지 어느 엽서에서나 볼 법한 그림 같은 풍광이었다.
　제주특별자치도의 한 산봉우리 중턱이었다. 여기 사람들 말로

'오름'이라 불리는 곳이었는데, 그들의 말을 더 빌리자면 이 오름은 오름의 왕국이라 일컫는 제주 내에서도 특히 아름다운 곳이었다. 아래에 작은 마을만이 하나 있을 뿐, 아직 세상의 때가 묻지 않아 자연의 청정함을 그대로 간직하고 있기 때문이었다.

"주님 그들에게 영원한 안식을 주소서~ 영원한 빛을 그들에게 비추소서~."

잠시 풍경에 취해 있던 요셉은 다른 수사들의 성가 소리에 퍼뜩 정신이 들었다. 바람이 수풀을 가르는 소리, 귀가 찢어져라 울어대는 매미 소리를 반주 삼아 잔잔한 성가가 조화를 이루고 있었다. 보라색 제의를 갖춰 입은 수사들의 목소리였다.

다섯 명의 수사들이 앞에 보이는 봉우리를 향해 엄숙히 발걸음을 옮기고 있다. 앞서가는 백발의 수도원장 프란체스코는 향을 피우며 걸어가고, 요셉을 포함한 네 명의 수사가 관을 받쳐 들고 천천히 그 뒤를 따랐다.

보는 것과 달리 평야라기에는 제법 비탈진 언덕이었다. 정식으로 개간된 등산로도 아니어서 뭇 사람들이 오고 간 발자국들로 풀이 드러누운 흙길만이 유일한 통행로였다. 때문에 관을 들고 이동하는 수사들의 걸음은 더없이 조심스러웠다.

녹음이 우거진 봉우리의 초입에 다다를수록 초원의 경계 너머가 선명하게 드러났다. 깎아지른 절벽 아래부터 끝도 없이 펼쳐진 청명한 바다였다. 해안가를 따라 길게 늘어선 방파제와 그 주변으로 색색의 지붕들이 옹기종기 모인 마을이 조그맣게 내려다보였다.

봉우리를 오르기 직전, 프란체스코가 걸음을 멈추었다. 이 봉우리는 '굼부리'라고도 불리는 분화구였는데, 요셉이 전해 듣기로 해발고도가 300미터 남짓한 곳이었다. 그리 높진 않아도 산세가 꽤 있어 주의를 기울여야 하는 코스였다. 때문인지 프란체스코는 힘들게 관을 진 수사들을 배려해 이곳에서 잠시 쉬어가길 권했다.

수사들은 잠시 숨을 고르며 함께 푸른 바다를 내려다봤다. 흐르는 땀을 닦을 뿐 어떤 말도 하지 않았다. 닦을수록 더 큰 땀방울이 맺힐 만큼 무더운 날씨였지만 누구도 힘든 기색 하나 없었다. 되려 엷은 미소를 띤 얼굴들에는 경건한 빛이 나는 것 같았다.

한동안 굼부리를 오르다 보니 정상에 다다랐음을 알리는 한 머릿돌이 나왔다. '에덴 수도원'이라고 음각으로 새긴 커다란 석판. 그곳을 지나 몇 걸음을 더 오르자 산꼭대기라고는 쉽사리 상상하기 힘든 평야가 펼쳐졌다. 대략 7000평 면적의 원형 굼부리의 중심에 위치한 고딕풍의 작은 건물이 모습을 드러냈다. 얼핏 중세시대의 성당처럼 보일 만큼 유서 깊은 수도원. 세세토록 영원한 주님의 전이자 수사들의 집이기도 한 저곳이 바로 '에덴 수도원'이다.

정문을 들어서서 직사각형 모양의 안뜰을 지나면, 정면으로 높게 솟은 십자가 종탑이 단연 가장 먼저 눈에 띈다. 종탑을 시작으로 'ㄱ'자를 그리는 잿빛 석조 건물이 바로 오랜 역사를 자랑하는 에덴의 본관이다. 현무암으로 지어진 외관은 오랜 세월 바닷바람을 맞아 부식된 듯 색이 바랬지만, 석조 건물 특유의 아우라가 도리어 견고한 느낌을 주는 것만 같았다.

종탑 왼쪽에 일자로 붙어 있는 허름한 목조 독채는 피정이나 면회를 온 사람들의 숙식을 위해 지어진 별관이었다. 입회한 지 이제 막 3년 차인 막내 수사 요셉은 얘기로만 전해 들었을 뿐 실제로 그곳의 쓰임을 본 적은 없었다. 그러나 나이테가 빼곡한 원목의 별관은 존재만으로도 고색창연한 풍취를 더해주는 것 같았다.

꼭 말발굽 모양처럼 생긴 에덴의 구조는 요새 안에 들어온 것처럼 언제나 안온했다. 특히 안뜰에서 바라보는 수도원은 마치 두 팔을 벌려 이곳에 들어온 모두를 반겨주는 것만 같아 다정함마저 느껴졌다. 자연 속에 파묻혀 산맥과 들판을 등지고 바다를 바라보는 배산임수의 수도원. 요셉은 이곳에서 경관을 내려다보고 있노라면, 에덴이라는 말 그대로 젖과 꿀이 흐르는 지상 낙원에 있는 것만 같았다.

하지만 오늘만큼은 에덴의 아름다움을 마냥 만끽할 수 없었다. 오늘은 올해로 아흔넷이었던 원로 수사 도미니코가…… 주님 곁으로 떠난 지 사흘째 되는 날이기 때문이었다.

본관의 성당은 소박하지만 아늑했다. 높은 천장과 그만큼 높은 벽면으로부터 세로로 떨어진 스테인드글라스 창문 덕에 실제보다 넓어 보이기도 했다. 하지만 장례미사를 준비하며 가져다 놓은 원목 장의자 열댓 개만으로도 꽉 들어차 보일 만큼, 오늘따라 성당의 아담한 크기가 사뭇 체감되는 것 같았다.

수사들은 성당 통로를 지나 마련된 제대 위에 관을 올렸다. 운구 행렬을 마친 요셉은 성당 맨 앞, 강대상 뒤쪽의 의자로 가 앉았다. 수도원장의 장례미사 집전을 도와 복사를 서기 위함이었다. 앞에서 보자 성당 안이 한눈에 들어왔다. 통로를 지나오면서도 차마 느끼지 못했던 안타까운 현실이었다.

이렇게나 썰렁했구나. 최대 5인이 앉을 수 있는 장의자는 앞줄의 네 개 정도만이 듬성듬성 차 있었다. 그마저도 연합회 차원에서 추도를 위해 방문한 수도회의 장상[1]과, 그를 보필하는 두 사제들, 그리고 세 명의 에덴 수사들을 제외하면 열 명 남짓한 마을 노인들이 전부였다. 예상은 했지만 요셉 또래의 젊은 사람들은 전혀 찾아볼 수 없었다. 어린아이의 어머니로 보이는 자매가 한 명 있었으나, 그녀마저도 억지로 자신의 노모를 따라와 자리만 지키는 듯 어색해 보였다.

"믿는 이들에게는 죽음이 죽음이 아니요 새로운 삶으로 옮아감이오니, 세상에서 깃들던 이 집이 허물어지면 하늘에 영원한 거처가 마련되나이다. 아멘."

강대상 마이크 앞에 선 프란체스코의 기도로 장례미사가 시작됐다. 요셉은 제대 위의 알록달록한 들꽃들 사이로 도미니코 수사가 안치된 관을 바라보았다. 이렇게 보니까 더 허름하고 엉성하네. 프란체스코 이전에 수도원장씩이나 했던 성자의 관치고는 한없이 단출해 보였다.

---

[1] 교회 안에서 다른 사람에 대해 권위를 가진 인물을 통칭한다. 수도회를 다스리는 권한을 받은 사람을 '수도회 장상'이라고 한다.

도미니코는 프란체스코에게는 물론이고 에덴의 다섯 수사 모두에게 스승이자 아버지 같은 존재였다. 유구한 전통의 에덴 수도원에서 오랜 세월을 지냈던 만큼 인접한 아랫마을 사람들에게도 그 덕망이 높았다고 한다. 그런데 그런 분의 고별 미사라기에는 이래저래 너무 볼품없는 게 아닐까. 요셉은 그런 생각들 때문에 자꾸만 심장이 무지근해지는 것 같았다.

성당 앞문 구석에는 때깔 좋은 오동나무 관이 그늘 속에 숨겨지듯 방치되어 있었다. 도미니코의 임종 전에 다섯 수사들이 약간의 비용을 지불해서 마련한 관이었다. 한눈에도 깔끔하게 마감이 된 모양새가 제대 위 도미니코의 남루한 관과는 사뭇 대비됐다. 그러나 주인을 만나지 못한 관은 저렇게 한낱 짐짝에 불과할 뿐이었다.

생전 도미니코가 저 관을 발견하고는, 요한의 첫째 편지 2장의 어느 말씀 구절을 읊으며 정중히 거절했기 때문이었다.

"'여러분은 세상이나 세상에 속한 것들을 사랑하지 마십시오. 세상을 사랑하는 사람에게는 그 마음속에 아버지를 향한 사랑이 없습니다. 세상에 있는 모든 것, 곧 육체의 쾌락과 눈의 쾌락을 좇는 것이나 재산을 가지고 자랑하는 것은 아버지께로부터 나온 것이 아니고 세상에서 나온 것입니다.' 이 말씀이 제가 저 관을 사용할 수 없는 이유입니다."

결코 값비싼 관도 아니었다. 오히려 세상 사람들이 사용하는 관 중에서도 저렴한 편에 속한 것이었다. 하지만 도미니코는 그마저도 스스로에게 허락하지 않았다. 그리고는 한데 모인 수사들에게 모두가 힘을 합쳐 직접 자신의 관을 짜주길 부탁하며 웃었다.

"내 사랑하는 식구들의 손길이 닿은 것처럼 값지고 영화로운 게 어디 있겠습니까?"

그렇게 다섯 명의 수사들이 미숙한 솜씨로나마 힘을 합쳐 만든 것이, 바로 지금 도미니코가 안치된 저 볼품없는 관이었다. 도미니코는 선종하는 그 순간까지도 주님의 뜻을 지키고자 했다. 에덴의 수사들 역시 그 마음에 감복해 흔쾌히 도미니코의 뜻을 지켜준 것이기도 했다. 이 모든 이유는 단 하나로부터 비롯됐다.

'청빈'. 에덴의 수사들이 주님께 부여받은 지상 명령 때문이었다.

검소를 넘어 가난한 삶을 살아가는 것이 수사의 본분이었다. 그것을 증명하듯 35도에 육박하는 살인적인 날씨에도 에덴에는 역사 이래 그 흔한 에어컨 한 대 없었다. 수도복과 신발, 양말에 심지어 속옷까지 여기저기 기운 흔적투성이였다. 그럼에도 에덴의 수사들은 부족함을 부족하다 여기지 않았다. 오히려 주님의 뜻을 따를 수 있음에 감사했다.

'순명'. 주님께 부여받은 또 하나의 지상 명령 덕이었다.

살아온 날보다 살아갈 날이 더 많을지도 모를 일평생을 오직 주님께 바치는 것. 그것이 수사들의 또 다른 본분이었다. "서로 사랑하여라. 내가 너희를 사랑한 것처럼 너희도 서로 사랑하여라"라고 하셨던 주님의 말씀에 순종하며 에덴의 수사들은 서로를 사랑했다. 주님 품에서 함께하는 것이 세상 그 어떤 부귀영화보다 충만한 삶이기 때문이었다.

아니나 다를까, 앞자리 다른 수사들의 모습은 자신과 확연히 달랐다. 도미니코의 장례미사에 많은 이들이 참석하지 않아도, 관의 행색이 비록 초라할지라도 "어떤 처지에서든지 감사하라"라고 하시던 주님 말씀처럼 슬퍼하거나 안타까워하지 않고 이마저도 감사한 모습들이었다. 요셉은 잠시나마 속세의 근심에 사로잡혔던 스스로가 부끄러워졌다.

아아. 저는 아직도 멀었습니다, 주님. 정신을 차렸을 때는 어느덧 다시 강대상 마이크 앞에 선 프란체스코가 마지막 강론을 이어가고 있었다.

"사실…… 강론에 앞서 도미니코 수사님이 제게 부탁하신 것이 있습니다. 들어드려야 하나 기도를 해봤는데 주님께서 냉큼 들어주라고 꾸짖으시더군요."

프란체스코는 쉽사리 하기 힘든 말을 꺼내려는 듯 작게 목을 가다듬었다.

"도미니코 수사님이 부탁하시길 제가 당신의 장례미사를 강론할 때…… 여러분을 웃겨달라고 하셨습니다. 주님 곁으로 가는 기쁜 날에 모두가 웃어줬으면 좋겠다고 하시면서 말입니다. 그런데 아시다시피 제가 웃기는 데는 재주가 없어서 여러모로 죄송하지만…… 다 같이 한 번 웃어주셨으면 좋겠습니다."

"아멘!"

수사들과 몇 명의 마을 노인들은 감동의 아멘을 외쳤다. 이내 무겁던 성당에 작은 웃음소리들이 감돌았다. 요셉은 차마 웃어야 하나 말아야 하나 고민하느라 조금은 혼란스러웠다. 하지만 맨

더 게스트 23

앞줄에서 눈에 띄게 열심히 웃고 있는 베드로 수사 덕에 정말로 웃음이 나오려던 순간이었다.

성당의 따뜻한 광경을 지긋이 바라보던 프란체스코의 눈시울이 붉어졌다. 흐르는 눈물을 재빨리 훔치는 것 같았다. 그러자 억지로 소리 내어 웃고 있던 베드로가 그 순간을 기가 막히게 포착이라도 한 듯 순식간에 표정이 굳더니 별안간…… 히끅히끅 울기 시작했다.

"크흐흑…… 원장 수사님…… 울지 마십시오……."

베드로는 단전에서부터 눈물이 꿀렁꿀렁 올라오는 듯한 모습으로 육중한 상체를 들썩였다. 그는 비록 겉모습은 우락부락해도 언제나 저렇게 인정이 넘치는 순수한 수사였다. 다만…… 너무 순수한 것이 문제라면 문제였다.

"주여!!! 도무지 웃을…… 웃을…… 웃을 수가…… 없습니다!!! 크흐흑, 도미니코 수사님!!!"

베드로는 이제 감정이 주체되지 않는 듯 피 끓는 오열을 이어 갔다. 덕분에 경건하고 거룩했던 성당은 한순간에 종합병원 장례식장이 된 것 같았다. 쩌렁쩌렁한 목청이 높은 천장을 골고루 때리며 서라운드로 울려 퍼졌다.

성당의 다른 사람들은 때 아닌 신파극에 갑자기 분위기가 싸해졌다. 요셉은 덩달아 눈물이 나면서도, 듣도 보도 못한 미사 사고에 조금은 당황스러웠다. 그때 이리저리 눈치를 살피던 라자로 수사가 베드로의 옆구리를 다급하게 찔렀다.

"베드로 수사님! 원장 수사님도 참고 계십니다!"

라자로는 우는 아이 달래듯 소곤소곤 베드로를 얼렀다. 체격으로만 보면 얼핏 아빠를 달래는 어린 아들 같은 모습이었지만 효과는 상당했다. 라자로의 그 한 마디에 베드로는 놀랍게도 뚝 하니 울음을 그치고는, 프란체스코를 향해 머쓱한 성호를 그어 보였다.

프란체스코는 한껏 감정이 북받치는 모습으로 허공에 시선을 던지고 있었다. 지금 누구보다 펑펑 울고 싶은 사람은 프란체스코라는 것을 모르는 에덴의 수사는 없을 터였다.

프란체스코는 핏덩이 때 이곳 에덴에 버려졌다고 했다. 그렇게 부모의 존재도, 얼굴도 모른 채 70년을 에덴에서만 살아온 것이다. 그리고 그런 프란체스코를 키우다시피 했던 것이 당시 막내 수사였던 도미니코였다. 프란체스코에게 도미니코는 아버지 그 이상의 존재인 것이 당연했다.

기가 막힌 타이밍에 상황을 수습한 라자로는 프란체스코를 향해 고개를 끄덕여 보였다. 덕분에 프란체스코는 마음을 추스른 듯, 가까스로 강론을 이어갈 수 있었다. 눈치 없기로 베드로와 버금갔던 요셉은 라자로의 빠른 상황 판단력이 매번 감탄스러웠다.

그때였다.

"엄마, 물! 나 무울!"

한 꼬마가 성당 문을 벌컥 열고 들어왔다. 이제 예닐곱 정도 된 아이는 들어올 때의 박력과 달리 자기 엄마에게 향할수록 점차 터덜거리더니 제 엄마의 바짓가랑이를 붙들고는 칭얼대기 시작했다.

"무울 줘, 무울. 나 목말라. 어지러워."

미사 시작도 전부터 안뜰을 그렇게나 뛰어놀더니 더위를 먹었구나. 티셔츠가 땀으로 흠뻑 젖은 아이는 피부까지 벌겋게 달아올라 있었다. 요즘 세상에 냉방 시설 하나 없는 에덴이 힘들기도 했을 것이다. 요셉은 아이를 걱정스레 바라보고 있었다. 아이의 엄마와 할머니는 아직 미사 도중인지라 마냥 달래려는 모습이었다. 그러자 아이는 급기야 풀썩 쓰러졌다.

"재우야! 너 왜 그래. 정신 차려봐!"

아이의 엄마는 그제야 놀라 몸을 일으켰다. 아이는 입을 벌리고 널브러진 채 숨을 몰아쉬었다. 요셉은 발 빠르게 밖으로 달려 나가 별관 앞 안뜰에 있는 우물에서 연분홍색 약수터 바가지에 한가득 우물물을 떠 왔다. 요셉은 아이를 무릎에 뉘고 서둘러 물을 먹이려 했다.

"꼬마야. 물, 물 먹자."

그러나 그렇게도 물을 찾던 아이는 좀체 눈앞의 냉수를 받아먹지 않았다. 심지어 사약이라도 되는 양 필사적으로 고개를 이리저리 피했다. 그러더니 피하는 것도 지치는 듯 요셉에게 버럭 소리쳤다.

"엄마가 똥물 먹지 말랬어!"

"똥물?"

당황한 요셉은 순간 바보처럼 되묻고는 무의식적으로 아이의 엄마를 바라봤다. 젊은 엄마는 잔뜩 민망해져서는 애써 요셉의 시선을 피했다. 다른 수사들은 애석함을 감추는 모습으로 섣불리 어떤 말도 하지 못했다.

약간의 정적이 흐르고 나서야 누군가의 헛기침이 이목을 집중시켰다. 한쪽에서 잠자코 이 모습을 바라보던 장상이었다. 장상은 착잡한 듯 작게 한숨을 쉬고는 입을 열었다.

"자매님. 아이가 많이 지쳐 보이니 먼저 데리고 내려가시지요."

성당 안의 마을 사람들은 일제히 프란체스코의 눈치를 살폈다. 당사자에게 뒷담화를 들켜버린 모습 같았다. 그 어수선한 시선들은 결국 에덴의 우물물이 '똥물'이라는 데 모두가 동의하는 것처럼 느껴졌다.

그러나 프란체스코는 애써 태연한 미소를 지을 뿐이었다. 어딘지 억울한 얼굴로 내내 입을 앙다물고 있던 베드로만이 장상을 향해 작게 항변했다.

"미사 곧 끝납니다. 그리고 저 물도 깨끗합니다. 저흰 매일 저 물을 마시고, 밥도 지어 먹고……."

"베드로."

프란체스코가 베드로의 이름을 낮고 부드럽게 부르자 베드로는 즉시 말을 멈췄다. 베드로는 순수한 만큼 욱하는 성미를 못 이기고는 했다. 그때마다 다혈질인 스스로가 부끄럽다며 뜨겁게 회개했지만, 에덴을 욕보이는 일이라면 언제 그랬냐는 듯 저렇게 다시 발끈했다. 그런 베드로를 타이를 수 있는 사람은 에덴에서 프란체스코가 유일했다. 프란체스코는 겸연쩍어하는 아이의 엄마를 향해 따뜻하게 웃어 보였다.

"자매님. 아이를 데리고 먼저……."

"계속 있으셔도 됩니다."

그 순간 차가운 목소리가 성당을 파고들었다. 멀찍이 출입문에 등을 기댄 채 팔짱을 끼고 있는 젊은 남자. 요셉은 그의 목에 걸린 명찰을 보지 않고도 알 수 있었다. 제주시청 건축과 5급 공무원 이범준 주사였다.

아까까지 분명 없었는데 기척도 없이 언제 오셨지. 사시사철 빳빳하게 다려입는 와이셔츠와 정장 바지는 손을 대면 벨 것 같은 칼 주름이었다. 건조한 느낌의 무테안경은 창문으로 들이치는 햇빛을 받아 번쩍이며 범준의 날카로운 인상을 배가시켰다.

범준은 또각또각 구둣발 소리를 내며 통로를 걸어오더니 곤란해 보이는 아이 엄마에게 불쑥 무언가를 건넸다. 제주도의 심벌과도 같은 삼다수다. 드디어 마셔도 되는 물을 발견한 아이는 요셉을 밀치고 벌떡 일어났다. 그리고는 얼마나 갈증이 났던지 제 엄마가 채 감사를 표하기도 전에 물통을 단숨에 비웠다. 아이 엄마와 할머니는 범준에게 꾸벅 인사를 했다.

"고맙습니다, 이 주사님."

"뭘요. 마침 저한테 깨끗한 물이 있어서요."

범준은 전혀 언성을 높이지 않고서도 에덴을 한껏 모멸했다. 깨끗한 물이라고. 그건 에덴의 우물이 똥물이라는 확인 사살이었다. 요셉은 그런 범준이 야속했다.

"도와주셔서 감사합니다, 주사님. 공연히 수고가 많으십니다."

그러나 프란체스코는 언제나 그랬듯 인자하게 웃어 보였다. 범준은 프란체스코를 서늘하게 노려보며 작게 코웃음 쳤다. 비웃는 것이 분명했다. 틈만 나면 저렇게 에덴을 경멸하는 사람이니까. 그리고 정확한 연유는 모르지만, 그는 그중에서도 유독 프란체스코에게 날을 세웠다.

요셉은 머쓱함을 뒤로하고 성당을 나와 떠 왔던 우물물을 바닥에 뿌리려다가 멈칫 바가지를 바라봤다. 마을 사람들도, 범준도, 모두가 이 물 하나 때문에 에덴을 터부시한다는 것이 좀처럼 이해되지 않았다. 똥물이라기에는 너무도 맑고 투명한 물이었다.

에덴의 우물은 한때 '에덴 성수'로도 불렸던 생명수였다고 한다. 바르기만 해도 피부병이 낫고, 마시기만 해도 암이 낫는다는 소문이 돌던 시절이었다. 제주와는 생판 관계없는 곳에서 나고 자란 요셉도 아주 어릴 적에 들어본 적이 있을 정도였다.

그 시절 병원에서 제대로 된 치료를 받을 형편이 못 됐던 사람들, 불치의 병으로 더 이상 손쓸 수 없다는 진단을 받은 사람들이 성수를 떠 가기 위해 몰려왔다. 실제로 의학적 설명이 불가한 기적들이 일어나기도 했다. 당시 지면에 실렸던 내용만 봐도 난치병을 고침 받은 사례나, 죽어가던 사람이 거짓말처럼 일어난 일도 있었다. 우물물이 의학적으로 효험을 검증받아서가 아니었다. 그들의 간절한 바람과 믿음이 만든 기적이라고밖에는 설명되지 않는 일이었다.

그러자 에덴에는 마을 사람들은 물론 전국 각지에서 사람들이 몰려와 문전성시를 이뤘다. 세상에서 소외된 이들이 물과 함께 희망을 얻어 가는 곳. 에덴은 그런 모두에게 희망의 수도원이었다. 세상에 의지할 곳이 없어진 사람들이 최후의 보루처럼 신을 찾았던 것이다.

그러나 세월이 흘러 한적한 오름 아랫마을 어귀에 5층짜리 종합 병원이 들어서던 즈음, 자급자족으로 생업을 이루던 동네에까지 농어촌 힐링 여행 열풍이 불어닥칠 즈음, 토박이 노인들의 어촌 장터 부근에 스타벅스가 생겨나던 즈음. 세상은 조금이라도 더 합리적이고 과학적인 쪽을 믿도록 급변했다. 의학과 기술의 발달로 못 고칠 병도 드물어졌거니와, 세대가 바뀌며 사람들의 생활 수준과 경제력도 올라갔다. 기적을 믿는다는 것은 합리적이지 못한 일이었고, 합리적이지 못한 일들은 미신이나 사이비, 조작이나 마술이 되어버렸다. 아픈 사람이 병원을 가지 않고 우물물을 마시며 낫길 바라는 마음이 더는 설 곳 없어진 시대였다.

그러자 에덴의 우물은 더 이상 성수가 아니게 되었다. 사람들의 간절한 바람과 믿음이 사라지자 기적적인 사례들 역시 더는 일어나지 않았다. 우물은 예나 지금이나 그대로였다. 하지만 생수 하나도 성분을 따져가며 먹는 시대의 흐름 속에 에덴의 우물물은 한낱 '수질 관리가 되지 않는 더러운 똥물'로 전락해 버렸다.

에덴에 사람들의 발길이 끊긴 것은 그때부터였을 것이다. 심지어 누군가는 그런 똥물을 떠 가도록 우물을 방치하고 일반인에게까지 개방한 에덴을 비난하기 시작했다. 급기야는 우물물을 마시고 병이 악화됐다느니, 우물물의 세균과 미생물 때문에 없던 병도 생겼다느니 하는 악소문들까지 파다하게 퍼져갔다. 인터넷이 발달할수록 근거 없는 소문은 무성해지기 쉬웠고, 무성한 소문은 쉽게 화젯거리가 되었다. 근거 없는 음해의 책임을 물을 자들은 익명 뒤에 숨었으며, 그것을 바로잡으려는 자들만이 돌을 맞아야 했다.

변한 것은 오직 사람들의 믿음과 마음뿐이었다. 그러나 성수가 똥물이 되는 것만큼이나, 희망을 준 수도원이 헛된 희망을 강요하는 사이비 수도원으로 낙인찍히는 것 역시 그리 오랜 시간이 걸리지 않았다. 세상에 의지할 곳이 없어진 사람들이 최후의 보루처럼 신을 탓했던 것이다.

요셉이 알기로 범준 역시 그런 이들 중 하나였다. 프란체스코는 범준이 어린 시절 어머니를 병으로 여의고부터 에덴을 원망하게 되었을 것이라고 했다. 오랜 투병 생활에 지쳤던 그의 어머니는 어느 순간부터 항암 치료제보다도 우물물을 믿었다고 했다. 그리고 그녀가 주님 곁으로 간 것은 그로부터 얼마 지나지 않아서였다.

때문에 프란체스코는 당시 어렸던 범준이 실망과 상처가 컸을 것이라고 이해하는 것 같았다. 때문에 우물과 수도원을 둘러싼 뭇 사람들의 비난들까지도 이해하려는 것 같았다. 그런 오명 속에서 에덴에 외지인들의 발길이 완전히 끊긴 지 벌써 10년도 넘어버린 형국이었다.

요셉은 모두에게 희망의 수도원이었던 그 옛날 에덴의 이야기를 전해 들을 때면, 마치 다시는 꿀 수 없는 꿈만 같아 심장이 먹먹했다.

　　　　　　　　🕯

　안뜰에 나온 프란체스코와 수사들은 돌아가는 사람들을 친절히 배웅했다. 가장 늦게 나온 범준은 앞을 지나치면서까지도 비아냥거렸다.
　"원로 수사님이 돌아가시기 전까지 병원도 안 가셨다고요."
　"다니시다 중단하셨습니다. 본인이 원하셨거든요."
　라자로가 사전에 꼬투리를 차단하려는 듯 간결하게 대답했다.
　"계속 치료받으시는 편이 회복하는 데 더 도움이 되었을 텐데요. 아래에서 사망 선고 절차는 밟으셨겠죠?"
　"물론입니다. 저희 다 직접 듣고 오는 길입니다."
　"주사님, 근데 아까부터 꼭 이런 날까지 이러셔야······."
　살짝 발끈한 베드로가 끼어들었으나 프란체스코가 베드로의 등을 부드럽게 쓰다듬자 입술을 꾹 닫았다. 프란체스코는 범준을 향해 정중히 인사했다.
　"바쁘실 텐데 와주셔서 감사합니다, 주사님. 오늘도 주님의 축복이 함께하시기를."
　"아, 네. 마침 점심시간이랑 겹쳐서요."
　범준은 프란체스코를 위아래로 훑으며 싸늘하게 대답하고는 성호를 그어 보이는 프란체스코를 무시하며 자리를 떠버렸다. 프란체스코는 심란해하는 수사들을 거느리고 들어가려 발길을 돌렸다. 때마침 성당에 남아 기도를 드리던 수도회 장상도 본관을 나오고 있었다. 장상은 기다렸다는 듯 프란체스코를 잠시 따로 불렀다.

프란체스코는 장상과 함께 본관의 동쪽 뜰로 천천히 산책을 이어갔다. 걷는 내내 장상은 아무 말도 없었다. 그는 벤치에 앉고서야 선뜻 꺼내기 힘든 말을 하려는 듯 뜸을 들였다. 그리고는 아래로 펼쳐진 바다를 멀거니 바라보다가 이내 입을 열었다.

"이제…… 에덴에 남은 수사들은 다섯 분이시지요?"

"예. 그렇습니다."

프란체스코가 정중히 대답했다. 장상은 다음 말을 어떻게 이어가야 할지 더욱 난처해하는 것 같았다. 프란체스코는 도리어 그 모습에서 장상의 의중을 짐작할 수 있었다. 프란체스코가 괜찮다는 얼굴로 먼저 조심스레 말을 꺼냈다.

"교황령…… 때문이시지요."

'최소 6인의 서원 수도사가 없다면 수도원을 폐원한다'라는 교황령이었다. 도미니코가 선종하기 이전부터 유념하지 않을 수 없던 기도 주제였기에 익히 알고 있었다. 장상은 먼저 말을 꺼내준 프란체스코에게 고마운 기색으로 작게 고개를 끄덕였다.

"탄자니아 교구에 다섯 자리 파견이 가능하더군요."

수도원이 당장 인원 기준 미달이 되었다 한들, 새로이 서원 수사가 생길 가능성을 고려해 본교구는 해당 수도원에 일정 기간을 담보해 주는 것이 보통이다. 하지만 장상은 도미니코의 장례미사를 마치기가 무섭게 수도회의 입장을 전달한 것이다. 그것도 에덴의 수사들이 합병할 교구까지 미리 알아봐 뒀다는 것은 선택의 여지가 없음을 의미했다. 사실상의 통보였다.

서원 수사가 새로 입회하는 일은 언제나 어려운 일이었다. 특히 에덴은 말할 것도 없었다. 우물물에 관한 흉흉한 소문은 이 지역 사람들은 물론이고 각종 지역 매체나 온라인에까지 괴담처럼 퍼져 있었다. 수도회도 그것을 모를 리 없었다. 프란체스코는 이 모든 일련의 일들이 말로 이룰 수 없을 만큼 안타까웠다. 그러나 그때마다 할 수 있는 일은 기도 외에 아무것도 없었다.

"기한은 언제까지라십니까?"

"천천히 정리하시지요. 그쪽 교구장님이 조만간 연락하실 겁니다."

"네. 알겠습니다."

"찬미 예수님. 오늘 고생 많으셨습니다."

"찬미 예수님. 와주셔서 감사합니다. 살펴 가세요."

프란체스코는 용건을 마친 장상이 떠난 이후로도 한참을 벤치에 앉아 있었다. 멀리 해를 받은 바다가 반짝였다. 저만치 물결치는 파도가 깎아지른 기암절벽을 때리며 하얗게 부서졌다. 절경이었다. 기도 주제가 생길 때면 항상 이곳에 나와 저 바다를 바라보았다. 그러다 보면 내색하지 않아도 꼭 도미니코가 다가왔다. 그 때문일지, 이곳은 프란체스코가 에덴에서 가장 좋아하는 곳이었다.

주님, 에덴을 어찌하시렵니까. 프란체스코는 가만히 눈을 감고 파도 소리를 들으며 기도했다. 수많은 주님의 자녀들이 거쳐 간 에덴은 이제 곧 외딴 오름 위의 낡고 빈 건물이 될 터였다. 어쩌면 그것만으로도 다행일지 모른다. 에덴을 허문 자리에 골프장이 들어설 거란 소문도 공공연히 돌았으니. 무엇보다 에덴이 이전의 명성을 완전히 잃어버린 채, 이렇게 쫓겨나듯 문을 닫아야 한다는 사실이 가장 마음 아팠다.

"무슨 고민이 있으십니까, 원장 수사님."

프란체스코는 반가운 목소리에 살며시 눈을 떴다. 언제나 그랬듯 바로 옆자리에 도미니코가 앉아 있는 것만 같았다. 지팡이를 기대어 놓은 채 무릎을 두드리는 그의 모습이 선했다.

"하느님의 사람으로 평생을 살았는데도 이렇게 미련이 남습니다. 전 아직 멀었나 봅니다."

프란체스코의 말에 도미니코는 껄껄 웃었다.

"더 크게 주님을 부르십시오. 그러면 대답하시고 우리가 모르는 큰 비밀을 가르쳐 주시는 분이 주님 아니십니까."

"제가 부족한 탓입니다. 아무래도 이곳은…… 도미니코 수사님이 계속 지켜주셔야 할 것 같습니다."

도미니코는 아무 말 없이 웃었다. 그리고는 옛일이라도 회상하듯 먼 바다에 시선을 던졌다.

"프란체스코. 포대기에 쌓여 있던 수사님의 모습이 지금도 눈에 선합니다. 세상이 떠나가라 울어대던 아기가 제 품에 안기니 울음을 뚝 그치더군요. 그때 저는 놀랍게도 주님의 음성을 들었습니다. '내가 이 아기를 여기 보냈다.' 똑똑히 말씀하셨지요."

프란체스코도 도미니코가 바라보는 쪽으로 시선을 던졌다. 도미니코가 살며시 손을 잡는 것만 같았다.

"주님께서 프란체스코를 에덴의 아버지로 세우신 데에는 분명 하신 뜻이 있으실 겁니다."

도미니코의 맑은 웃음 덕에 프란체스코도 그런 그를 따라 함께 웃을 수 있었다. 도미니코는 언제나 이렇게 따뜻하고 밝은 사람이었다. 그러나 고개 돌려 바라본 옆자리에는 아무도 없었다. 오직 도미니코의 웃음소리만이 귓가를 맴돌 뿐이었다.

성당으로 돌아가자 다른 수사들이 한데 모여 프란체스코를 기다리고 있었다. 프란체스코는 장상에게 전달받은 소식을 전했다. 잠자코 듣던 수사들은 적잖이 충격인 듯 저마다 묵상 기도를 이어갔다.

모두에게 청천벽력 같은 소식일 것이다. 갓 입회한 요셉도 어느덧 에덴에 온 지 3년이 지났다. 안토니오는 15년이 넘었고, 베드로와 라자로는 벌써 20여 년을 이곳에서 함께했으니 무리가 아니었다. 그러나 눈을 뜬 수사들은 서로를 바라보며 지긋이 웃었다. 라자로는 유쾌하게 고개를 끄덕였다.

"주님 뜻이 그러시면야 여부가 있겠습니까."

"맞아요. 주님 덕에 아프리카도 다 가보겠어요!"

올해로 스물아홉이 된 청년 요셉은 어딘지 벅차 보이기까지 했다.

"저희 다섯이 함께할 수 있는 것만으로도 감사한 일 아니겠습니까!"

베드로 역시 호탕하게 웃었다. 침묵을 서원 중인 안토니오는 비록 말은 못했지만 성호를 그어 보이며 이 상황을 받아들이는 것 같았다.

　프란체스코는 이들의 모습에 깊이 감복했다. 그래, 어쩌면 에덴의 마지막을 잘 정리하는 것 또한 주님께서 명령하신 일이시겠지. 이제는 그런 기도만이 가슴속에 메아리치는 것 같았다.

3. 태풍

 초침이 돈다. 가죽 결이 잔뜩 해진 손목시계를 통해 그것이 피부로 느껴졌다. 프란체스코는 반사적으로 눈을 떴다. 시계는 어김없이 새벽 5시를 가리키고 있었다.

 올해로 70년을 반복해 온 생활이었다. 어떠한 알람이 없어도, 시계를 보지 않고서도 지금이 몇 시인지까지 알 수 있었다. 프란체스코의 생체 리듬은 에덴의 시간 그 자체나 다름없었다.

 프란체스코는 한 사람이 가까스로 누울 만한 크기의 침상에서 몸을 일으켰다. 벽에 걸린 원목 십자가와 기도용 탁자만이 정갈하게 위치한 작은 단칸방이었다. 이제 이곳에서 눈을 뜨게 될 날도 얼마 남지 않았구나. 익숙하기만 했던 에덴에서의 시간이 더욱 값지게 느껴졌다.

 오늘 하루도 허락하신 주님 은혜에 감사드립니다, 아멘. 무릎을 꿇고 낮게 웅크려 10분 동안 기도를 드린 뒤 프란체스코는 침소를 나섰다.

복도를 따라 길게 난 창으로 검푸른 여명이 들이치고 있었다. 프란체스코는 우측으로 복도 끝에 위치한 현관을 향해 걸었다. 현관 앞의 성당 출입문을 지나치면, 그 바로 옆으로 굵은 밧줄 하나가 길게 떨어져 있다. 종탑과 연결된 밧줄이었다.

살며시 밧줄을 쥐자 쇠종 추의 묵직함이 고스란히 전해졌다. 밧줄이 조금씩 흔들릴 때마다 끼긱끼긱 소리와 함께 낡은 쇠종의 상태까지 느껴졌다. 떠나기 전에 보수를 한번 해야겠구나. 설령 에덴이 곧 허물어진대도 온전한 상태인 편이 낫겠지. 프란체스코는 힘껏 밧줄을 잡아당겼다.

댕— 댕— 댕—.

수도원 내부는 물론 에덴 주변으로까지 고요한 종소리가 퍼져 나갔다. 에덴의 종은 언제나 새벽, 점심, 저녁 이렇게 꼭 하루 세 번 정시에 울렸다. 수도원장의 아침 첫 종은 에덴의 하루 일과 시작을 알리는 소리기도 했다.

마지막 종소리가 채 멎기도 전, 복도 측면에 일렬로 붙은 네 개의 방문이 거의 동시에 열렸다. 각자의 침소에서 나온 네 명의 수사들은 서로를 향해 성호를 그어 보이고는 줄지어 프란체스코가 있는 성당 쪽으로 걸어왔다.

세상 사람들에게는 하루를 시작하기에 이른 새벽일 것이다. 그러나 수사들은 누구 하나 잠이 덜 깬 기색조차 없었다. 게으르지 말고 부지런히 일하며 열렬한 마음으로 주님을 섬기라는 말씀처럼, "게으름은 죄악이니라"라는 것이 에덴의 제2 헌장[2]이었다.

수사들은 새벽 첫 미사를 드리기 위해 성당에 들어갔다. 그리고 뒤쪽 벽면에 걸린 큼지막한 달력 주변으로 반원을 그리며 모였다. 일별로 각기 다른 성경 구절들이 적힌 '말씀 달력'이었다. 삐뚤빼뚤한 제본 달력이긴 하지만, 에덴의 수사들은 매일 아침 주님께서 주신 오늘의 말씀을 묵상한 뒤, 묵주기도로 하루를 열었다.

프란체스코는 어제 날짜의 달력을 한 장 뜯어냈다. 그리고 모두가 한목소리로 오늘 주신 하느님의 말씀을 읽었다.

"야훼 하느님께서 아담을 데려다가 에덴에 있는 이 동산을 돌보게 하시며 이렇게 이르셨다. 이 동산에 있는 나무 열매는 무엇이든지 마음대로 따 먹어라. 그러나 선과 악을 알게 하는 나무 열매만은 따 먹지 마라. 그것을 따 먹는 날, 너는 반드시 죽는다." (창세기 2:15—17)

아멘. 이후 프란체스코의 집전하에 미사까지 마친 뒤, 수사들은 일제히 식당으로 향했다. 식당은 현관으로부터 맨 끝, 그러니까 성당과는 정 반대쪽의 복도 모퉁이에 있었다. '영의 양식을 먼저 먹고, 육의 양식은 가장 나중이라'는 의미로 에덴이 세워질 때부터 성당과 식당의 위치는 늘 본관의 시작과 끝 자리였다.

식당은 요셉의 말에 의하면 시골 분교의 작은 급식소 같았다. 수사들 외에 이곳을 사용할 사람은 없기에 커다란 직사각형의 식

---

2   어떤 사실에 대한 약속을 이행하기 위한 규범.

탁 하나만이 중앙에 덩그러니 놓여 있는데, 언젠가 요셉이 꼭 최후의 만찬 같다며 감탄하는 바람에 모두가 어찌나 웃었는지 모른다. 이 식탁과 출입문 옆에 서 있는 오래된 괘종시계 하나가 식당 인테리어의 전부인 셈이었다.

수사들이 정해진 자리에 앉자 때를 맞추기라도 한 듯 틱, 맥없는 소리와 함께 괘종시계가 6시를 가리켰다. 주방 일과 요리를 담당하는 안토니오가 수도복을 소매를 걷어붙이고는 주방으로 향했다. 그가 주방으로 통하는 철문을 닫고 들어가면 나머지 수사들은 식사를 기다리는 동안에도 저마다 묵상 기도를 드렸다.

프란체스코는 잠시 눈을 떠 굳게 닫힌 주방 문을 바라봤다. 한식 조리사 자격증까지 보유한 안토니오는 일용할 양식에 머리카락 한 올이라도 들어가면 안 된다며 365일 내내 까까머리를 고수할 만큼 요리에 성심을 다하는 수사였다. 그의 훌륭한 음식 맛을 보면 누구나 그 솜씨를 구경하고 싶어 하기도 했다. 그러나 누구도 그것을 실천에 옮긴 적은 없었다.

배식구의 투명한 창마저 커튼이 쳐진 바람에 밖에서 주방 안을 들여다볼 수 없었거니와, 안토니오가 2년간의 완전한 침묵을 서원했기 때문이었다. 그 후로 줄곧 저렇게 자신의 일터인 주방마저도 철저하게 독립시킨 상태였다. 프란체스코는 문득 안토니오의 마지막 목소리를 떠올렸다. 벌써 재작년 여름이었다.

"원장 수사님. 저 2년간 주님께 침묵을 서원 드리려 합니다. 온전한 침묵을 말입니다."

그 말을 끝으로 안토니오는 지금껏 단 한 마디도 하지 않았다.

에덴은 수도원 중에서도 규율이 엄격한 곳이었다. 애초에 모든 수사들이 꼭 필요한 말을 제외하고는 침묵을 당연시했다. 그중에서도 단연 조용했던 안토니오가 그보다 더한 침묵을 원했을 때, 프란체스코는 내심 염려가 됐다. 정확한 의중을 물어야 할지, 혹여 어떤 중대한 기도 주제라도 생긴 것인지에 대한 염려였다. 그러나 프란체스코는 아무것도 묻지 않고 흔쾌히 승낙했다.

수사들은 수사가 되기 이전, 바깥세상에서 저마다의 사연을 가지고 살아왔다. 그리고 각자 다른 삶을 살아왔다는 것은 이 안에서의 정화 기간 역시 각자가 다름을 의미했다. 그러고 보니 어느덧 곧 2년째로군. 프란체스코는 그와 담소를 나눌 날이 머지않았음에 흐뭇해졌다.

마침 삐걱 소리를 내며 주방 문이 열렸다. 언제나 그랬듯 안토니오는 단 20분 만에 맛있는 식사를 내왔다. 풀. 온통 풀이었다. 에덴에서는 아침 식사뿐만 아니라 평생 채식을 했다. "배가 기름지고 몸이 편하고자 하는 것은 사탄의 속삭임이니라." 에덴 헌장 중 3장의 내용이었다.

"오늘도 고맙네, 안토니오. 감사히 잘 먹겠네."

식사 기도를 마친 프란체스코가 감사 인사를 건넸다. 그때 안토니오는 가만히 손을 들더니 일단 정지를 표현했다. 그리고는 비장의 무기처럼 숨겨둔 그릇 하나를 꺼냈다. 기계에서 뽑아냈다고 해도 믿을 만큼 일정한 십자가 모양 버섯들이었다. 웬일로 버섯이 없어서 무슨 일인가 했는데 오늘 아침은 버섯비빔밥이었던 거로군. 프란체스코와 수사들은 안토니오에게 성호를 그어 보이며 그의 장인 정신에 찬사를 보냈다.

에덴의 식사 메뉴는 매일 다르지만 '버섯'은 언제나 주재료였다. 끼니마다 똑같은 버섯을 먹는 것이 질릴 법도 했다. 그러나 묘하게 감칠맛이 나는 요 버섯의 풍미와 더불어 안토니오의 빼어난 요리 실력이 그 맛을 항상 새롭게 만들어 주었다. 그 덕에 버섯은 어느 순간부터 에덴의 상징이나 다름없었다. 오죽하면 물도 이 버섯 달인 물을 마셨다. 수사들 모두가 그 흔한 감기 한 번 걸린 적 없는 걸 보면 건강에도 단연 으뜸인 것이 분명했다.

아침 식사를 마친 수사들은 각자의 소임대로 업무를 보기 위해 흩어졌다. 안토니오가 주방 일을 담당하듯, 에덴의 모든 수사에게는 저마다 맡은 소임들이 있었다. "각자 정해진 소임을 충실히 이행하라." 에덴 헌장 4장의 내용이었다. 기도란 어찌 보면 노동인 셈이니, 노동 속에서 기도를 배우는 것이 에덴의 오랜 전통이었다.

프란체스코는 성당 옆에 위치한 원장실로 들어와 책상 앞에 앉은 뒤 고이 모셔둔 성경책을 꺼내 미사 준비를 시작했다. 아침저녁으로 매일같이 드리는 미사였지만 주님께 말씀을 받고 그것을 전하는 것, 프란체스코에게 그만큼 막중한 소임은 없었다.

그때 책상 뒤쪽의 열린 창 밖에서 부스럭거리는 소리가 들려왔다. 베드로가 일을 준비하는 모양이로군. 프란체스코는 살며시 몸을 돌려 아침 햇살이 들이치는 창밖을 바라봤다.

본관의 뒤뜰은 한 마지기 남짓한 밭이었다. 8시도 채 안 된 시간이었지만 윤이 흐르는 옥토 위로 스멀스멀 아지랑이가 피어올랐다. 유난히도 폭염이 지속되는 여름이었다.

어느 틈에 작업복으로 환복한 베드로가 어깨에 농기구를 짊어진 채 밭으로 향하고 있었다. 여기저기 흙투성이인 군대 체육복이 그가 얼마나 큰 수고로 밭을 일구는지 보여주고 있었다. 그는 목에 걸친 밀짚모자를 올려 쓰며, 볕을 받아 빛나는 초록 작물들 틈으로 성큼성큼 걸어 들어갔다.

에덴은 철저한 자급자족 공동체였다. 베드로가 밭을 일구고, 씨 뿌려 정성으로 기른 소출이 안토니오의 손을 거쳐 에덴의 양식이 되었다. 베드로는 몸 쓰는 일에는 자신 있다며 웃었지만, 아무리 본인의 소임이라 해도 땡볕 아래서 홀로 밭을 가꾸는 일은 곧 있으면 쉰을 바라보는 그에게 버거운 일일 터였다.

심지어 입회 동기이자 동갑내기인 라자로는 시원한 사무실에서 전산 업무를 봤다. 비록 선풍기 한 대 없는 사무실이 그리 시원하다고는 할 수 없어도, 밭일에 비한다면 육체적 고통이 덜한 건 사실일 것이다.

때문에 프란체스코는 내심 미안했다. 명색이 에덴 입회 두 번째 수사인 베드로였다. 힘든 일을 홀로 도맡는 것에 혹여 불만이 있지는 않을까, 다른 수사들을 위한 헌신이 어느 순간 시험이 되지는 않을까 걱정이 됐지만, 그때마다 베드로는 호탕하게 웃으며 이렇게 말했다.

"결단코 희생이라고 생각해 본 적 없습니다! 식구들을 대신해 힘든 일을 하는 것이 부원장 수사의 당연한 사명 아니겠습니까!"

실상 에덴에 부원장의 직분이 있던 적은 한 번도 없었다. 부원장 수사가 딱히 필요한 규모도 아니었다. 그것은 어쩌면 베드로를 위해 프란체스코가 만들어 준 자리뿐일지도 몰랐다. 하지만 베드로는 언제나 자신의 직분에 감사와 사명으로 임했다. 에덴의 식구들을 위해서라면 어떤 희생도 마다않는 그야말로 부원장 자리에 꼭 맞는 수사가 분명했다. 프란체스코는 그런 그에게 늘 고마울 따름이었다.

그사이 일사천리로 밭일을 마친 베드로 주변에 감자 더미가 수북이 쌓였다. 베드로는 잠시 몸을 일으켜 기지개를 켜더니 허공에 대고 외쳤다.

"미카엘!"

그러자 저만치 우거진 나무 그늘 아래 자그마한 개집에서 미카엘이 헐레벌떡 튀어나왔다. 뽀얀 우윳빛의 미카엘은 프렌치불도그라는 종이었다. 팔다리가 짧고 귀가 뾰족한 데다 자글자글한 얼굴 주름 사이로 어디를 바라보는지 알기 힘든 눈동자가 아주 매력적인 아이였다. 베드로는 미카엘을 사랑스럽게 쓰다듬으며 밥그릇에 잔뜩 사료를 부어주었다. 처음 봤을 때와 비교하면 몰라보게 자란 미카엘이었다.

미카엘은 새끼 때 어느 관광객에게 버려졌는지 뒤뜰을 서성이고 있었다. 미카엘을 최초로 발견한 베드로가 주인을 찾아주려 애를 써봤지만, 결국 찾지는 못했다. 그때부터 한 식구가 되었으니 녀석도 벌써 에덴 생활 8년 차인 셈이었다.

유독 초점 없이 맹한 얼굴에 누가 양손으로 얼굴을 움켜쥐기라도 한 것처럼 겹겹이 주름진 녀석의 모습은 모두가 처음 보는 견

종이라 조금 낯설기도 했다. 오직 베드로만이 그런 미카엘이 예쁘고 잘생겼다며 어쩔 줄을 몰라 했다.
"이 잘생긴 얼굴 좀 보십시오! 꼭 천사 같지 않습니까!"
그런 이유로 베드로가 지어준 이름이 대천사 '미카엘'이었다. 베드로는 자연스레 미카엘의 양부를 자처하며 녀석을 돌보는 것 역시 자신의 소임으로 여겼다. 덕분에 미카엘 역시 자랄수록 그런 베드로의 말을 저렇게 잘 따랐다.
베드로는 소쿠리를 들고 가지가 무성한 나무 주변에서 버섯을 채취하기 시작했다. 그러자 미카엘은 먹던 사료를 내팽개치듯 베드로에게 다가가 헥헥거렸다. 둘은 사뭇 진지한 얼굴로 서로를 빤히 바라봤다. 그러다가 불쑥 베드로가 비장하게 외쳤다.
"믿음!"
놀랍게도 미카엘은 좌로 굴렀다.
"소망!"
주여. 이번에는 우로 굴렀다. 창가에서 그 모습을 바라보는 프란체스코에게는 차마 혼자 보기 아까운 광경이었다.
"사랑!"
이제 미카엘은 자신이 이렇게까지 해야 하나 싶은 표정으로 어렵사리 점프를 했다. 팔다리가 짧아 재미난 모양이었지만 과연 놀라운 조련술이었다.
베드로는 기뻐 환호하며 손에 쥔 버섯 하나를 미카엘에게 먹여주었다. 미카엘은 게 눈 감추듯 버섯을 먹어치웠다. 사료보다 버섯을 좋아하는 걸 보니 미카엘도 에덴 식구가 분명하군. 아니나 다를까, 미카엘은 성에 차지 않는지 아주 버섯이 담긴 소쿠리로 달려들었고, 베드로는 녀석을 제지하며 함께 밭을 굴렀다.

"하하하! 미카엘 수사! 절식하십시오! 순명치 않으면 주님께서 속상해하십니다!"

미카엘이 올해로 여덟 살. 사람 나이로 마흔여덟. 어쩐지. 둘은 동갑내기로구나. 프란체스코는 한 쌍의 죽마고우처럼 흙바닥을 뒹구는 그들의 모습을 보며 남몰래 웃었다.

그때 똑똑, 원장실 문을 두드리는 소리가 들려왔다. 프란체스코는 몸을 돌려 문을 바라봤다. 요셉이 수사들의 빨랫감을 한 아름 들고 있었다.

"원장 수사님. 혹시 빨래 있으세요?"

요셉이 해맑게 물었다. 프란체스코는 웃으며 고개를 가로저었다. 요셉은 수도원 곳곳을 청소하고, 옷가지들을 일일이 손세탁하거나 기우는 일을 했다. 때로는 수사들의 이발도 도맡아 했고, 다른 수사들이 일손이 필요할 때면 거들기도 했다.

허드렛일이라면 허드렛일 담당이었지만 요셉은 언제나 저렇게 싱글벙글했다. 존경하는 수사님들과 함께하는 것이 그저 영광일 뿐이라며 조금이라도 일을 더 하기 위해 뛰어다녔다. 요즘 세상에 보기 드문 청년이었다. 요셉은 문을 나서려다 문득, 더 할 이야기가 남은 듯 머뭇거리다가 이내 입을 열었다.

"원장 수사님 그런데…… 우물가의 바가지가 다 부서져 있어요. 어제 제가 걸어놓을 때까지도 멀쩡했는데……."

이런. 아까 진작 치워둘 것을. 프란체스코도 새벽에 이미 발견한 것이었다. 연분홍색 바가지가 산산조각이 나 있었다. 낡아서 금이 간 것이 아니었다. 분명 누가 고의로 부순 흔적이었다. 프란체스코는 울상이 된 요셉을 보니 후회가 밀려왔다.

"어제 미사 마치고…… 누가 부수고 간 걸까요? 누굴까요?"

요셉이 우물쭈물 말을 이었다. 예전에도 이런 일이 없던 게 아니었다. 에덴이 사이비라며 사람들이 한창 적개심을 가졌던 시절에는 더한 일도 있었다. 창에 돌을 던지고 도망치거나 수도원 벽면에 낙서를 하고 가거나 하는 식이었다.

하지만 프란체스코는 그자들이 누구인지, 왜 그랬는지 찾아 따져 물으려 하지 않았다. 그건 지금도 앞으로도 마찬가지였다. 주님께선 원수를 사랑하고 너희를 박해하는 사람들을 위하여 기도하라 하셨으니까. 부디 바라는 것이 있다면 아직은 어린 요셉이 더 이상의 상처를 받지 않는 것뿐이었다.

"글쎄, 바가지가 수명을 다했나 보구만."

프란체스코가 애써 웃으며 말했다. 그러자 요셉 역시 더 묻지 않고 웃어 보였다.

"라자로 수사님께 새로 하나 부탁드릴까요?"

"같이 나가지."

프란체스코는 요셉을 데리고 원장실을 나왔다. 사무실은 원장실 바로 옆에 있었다. 복도로 난 사무실 창문으로 컴퓨터 앞에 앉아 열심히 업무 중인 라자로의 모습이 보였다.

프란체스코는 작게 창을 두드려 인기척을 냈다. 라자로는 프란체스코와 요셉을 보고는 개구지게 눈을 찡긋했다. 프란체스코가 슬며시 창문을 열고 말했다.

"라자로, 많이 바쁜가?"

"바쁘다마다요. 간만에 큰돈이 들어와 몸 둘 바를 모르겠습니다!"

라자로는 항상 저렇게 유쾌했다. 큰돈이라 해봤자 도미니코의 장례미사를 치르고 남은 예산과 추모객들이 조금씩 건넨 헌금이 전부일 터였다. 전부 합쳐도 100만 원 남짓한 금액이었다. 밖에서 여러 사업을 해본 라자로에게는 다루기 큰돈도 아닐 터였다.

"바가지가 낡아 새로 하나 구해야 할 것 같은데 괜찮겠나?"

프란체스코가 물었다.

"예. 다행히 아직 예산 수정이 가능합니다."

"수사님! 혹시 빨래는 있으세요?"

"아, 제 방에 있습니다. 이따 가져다 드릴게요, 요셉."

"아닙니다! 바쁘신데 제가 가져갈게요!"

요셉은 밝게 성호를 그어 보이고는 종종걸음으로 복도를 걸어갔다. 라자로는 프란체스코에게 차 한잔을 권하며 잠시만 기다려달라 부탁했다. 덕분에 따뜻한 차를 받아 든 프란체스코는 라자로가 업무 중인 컴퓨터를 바라봤다.

역시나 조의금 목록을 정리 중이었군. 빼곡한 표 안에 잔뜩 숫자들이 기입된 화면이었다. 라자로가 주로 사용하는 엑셀이라는 프로그램이었다. 컴퓨터가 익숙지 않은 프란체스코는 언젠가 라자로가 이것저것 알려주어서 어렴풋이 기억하는 정도였다.

청빈의 수도원에서 경리 업무랄 것은 그다지 없었다. 에덴은 자급자족하는 터라 딱히 수입이랄 것도 없었고, 헌금이나 그 어떤 위로금도 사양하는 쪽이었다. 허나 이번처럼 피치 못할 기금이 생겼을 때 그것을 필요로 하는 단체에 전액 기부하는 일, 최소한의 수도원 생계 유지비만을 남기고 모든 수익을 사회에 환원하는 일은 분명 라자로의 중요한 소임이었다.

그 외에도 재단 사람들이나 사회 복지 단체 사람들과 연락을 주고받는 일 또한 사회 경험이 풍부한 라자로가 적임자였다. 마침 능숙하게 컴퓨터를 조작하던 라자로는 책상 위에 놓인 유선 전화기를 들어 다이얼을 돌렸다.

"찬미 예수님. 라자로입니다. 예산 차액이 발생해 기부금 목록 파일을 조금 수정해서 다시 보냈습니다. 다시 확인 부탁드릴게요. 갑자기 죄송하게 됐습니다. 양해 부탁드립니다."

장례미사로 생긴 수익을 기부하기로 했던 복지 단체 담당자와의 통화 같았다. 라자로는 기부 의사를 번복이라도 한 사람처럼, 무언가를 줬다가 뺏기라도 하는 사람처럼 연신 유감을 표했다.

프란체스코는 침침한 눈을 부릅뜨고 라자로의 컴퓨터 화면을 바로 보았다. 전산 업무를 잘 모르는 프란체스코조차 라자로가 무엇을 수정했는지 쉽게 알아볼 수 있을 정도로 간단한 일이었다. '바가지. 1000원.' 붉은 글씨로 수정된 것은 오직 이 부분뿐이었다.

기부 금액에서 고작 1000원을 제하게 됐다는 소식을 전할 뿐이지만, 우리의 소유를 위해 사용하는 1000원은 천금처럼 무겁게 여기는 것. 주님께서 허락하신 물질을 1원 한 푼도 헛되이 사용하지 않으려 마음을 다잡는 것. 프란체스코는 그런 라자로의 청렴한 노고를 주님께서도 기뻐하시리라 확신했다.

원장실로 돌아온 프란체스코는 다시 성경을 펼쳤다. 어쩌면 시련 중에 있을지도 모를 에덴이었다. 그러나 수사들은 누구 하나 안면에 수심이 없었다. 어떤 태풍이 불어와도 그저 여느 때와 같이 감사와 기쁨으로 주님을 섬기는 자들의 모습. 프란체스코는 그 모습에 큰 은혜를 받았다. 덕분에 미사를 준비하는 이 순간 또한 어느 때보다 경건하게 느껴졌다.

그렇게 한참을 집중하던 프란체스코는 때가 된 기분에 손목시계를 바라봤다. 벌써 정오가 다 됐군. 조심스레 성경을 덮어두고 문을 나섰다. 성당 앞에 도착한 프란체스코는 밧줄을 쥐고 손목시계를 바라봤다. 시계가 자로 잰 듯 정오를 가리켰다.

댕— 댕— 댕—.

세 번 종을 울린 프란체스코는 그 자리에서 무릎을 꿇고 기도를 드렸다. 주방에서 점심 식사를 준비하고 있을 안토니오도, 밭에 있는 베드로도, 사무실에 있는 라자로도, 우물가에서 빨래를 하고 있을 요셉도, 모두가 동시에 모든 하던 일을 중지하고는 무릎을 꿇고 몸을 웅크려 기도를 드리고 있을 것이다. 정오의 종은 에덴의 낮 기도 시간을 알리는 종이기 때문이다.

종소리에 따라 동일한 시간에 한마음 한뜻으로 기도하는 것. '영성 공동체'인 수도원 전체가 한 행위로 하느님을 찬양하는 일이었다. "몸이 떨어져 있어도 주님 아래 한 가정을 이루라." 그것이 에덴의 가장 중요한 제1 헌장이었다.

댕— 댕— 댕—.

하루의 마지막을 알리는 종소리가 에덴에 울려 퍼졌다. 일과를 마친 수사들은 함께 저녁 식사를 한 뒤, 줄지어 복도를 걸었다. 저녁 미사를 드리기 위해 성당으로 향하는 길이었다.

요셉은 복도 창가에 붙어 하늘을 올려다봤다. 해가 길어 아직은 환할 시간이었지만 이상하게 하늘이 우중충했다. 먹구름이 잔뜩 껴 금방이라도 비가 쏟아질 것 같았다.

"비가 오려나 봐요."

"국지성 호우 경보랍니다. 인터넷을 보니 이쪽은 태풍도 동반된다더군요."

유일하게 컴퓨터로 업무를 보는 라자로가 대답했다. 음. 경보랑 주의보랑 뭐가 다른 거지. 요셉이 문득 그런 고민을 하고 있을 때, 프란체스코가 우려 섞인 목소리로 말했다.

"저런, 밖에 대비를 해야겠구만."

"걱정 마십쇼, 원장 수사님. 아까 안토니오 수사님이랑 미리 다 해놨습니다."

베드로가 대답했다. 동시에 요셉은 아뿔싸 했다. 밖에 빨래를 널어뒀는데!

"원장 수사님! 저 빨래를 금방……."

성당 문을 열던 프란체스코는 알겠다는 듯 웃으며 끄덕였다.

요셉은 빠른 걸음으로 현관을 나가 우물가의 빨랫줄에 걸어둔 옷가지들을 걷었다.

그 순간 온 세상이 번쩍이듯 번개가 내리쳤다. 요셉은 깜짝 놀라 하늘을 바라봤다. 잠잠하던 하늘에서 쪼개지는 소리가 나더니 토독토독 굵은 빗방울이 안뜰에 떨어지기 시작했다.

수사들의 낮고 거룩한 성가가 어두운 성당에 울려 퍼졌다. 저녁 미사는 성가가 주를 이뤘다. 곡조 있는 기도로 주님을 찬미하며 하루를 마무리하기 위함이었다.

"주는 나의 목자시니 내게 부족함이 없으리로다~ 내 영혼을 다시 새로 살리시며 의로운 이 길로 인도하시도다~."

촤아아아아. 그러나 오늘은 사정없이 내리치는 빗소리가 성가를 머금는 것 같았다. 요셉은 더욱 힘주어 성가를 불렀지만 소용이 없었다. 사방을 때리는 비바람 소리가 꼭 수도원을 기름에 튀기기라도 하듯 매섭게 울렸다. 그래서인지 오늘따라 성당은 더욱 스산하게 느껴졌다.

쏟아지는 빗물이 천장으로부터 길게 내려온 스테인드글라스 창을 타고 폭포같이 흘렀다. 그 물줄기를 따라 알록달록한 그림자가 마치 오로라처럼 안을 비췄다. 왠지 좀 으스스하네. 요셉이 그런 생각을 하던 그때였다.

탁. 타닥. 무언가가 단발로 창문을 치는 소리가 들려왔다. 요셉은 깜짝 놀라 창가를 바라봤다. 수사들도 낌새를 느낀 듯 힐끔 그곳을 바라봤다. 부러진 나뭇가지들이 날아드는 소리 같았다. 별일 아닌 듯 모두가 다시 성가집을 바라보던 찰나, 또다시 창문을 치는 소리가 들려왔다. 직전보다 더 크고 뚜렷한 소리였다. 수사들은 그제야 성가를 멈추고 서로를 의아하게 바라봤다.

"밖에 혹시 누가 있는 거 아닙니까?"

"이 시간에, 이 날씨에요?"

베드로와 라자로가 작게 대화를 나누었다. 안토니오도 꿀꺽 침을 삼키며 묵묵히 창문을 주시했다. 에덴에 누가 찾아올 리 없는데……. 요셉도 왠지 조마조마했다. 잠간의 침묵이 흐르자 묵묵히 밖을 주시하던 프란체스코는 다시 성가집 페이지를 넘겼다.

쾅쾅쾅쾅쾅.

그러나 이번에는 아예 창문을 부술 듯이 두드리는 소리가 성당에 울렸다. 모두가 묘한 긴장감으로 얼어붙은 사이, 바깥의 정체를 확신할 수 있는 소리가 들려왔다.

"살려주세요!!!"

분명 날카로운 비명이었다. 프란체스코는 그제야 서둘러 성가집을 덮었다.

"내가 가보겠네."

"아닙니다, 원장 수사님. 제가 다녀올게요."

요셉은 재빨리 수도복 후드를 뒤집어쓰며 성당을 나섰다. 누군가가 멀쩡한 바가지를 깨부수고 갈 만큼 세상은 험하다. 혹시나 괴한이 있다면 조금이라도 젊은 내가 수사님들을 보호해야 해. 요셉은 떨리는 심장을 달래며 현관 앞에 섰다.

까치발을 들어 현관의 걸쇠를 푼 요셉은 주먹을 불끈 쥐고 벌컥 문을 열어젖혔다. 그러나 만반의 준비를 한 데 비해, 단 한 발

짝도 뗄 수 없었다.

"엄마 주여 아버지!!!"

요셉은 소스라치게 놀라 자기도 모르게 엄마와 주님을 동시에 찾고야 말았다. 현관문 코앞에…… 웬 시커먼 장발의 남자가 우뚝 서 있었다.

남자는 비를 맞았다기보다는 바다에라도 빠졌다가 나온 사람 같았다. 어깨까지 내려온 젖은 머리칼이 미역을 휘감은 것처럼 보였다. 심지어 그 미역 사이로 휘둥그런 두 눈이 요셉을 노려보고 있었다. 한없이 괴기스러운 모습이었다.

주여. 요셉은 딸꾹질이 나는 것을 간신히 참으며 입을 열었다.

"딸꾹! 누구……세요?!"

4. 더 게스트

"안녕하세요. 김영철이라고 합니다. 불쑥 찾아와서 죄송합니다. 정말 죄송합니다."

영철이라는 남자는 식당에 모여 앉은 수사들을 향해 연신 허리를 숙여 인사했다. 요셉은 영철의 장발에 숨겨진 얼굴을 자세히 보고 나서야, 그가 자신의 또래임을 알 수 있었다. 거친 생각과 불안한 눈빛을 주고받았던 첫인상과 달리 눈꼬리가 처진 것이 유순한 인상이었다. 라자로는 영철을 반기며 너스레를 떨었다.

"저는 예수님이 오신 줄 알았습니다."

"하하! 옷이랑 머리 스타일이 그렇군요!"

베드로도 껄껄 웃으며 맞장구를 쳤다. 영철은 뽀송뽀송한 긴 머리를 쓸어 넘기며 수줍게 웃었다. 처음 입어본 수도복이 낯선지 자꾸 매무새를 만지며 어쩔 줄을 몰라 하는 것 같았다.

"몸에 잘 안 맞으세요?"

요셉이 물었다. 샤워를 마친 그에게 당장 건넬 옷이 없어 여분의 수도복을 건넸던 것이다.

"아, 아닙니다! 딱 맞아요. 감사합니다. 정말 감사합니다."

"입고 계셨던 옷은 너무 엉망이 돼서 빨아놨는데 괜찮으신가요?"

"네?! 그렇게까지 안 해주셔도 되는데…… 죄송합니다. 감사합니다."

영철은 몸 둘 바를 모르겠다는 듯이 요셉에게 연거푸 고개를 숙이다가 무언가 떠오른 듯 허둥지둥 말했다.

"아, 아까는 놀라게 해드려 정말 죄송했습니다. 죄송합니다."

"아닙니다. 살려달라는 소리를 들어 걱정했어요. 세상이 하도 험한지라."

"그렇게 해야 문을 열어주실 것 같아서 그만……. 죄송합니다. 죄송합니다."

영철은 습관적으로 감사와 사과를 표현하는 사람 같았다. 프란체스코는 어딘지 불안해 보이는 그를 향해 따뜻하게 웃으며 말했다.

"잘 오셨습니다, 영철 형제님. 저는 프란체스코라고 합니다."

프란체스코는 정중히 자신을 소개한 뒤 베드로와 라자로, 요셉까지 마저 소개해 주었다. 영철은 한 명 한 명 소개받을 때마다 일일이 고개 숙여 인사하고는 의아한 듯 물었다.

"저 근데 성함이…… 외국분들이신가요?"

"수도명입니다. 주님께서 지어주신 새 이름이지요."

멋쩍게 고개를 끄덕이던 영철은 이내 콜록거렸다. 기침을 할 때마다 눈치를 보며 미안한 기색이 역력했다. 요셉은 걱정이 되어 물었다.

"비를 많이 맞으셔서 감기에 드셨나 봐요. 저희가 약이 없는데 어쩌지요."

"예?! 아닙니다. 괜찮습니다. 올라오기 전에 먹었어요. 신경 써 주셔서 감사합니다."

그때 주방 문이 열리고 안토니오가 나왔다. 안토니오는 영철 앞에 먹음직스러운 버섯볶음밥을 내려놓았다. 영철은 어리둥절한 얼굴로 음식과 수사들을 번갈아 바라봤다. 프란체스코는 아차 싶은 듯 수사들에게 말했다.

"식사할 때 다 모여서 보고 있으면 부담스러우시지 않겠나."

"참 그러네요. 죄송합니다, 형제님. 저희가 외부 손님이 찾아오신 게 오랜만이라 실례했습니다."

라자로는 재치 있게 양해를 구했다. 에덴에 손님이 찾아온 일은 정말 오랜만이긴 했다. 때문인지 침묵이 일상이었던 수사들조차 지금만큼은 어딘가 다들 들떠 보였다.

하지만 영철은 이런 친절이 오히려 곤란하기라도 한 듯 수저를 들지 못했다. 그리고는 머뭇대며 입을 뗐다.

"저 근데…… 제가 지금 돈이 없는데……."

수사들은 예상치 못한 대답에 살짝 당황해 서로를 바라봤다. 프란체스코는 영철의 의중을 파악한 듯 너그럽게 웃었다.

"파는 음식이 아닙니다. 주님께서 주신 양식입니다."

"네? 공짜라구요?"

영철은 화들짝 놀라 되물었다. 요셉은 설명할 수는 없지만, 영철이 놀라는 이유를 왠지 알 것도 같았다. 낯선 형제에게 자꾸 익숙한 느낌이 난다 싶었는데, 그는 에덴의 수사들을 처음 만났을 때 자신의 모습과 닮아 있었다.

모든 서비스와 친절에는 그에 상응하는 비용을 지불해야 하는 것, 대가 없는 친절에는 반드시 그 목적이 따르는 것. 요셉이 살던 사회란 그런 곳이었다. 그리고 그런 사회에서 소외되어 본 사람이 지을 만한 모습들. 한동안 잊고 살았지만 요셉에게 그 모습은 익숙한 것이었다.

영철이 여전히 우물쭈물하자 안토니오는 뭔가 속이 타는 듯, 느리지만 단호한 보디랭귀지를 하기 시작했다.

"빨리 안 드시면 숨 식어서 맛이 없어진다네요. 이분은 요리에 진심이십니다."

베드로가 안토니오 랭귀지를 통역하며 타이르듯 말했다. 마침 영철의 배에서도 꼬르륵 소리가 났다. 그제야 영철은 어렵사리 수저를 들었다. 그리고 먹기 전에 들인 뜸에 비해…… 정말 순식간에 그릇을 비웠다. 며칠은 굶은 사람처럼 보였다. 영철이 그릇까지 핥아 먹을 기세이자 안토니오는 아예 몇 그릇을 더 가져왔다. 영철은 푸드 파이터처럼 접시를 비웠다.

"살면서 먹은 밥 중에 제일 맛있었습니다. 잘 먹었습니다. 감사합니다. 정말 감사합니다."

식사를 마친 영철은 벌떡 일어나 감사 인사를 했다. 프란체스코는 줄곧 콜록대던 영철이 마음에 쓰였는지 안토니오에게 따뜻한 버섯 차를 부탁했다. 요셉은 안토니오에게 차를 받아 와 영철과 수사들 앞에까지 한 잔씩 내려놓았다.

"그래요 형제님. 산에서 길을 잃으셨다고요?"

프란체스코가 걱정스레 물었다. 영철은 차를 마시다가 화들짝 내려놓고는 말했다.

"네. 한참을 헤매는데 갑자기 하늘이 뚫린 것처럼 비가 오더라구요. 그러다가 태풍까지 불어서 꼼짝없이 죽겠구나 싶었는데 어디서 종소리가 들렸어요. 그거 따라서 무작정 올라오다 보니……"

"다행입니다. 저흰 항상 그 시간에 종을 치거든요."

프란체스코는 흐뭇하게 웃었다.

"여행을 오셨나 봅니다."

베드로가 궁금한 듯 커다란 상체를 쑥 내밀며 물었다.

"네네. 아래 게스트하우스에 있다가 여기 봉우리가 예뻐서 올라왔어요."

"게스트하우스면 여기 아랫마을도 아닌데 오름 보러 일부러 오신 겁니까?"

라자로도 간만의 사담이 즐거워 보였다.

"아, 아니에요. 여긴 있는 줄도 몰랐어요. 자전거 타고 가다가 우연히 발견해서……"

"자전거요? 아까 맨몸으로 오신 게 아니셨습니까?"

"아, 올라오다가 두고 왔어요. 도저히 끌고 다닐 수가 없어서……10년도 넘게 탄 거라 이미 고물이었거든요. 짐만 되더라구요. 헤헤."

영철은 기침도, 마음도 한결 편안해진 듯 말문이 트인 것 같았다.

"참, 같이 오신 분한테 연락은 드리셨습니까? 걱정하실 텐데요."

베드로는 문득 생각난 듯 물었다. 영철은 긴 머리를 머쓱하게 긁적였다.

"아…… 저는 혼자 왔어요."

"혼자요?! 그러셨군요. 저는 반지를 끼셔서 애인이랑 오셨나 했습니다!"

베드로는 나름 재미난 추론이라 생각했는지 팔짱을 끼며 너스레를 떨었다. 그 말에 영철은 새끼손가락에 긴 반지를 만지작거렸다. 잔뜩 녹이 슨 은반지 같았다.

요셉은 반지를 매만지는 영철의 분위기가 왠지 아련해진 것 같았다. 라자로도 요셉과 같은 낌새를 느꼈는지 재빨리 상황을 무마하려 입을 열었다.

"요즘 젊은 사람들은 반지를 액세서리로도 끼고, 여행도 혼자 많이들 다니시고 그렇습니다."

"오, 그렇군요! 그럼 형제님 댁은 어디십니까?"

베드로는 고개를 크게 끄덕이며 여전히 들뜬 목소리로 물었다.

"저는 서울에서 왔어요. 근데 집…… 집은…… 일거리 따라 계속 옮겨 다녀서……."

"독립을 하셨군요! 하긴 요즘 젊은 사람들은 다 일찍일찍 독립

하고 그러시지 않습니까!"

"어…… 독립…… 저는 가족이 없어서요. 얼굴도 몰라요. 그러고 보면 엄청 일찍 독립한 거겠네요. 헤헤."

베드로와 다른 수사들은 순간 엄청난 실례를 저지른 얼굴이 되었다. 그러나 영철은 이런저런 것들을 물어봐 주는 게 고맙기라도 한 듯 말을 하는 내내 수줍게 웃었다. 라자로는 베드로에게 빨리 사과드리란 눈치를 줬다. 베드로는 그제야 우물쭈물 입을 뗐다.

"이거 괜한 질문을 해서…… 공연히 죄송합니다."

"예?! 왜요? 아, 아니에요. 전 아무 상관 없어요!"

영철은 손사래를 치며 베드로보다 더욱 안절부절못했다. 라자로가 애써 화제를 전환했다.

"제주도로 여행 오신 이유가 따로 있으십니까?"

"아, 네네. 제주도에 좋은 추억이 있거든요. 마지막으로 꼭 다시 와보고 싶었는데 운이 좋았어요."

"마지막이요?"

요셉의 입에서 무의식적으로 말이 튀어나왔다. 마지막으로 여행을 떠나기에는 너무 젊은 나이라는 생각 때문이었다.

"네네. 여기 오기 전에 죽으려고 했거든요."

요셉은 그의 해맑은 대답에 말문이 막혔다. 정작 영철은 대수롭지 않다는 듯 미소를 띠고 있었다. 요셉은 그 미소 때문에 자신이 잘못 들은 줄로만 알았다.

그러나 다른 수사들 역시 당황한 기색으로 보아 제대로 들은 게 맞았다. 수사들은 누구도 어떤 말도 잇지 못한 채 애써 침착한 얼굴로 영철을 바라볼 뿐이었다. 쭉 경청하던 프란체스코만이 나지막이 입을 열었다.

"힘든 일이 있으셨군요."

영철은 머리를 긁적이며 잠시 고민하는 듯 싶더니 머쓱하게 말을 이었다.

"어…… 네……. 그게…… 친구한테 사기를 당했거든요. 그게 보통 친구가 아니어서 더 좀 그랬나 봐요. 어려서부터 같이 자란 친구기도 했고, 유일하게 내 편인 줄 알았던 친구였는데…… 어느 날 연락이 와서는 같이 사업하자더니…… 돈을 보내니까 갑자기 연락이 안 되더라구요. 집에도 없고. 무슨 일이 있었나 봐요. 헤헤."

정말 착한 형제구나. 죽고 싶을 정도로 자길 힘들게 한 사람을, 생판 처음 만난 사람들 앞에서조차 욕하지 않으려고 애쓸 만큼. 요셉은 이제 영철의 미소가 어딘지 쓸쓸해 보였다.

"분명한 건 들고 달아나신 겁니다. 무슨 일인지는 중요치 않지요."

라자로는 현실을 직시시켜 주려는 듯 단호하게 상황을 정리했다.

"그렇……겠죠? 그래도 금액이 그렇게 크진 않아서 다행이었어요."

"어느 정도였습니까?"

"3000만 원이 조금 안 됐어요."

"3000만 원이요?! 단돈 3000원이라도 남의 돈을 함부로 가져선 안 되는 겁니다! 그건 강도짓이니까요!"

심각하게 듣고 있던 베드로도 의분이 이는 것 같았다.

"무엇보다 진짜 친구는 돈을 들고 달아나지 않아요."

요셉도 속이 상해 한 마디 거들었다. 영철은 두둔을 받는 입장이 된 것이 어색한 사람처럼 머리를 긁적거리며 웃었다.

"근데 또 이런 적이 한두 번이 아니라서요. 그렇다는 건 꼭 개 문제만은 아니지 않을까요?"

요셉은 순간 영철의 팔목으로 시선이 쏠렸다. 스스로 생을 마감하기 위해 수없이 시도했던 흔적들이 고스란히 흉터로 남아 있었다.

"이상하게 제가 돈을 좀 모으면 이렇게 다가오는 사람들이 많았거든요. 아, 다 좋은 사람들이었어요. 그래서 별 의심 없이 빌려도 주고, 보증도 서주고 그랬는데⋯⋯ 끝이 하나같이 이렇게 되더라구요. 전에는 화도 나고 왜 나한테만 이런 일이 생기나 원망스럽고 그랬는데⋯⋯ 생각해 보면 그 사람들이 제 돈을 뺏은 건 아니잖아요. 결국 제가 제 손으로 준 건데⋯⋯ 누굴 탓할수록 그건 제 잘못이라는 생각만 들었어요. 이렇게 생겨먹었으니까 다들 그랬던 거 아닐까⋯⋯."

영철은 마치 좋은 추억이라도 회상하는 사람처럼 말했다. 중간중간 잔뜩 해줄 말을 참고 있던 수사들도 그의 초연한 미소를 보고는 전부 입을 다물었다. 단순히 편을 들어주고 위로하는 것 정도로는 회복하기 힘든 마음의 상처 같았다. 곪아 터지길 반복하다 이내 흉터가 된 상처처럼 느껴졌다. 잠자코 듣던 프란체스코가 정중히 물었다.

"유일하게 믿었다는 친구분도 그중에 있었던 거군요."

"아…… 네. 걔까지 그렇게 가버리니까 처음에는 나만 없으면 이제 이런 일도 없겠구나 싶었거든요. 근데 그게 문제가 아니었어요. 내 주변에는 이제 그렇게 다가올 사람조차…… 아무도 없구나 싶었어요. 그래서 이번에는 진짜 세상에 미련이 없다는 생각이 들었죠."

이번에는 진짜 세상에 미련이 없다고. 요셉은 애꿎은 찻잔만 매만지는 영철의 팔목을 다시 바라봤다. 저건 형제가 겪었던 수많은 미련의 자국들이었구나. 요셉은 왠지 자신의 마음까지 쓰려오는 것 같아 더는 바라볼 수 없었다.

"다행히 여비는 남으셨나 봅니다."

라자로가 애써 쓴웃음을 지었다.

"그게 진짜 놀라워요. 죽기 직전이었어요. 여관에서 이렇게 목을 걸고 매달려 있었는데, 막상 숨이 넘어가려니까 제주도가 생각이 났어요. 아, 그때 거기 참 좋았는데 하면서 팔다리에 힘이 풀리고 있었거든요. 근데 그때 갑자기 핸드폰이 울리는 거예요."

영철은 이제 아주 무용담이라도 늘어놓는 듯 재잘댔다. 그의 자극적인 묘사에 마음이 아픈 것은 온전히 수사들의 몫인 것 같았다. 순간순간 여기저기서 주여…… 주여…… 탄식이 나왔다.

"신기한 게 죽어가는 마당에 그게 또 너무 궁금해지는 거예요. 누구한테 연락이 온 건가? 누구지? 뭐지? 간신히 주머니에서 핸드폰을 딱 꺼냈는데 글쎄 100만 원이 입금된 거예요!"

"오...... 주여......."

베드로는 어찌나 몰입했는지 금방이라도 오열할 것처럼 목소리를 떨었다.

"송금인이 곽두철이라고, 제가 대리석 공장 다닐 때 사장님이었거든요. 밀린 월급 달라고 해도 회사 사정 운운하면서 계속 안 주던 분이었어요. 나중에 알고 보니 저만 안 준거였지만 지난 일이기도 해서 그냥 안 받고 말자 하고 잊고 있었거든요. 근데 그 사장님이 갑자기 돈을 보낸 거였어요. 하필 딱 그때요."

"주여! 그래서 그 사람은 이제 와서 왜 보냈답니까?"

"모르겠어요. 구청장 선거에 나간다는 소문을 들었는데, 큰일 하기 전에 마음을 고쳐먹은 거 아닐까요? 그때 미안했다고 문자도 왔거든요!"

"큰일 하기 전에 말 나올 구멍들을 막는 거겠지요."

서로 감동의 쿵짝을 맞추는 베드로와 영철을 바라보며, 라자로는 안타깝다는 듯 중얼거렸다. 그러거나 말거나 영철은 이야기를 늘어놓을수록 그저 속이 후련해지는 것 같았다.

"막상 100만 원이 들어오니까 이걸 그냥 두고 죽기가 너무 아까운 거예요. 마침 죽기 전에 제주도가 떠올랐는데 돈이 생긴 셈이니까요. 그래, 이 돈으로 제주도를 가자! 그래서 제주도에 올 수 있었어요."

"아멘! 주님께서 주신 돈이었군요!"

베드로는 영철의 손을 덥석 붙들고 기뻐 소리쳤다.

"그럼 100만 원은 벌써 다 쓰신 겁니까? 아까 돈이 없다고 하신 거는……."

라자로가 의아해 물었다.

"아, 막상 맨몸으로 오니까 이것저것 필요해서 좀 사다 보니……. 이것도 여기 와서 샀거든요!"

영철은 메고 왔던 까만 백 팩을 자랑스럽게 들어 보였다. 'Gore—tax'. 가방의 전면에 자랑처럼 붙어 있는 마크였다. 어라, 스펠링이 틀렸는데. 피의 세금? 피 같은 세금? 그런 건가. 요셉은 최대한 좋게 생각해 보려 했지만…… 저건 아무리 봐도 짝퉁이었다. 아니나 다를까, 라자로도 가방을 들고 기뻐하는 영철을 보며 이마를 부여잡았다.

"혹시 얼마를 주셨습니까?"

"20만 원이요. 노점 할아버지가 그 더위에 땀을 뻘뻘 흘리시고 계시길래 구경 좀 해드렸더니 이걸 추천해 주셨어요. 전국에 하나 있는 거랬어요. 20년은 거뜬해서 20만 원이라고!"

"어쩐지 상당히 좋아 보였습니다!"

베드로는 가방을 이리저리 살피며 감탄했다. 영철도 뿌듯해 보였다. 요셉과 라자로는 그런 둘을 보며 어딘가 안타까운 미소를 지었다. 내내 미소를 머금고 있던 프란체스코가 물었다.

"여행은 전과 비교했을 때 어떠셨습니까."

"솔직히 말씀드리면…… 전에 왔을 때가 나았어요. 헤헤."

"그때도 혼자서 오셨습니까?"

"그때는 여자 친구랑 왔어요. 첫사랑이었거든요. 그래서 그때가 더 나았나?"

영철은 지금 생각해도 설레는 듯 부끄러워했다.

"근데 아니에요. 생각해 보니 게스트하우스에 있을 땐 그냥 그랬는데, 지금 선생님들 뵙고 나니 이번 여행도 좋아졌어요. 아, 그런데 선생님이 맞나요? 뭐라고 불러드려야……"

"저희는 에덴 수도원의 수사들입니다. 편하게 부르십시오."

프란체스코가 따뜻하게 미소 지었다.

"수사…… 멋지세요. 수사님들 덕분에 지금이 제일 즐거워요. 정말 감사합니다."

영철은 밝게 웃으며 대답했다. 그러자 프란체스코는 사뭇 진지하게 말을 이었다.

"그렇다면…… 실례지만 한 가지 부탁을 드려도 되겠습니까?"

"예? 전 괜찮은데, 제가 들어드릴 수 있을지……"

영철은 부탁이라는 말에 순간 다시 의기소침해진 듯 보였다. 프란체스코는 인자하게 웃었다.

"지금처럼 즐거운 마음을 간직해 주셨으면 합니다. 그래서 앞으로는 스스로 세상을 떠나려는 마음을 먹지 말아주셨으면 합니다. 이 부탁입니다."

영철은 벙찐 채 수사들을 바라봤다. 모두가 진심을 담아 고개를 끄덕였다. 영철의 눈가가 촉촉해지는 것 같았다. 그리고 이내 환히 웃으며 끄덕였다.

"꼭 그럴게요."

"아멘!"

수사들은 누가 먼저랄 것도 없이 아멘을 외쳤다. 영철은 신이 나서 수다를 이어갔다.

"사실 죽으려고 매달려 있을 때 생각난 게 또 하나 있었어요. 지금 내가 죽으면 내 장례식장에는 누가 올까? 그러고 보니까 정말 아무도 없겠더라구요. 그게 좀 후회됐어요. 왜 죽고 나서 슬퍼해 주는 사람이 없으면 잘못 산 거라잖아요. 그러니까 이제 저도 잘 살아볼게요. 제 장례식장에 사람들이 꽉 찰 만큼요."

"주여! 창창한 형제가 어찌 장례부터 생각하며 사십니까!"

"그럼요. 그리고 앞으론 큰돈 버셔도 절대 누구한테 함부로 주거나 하시면 안 됩니다."

베드로와 라자로는 마치 삼촌들처럼 넌지시 조언했다.

"예. 꼭 그럴게요. 근데 어차피 제 팔자에 큰돈은 벌지도 못할 거예요. 지금도 개털인데요. 로또라도 맞으면 또 모를까. 헤헤."

영철도 너스레를 떨었다.

"로또 같은 거는 허황된 꿈입니다. 땀 흘려 일하시면 다 하느님 뜻대로 열매 맺으실 거예요."

라자로가 영철의 어깨를 토닥이며 개구지게 타일렀다.

"아, 로또는 하느님 뜻이 아닌가요?"

"그럼요. 저희는 그런 걸 사지 않습니다. 형제님은 사시는군요?"

"네. 저는 매주 사요."

"저런. 그거 맞으면 어찌시려고요. 또 돈을 탐하는 사람들이 꼬일 텐데요. 큰돈에는 뱀이 꼬이기 마련입니다."

"괜찮아요. 맞을 리가 없거든요. 헤헤."

"맞을 리 모를 만큼 안 맞을 리도 모르는 것인데. 어찌 그리 장담을 하십니까."

"1, 3, 5, 7, 9, 11, 이런 번호로 당첨되기는…… 어렵지 않을까요?"

영철은 해맑았다. 그와 즐겁게 대화를 나누던 라자로만이 말문이 막힌 것 같았다. 옆에서 곰곰이 생각해 보던 요셉은 고개를 끄덕였다.

"확실히 그거로는…… 힘들다고 봐야겠네요."

"그렇죠? 당연히 안 되겠죠?"

영철은 요셉의 말에 확신을 얻은 듯 만족스러워했다. 라자로는 도무지 이해가 안 간다는 얼굴이었다.

"실제로 사셨다는 말씀입니까? 그 번호로요?"

"네……. 아까도 샀어요."

"……왜인지 여쭤봐도 되겠습니까?"

"음…… 그냥…… 매주 사던 거라 샀어요."

"지난주는 그럼 어떤 번호로 사셨습니까?"

"이번 주랑 같은 번호로 샀어요."

"혹시 매주 사신다는 게, 매주 그 번호로 사신다는 건 아니지요?"

"어…… 매주 이 번호로 사요."

"얼마나…… 매주 말입니까?"

"그거는 생각해 본 적 없는데……. 제가 성인이 되고 부터니까…… 어…… 벌써 10년쯤 됐네요. 와."

영철은 스스로 감탄했다. 언제부터 사 왔는지는 난생처음 헤아려 본 모양이었다. 라자로는 등받이에 등을 기댄 채 잠시 상념에 빠지더니 심각하게 되물었다.

 "그걸…… 대체 왜 그러셨을까요?"

 영철은 진지하게 고민했다. 미간을 잔뜩 찌푸리는 것을 보니 골치까지 아픈 것 같았다. 베드로는 이게 대체 무슨 소린지 잘 이해가 안 가는 듯 갸우뚱할 뿐이었고, 안토니오는 연구 대상을 바라보듯 영철을 빤히 바라봤다. 프란체스코는 그저 옆에서 재미나단 얼굴로 웃으며 차를 마셨다. 잠깐의 침묵 동안 모두의 시선이 영철에게 집중되자, 그는 갑자기 부담스러운지 조심스레 입을 열었다.

 "꼭 그거를…… 그렇게 사야…… 기분이 좋아서?"

 라자로는 맥이 풀린 한숨을 내쉬었다. 기분이 좋아서. 그래, 기분이 좋은 게 최고지. 요셉은 어렵사리 수긍했다. 영철은 이제 복잡한 생각은 접어둔 것처럼 유쾌하게 말했다.

 "그냥 습관처럼 샀어요. 1000원밖에 안 하기도 하고……. 아, 저는 딱 한 줄만 사거든요, 그 번호로. 절대 당첨 안 될 번호라는 건 아무도 안 살 번호니까……. 그런 번호로 꼭 그렇게 사야 뭔가 살아 있는 것 같기도 하고……. 어…… 그러고 보니까 그게 꼭 저 같아서 샀나 봐요!"

 영철은 자신이 찾던 답에 근접한 듯 진심으로 기뻐했다. 요셉은 정말 미안한 말이지만 그에게 왜 그렇게 사기꾼들이 달라붙었는지 조금은 알 것도 같았다. 다른 수사들 역시 요셉과 비슷한 마음인 듯 영철을 안쓰럽게 바라봤다. 그때 프란체스코가 함박웃음을 지었다.

"이유 모를 행복이 넘친다면 그게 하느님 뜻이신가 보군요."
"와, 그게 그렇게 되나요?"

영철은 프란체스코의 첨언을 마음에 들어 했다. 식당 안은 모두의 웃음소리로 가득 찼다. 에덴에서 좀처럼 보기 힘든 광경이었다.

본관의 현관문을 열자 굵은 빗줄기가 기다렸다는 듯 얼굴을 때렸다. 요셉과 영철은 얼른 수도복 후드를 뒤집어쓰고 안뜰을 달려 별관으로 향했다. 똑바로 걷기도 힘들 만큼 강한 비바람이 몰아쳤다.

나무로 지어진 별관은 물기를 잔뜩 머금어 거무튀튀한 산장처럼 보였다. 요셉은 현관 처마 아래에서 문을 열기 위해 씨름했다. 까맣게 녹이 슨 자물쇠는 라자로에게서 받아 온 마스터키도 잘 들어가지 않을 만큼 엉망이었다. 문 앞에 못질된 'The guest house' 팻말이 무색할 정도로 오랜만에 찾아온 손님이니 그럴 법도 했다.

가까스로 자물쇠를 따자 현관문이 쾅 소리를 내며 요란하게 열렸다. 요셉과 영철은 바람에 떠밀리듯 안으로 들어갔다.

백열전구가 위태로운 소리와 함께 불을 밝혔다. 스무 평 남짓한 거실은 움직일 때마다 먼지의 이동이 보일 정도로 꾀죄죄했다. 요셉은 대청소를 할 때 몇 번을 제외하고는 이곳에 들어온 것도 손에 꼽았다.

거실로부터 일자로 난 짧은 통로에 네 개의 방이 다닥다닥 붙어 있었다. 흡사 고시원이 떠오르는 복도식 구조였다. 발을 내딛을 때마다 눌어붙은 장판이 떨어지며 쩍쩍 소리를 냈다. 요셉은 바로 앞의 첫 번째 방으로 영철을 안내했다. 나머지 세 방은 전부 창고로 쓰고 있었기에 선택의 여지가 없었다.

요셉은 영철의 방으로 침구류부터 건네고는 창고로 쓰던 방들을 뒤져 선풍기 하나를 찾아냈다. 전에 청소하면서 본 기억이 있었는데 다행이다. 대체 언제 쓰던 건지도 가늠이 되지 않을 만큼 낡은 '골드스타(Gold Star)' 선풍기였다.

"더우시지요. 이게 제대로 돌아갈지는 모르겠는데……."

"아, 저는 괜찮은데. 감사합니다. 와, 이거 어릴 때 보던 건데. 반갑네요."

요셉이 선풍기를 가지고 들어오자 이부자리를 펴던 영철은 벌떡 일어나 그것을 받아 들었다. 방은 성인 남자 둘이 들어서자 그득히 차 보일 정도로 아담했다. 벽에 걸린 말씀 액자와 고양이 한 마리 들락거릴 만한 작은 창문 외에는 어떤 것도 없는 빈방이었다. 숨이 막히도록 습한 날씨 덕에 꿉꿉한 곰팡이 냄새까지 가득했다.

"오다가다 본 건데 저도 써보기는 처음이라…… 잘 돌아갔으면 좋겠는데요."

요셉은 선풍기 코드를 콘센트에 꽂았다. 3단 버튼을 누르자 다행히 프로펠러가 돌았다. 그러나 별안간 탈탈탈탈탈, 모터가 터질 듯한 소리를 내며 진동했다. 요셉은 식겁하며 2단으로 버튼을 바꿔 눌렀다. 천만다행으로 한결 안정적이었다.

"3단은 위험하겠습니다. 하하."

"1단보다야 나은데요. 정말 감사합니다. 헤헤."

둘은 머쓱하게 농담을 주고받았다. 요셉은 영철이 펴다 만 누리끼리한 이부자리를 보자 못내 미안한 마음이 들었다.

"누추한 곳에 묵게 해드려 죄송해요. 미리 정리를 좀 해둘 것을……"

"예?! 무슨 말씀이세요! 이만하면 너무 좋은데요! 아 참, 수사님 이거요."

영철은 한쪽에 둔 나무 조각들을 건넸다. 'The'와 'guest'라 조각된 팻말이었다.

"아까 문 열리면서 떨어지더라구요. 괜찮으시면 제가 내일 붙여드릴게요."

"주여. 그랬군요. 아닙니다. 저희가 고치겠습니다. 그럼 평안한 밤 되십시오, 형제님. 내일 형제님 식사까지 차려놓으신다니 아침 꼭 같이 들고 가세요."

"예?! 수사님들이랑 다 같이요?"

"아, 시간이 좀 이르시지요. 더 주무셔도 괜찮……"

"아닙니다! 일찍 일어날게요. 정말…… 정말 감사합니다, 수사님."

영철은 요셉의 말이 끝나기도 전에 서둘러 대답했다. 영철은 어딘지 벅차 보였다. 누군가와 함께 식사를 한다는 것만으로도 황홀한 사람의 모습 같았다.

인사를 마치고 방을 나선 요셉은 신발장 앞에서 신발을 신고 있었다. 그때 영철이 요셉을 다급히 부르며 방을 나왔다. 영철은 메고 온 Gore—tax 백 팩을 뒤적거리더니 조심스레 뭔가를 꺼내 요셉에게 건넸다. 로또 용지였다.

"가방이 역시 비싼 값을 하네요. 방수가 잘돼요."

영철은 자신의 백 팩을 보이며 머쓱하게 웃었다. 요셉은 받아든 로또를 잠시 바라봤다. 살짝 눅눅하게 젖기는 했지만 형체를 알아보는 데는 문제가 없었다.

제1234회 추첨. 1, 3, 5, 7, 9, 11.

주여. 이게 정말 사실이었다니. 요셉은 놀라움에 웃음이 나왔다. 영철은 요셉이 웃자 따라 웃으며 머리를 긁적였다.

"신세만 져서 저도 뭐라도 드리고 싶은데…… 지금 가진 게 그거밖에 없어서요. 죄송해요."

"헌금을 하시는 거예요?"

"헌금! 좋네요. 근데 그렇다기에는 아무 쓸모 없는 종이인데……."

"쓸모없다니요. 아닙니다. 근데 이번에 맞으면 어쩌려고 그러세요."

"그렇다면 그건…… 하느님의 뜻 아니겠어요?"

영철은 수사들의 말투를 흉내 내며 너스레를 떨었다. 요셉 또

한 그 말에 아멘으로 화답하며 웃었다. 그 모습이 너무 기대한 것처럼 보였는지 영철은 겸연쩍어했다.

"그…… 기대는 마세요. 여태껏 5등 한 번 된 적 없어요."

"알고 있습니다. 그래야만 기분이 좋은 것 아니겠습니까?"

둘은 서로를 마주 보며 친구처럼 웃었다. 요셉은 영철의 표정이 처음 마주했을 때와는 몰라보게 밝아진 것 같아 기뻤다.

폭풍우는 그칠 줄을 몰랐다. 본관으로 뛰어 들어온 요셉은 잔뜩 젖은 수도복의 물기를 털고는 노심초사 주머니의 로또부터 꺼내 살폈다. 다행히 아무 이상은 없었다. 오는 내내 젖어서 찢어지진 않았을까 걱정됐는데. 요셉은 그것을 조심스레 쥐고는 입으로 후후 불어가며 어두운 복도를 걸었다.

에덴을 향한 누군가의 호의를 처음 느껴본 것 같았다. 비록 1000원짜리 복권에 불과하지만, 당첨되지 않을 것도 알지만, 그건 중요한 게 아니었다. 영철은 이 로또가 꼭 자기 자신 같다고 했다. 그의 진심이 고스란히 담긴 것만으로도 더할 나위 없이 경건하게 느껴졌다. 빨리 날이 밝아 다른 수사들에게도 이 고마운 소식을 전해주고 싶다는 생각뿐이었다. 그때였다.

방으로 향하던 요셉은 순간 걸음을 멈췄다. 복도에 난 창으로 사무실 안의 어른어른한 불빛이 느껴졌다. 아무래도 컴퓨터가 켜져 있는 것 같았다. 물론 사무실에는 아무도 없어 보였다.

라자로 수사님이 깜빡하셨나. 한 번도 이런 적 없으셨는데. 에덴의 수사들은 단언컨대 일과 외 개별 행동을 할 리가 없었다. 모두가 잠들고도 남았을 이 야심한 시각에 누가 컴퓨터를 켰을 리는 없을 터였다.

　사무실 문을 연 요셉은 조심스레 인기척을 냈다. 역시 아무도 없었지만 빼꼼 열린 창문으로 비가 들이치고 있었다. 그냥 지나쳤으면 큰일 날 뻔했네. 요셉은 재빨리 창문부터 닫았다. 전원을 끄기 위해 컴퓨터 앞에 앉았다. 그러다 문득 화면 하단의 날짜에 시선이 머물렀다.

　참, 오늘이 토요일이었구나. 벌써 9시도 넘었네. 내일이 주일인데 빨리 자야겠다. 요셉은 시스템 종료 버튼을 누르려고 커서를 옮겼다.

　참, 로또 추첨 방송이 보통 토요일 밤 9시면 끝났지. 지금쯤 결과가 나왔겠다. 시스템 종료를 누르려던 요셉의 손가락이 우뚝 멈췄다. 요셉은 왼손에 쥐고 있는 로또를 잠시 바라봤다. 궁금했다. 불현듯 결과를 확인해 보고 싶은 욕구가 머릿속에 똬리를 틀었다.

　주여, 아닙니다. 수사가 어찌 감히 그런 것을 궁금해하겠습니까. 요셉은 콱 소리가 나도록 단호하게 시스템 종료 버튼을 클릭하고는 보란 듯이 사무실을 박차고 나와 방으로 향했다. 괜스레 발걸음마저 빨라졌다. 불손한 욕구에 미혹당한 것만 같아서였다.

5. 선악과

 유달리 칠흑 같은 사무실이었다. 윈도우 부팅 효과음에 화들짝 놀란 요셉은 상체를 숙이고 주변부터 살폈다. 누가 있지도 않은데 심장이 콩닥거렸다. 구닥다리 모니터가 내뿜는 불빛만이 어룽어룽 시야를 밝혀왔다.
 어둠 속에 숨어 숨죽이는 모습이 영락없는 죄인의 형상이구나. 죄스러워 쥐구멍에라도 숨고 싶었다. 그러나 한번 움튼 호기심은 도무지 가실 기미가 없었다. 기회는 지금뿐이라는 생각 때문에…… 도저히 방에 들어갈 수 없었다.
 하필 로또 추첨 방송이 있는 날, 뜬금없이 로또를 헌금 받다니. 그것도 하필 검색 한 번이면 결과를 알 수 있는 시간에, 왜 하필 컴퓨터까지 켜져 있어서. 평소 같으면 사무실에 들어올 일조차 없었을 텐데! 요셉은 범람하는 생각들에 떠밀리듯 인터넷 아이콘을 클릭했다.
 어찌나 구형 컴퓨터인지 접속하는 데만 한참이 걸렸다. 덕분에 기다리면서도 조마조마해 죽을 맛이었다. 이윽고 포털 사이트가 뜨자 요셉은 '이번 주 로또 당첨 번호 조회'를 검색했다.

주님. 당첨의 기대로 이러는 게 아닌 것을 아시지요. 확인만, 그저 확인만 해보고 싶을 뿐입니다. 궁금증을 해소하는 것 정도는 용납해 주실 수 있지 않을까요. 애써 합리화의 기도만 가슴속에 솟구쳤다. 그러던 도중 대망의 검색 결과가 눈앞에 펼쳐졌다.

제1234회 차. 당첨 번호. 1, 3, 5, 7, 9, 11.

쉴 새 없이 콩닥거리던 심장이 갑자기 펌프질을 멈춘 것 같았다. 처음 알았다. 사람이 비현실적인 것을 보면 오히려 무감각해지는구나. 마치 꿈속에서 이게 꿈이란 사실을 인지해 버린 느낌이었다. 덕분에 '당첨금 보기' 항목을 클릭할 때까지 무덤덤할 수 있었다. 하지만 심장이 다시 요동치는 것은 순식간이었다.

이번 주 1등 당첨금. 60억.

주여. 지금 이게 다 무엇입니까. 요셉은 사시나무처럼 떨리는 손으로 품 안의 로또 용지를 꺼내 모니터와 번갈아 보며 몇 번을 확인했지만 틀림없었다. 분명히 1234회 차였고, 분명히 이번 주 당첨 번호와 전부 일치했으며, 이 모든 건 분명히…… 꿈이 아니었다.

방으로 돌아온 요셉은 빨랫비누를 담아두던 소형 지퍼 백에 로또를 넣었다. 60억짜리 로또 용지를 그냥 보관해서는 안 될 것 같아서였다. 그리고는 로또가 담긴 지퍼 백을 책상 위에 멀찍이 밀어두고 재빨리 반대편 침상에 드러누워 이불을 뒤집어썼다. 무시무시한 미확인 생명체와 동거하게 된 것처럼 심장이 두근거려 고막까지 울릴 지경이었다.

저게 정말 1등에 당첨되리라고는 상상도 못 했다. 애초에 로또 1등에 당첨된다는 것부터가 다른 사람 얘기, 아니, 판타지 같은 얘긴 줄로만 알았다. 영철 형제도 이 기막힌 사실을 알았을까. 그러자 영철의 비장한 전언이 떠올랐다. '그렇다면 그건…… 하느님의 뜻 아니겠어요?'

……아니. 영철은 이 사실을 모를 것이다. 어쩌면 알려고 하지도 않을 것이다. 당첨되지 않을 걸 알면서도 10년 동안 습관처럼 사 왔다고 했다. 그 말인즉, 내일 형제가 길을 떠나면 60억의 소유는 오로지…… 그 존재를 아는 나에게 있다는 말이 되나?

요셉은 벌떡 일어나 머리를 쥐어뜯었다. 오 주여, 안 됩니다. 청빈을 서원한 수사가 물욕에 흔들리다니요! 좁은 방 안을 안절부절 헤매던 요셉은 퍼뜩 지퍼 백을 노려봤다.

……잠시 후. 요셉은 지퍼 백 위에 매직으로 '헌금'이라고 대문짝만 하게 적었다. 이것이 60억이든, 60원이든 그저 영철의 귀한 마음이 담긴 헌금일 뿐이다. 그것을 확실히 마음에 새기기 위함이었다. 요셉은 한결 홀가분해진 마음으로 다시 침상에 누웠다.

……그러나 진정이 안 되기는 매한가지였다. 머릿속에 온갖 복잡한 생각들이 얽히고설키자 요셉은 아예 머리통을 이불 속에 처박고 불꽃같은 기도를 이어갔다.

"주여! 유혹에 빠지지 않게 하시고 악에서 구하소서! 저것은 한낱 종이일 뿐입니다! 아버지!!!"

……아버지. 아아, 아버지! 그러자 귀한 외동아들 요셉은 이번에는 문득 부모님 생각이 났다. 평생을 뼈 빠지게 일해 하나뿐인

아들을 금이야 옥이야 기른 부모님……. 그런데 그 하나뿐인 아들이 수사가 되는 바람에 평생 자식 호강 한 번 받아볼 일 없어진 우리 부모님!

한 줄기 눈물이 볼을 타고 흘러내렸다. 내 또래 청년들은 월급 모아서 부모님 효도 관광도 보내드리고 할 텐데, 나는 평생 효도 관광은커녕 수도원 면회 관광뿐이 해 드릴 수가 없구나. 혹시 수사로서 드리지 못할 효도를 이렇게라도 통 크게 하라는 주님의 뜻이실까?

오, 주여! 아닙니다! 이건 사탄의 뜻이다! 요셉은 별안간 사탄의 속삭임을 떨쳐내려 벽에 걸린 십자가까지 떼어내 부둥켜안고는 유혹과 씨름하듯 침상에 엎어져 처절히 기도를 이어갔다. 어느덧 책상 위의 작은 탁상시계는 자정을 넘어가고 있었다.

댕― 댕― 댕―.

주일 새벽의 동이 텄다. 하루의 시작을 알리는 종소리가 에덴에 울려 퍼졌다. 번데기처럼 이불을 둘둘 말고 잠든 요셉은 그 소리가 꿈인 줄만 알았다. 그러다 번쩍 정신이 들었을 땐 이미 잔존하던 종소리마저 말끔히 사라진 뒤였다. 입회 3년 만에 첫 지각이었다.

요셉은 헐레벌떡 성당으로 달려갔다. 헝클어진 머리와 광대뼈까지 내려온 다크서클, 볼기짝의 마른침 자국도 닦지 못한 상태였지만 신경 쓸 겨를이 없었다.

성당 문을 벌컥 열자 달력 앞에 모여 있던 다른 수사들이 일제히 요셉을 바라봤다. 요셉은 허둥지둥 성호를 그어 인사하고는 대열에 합류했다. 홍당무처럼 달아오른 요셉이 어쩔 줄을 몰라 하자 수사들은 너그럽게 웃어 보였다. 프란체스코도 괜찮다는 듯 요셉을 다독였다.

"자, 그럼 다 모였으니 오늘 말씀을 받아 읽지."

프란체스코가 어제 날짜의 달력을 뜯어냈다. 모두가 한목소리로 오늘 주신 주님의 말씀을 읽었다.

"좁은 문으로 들어가거라. 멸망에 이르는 문은 크고 또 그 길이 넓어서 그리로 가는 사람이 많지만 생명에 이르는 문은 좁고 또 그 길이 험해서 그리로 찾아드는 사람이 적다."(마태오의 복음서 7:13―14)

"아멘."

"크흑…… 크흐흑!"

모두가 아멘으로 말씀을 받는 와중에 요셉은 눈물이 터지고 말았다. 밤새 홀로 유혹과 싸우던 기억이 밀물처럼 밀려왔다. 오늘 주신 저 말씀은 그런 자신을 꾸짖는 것만 같았다.

좁은 문으로 들어가는 것만이 생명의 길이다. 넓은 문으로 들어가는 것은 멸망의 길인 것이다. 그런데 나는 밤새…… 로또를 두고 쾌락과 안락과 물질적 풍요와 몸이 편하고자 넓은 문을 꾀하지 않았던가! 수사란 주님 안에서의 영원한 생명을 위해 기꺼이 좁은 문을 택하는 존재인 것을!

"죄송합니다, 수사님들! 저는 넓은 문으로 들어가고자 했습니다! 주님 말씀을 어기고 멸망을 향해 가고자 했습니다!"

요셉은 아이처럼 흐느꼈다. 지각생의 갑작스런 고해(告解)에 나머지 수사들은 어안이 벙벙해져 그런 요셉을 바라봤다. 프란체스코가 걱정스레 물었다.

"요셉, 간밤에 무슨 일이라도 있었나?"

그의 다정한 목소리에 더욱 감정이 북받쳐서 요셉은 그만 하늘 같은 원장 수사님을 와락 끌어안는 실례까지 하고 말았다. 영문도 모른 채 등을 토닥이는 프란체스코의 손길이 한없이 따스해 요셉은 한참을 울었다. 그리고 간밤의 모든 사실을 수사들에게 있는 그대로 털어놓았다.

수사들은 요셉의 진심 어린 고백을 경청했다. 듣는 내내 모두의 얼굴에는 감동과 놀라움이 번갈아 번졌다. 그러나 라자로는 들으면서도 자신의 귀를 의심할 수밖에 없었다. 요셉이 사무실 컴퓨터로 로또 당첨 결과를 확인하기 바로 직전…… 자신도 그 결과를 확인했기 때문이었다.

요셉만큼이나 라자로에게도 어제는 전에 없던 고난의 밤이었다. 20년도 넘는 수도 생활 동안 어제처럼 잠을 이룰 수 없던 밤은 처음이었다. 그 이유는 암만 생각해도 기막힐 노릇이었다.

1, 3, 5, 7, 9, 11.

당최 이 말도 안 되는 번호는 무어란 말인가. 하도 어이가 없어 딱 한 번 들었음에도 좀체 잊히질 않았다. 잊기 힘든 번호기도 했다. 그런 번호가 아니었다면 언감생심 당첨 결과가 궁금해지는 일 따윈 애초에 없었을 것이었다.

그렇게 한참을 뒤척이다 두 눈 질끈 감고…… 사무실로 향했던 것이다. 그리고 그 말도 안 된다고만 생각했던 번호가 거짓말처럼 1등에 당첨된 사실을, 두 눈으로 똑똑히 확인하고 말았다.

놀란 가슴을 도무지 진정시킬 수 없었다. 얼마나 진정이 안 됐으면 복도에서 인기척이 들리자마자 컴퓨터를 끄는 것도 잊어버린 채 창문 밖으로 도망치듯 나가버릴 정도였다.

헐레벌떡 방으로 돌아와 혼란에 휩싸인 라자로의 눈에 불현듯 액자 하나가 들어왔다. 기도용 탁상 위에 올려둔 액자. 환히 웃고 있는 하나뿐인 여동생의 사진이었다. 그러자 놀랍게도 마음이 진정되다 못해 모든 것이 명확해지는 것 같았다. 일주일 전이 생생히 떠오른 것은 그 때문이었으리라.

일주일 전은 그러니까, 수년 만에 여동생과 매제가 면회를 왔던 날이었다. 긴긴 수도 생활 동안 한 손에 꼽을 정도로 면회는 자주 있는 일이 아니었다. 그래도 괜찮았다. 이제 갓 입회한 요셉을 제외하면 면회를 올 가족이 있는 수사는 자신뿐이었기에, 라자로는 그저 가족의 존재만으로도 감사했으니까.

그럼에도 사람인지라 보고 싶은 가족의 면회 소식은 언제나 가슴 떨리는 일이었다. 그래서 그날도 동생 가족이 수도원까지 올라오기도 전에, 버선발로 오름을 뛰어 내려가 미리 마중을 나가 있었다. ……그러지 말았어야 했다.

길거리에서 마주친 동생 내외는 순간 알아보지 못할 정도로 달라져 있었다. 오랜만에 만났기 때문이 아니었다. 라자로가 매일

같이 보던 사진 속 환한 미소가 생판 남의 것인 양, 동생의 얼굴은 몰라보게 상해 있었다.

통 크게 사업을 펼치던 매제를 만나 동생은 사모님 소리를 듣고 다녔었다. 워낙 부지런하고 손이 큰 심성 덕분인지 본인도 사업의 번창에 한몫했다며, 어느 순간에는 부사장님 소리도 듣고 다닌다 했었다. 이게 다 개천에서 용 난 거 아니겠냐며 농담처럼 기뻐하던 동생이었다.

평생 가난했던 집구석에서 고생만 해온 녀석이었다. 라자로는 그런 동생에게 오빠 노릇은커녕 늘 발목만 잡다가 도망치듯 수사가 된 것이 일생의 한이었다. 때문에 세상에 유일하게 남은 피붙이의 부귀영화는, 비록 때늦은 감이 있다 한들 언제나 라자로에게 벅찬 일이었다.

언제였던가. 아기 때부터 피아노 신동 소리를 듣던 조카가 피아노 콩쿠르에서 대상을 탔다며, 그래서 엄마 아빠가 선물로 그랜드 피아노를 사 줬다며 사무실로 자랑 전화를 했을 때, 다음에 형님 면회 가서 드라이브해 드리려고 비싼 외제 차를 뽑았다며 기분 좋게 취한 매제가 수화기 너머로 너털웃음을 지었을 때, 모든 순간들마다 뛸 듯이 기뻤던 것도 전부 그런 이유 때문이었다.

"얼레, 라자로 수사님, 간만에 동생 봐도 반갑지가 않으신가 봐요. 표정이 영 별로시네."

그러나 그날 라자로 앞에 앉아 있던 동생은 사모님도, 부사장님도, 개천의 용도 아니었다. 청빈을 서원해 남루한 자신보다도 행색이 초라해 보이는 중년 여성일 뿐이었다.

지긋지긋할 만큼 익숙한 가난의 그늘. 이제야 떨쳐냈다고 생각했던 그 그늘이 대체 왜, 그것도 불과 몇 년 만에 다시 동생 내외에게 드리워져 있는 것인지 덜컥 겁이 났다. 혹여 가정에 무슨 우환이라도 있는지 물은 것은 다 그 때문이었다.
"아이고, 집안에 뭔 일 있는 사람들이 제주도까지 여행이나 오고 있겠어요? 걱정도 팔자셔라."
동생은 기를 쓰고 아무렇지 않은 척했다. 서툰 거짓말이 만면에 티가 났지만 라자로는 그 말을 굳게 믿고 싶었다. 비싼 외제 차는 어디 가고 낡아빠진 중고 엑센트 안에서, 어느덧 초등학생이 된 조카 녀석이 이제 피아노 연습은 이것으로 한다며 멜로디언을 자랑할 때까지는, 그렇게 해맑은 녀석이 제 어미의 속 타는 눈칫밥에 민망해져 울음을 터트리기 전까지는 믿으려고 안간힘을 썼다.
억장이 무너지는 것 같았다. 그래서 면회를 마친 그날 저녁, 기어코 동생 몰래 매제를 따로 만나 집요하게도 우환을 물었던 것이다. ······그러지 말았어야 했다.
통 크게 사업을 펼쳤던 매제는 그만큼 통 크게 부도가 났다고 했다. 잘되던 사업이 한순간에 부도가 나는 이유는 무궁무진하고, 또 기상천외했다. 사업이란 본디 그런 것이니까.
문제는 억 단위의 빚이었다. 산더미처럼 불어난 빚에 허덕이다 못해 빚쟁이들에게 독촉까지 받는다고 했다. 갚을 여력도, 손을 빌릴 사람도 없었다. 제주도에 온 이유도 실상은 이곳에 사는 친척들에게까지 손을 벌려보기 위함이었지만 여의치는 않았다고, 매제는 겸연쩍어하며 말했다.

"간만에 봬서는 힘든 소리만 늘어놓고 가서 죄송해요 형님. 그래도 아시다시피 그 사람 강해요. 저도 우리 식구 위해서라면 뭐든 할 거고요. 그러니 너무 염려 마세요."

매제는 그렇게 웃어 보이고는 처자식이 기다리고 있는 숙소로 발길을 돌렸다. 라자로는 힘든 상황을 지금껏 자신에게 일언반구 않던 동생도, 매제도 모두가 야속하게만 느껴졌다. 그러나 천생이 안에 있는 자신이 도울 수 있는 일도 없겠다는 생각이 들자 매제의 마지막 미소가 가슴에 사무쳤다.

라자로는 그날부터 매일 밤 눈물로 기도했다. 이 안에서 도울 수 있는 일이 없다는 건 핑계였다. 기도만이 세상 물질로는 충당 못 할 문제들까지도 해결해 줄 수 있는 가장 강력한 도움이었다. 오직 기도만이 라자로가 할 수 있는 전부였고, 라자로만이 할 수 있는 유일한 도움이었다.

'주여. 저는 이 안에서 도울 수 있는 게 없사오나, 주님께선 불쌍한 제 동생의 가정을 긍휼히 여겨주실 줄을 믿습니다.'

그렇게 쉬지 않고 기도한 지, 어제로 일주일째였다.

그러던 중에 갑자기 악천후가 불어닥친 것이었다.

그리고 갑자기 에덴에 손님이 들이닥친 것이었다.

그리고 갑자기…… 그 손님의 로또가 1등에 당첨되어 버린 것이었다.

제가 이것을 기막힌 우연의 일치나 공교로운 일들의 연속일 뿐이라 생각할 수 있겠습니까, 주님. 혹시 저의 간절한 기도를 들으시고 길 잃은 어린 양에게 60억을 들려 이리로 보내신 건 아니십니까, 주님. 라자로는 그런 기도들로 밤새 한숨도 잠을 못 이루었다.

그래서 아침이 되길 기다렸다. 날이 밝으면 영철에게 이 소식을 전해줌과 동시에 염치없는 부탁을 해볼 셈이었다. 영철은 어제 분명히 이번에도 그 번호 그대로 로또를 샀다고 했다. 간곡히 부탁해 볼 셈이었다. '로또 1등에 당첨되셨으니 부디 자비를 베풀어 돈을 좀 빌려주십시오. 불쌍한 내 여동생을, 아니, 나를 좀 도와주십시오.' 무릎이라도 꿇어볼 셈이었다.

미친 짓이 분명했다. 어제 처음 만난 사람의 이런 부탁을 어느 누가 들어줄까. 그러나 영철이라면 들어주리라는 막연한 확신이 들었다. 그가 어리숙하리만치 착한 형제로 보여서도 그렇지만, 주님께서 친히 보내신…… 어린 양이라는 확신 때문이었다.

'헌금'이라고 매직으로 대문짝만 하게 적힌 지퍼 백이 강대상 위에 놓여 있다. 그 주변으로 둥그렇게 모인 수사들은 이를 골똘히 내려다보았다.

라자로는 보면서도 믿을 수가 없었다. 지퍼 백 안에 들어 있는 것은 정말로 로또 용지였다. 정말 이번 주 1234회 차였고, 분명히 1, 3, 5, 7, 9, 11이 찍혀 있었다.

심지어 헌금이라고. 형제가 이걸 헌금까지 했단 말인가. 대체 어디까지 예비하신 겁니까, 주님. 라자로는 감격에 몸이 떨려 입조차 떨어지질 않았다.

"이거 한 장 값이…… 정말 60억이란 말입니까?"

침묵을 깨고 베드로가 의아해하며 물었다. 주택복권 세대인 베드로로서는 이해하기 힘들만도 했다. 동년배인 라자로 역시 놀랍기는 매한가지였다. 60억이란 인구수 셀 때 외에는 가늠해 본 적도 없는 숫자였다. 라자로는 말라붙은 입술을 간신히 뗐다.

"요셉, 외람되지만 영철 형제가 헌금을 한 사실은 분명하지요?"

"예?! 그럼요. 제가 강도짓이라도 했겠습니까, 수사님!"

"그럴 리가요. 워낙 기적 같은 일인지라……."

말 그대로 기적이다. 영철 형제가 불현듯 찾아와 60억짜리 로또를 건넨 것이 기적이 아니라면 뭐란 말인가. 라자로는 짐짓 다른 수사들의 눈치를 살폈다.

프란체스코는 아직 이 상황이 정리되지 않는 듯 눈을 감은 채로 묵상 중이었다. 안토니오는 갑자기 생각이 많아진 모습으로 높은 천장을 응시하고 있었다. 베드로는 연신 뒤통수를 긁적이기만 했다.

"이거 원…… 영철 형제가 참으로 고맙군요."

"이만한 금액을 어디에 어떻게 써야 할까요?"

어안이 벙벙한 베드로와 요셉이 작게 말을 주고받았다.

"그러게 말입니다. 참으로 놀라우신…… 주님의 축복입니다."

라자로는 떨리는 목소리로 읊조렸다. 말 그대로 축복이었다. 하필 이 시점에 이런 기적이 일어난 것은…… 주님께서 자신과 자신의 누이에게 주신 기회이자 축복이었다. 그때 잠자코 묵상하던 프란체스코가 살며시 말했다.

"주님의 경이로운 축복이긴 하네만, 지금 우리가 이것을 쓸 수는 없지 않겠는가."

일순간 벅찬 감동에 금이 가는 것 같았다. 각자의 복잡한 생각에 잠겨 있던 수사들은 일제히 프란체스코를 바라봤다. 라자로는 애써 불안감을 감추며 말했다.

"그럼요, 원장 수사님. 저희가 이것을 쓸 수 없지요. 주님을 위해 사용해야지요."

"아니, 그 전에 형제는 이 종이 한 장을 헌금한 것이지 60억이라는 거금을 헌금한 게 아니니 말일세."

프란체스코는 생각이 말끔히 정리된 듯 편안해 보였고, 동시에 단호했다.

"요셉, 영철 형제가 이 소식을 알고 있는가?"

"아녜요. 아마 아직 모르실 거예요."

요셉이 머쓱하게 대답했다.

"그럼 우선 형제에게 이 사실부터 알려드리고, 그 뜻을 다시 물어봐야 하는 것이 맞지 않을까 싶네만. 다들 어떤가?"

"아멘."

프란체스코는 역시 현명하고 올곧았다. 나머지 수사들 역시 아멘으로 화답하며 그의 결단에 심심한 동의를 표했다. 모두가 직전까지 복잡했던 마음이 한결 정리된 듯 만면에 미소까지 띠었다. 오직 조바심이 나는 건 라자로뿐인 듯했다. 라자로는 그런 스스로가 부끄러워 표정 관리조차 되지 않았다.

따가운 아침 햇살이 통유리창을 통해 거실로 쏟아졌다. 덕분에 허름한 별관 내부는 적나라하다시피 민낯을 드러내고 있었다. 밤사이 몰아치던 비바람이 무색하게 다시금 쨍한 불볕더위였다.

라자로는 무심결에 불그스름한 융 커튼을 쳤다. 잔뜩 해진 원단은 암막 기능을 별로 해주지 못하고 퀴퀴한 먼지만을 내뿜었다. 커튼 앞에 숨듯이 선 라자로는 손에 쥔 지퍼 백을 바라봤다. 수족냉증인데도 손바닥이 땀으로 흥건했다.

"형제님, 아침 식사 같이 하신다면서요!"

요셉이 영철의 방문을 두드리며 외쳤다. 요셉 뒤로 옹기종기 모여 있는 수사들은 하나같이 미소를 머금고 있었다. 방 너머의 형제에게 깜짝 선물을 전달할 생각에 다들 들떠 보였다.

라자로는 두 손으로 로또를 꼭 감싼 채 그 뒷모습들을 바라봤다. 주님, 혹 제가 너무 앞서갔던 것이라면 원래 품었던 뜻대로라도, 영철 형제가 기꺼이 제 누이를 도울 수 있도록 그의 마음을 동하게 역사해 주소서. 속이 타도록 염원의 기도를 이어갔다.

그러나 선물의 주인공은 좀처럼 방문을 열어주지 않았다. 요셉이 몇 번의 노크를 더 해봤지만 방 안에선 어떤 기척도 들리지 않았다. 베드로는 껄껄 웃었다.

"하기야 아직 7시도 안 됐습니다! 바깥 분들에게는 아침 들기 이른 시간이긴 하지요!"

"일찍 일어나신다고는 했는데……."

요셉은 고개를 갸우뚱거렸다.

"그럼 이만 깨워드리지. 오래 주무시기에는 안이 너무 무겁기도 하고."

한쪽에 있던 프란체스코가 웃으며 말했다. 요셉은 뭐가 그리 신이 나는지 해맑게 고개를 끄덕이고는 살며시 문을 열고 방 안에 들어갔다.

"실례합니다, 형제님."

그런데 별안간 잠든 사람을 깨운다고 하기에는 다소 공격적인 요셉의 목소리가 들려왔다.

"형제님! 형제님! 일어나 보세요! 형제님!!!"

다급한 목소리에 수사들은 반사적으로 방에 들이닥쳤다. 동떨어져 기도하던 라자로까지 달려갔을 때는 무릎을 꿇어앉은 요셉이 영철을 거칠게 흔들고, 수사들은 아직 상황이 파악되지 않은 듯 그 모습을 바라보며 우두커니 서 있었다. 좁은 방 안이 열기로 푹푹 쪘다.

문간에 선 라자로는 수사들의 어깨 너머로 영철을 바라봤다. 영철은 두 손을 배 위에 곱게 모으고 잠들어 있었다. 원래 눈을 뜨고 자는 습관이 있는지 두 눈도 시퍼렇게 뜬 채였다. 그런데…… 저렇게까지 입을 벌리고 자는 습관도 있나.

영철은 이가 훤히 드러날 만큼 활짝 웃고 있었다. 마치 박장대소하는 굴비처럼 그대로 누워 있었다. 라자로는 그제야 본능적으로 깨달았다. 저건…… 살아 있는 사람의 모습이 아니다.

"차갑습니다! 영철 형제 손이 차갑습니다! 이렇게 더운데!!!"

당황한 요셉이 허둥지둥 소리쳤다. 라자로의 머릿속이 하얘졌다. 눈앞까지 하얘지는 것 같았다. 주님, 영철 형제의 마음을⋯⋯ 저렇게까지 동하게 해달라 기도드린 건 아니었습니다. 혼란스러운 나머지 얼토당토않은 기도가 튀어나왔다.

"형제님!!! 형제님!!!"

득달같이 달려든 베드로가 영철의 볼기짝을 몇 대 후려쳤다. 그러나 영철은 그 매서운 손길에도 미동조차 없었다.

그 모습을 보던 안토니오는 영철의 코와 입가에 귀를 갖다 대고 가만히 가슴 쪽을 바라봤다. 목울대 여기저기에 손가락을 얹어가며 맥도 짚는 것 같았다. 그러더니 비참한 얼굴로 모두를 올려다보며 고개를 가로저었다. 프란체스코는 그제야 두 다리에 힘이 풀린 듯 벽을 붙잡고 숨을 토했다.

"죽었다고요?! 갑자기 왜요?! 왜!!!"

베드로는 이 상황을 믿고 싶지 않은 듯 버럭버럭 소리쳤다. 안토니오는 자신의 심장을 손바닥으로 툭툭 두들기더니 이내 손날로 천천히 수평선을 그었다.

"심장마비라고요?! 으흐흑, 안 돼!!! 어찌 이 불쌍한 영혼을!!!"

안토니오 랭귀지를 찰떡처럼 알아듣는 베드로는 심폐 소생이라도 해보려는 듯 영철의 심장을 거칠게 압박했다. 어찌나 거친지 옆에서 안절부절못하던 요셉이 말릴 정도였다. 매사 차분한 안토니오도 혼란스러운 듯 손톱을 잘근잘근 씹으며 눈알을 굴려

댔다.

"혹시 스스로 목숨을 끊은 것 같진 않습니까?"

라자로가 물었다. 혼미한 와중에 직감적으로 튀어나온 물음이었다. 울상이 된 요셉은 화들짝 손사래를 쳤다.

"그럴 리 없어요! 오늘 아침도 분명히! 분명히 같이 드시겠다고 하셨는데!"

"우선 속히 신고부터 하지. 사람 일은 아직 모르지 않겠나. 사고라면 원인이라도 알아야지."

프란체스코가 떨리는 목소리로 말했다. 그러자 정신없이 인공호흡을 하던 베드로가 벌떡 일어났다.

"예!!! 제가 다녀오겠습니다!!!"

신고를 하겠다고. 사고라면 원인을 알아야 한다고. 라자로는 굳어버린 영철을 바라봤다. 신고를 해서 사인을 판명하면, 그다음은 어떻게 되는 겁니까, 주님.

돌연 쥐고 있던 지퍼 백에 시선이 머물렀다. 아니, 그 안에 든 로또 용지에 시선이 고정됐다. 그럼 이것은…… 어떻게 되는 걸까요, 주님. 와중에 베드로가 성큼성큼 방문을 나서고 있었다. 라자로는 재빨리 로또를 주머니에 쑤셔 넣고는 베드로의 팔뚝을 덥석 붙잡았다.

"잠시만요, 수사님. 제 생각에 골든 타임은 이미 지난 것 같습니다."

라자로의 가슴이 두방망이질을 쳤다. 허나 영철의 상태로 보건대 틀린 말이 아닐 터였다. 라자로는 비통한 얼굴로 안토니오를 바라봤다. 안토니오 역시 작게 고개를 끄덕여 보였다. 역시 틀린 말이 아니란 소리였다. 베드로는 양쪽을 번갈아 보더니 울 것처럼 소리쳤다.

"그건 주님만이 아십니다! 빨리 구급차를 불러야……."
"외지 사람이 에덴에서 죽었습니다! 자살이어도 문제가 될 텐데 정황상 자살도 아닙니다!"

라자로는 베드로의 말을 잘라 외쳤다.

"외지 형제가 갑자기 여기서, 자기 혼자 돌연 사고로 죽었다. 그런 우리 말을…… 누가 믿어주겠습니까."

"복잡하게 무슨 소립니까, 라자로! 어찌 됐든 신고는 해야 할 것 아닙니까!"

베드로는 답답한 듯 라자로의 손을 뿌리쳤다. 라자로는 그런 베드로를 다시 붙들었다.

"우리 우물더러 똥물이라고 하는 사람들입니다. 독극물이라고까지 하는 사람도 적지 않습니다. 그런데 영철 형제를 부검이라도 하면 어떡합니까. 식사를 몇 그릇이나 하셨는데, 우물물 성분이라도 나오면 우린 어떻게 되겠습니까?"

라자로는 모두를 향해 항변하듯 소리쳤다. 수사들은 미처 생각지 못한 부분을 지적당한 얼굴로 순간 아무 말이 없어졌다. 안도감이 들었다. 동시에 안도감이 드는 스스로가 두려웠다.

하지만 주님, 제 말이 틀리지는 않잖습니까. 로또 때문에 이러는 게 아닙니다. 이 로또를 사용하지 못하게 될까 봐 이러는 것이 결단코 아닙니다. 아시잖습니까. 주님은 아시잖습니까. 라자로는 떨리는 속내를 감추며 주머니의 로또를 꺼내 보였다. 그리고 보란 듯 외쳤다.

"심지어 이것까지 있습니다. 우리가 살인범 취급을 당하지 않으리란 보장이 없지 않습니까. 그렇지 않습니까, 원장 수사님."

프란체스코에게 동의를 얻고 싶었다. 그래, 자네 말이 맞네. 이 말을 들어야만 괜찮을 것 같았다. 두 눈을 질끈 감은 프란체스코는 그 어느 때보다도 혼란스러워 보였다.

"사람이 죽었습니다! 근데 그게 다 무슨 소용입니까! 원장 수사님! 지금 바로 신고하겠습니다!"

그러나 베드로는 막무가내였다. 그가 또 한 번 잡은 손을 뿌리쳤을 때, 라자로는 이제 절대 그를 힘으로는 막을 수 없겠다는 생각이 들었다.

"원장 수사님!"

라자로는 프란체스코를 간절히 불렀다. 프란체스코의 감은 눈 밑이 파르르 떨렸다. 금방이라도 쓰러질 것처럼 괴로운 모습이었다.

"어서 결단을 내려주십시오. 로또 때문이 아닙니다. 우리 모두를 위해서입니다. 수사님도 제 말이 틀리지 않으니 그리도 심란해하시는 것 아닙니까."

라자로는 프란체스코의 옷자락을 붙잡고 간절히 되뇌었다. 허나 프란체스코는 괴로운 기색만 역력할 뿐 어떤 말도 없었다.

씩씩대며 신발장에 다다른 베드로는 신발도 신지 않고 문고리부터 부여잡았다. 라자로가 달려가 그런 그를 온몸으로라도 막으려던 순간이었다. 베드로가 거짓말처럼 우뚝 멈춰 섰다.

쾅쾅쾅. 밖에서 누군가가 거칠게 문을 두드렸다.

"거기 누구 있어요!"

젊은 여자의 목소리였다. 화들짝 놀라 방 문간을 나선 수사들은 일제히 현관문을 바라봤다. 베드로도 순간 많은 생각이 스치는 얼굴로 문고리를 붙든 채 얼어붙어 있었다.

쾅쾅쾅쾅!

문을 부술 듯한 소리에 모두가 움츠러들었다. 라자로는 이때다 싶어 베드로를 잡아끌었다. 순순히 끌려오는 것으로 보아 그도 여간 놀란 것이 아닌 게 분명했다.

"누굴까요?"

사색이 된 요셉이 물었다.

"길 잃은 여행객이겠지요. 아무도 없단 걸 알면 돌아가실 겁니다."

라자로도 놀란 가슴을 진정시키며 대답했다.

"그럼 보통은 본관을 두드리지 않나요?"

"그건 그렇습니다. 이 허름한 데 누가 있을지 어떻게 알고요."

요셉과 베드로는 반문하면서도 소곤소곤 목소리를 줄였다. 라자로는 달래듯 말했다.

"정 그러면 누가 나가서 길을 안내해 드리면······."

"영철아!!!"

그때 여자의 쩌렁쩌렁한 외침이 좁은 실내를 찌르듯 들려왔다. 영철이라고? 라자로는 하려던 말을 이을 수가 없었다. 수사들 역시 잘못 들었나 귀를 의심하는 얼굴로, 잘못 들었기를 바라는 침묵을 흘렸다.

영철. 흔한 이름이다. 그래. 저 자매가 찾는 영철은 우리가 아는 저 영철 형제가 아닐 수 있다. 라자로가 애써 정신을 추스를 때였다.

"김영철!!! 너 거기 있는 거 다 알아!!! 잠깐 얘기 좀 하자!!!"

오 주여, 저 영철이 정녕 그 영철이란 말입니까. 라자로는 숨이 턱 막혀 수사들을 바라봤다. 모두가 황망히 시선을 교환하고 있었다. 누구도 말이 없었지만, 눈빛에서 고스란히 느껴졌다.

그것은 공포였다. 설마 했던 일을 마주한 인간의 공포. 쉽사리 답을 내릴 수 없는 상황에서 서둘러 답을 내려야만 하는 인간의 공포.

현관문은 두드려질 때마다 가차 없이 흔들렸다. 언제 부서져도 이상하지 않을 만큼 남루한 문이었다.

6. 균열

쾅쾅! 쾅쾅쾅!

수사들이 허공에 대고 각자의 손발을 허우적거린다. 졸지에 벼랑 끝으로 몰린 이들의 애처로운 몸부림들. 이러지도 저러지도 못 하는 이들의 소리 없는 아우성들.

안토니오에게는 그 모습들이 초현실적으로 울렁거려 보였다. 시공간이 왜곡된 듯, 시간이 느리게 흐르는 착각마저 들었다.

갑자기 영철 형제가 죽을 줄은 예상하지 못했다. 죽어버린 형제를 아는 사람이 찾아올 줄도 예상하지 못했다. 이 새벽부터, 그것도 이 시점에 찾아오리라고는. 그 어떤 것도 예상할 수 없었다. 변수. 모든 것이 변수였다.

"원장 수사님. 어떡할까요?"

덩치에 어울리지 않게 잔뜩 움츠린 베드로가 묻는다. 혼돈 속 침묵이 깨진다. 수사들이 일제히 프란체스코를 바라본다. 에덴의 균열을 막아줄 이는 언제나 그랬듯 프란체스코였다.

그러나 프란체스코 역시 갑자기 닥친 일생일대의 변수가 녹록 치 않아 보인다. 묵상하는 그의 이마에서 땀이 피처럼 흐른다. 몰 아쉬는 거친 숨소리가 그의 심경을 증명했다. 처음 본다. 저렇게 나 무기력한 프란체스코의 모습은. 변수였다.

쾅쾅쾅! 쾅쾅쾅쾅!

안토니오는 불안했다. 가빠오는 호흡이 불안의 크기를 증명했 다. 주변의 소음들이 낮은 웅얼거림의 형태로 메아리친다. 들숨 과 날숨의 불규칙성만이 귓전을 때린다. 수면 아래로 침잠하는 것만 같다. 경험한 적 있는 증세다. 경험하다 못해 한 몸처럼 익숙 한 증세다.

공황. 공황이다.

에덴에 입회한 이후로 처음이었다. 15년 만이라 잊고 있었지 만, 공황은 기어코 다시 찾아왔다. 그것은 언제나 변수로부터 비 롯됐다. 다시는 마주할 일 없을 줄 알았던 변수. 다시는 마주하기 싫었던 변수.

안토니오는 털썩 무릎을 꿇었다. 주여. 사탄의 마수가 기어이 저를 함락시키러 찾아왔나이다. 주님의 안전한 땅 에덴까지 함락 시키러 찾아왔나이다. 보호해 주소서. 균열을 막아주소서.

"일단 제가 잘 둘러대 볼까요?"

요셉이 애써 용맹하게 나섰다. 그럴수록 겁먹은 것이 티가 났다.

"저 자매가 누군 줄 알고요. 영철 형제 주변에는 사기꾼들뿐이 라고 했습니다. 그거면 다행이게요. 만약 빚쟁이나 사채업자라도 되면 여길 들쑤셔서라도 영철 형제를 찾아내려 할 겁니다. 그리고…… 저 모습을 마주하겠지요."

라자로가 영철이 죽어 있는 방을 가리키며 말했다. 덜덜 떨리는 손끝이 그의 긴장 정도를 증명했다. 베드로는 슬슬 이 상황이 못마땅한 듯 목소리가 커졌다.

"아까부터 자꾸 무슨 말씀을 하시는지 모르겠습니다. 저 자매가 누구든 영철 형제의 상태를 알려야 하는 것이 도리 아닙니까!"

쾅콰과쾅쾅쾅쾅! 콰과과과광쾅쾅쾅!

안토니오는 속절없이 진동하는 현관문을 바라본다. 문이 진동하는 것인지, 시야가 진동하는 것인지, 분간이 어려웠다. 공황이 심해진다.

낡은 목문(木門). 요즘은 사용하지도 않는 무늬목을 붙인 합판 도어. 별관 전체가 가연성은 물론 내구성도 취약하다. 심지어 외벽은 십수 년간 보수 한 번 하지 않았다. 새벽까지 쏟아진 폭우로 흡습까지 된 상태. 이대로라면 현관에 균열이 인다. 별관이 곧 함락된다. 그 전에 대비해야만 한다.

"지금 알리는 것이 최선의 도리인지에 대한 문제지요. 문을 열려면 진작 열었어야 합니다."

"늦지 않았습니다! 문을 열고 상황 설명을 하면 됩니다!"

라자로와 베드로가 짐짓 예민해진 투로 말을 주고받는다. 둘은 늘 정답던 입회 동기이자 동갑내기다. 처음 본다. 그들이 저렇게 날을 세우는 모습은. 역시 변수였다. 지금 에덴에는 전부 불안한 변수들뿐이었다.

"뭐라고 하시게요. 우리도 방금 와보니 죽어 있더라, 너무 놀라서 문을 바로 못 열고 여기 이렇게 가만히 서 있었다 하실 겁니까."

"그게 사실이잖습니까!"

"사실을 사실대로 믿어준다는 보장이 없습니다. 모든 정황이 우리에게 너무 안 좋습니다."

"그럼 대체 어쩌자는 겁니까!"

"그걸 알면 지금 우리가 이러고 있겠습니까."

변수는 어김없이 균열을 일으킨다. 균열은 암세포처럼 삽시간에 번진다. 그리고 마침내 함락시키고 만다. 그것이 저 문이든, 인간관계든, 에덴이든, 나 자신이든. 예외는 없다. 제때 대비하지 못한 변수란 그런 것이다. 그건 안토니오가 누구보다 잘 알았다.

숨이 턱 끝까지 차올랐다. 안토니오는 엄지손톱을 딱딱 소리가 나도록 물어뜯었다. 공황이 심해질 때면 습관처럼 튀어나오는 행동이었다.

"그러니까 지금 우리가 대체 왜 이러고 있어야 하는지 모르겠단 말입니다! 막말로 우리가 형제를 살해하기라도 했습니까!"

"꼼짝없이 그렇게 의심받을 판국이니 이러는 거지요."

"둘 다 그만하게."

보다 못한 프란체스코가 베드로와 라자로를 나지막이 타일렀다. 그제야 둘은 더 이상의 균열을 멈췄다. 그리고 그 순간, 안토니오도 손톱 물어뜯기를 멈출 수 있었다.

살해를 의심받을 판국이다. 살해. 살해. 살해.

그 말이 뇌리에 파고든다. 시냅스에 단어가 입력이라도 된 것처럼 머릿속에 깜빡임이 느껴진다. 깜빡거림에 맞춰 정체 모를 누군가의 목소리가 의문을 던진다. 전에도 경험해 본 목소리였다. 낮고, 빠르고, 시끄럽고, 기분 나쁜, 그런 속삭임.

'우리가 살해하지 않았다? 입증 가능성은? 최악의 경우는? 경찰 수사까지 간다? 수사에서 진위 판명? 부검 결과에 따라? 만약 증거가 발견되지 않는다? 살해 증거가 없다? 살해당한 것이 아닌 게 확실히 검증된다?'

안토니오는 홀린 사람처럼 영철의 방으로 향했다. 형제가 살해당하지 않았다는 사실이 분명히 입증되어야 한다. 그게 급선무다. 그래야 억울하게 누명을 쓸 일도 없다. 그것이 더 이상의 균열을 막을 최선의 대비다.

돌처럼 굳어 있는 영철의 팔에서 홑겹의 리넨 이불을 걷어낸다. 입고 있는 수도복을 껍질 벗기듯 들춰낸다. 싸늘하게 식은 그의 몸 구석구석을 지체 없이 살핀다.

'외상 흔적 없음? 어깨와 팔이 돌처럼 굳음? 손가락 관절은 아직? 사망 추정 시각? 지금으로부터 7~8시간 전후?'

안토니오는 목에 건 다림줄[3]을 매만졌다. 딸각 소리와 함께 팽이 모양의 추가 반으로 열렸다. 그 안의 엄지손톱만 한 시계를 바라본다. 사망 시각. 어젯밤인 토요일 22시경으로 추정. 요셉에게 로또를 건넨 직후.

---

3 가옥이나 건물을 지을 때 수평이나 수직 여부를 가늠하는 데 사용하는 추가 달린 줄. 줄에 납이나 돌로 된 원뿔 모양의 추를 매달아 사용한다.

'엉덩이와 등 쪽에 집중된 시반? 누운 상태의 심장 발작이 사인? 타살 가능성 낮음? 사인은? 시반의 색? 멍이 든 것처럼 보이는 연보랏빛? 약물 중독 판명 가능성 없음? 가스 중독 판명 가능성 없음? 최종 판명 타살 가능성 낮음? 시신 부검 시 범죄 용의를 덮어쓸 가능성 낮음?'

시신의 상태로 보건대 직접적인 타살 증거는 없다. 다행이다. 최악의 균열은 막을 수 있다. 주님께서 막아주신다. 주님께서 보호해 주신다.

'그렇다면? 밖의 자매에게 영철 형제를 보여준다? 의심을 산다? 그 일이 알려진다? 누구에게? 마을 사람들? 외지 사람들? 의심은 의심일 뿐이다? 의심은 사실이 아니다? 의심이 거짓이란 사실만 입증되면? 문제가 없다? 정황 증거는? ……동기는?'

동기. 동기. 동기.

안토니오는 계산을 틀린 수학자처럼 안색이 굳어졌다. 고개를 들어 문간 너머를 바라본다. 라자로의 뒷모습에 초점이 맞춰진다. 시선이 그의 손으로 서서히 내려간다. 지퍼 백. 아니, 로또 용지를 움켜쥔 그의 손으로.

'1등 당첨 로또. 당첨금 60억. 살해 동기. 의심받을 가능성…… 매우 높음.'

안토니오는 필사적으로 몸을 일으켰다. 로또만 제자리로 돌려놓으면 된다. 그럼 더 이상의 변수가 존재하지 않는다. 그럼 더 이상의 균열을 막을 수 있다. 그럼 에덴의 모든 평안을 제자리로 되돌릴 수 있다.

숨이 턱 끝까지 차오른다. 온몸을 적신 식은땀이 소스라치게 차갑다. 한 발짝 내딛기도 힘이 부친다. 그렇게 몸을 내던지듯 라자로의 옷깃을 움켜쥔다. 그때였다.

"You're so fucking special~!!! But I'm a creep!!! I'm a weir-doooo~!!!"

별관 안을 터트릴 듯 쩌렁쩌렁한 괴성이 들려온다. 바깥의 자매. 하다 하다 고래고래 소리를 지르기 시작한다. 엄청난 발성의 소유자다. 곧이어 더해진 사운드는 더욱 섬뜩하다. 일렉트로닉. 도저히 산천초목에서 나올 수 없는 소리. 놀랍게도 기타까지 친다.

변수. 자매는 변수 덩어리다. 안토니오는 쓰러지듯 귀를 틀어막았다. 옆에 있던 베드로가 부축해 주지 않았다면 그대로 쓰러졌으리라. 베드로도 식겁해서는 중얼댔다.

"저거 설마 노래 부르는 겁니까?"

믿을 수 없지만 노래가 맞다. 영국을 대표하는 모던록 밴드 라디오헤드의 대표곡 〈Creep〉[4]. 장르는 모던록. 그러나 바깥의 자매는 헤비메탈처럼 부른다. 대체 왜지. 변수다. 저 노래를 저렇게 끔찍하게 부르는 버전은 들어본 적이 없다. 라자로도 질겁해서는 하소연을 한다.

"저 자매 대체…… 정체가 뭡니까? 왜 저러는 거냐고요!"

빚쟁이? 사채업자? 취객? 신종 사기? 협박? 고주파 공격? 전자기 펄스? 테러리스트? 돌고래?

---

4 라디오헤드의 데뷔 싱글이자 데뷔 앨범인 《Pablo Honey》의 리드 싱글. 1992년 9월 21일 발매.

온갖 가당치도 않은 단어들이 의지와 무관하게 뇌리를 스친다. 정신이 나가버릴 것만 같다. 그러나 정체가 뭐가 됐든 저런 자매라면 무슨 짓을 해도 이상하지 않다. 정상적인 대화가 통할 것 같지 않다. 그 점이 가장 큰 변수다.

"노래 부르는 게 맞습니다! 심지어 진지해요! 허리에 무전기…… 앰프인가 봐요! 오, 주여! 헤드뱅잉까지 합니다! ……록커! 록커일까요?!"

사색이 된 요셉이 예정에도 없던 망대를 자처한다. 자줏빛 커튼 새로 위태롭게 숨어 동태를 주시한다. 엉거주춤한 엉덩이가 파르르 떨린다. 잔뜩 겁을 먹은 게 티가 났다. 와중에 자매의 노래는 클라이맥스로 치달았다.

'She run! run!! run!!! ru~~~n!!!'

"주여! 저러다가 다른 사람들까지 몰려오겠습니다! 속히 결단을 내려야 합니다!"

라자로가 자매의 패악에 몸서리쳤다.

"무슨 결단을 어떻게 내립니까!"

베드로도 가뜩이나 짧은 머리를 쥐어뜯었다. 라자로는 눈을 질끈 감았다. 이내 진작 생각하고 있었음에도 선뜻 꺼내지 못했던 말을 뱉듯, 비통하지만 단호한 투로 말을 꺼냈다.

"영철 형제를 우선 다른 곳으로 옮기시지요."

"뭐라고요?! 원장 수사님 앞에서 못 하는 말씀이 없으십니다!"

베드로가 펄쩍 뛴다. 안토니오 역시 펄쩍 뛰고 싶었다. 안 됩니다. 그건 변수가 너무 많습니다. 이 말이 성대 끝까지 치밀어 오른다. 그러나 그것을 뱉을 수는 없다.

　아직 침묵 서원이 끝나지 않았다. 서원은 주님과의 약속이다. 그것을 어기는 것만큼 통제 불가능한 변수는 없다. 따라서 방법은 이것뿐이다.

　"읍읍! 읍읍읍!"

　안토니오는 혼신의 힘을 다한 손짓 발짓으로 거부 의사를 밝혔다. 발작에 가까웠다. 그러나 다들 안중에도 없는 것이 변수였다. 라자로는 더욱 단호해졌다.

　"저 자매가 누군지, 일행이 있는지 없는지도 모르는데 최악의 상황은 우선 피해봐야지요."

　"그만하십시오! 그렇다고 시신을 숨기자 이 말씀입니까!"

　"읍읍! 읍읍읍! 읍읍읍읍읍!"

　"그럼 달리 수가 있으십니까! 시간이 없습니다!"

　"그렇대도 어찌 그런 죄악을!"

　"읍읍읍읍읍! 읍읍읍읍읍읍!"

　"안토니오! 가만히 좀 계셔보십시오!"

　베드로와 라자로가 거의 동시에 핀잔을 준다. 주여. 어찌 하필 이때 저의 입을 봉하셨나이까. 답답해 미쳐버릴 것 같다. 그때 하얗게 질린 요셉이 돌연 거실 바닥으로 철푸덕 주저앉았다.

　"어 씨, 주여! 저 눈 마주친 것 같습니다, 수사님들!"

　예정에 없던 망대. 기어이 일을 냈다. 젊은 혈기는 역시 최고의 변수다.

　"너 눈 마주쳤다, 김영철!!!"

자매의 인내심은 한계 같았다. 쾅―. 현관문을 들이받는 둔탁한 소리. 저 근본 없는 발길질이 그것을 증명했다. 그리고 마침내 우지끈―. 현관문 경첩을 붙든 문틀에도 균열이 일었다.

모두가 패닉으로 얼어붙었다. 이제 함락만이 남았음을 직감한 무기력들. 안토니오의 의식도 수명을 다한 듯이 점점 꺼져갔다. 온몸의 구멍이란 구멍에서 생(生)을 구성하는 모든 요소들이 새어 나가버리는 것만 같았다.

그 순간 다들 누가 먼저랄 것도 없이 프란체스코를 바라봤다. 안토니오도 그들의 고갯짓을 따라 간신히 시선을 돌렸다. 지금껏 한 마디 없던 프란체스코가 드디어 입을 열었기 때문이다.

프란체스코가 비참한 얼굴로 무언가를 지시한다. 안토니오는 그것이 마치 알아들을 수 없는 언어들처럼 느껴졌다. 백 마스킹 된 테이프에서 나올 법한, 낮고 진폭이 큰 울림과도 같았다.

요셉은 크게 심호흡을 했다. 너무 긴박하게 흘러간 상황이라 뭐가 어떻게 돌아가고 있는지, 꿈을 꾸는 것만 같았다. 하지만 이것은 꿈이 아니었다.

저 자매는 얼핏 봐도 위험했다. 아직은 젊은 내가 해야만 하는 일이다. 눈을 마주쳐 버린 것도 나니까. 그렇게 다짐하니 심장이 한층 용감해진 것 같았다.

쾅!!!

잡소리 집어치우고 빨리 한판 붙자는 듯 현관문이 또 한 번 요동쳤다. 요셉은 어딘지 분하기도 한 마음에 벌컥, 호기롭게 문을 열어젖혔다.

"으악, 주여!"

요셉의 시야가 허공으로 서서히 반원을 그렸다. 뜬금없이 신발 밑창이 다가오는 모습이 보였다. 저 발에 맞은 건 아니다. 피하려고 한 것도 아니다. 그저 발뒤꿈치가 신발장 턱에 걸려 넘어가는 중이었다. 요셉은 그 찰나의 순간마저 안 맞아서 다행이다 따위의 생각을 하는 자신을 자책했다.

바닥에 뒤통수를 처박기 일보 직전이었다. 요셉은 어이없게도…… 천사를 봤다. 머리를 심하게 부딪쳤나 싶었다. 허나 얼굴에서 빛이 나고 몸에서 달콤한 과실 향기를 풍기는 이는 천사가 아닐까. 천사는 찬란한 후광을 받으며 요셉의 머리통을 받쳐주었다. 아아, 황홀했다.

"야…… 뒤질래?"

아아, 천사가 아니구나. 성스럽던 분위기를 와장창 깨버리는 첫인사였다.

"어, 뭐야."

자매는 한쪽 팔로 요셉의 머리통을 끌어안다시피 한 채로 불쑥 얼굴을 들이밀었다. 요셉은 그제야 자매의 얼굴을 바로 보았다. 그리고 본능적으로 시선을 피했다.

너무 아름다운 것을 마주하면 제대로 바라볼 수 없는 인간 본연의 심리 때문이었을까. 얼핏 봐도 자매는…… 눈물 나게 예뻤다.

"영철이 아니네?"

자매의 긴 생머리가 콧구멍을 간지럽혔다. 아아, 아오리사과. 왜 생뚱맞게 아오리사과가 떠오르는지 알 수 없었다. 그저 자매의 숨결에서 달콤한 과실 향기가 느껴졌다.

"초면에 죄송해요, 순간 헷갈려서. 근데 있으면서 문은 왜 그렇게 안 여세요?"

심장이 쿵쾅쿵쾅 오두방정을 떨었다. 당황해서 그럴 터였다. 요셉은 벌떡 몸을 일으켰다. 그리고 최대한 박력 있게 옷매무새를 매만지며 대답했다.

"그건 그러니까, 제가 똥을 싸고 있었습니다."

아아, 주여. 화장실에 있었다는 말을 준비했는데 왜 이런 말이 튀어나왔는지요. 부끄럽고도 치욕스러웠다. 심장이 떨려 말도 잘 안 나왔다. 당황해서 그래. 당황해서 그럴 것이다.

"아, 네. 영철이 여기 있죠?"

다행히 자매는 똥 따위는 안중에도 없어 보였다.

"그게 어떤 분이시죠. 여긴 저밖에 없습니다만."

요셉은 애써 태연하게 대답했다. 핸드폰 화면을 유심히 들여다보던 자매는 그 말에 요셉의 눈을 빤히 바라봤다.

요셉은 얼굴이 아직도 화끈거렸지만, 더는 시선을 피하고 싶지 않았다. 시선을 피하는 것은 죄인의 심리다. 따라서 담대하고 웅장한 기백으로 자매의 눈을 노려봤지만, 그 즉시 소금 기둥이라도 된 것처럼 굳어버렸다.

수영을 배웠다면 깊고 푸른 저 눈망울 속에서 평생 헤엄이라도 치고 싶었다. 시원시원한 이목구비와 날카로운 눈매는 고양이 같은 인상이나, 청초하고도 청순하다. 심지어 청재킷에 청바지까지 슈퍼 모델처럼 소화하는 자매라니. 이토록 아름다운 피조물은 본 적이 없다.

"이상하다. 그럴 리가 없는데."

자매는 고개를 갸웃하면서도 여전히 요셉을 빤히 바라봤다. 요셉은 더 이상 자매와 시선을 맞출 수 없었다. 마땅한 다음 말도 떠오르지 않았다. 위기였다.

"그, 그럼 제가 거, 거짓말이라도 했다는 겁니까!"

"아뇨. 뭐 아님 말지 왜 화를 내세요?"

"화, 화가 아, 아니라!"

요셉은 말까지 더듬었다. 분명 바보처럼 보일 것이다. 그러나 자매는 웃어 보였다. 놀랍도록 싱그러운 미소였다. 직전과는 비교도 안 될 정도로 심장이 뛰었다. 당황해서 그럴 것이다.

"왜긴 왜겠어요. 거짓말 맞으니까 화를 내시겠죠."

"아니, 아니 그게······."

"아직 자나 보네. 제가 들어가서 깨울게요."

자매는 다짜고짜 요셉을 지나쳐 거실로 들어섰다. 순간 자매를 들여보내면 안 된다는 생각이 요셉의 뇌리를 스쳤다. 그래서 반사적으로 그녀의 팔을 잡았다.

자매가 비스듬히 뒤돌아 요셉을 바라봤다. 그 모습이 마치 모핸드폰 대리점의 입간판 모델을 보는 듯했다. 안 돼. 정신 차려, 요셉. 무슨 말이라도 해야만 했다.

더 게스트

"사사…… 사사사…… 산 기도 가셨습니다! 영철 형제!"

"산 기도요? 걔가 이 시간에?"

자매는 음식물 쓰레기라도 버리는 사람처럼 눈썹을 찡그렸다. 요셉은 직감했다. 씨알도 안 먹힐 거짓말을 했구나. 그때였다.

왈! 왈왈! 왈왈왈!

바깥에서 미카엘이 짖는 소리가 났다. 소리의 방향으로 보건대 본관 뒤뜰 쪽이 분명했다. 요셉은 슬금슬금 자매의 눈치를 살폈다. 자매는 개 짖는 소리를 따라 잠시 고개를 갸웃거리는가 싶더니…… 요셉의 손을 홱 뿌리치고는 쏜살같이 별관 안을 뒤지기 시작했다.

"자매님! 여기는 수도 생활을 하는 곳입니다! 함부로 다니시면 안 돼요!"

요셉이 안절부절못하며 따라갔지만 자매는 거침없이 좁은 통로에 난 네 개의 방문까지 막무가내로 열어 살폈다. 그러다가 통로 끝에 반쯤 열린 쪽문을 보고는 우뚝 멈춰 섰다.

"절로 갔구만?"

"저, 절이라뇨! 여긴 수도원입니다!"

아아. 주님. 저는 정녕 바보 천치란 말입니까. 당황한 나머지 떨떨한 말만 튀어나왔다. 자매의 코웃음이 요셉을 더욱 비참하게 만들었다. 울고 싶었다.

그 순간 자매는 용수철처럼 열린 쪽문으로 튀어 나갔다. 헐레벌떡 따라갔지만 스칠 엄두도 나지 않을 만큼 자매는 날랬다. 급기야 달려 나간 자매가 닫아버린 문에 요셉은 이마를 찧고 뒤로 나자빠져 버렸다. 여러모로…… 울고 싶었다.

🕯

왈왈! 왈왈왈! 왈왈왈왈!

미카엘이 맹렬히 짖는다. 쩍 벌린 입가에서 점성 높은 침이 물엿처럼 날아다닌다. 반가운 건가. 화가 난 건가. 분간이 가지 않는다. 공황이 판단을 흐리기 때문인가. 아니다. 녀석의 주름진 얼굴. 저 엄청난 포커페이스 때문이다. 안토니오는 미카엘의 흐리멍덩한 미소를 보자 정신이 번쩍 들었다.

뒤뜰의 밭 한가운데에는 어떠한 차양도 없었다. 내리쬐는 태양볕이 현기증을 일으킨다. 온몸이 땀으로 축축하다. 일렬로 다닥다닥 붙은 라자로와 베드로의 뒤통수들에서 후끈후끈한 열기가 전해진다. 그제야 셋이 합심하여 받쳐 들고 있는 누리끼리한 포대 자루가 눈에 들어온다.

조곡용 1호 포. 벼, 보리, 옥수수 포장용. 그러나 얼기설기 동여맨 노끈 사이로 보이는 것은 조곡이 아니다. 시퍼렇게 뜬 두 눈. 자루에 둘둘 말린 영철 형제의 얼굴이 언뜻언뜻 스친다. 그제야 온몸이 후들거리는 고통이 한꺼번에 몰려온다. 망자가 이렇게나 무거울 줄은 예상도 못 했다. 변수였다.

"아휴! 이 개 좀! 개 좀 떼어내 보십시오! 오, 주여! 안 돼!"

라자로가 온몸을 버둥거린다. 달려들던 미카엘이 그의 다리에 매달려 교미를 시도한다. 라자로가 허우적거릴 때마다 스프링클

러처럼 그의 땀방울이 사방으로 튄다.

"반가워서 저럽니다! 가만히 있으면 알아서 끝냅니다! 어허! 미카엘! 왜 그래! 그만!!!"

라자로 앞에 바짝 붙어선 베드로도 온몸을 버둥거린다. 포기를 모르는 미카엘이 타깃을 바꿨기 때문이다. 육중한 그의 몸부림을 따라 대열도 무참히 휘청댄다. 온갖 구황작물이 발길에 치여 금방이라도 넘어질 듯 위태롭다. 욕구불만에 사로잡힌 미카엘은 급기야 포대 자루에까지 달려든다. 물어뜯고 대롱대롱 매달린다. 녀석이 이렇게까지 난봉견이었을 줄이야. 변수다.

보다 못한 프란체스코가 달려와 미카엘을 떼어보려 진땀을 뺀다. 꽉 버티는 미카엘과 부여잡은 프란체스코의 줄다리기가 이어진다. 부욱. 기어코 포대에 균열이 인다. 함락된 모두가 함께 흙밭을 나뒹굴었다.

"어이쿠!"

"안 돼!!! 원장 수사님!!!"

베드로는 쓰러지면서도 프란체스코를 향해 오열한다. 절벽 아래로라도 떨어진 줄 알았다.

"목소리 낮추십시오! 소문내십니까! 어어어! 저기 손! 손 나왔습니다!"

허리를 부여잡고 짜증을 내던 라자로가 아연실색한다. 나뒹구는 포대 자루 밖으로 영철의 한쪽 팔이 덜렁 삐져나온다. 때를 놓치지 않는 미카엘이 영철의 손에 입질을 한다. 내친김에 교미도 시도한다. 라자로가 감자를 던지며 처절하게 저지해 보지만 번번이 빗나간다.

"주여! 그것만은 안 돼! 이 망측스런 개 녀석아!"

"미카엘!!! 믿음!!! 소망!!! 사랑!!!"

베드로가 느닷없이 믿음, 소망, 사랑을 울부짖자 미카엘이 느닷없이 좌로 구르고, 우로 구르고, 점프를 한다. 베드로가 허겁지겁 주머니에서 말린 버섯 한 줌을 꺼내 저 멀리 던진다. 미카엘은 정신없이 달려가 버섯을 먹어치운다.

환각인가. 공황보다 더욱 공황스러운 장면들이다. 안토니오는 엎어진 채로 이 아비규환을 보고 있자니 차라리 공황이 오는 게 낫겠다는 착각마저 들었다. 그때였다.

안토니오의 시야에 멀찌감치 서 있는 사냥개 한 마리가 보였다. 머리털이 유독 길고 데님 소재의 옷을 위아래로 맞춰 입은 사냥개. 별관의 쪽문을 뛰쳐나와 주변을 킁킁거리고 있다. 우거진 나무와 수풀 사이를 헤집고 두리번댄다. 두 다리로 우뚝 서서. 이 것도 환각인가.

아니다. 저건 그 자매다. 변수 덩어리. 멀리서 봐도 감당할 수 없을 것만 같은 기운이 느껴진다. 안토니오는 퍼뜩 불안감이 치솟았다. 대비. 대비해야만 했다.

"읍읍! 읍읍읍! 읍읍! 읍읍읍읍!"

"안토니오, 뭐라구요?! 자매…… 자매가…… 오고…… 있습니다?"

베드로가 제대로 알아들어 다행이었다. 안토니오는 온 사지를 이용해 자매가 서성이는 별관 쪽 수풀을 가리켰다. 자매를 발견한 수사들은 사색이 되어 벌떡 몸을 일으켰다.

안토니오는 젖 먹던 힘을 다해 포대를 끌어당겼다. 눈앞에 본관 뒷벽 면이 있다. 저리로 어떻게든 바짝 붙어야 한다. 사각지대로 피신해야 한다. 베드로와 라자로도 영문도 모른 채 허겁지겁 거들었다.

처마 끝에 대롱대롱 매달린 플라스틱 온도계가 뒤통수에 걸린다. 수사들은 원장실 창가 벽면으로 몸을 바짝 붙여 가까스로 자매의 시야 사정권에서 벗어났다. 그러나 숨 돌릴 틈도 없이 서로 불안한 시선들을 교환했다. 금방이라도 자매가 저쪽 모퉁이를 돌아 등장할 것만 같았다. 베드로가 거친 숨을 몰아쉬며 물었다.

"이제 어디로 가야 합니까!"

"여기서 바로 들어갈 데가 저기밖에 더 있습니까!"

라자로는 원장실 창문 오른편으로 난 철문을 가리켰다. 성당 앞쪽으로 바로 통하는 문. 본관 뒤뜰에서 곧장 실내로 들어갈 수 있는 문은 저기 하나뿐이긴 했다. 베드로가 버럭 소리 질렀다.

"시신을 성당에 두잔 말씀이십니까!"

"갈 곳이 저기뿐이잖습니까. 지금 그런 걸 가릴 때가 아닙니다. 자매가 오고 있어요!"

라자로는 생각할 겨를도 없다는 듯 다급했다. 안토니오도 고개를 끄덕여 보였다. 어쩔 수 없다. 뒤뜰을 크게 돌아 식당으로 향하기에는 여력도, 시간도 없다.

"원장 수사님! 이게 괜찮은 일입니까!"

베드로는 못마땅한 듯 외쳤다. 프란체스코는 잿빛 벽면에 기대어 괴롭게 숨을 헐떡였다. 안색이 벽색보다도 더욱 잿빛으로 보였다. 그는 수사들 발아래에 놓인 포대 자루를 심란하게 바라봤다. 잔뜩 흙투성이가 된 영철의 포대 자루. 프란체스코는 질끈 눈을 감고 고개를 끄덕였다.

철컥.

안토니오는 성당에 들어오자마자 앞문의 시건장치부터 걸어 잠갔다. 밖에서 씨름을 한 탓에 실내가 사뭇 서늘하게 느껴졌다.

다른 수사들도 낑낑대며 들고 온 포대 자루를 조심스레 내려놓으며 바닥에 주저앉았다. 프란체스코는 열려 있는 뒷문을 발견하고는 터덜터덜 발걸음을 옮겼다. 이제 한숨 돌리는가 싶었다.

[나를 사랑으로 채워줘요~ 사랑의 빠떼리가 다 됐나봐요오~!][5]

간드러지는 트로트 자락이 고요한 성당에 쩌렁쩌렁 울려 퍼진다. 난데없는 트로트에 수사들은 화들짝 다시 일어났다. 허둥지둥하던 모두의 시선이 일제히 포대 자루로 향했다.

베드로와 라자로는 부리나케 포대 자루를 열어젖히고, 프란체스코는 뒷문을 닫기 위해 재빨리 달음질쳤다. 누가 시키지 않아도 손발이 척척 맞았다. 포대의 노끈을 풀기 위해 안간힘을 쓰던 안토니오는 문득 프란체스코를 바라봤다.

프란체스코는 뒷문 손잡이를 붙든 채로 밖을 보며 멀거니 서 있었다. 아직도 활짝 열린 채였다. 패닉이 오셨나. 경황이 없는 것

---

5   홍진영의 〈사랑의 배터리〉. 2009년 6월 19일에 발표한 디지털 싱글이자 솔로 데뷔곡.

이 분명했다. 내내 안 좋던 그의 안색이 그것을 증명했다.

안토니오는 프란체스코에게로 종종걸음 쳤다. 서둘러 그를 데리고 들어와야 했다. 그러나 온몸을 내던지듯 프란체스코의 옷자락을 잡은 순간, 프란체스코가 경황이 없던 이유를 단박에 확인하고 말았다.

열린 성당 뒷문으로 열린 현관문이 보이고, 열린 현관문으로 바깥의 안뜰이 보였다. 바깥의 안뜰에는…… 우두커니 서서 핸드폰을 귀에 대고 있는 자매가 피사체처럼 보였다. 자매는 이쪽을 멍하니 바라보고 있었다. 안토니오도 멍하니 자매를 바라볼 수밖에 없었다. 뒤에서는 베드로와 라자로의 속 타는 아우성이 들려왔다.

"전화! 영철 형제 전화 옵니다! 발신인이…… 주여…… 미친년입니다!"

"어어! 베드로! 화면 누르지 마세요! 끄십쇼! 끄십쇼!"

미친년. 안토니오는 자매의 정체를 드디어 알 수 있었다. 자매는 여전히 핸드폰을 귀에 댄 채로 밝게 손 인사를 건네더니, 그 상태로 하체만 따로 움직이는 휴머노이드처럼 이쪽을 향해 오기 시작했다. 안토니오는 그 모습이 섬뜩해 돌연 문을 닫아버리고 말았다.

"형제를 저대로 두어선 안 되네."

프란체스코는 어쩔 줄을 몰라 하며 성당 통로를 거닐었다. 안토니오도 동감했다. 자매는 곧 뒷문으로 들어온다. 다시 앞문을 열고 나가기에는 이미 늦다. 도망칠 곳도, 돌이킬 수도 없다.

안토니오는 성당 안을 빠르게 스캔했다. 대비, 대비해야 한다.

그 순간 강대상 옆쪽으로 보란 듯 관 하나가 놓여 있는 것이 보였다. 방주. 오동나무 방주.

도미니코가 사용하지 않아 비어 있는 오동나무 관이다. 왜 관을 보고 방주가 떠올랐는지는 알 수 없었다. 하지만 저것이 최선의 대비임은 분명했다.

안토니오는 다 풀어 헤쳐진 포대 자루째로 영철을 잡아끌었다. 프란체스코도 안토니오의 의중을 파악한 듯 즉시 달려와 거들었다.

[당신 없인 못 살아 정말 나는 못 살아~ 당신은 나의 빠떼리이~!]

그러는 와중에도 핸드폰에서 뿜어져 나오는 트로트는 클라이맥스로 치달았다. 뒷문까지 닫으니 에코가 콘서트장이 따로 없었다. 라자로가 발을 동동 구르며 외쳤다.

"아휴, 베드로! 빨리 안 끄고 뭐하십니까!"

"이거! 이거 대체 어떻게 끕니까!"

베드로는 시한폭탄이라도 다루듯 핸드폰을 들고 덜덜 떨었다.

"빠떼리! 빠떼리를 뽑으면 되잖습니까! 줘보십쇼! 뭐야 이거 빠떼리 어딨어?!"

막상 핸드폰을 뺏어 든 라자로도 혼란스러워하긴 마찬가지다. 스마트폰이 생소한 세대들이다. 하필 저 둘이 핸드폰을 맡은 것은 변수였다.

"주여! 그냥 받읍시다!"

"밖의 자매 같은데 받으면 어떡합니까! 어어, 안 돼요! 그냥 부숩시다! 부수십쇼, 베드로!"

"남의 걸 함부로 부수면 씁니까! 밀어서 통화 연결?! 이걸 어떻게 밉니까?!"

베드로는 급기야 핸드폰을 밀어서 떨어트렸다. 둘의 다급한 실랑이는 그칠 줄을 몰랐다. 가까스로 영철을 관 속에 밀어 넣은 안토니오는 그쪽으로 몸을 던져 슬라이딩했다. 이미 육신은 죽은 것이나 다름없게 느껴진다. 그리고 떨어진 핸드폰을 낚아챘다.

시간이 없다. 핸드폰을 관 안에 던져 넣고 뚜껑을 닫았다. 그러나 벨 소리가 어찌나 큰지 여전히 관 사이로 트로트가 새어 나온다. 변수였다.

방법이 없다. 안토니오는 강대상에 펼쳐진 성가집을 바라본 뒤 그것을 머리 위로 집어 들고 처절하게 흔들었다. 주여, 다들 제발 알아들어 주기를 바랄 뿐이었다. 수사들은 안토니오의 날랜 행동력에 넋을 잃고 바라볼 뿐이었다.

"읍읍!!! 읍읍읍. 읍읍. 읍읍읍!!!"

"영철아!"

거의 동시에 자매가 성당 문을 박차듯 들어왔다.

"예수 부활하셨도다~ 아아아아알~렐루우야~! 만백성아 환호하라~ 아아아아알~렐루우야~!"

안토니오는 강대상 위에서 온몸으로 지휘했다. 나머지 수사들은 에덴 역사상 가장 우렁찬 성가를 불렀다. 영혼이 듬뿍 담긴 성가가 속세의 노랫가락을 여지없이 묻어버리고 있었다.

"저기요!"

자매는 여전히 핸드폰을 귀에 댄 채 수사들을 부르며 통로를 걸어 앞쪽으로 다가왔다. 관 쪽으로 다가온다. 곁눈질하는 수사들의 안색이 파랗게 질린다. 그럴수록 성가는 전에 없이 우렁차진다.

"저기요!!!"

자매는 강대상 앞까지 다가와 언성을 높였다. 수사들 앞에서 팔을 휘휘 저어도 본다. 그러나 수사들은 먼 산을 바라보며 성가를 멈추지 않았다. 자매가 어이없어하며 전화를 끊었다. 주시하던 안토니오도 동시에 양 주먹을 수타 면 치듯이 펼쳤다. 그제야 수사들은 성가를 멈추고 흐르는 땀들을 감췄다. 적막한 성당에 꿀떡꿀떡 침 넘어가는 소리들이 요동친다.

"죄송합니다. 저희가 성가 부를 때는 벌 떼가 와도 하는 수가 없는지라."

라자로가 성호를 그으며 태연하게 변명했다. 다른 수사들도 헛기침을 하며 어색하게 동조했다. 자매는 다소 떨떠름한 얼굴로 고개를 끄덕였다.

"아, 네. 영철이 여기도 없나요?"

그야말로 거침이 없다. 자매는 영철 형제 외에는 아무 관심도 없는 것 같았다. 수사들은 자매의 박력에 할 말을 잃고 초조해했다. 대체 요셉은 어찌된 영문인지 알 길이 없었다.

"영철이요? 대체 무슨……."

라자로만이 끈질기게 능청을 떨었지만 그럴수록 당황한 티가 났다. 그때 한발 늦게 도착한 요셉이 성당 뒷문을 열어젖히고 달려 들어오려다가 자매를 보고는 멈칫 그 자리에 굳어버렸다. 요셉은 수사들을 향해 필사적으로 고개를 가로저었다. 눈치를 챈 라자로가 급히 말을 바꾼다.

"관계신가요? 영철 형제님과는?"

"후…… 제 얘기는 하지도 않았나 보네요……."

자매의 안색이 굳는다. 속상해 보였다. 지금껏 풍기던 분위기와 사뭇 상반되는 모습. 슬픈 얼굴로 모두를 천천히 바라보더니 가련하게 입을 연다.

"저 영철이 와이프예요. 오수빈이라고 합니다."

주여. 유가족, 유가족이라니. 예상했던 그 어떤 것보다도 충격적인 정체였다. 수사들 모두가 비슷한 심정으로 보였다. 정식으로 건네는 자매의 첫인사에도 아무런 화답을 못 하는 모습들. 어색한 미소에 한껏 서린 긴장감들이 그것을 증명했다. 변수. 모든 것이 변수였다.

변수는 어김없이 균열을 일으킨다. 균열은 암세포처럼 삽시간에 번진다. 그리고 마침내 함락시키고 만다. 불안하다. 다시금 가빠오는 호흡이 그것을 증명한다.

안토니오는 흠칫 바닥이 꺼지는 기분에 휘청거렸다. 합판으로 된 강대상 바닥에 균열이 가 있었다. 에덴이 금방이라도 무너져 내릴 것만 같았다.

7. 유가족

"저까지 신경 안 쓰셔도 되는데."

수빈이라는 자매는 생긋 웃으며 말했다. 그 말에 수사들도 웃어 보였다. 하하하, 하하, 하, 하아……. 수빈을 중심으로 식탁에 빙 둘러앉아서는…… 한눈에도 수상쩍을 만치 어색하게 웃는 것이 문제라면 문제였다. 식당 안을 감도는 묘한 긴장감이 눈에 보일 지경이었다.

라자로는 수빈의 눈치를 살폈다. 어젯밤까지만 해도 저 자리에 앉아 있던 영철 형제는 주님 곁으로 홀연히 떠나더니, 이제는 대뜸 그의 아내라는 자매가 앉아 있다. 암만 생각해도 기막힐 노릇이었다.

째깍째깍. 괘종시계 초침 소리가 불안한 침묵을 더욱 고조시켰다. 벌써 8시도 넘었다. 아침 식사 시간이 한참 지나버렸다. 아침 먹을 생각조차 아무도 없었지만…… 일단 수빈을 혼자 둬선 안 될 것만 같았다. 누구도 입을 열 엄두조차 내지 못하자 라자로가 총대를 멨다.

"아닙니다. 혼자 계시느니 같이 한술 뜨시지요. 저희도 마침 식사 때인지라."

"감사해요. 영철이는 금방 오겠죠?"

땡그렁텅텅. 스테인리스 컵이 요란하게 바닥을 굴렀다. 사색이 된 베드로가 움찔대며 컵을 주웠다. 수사들은 수빈의 눈치를 보며 안절부절못했다. 지금 우리는 지나가던 미카엘이 봐도 수상하다고 생각할 것이다. 정말이지 환장할 노릇이었다.

"글쎄요. 산 기도라는 게 시간을 정해두고 하는 게 아닌지라……."

"괜찮아요. 그런 거 길게 할 만한 애도 아니에요. 만약 오래 걸리면 뭐, 저도 여기 오래 있고 좋죠. 공기 좋고 바람 좋고."

"예?! 오래요?! 바람 한 점 없는데요?!"

요셉은 아주 경기를 일으켰다. 제 발을 보란 듯이 저는구나. 대체 어쩌자고 산 기도 갔단 말까지 해서는. 라자로는 속이 부글부글 끓어 표정 관리하기도 버거웠다.

끼익. 그때 주방 철문이 열렸다. 안토니오가 오늘의 아침 메뉴로 버섯덮밥을 내왔다. 접시를 받아든 베드로가 고장 난 로봇처럼 어색하게 소리쳤다.

"아침이! 이야~ 덮밥이군요! 오늘은!"

"우선 드시지요, 자매님."

보다 못한 프란체스코도 허겁지겁 베드로의 말을 잘랐다. 프란체스코가 수저를 들자 수사들도 쭈뼛쭈뼛 수저를 들었다. 언제나처럼 맛깔스러운 요리였지만 아무도 제대로 떠먹지를 못했다. 다들 신경이 온통 수빈에게 집중되어 있었다.

수빈은 작게 한숨을 내쉬며 지그시 음식을 바라볼 뿐이었다. 깨작깨작 몇 술 뜨는 시늉을 하는가 싶더니…… 곧바로 수저를 내려놓았다.

"잘 먹었습니다."

"커헉! 컥!"

꾸역꾸역 밥을 집어넣던 베드로는 사례가 들어 컥컥거렸다. 등을 두드려 주는 라자로의 손에 자기도 모르게 힘이 들어갔다.

"입맛에 안 맞으십니까?"

프란체스코도 수저를 내려놓으며 물었다.

"아녜요. 배가 안 고파서요. 맛있게 해주셨는데 죄송해요."

수빈은 안토니오를 향해 털털하게 웃어 보였다. 별관 문을 두드리며 기행을 저질렀던 자매 치고 사회성은 괜찮은 편인 것 같았다. 그러나 라자로는 그 점이 수상했다. 한없이 수줍던 영철과 둘이 여보 당신 하는 사이라는 게 도무지 상상이 안 됐다.

"그럼 여기, 물이라도 한 잔 드시지요."

요셉은 후딱 물 한 잔을 떠 와 수빈에게 건넸다. 수빈은 고맙다는 듯 고개를 끄떡하며 물을 한 모금 마셨다. 그리고는 푸우우, 자동 반사처럼 그대로 요셉의 얼굴에 뿜어버렸다.

"켁, 케헥, 물도 버섯 물이네요?"

수빈은 곧 죽을 듯 콜록거리면서도 소맷자락으로 요셉의 얼굴을 훔쳐주었다. 요셉은 얼굴에 물이 뚝뚝 흐르는 와중에도 배시시 미소가 새어 나왔다. 과연 사람 다루는 기술까지 수준급이다. 범상치가 않은 자매였다. 라자로는 의구심을 미소로 누르며 물었다.

"연하게 우렸는데 대번에 아시는군요."

"제가 한약방 집 딸이거든요. 산에서 나는 건 냄새만 맡아도 웬만한 건 알아요. 특히 버섯은 더."

"버섯을 싫어하시나 봅니다."

"음음! 알레르기 때문에 먹으면 죽을지도 몰라서요. 어릴 때 뭣모르고 먹었다가 아나필락시스 와서 진짜 죽을 뻔했거든요. 음, 음!"

수빈은 단 한 방울의 버섯 물도 흡수를 허락지 않으려는 듯 계속 목을 가다듬었다. 프란체스코는 애써 인자한 얼굴로 유감을 표했다.

"저런, 죄송합니다. 저희가 큰 실수를 했군요. 다른 식사라도 준비해 드릴까요?"

"아녜요. 원래 아침을 잘 안 먹어서요. 그나저나 영철이는 그럼 어제 몇 시쯤 왔었나요?"

"컥, 커헉, 컥!"

주여. 라자로는 누구보다도 영철 아나필락시스에 시달리는 베드로가 원망스러웠다.

"저희가 저녁 미사 도중이었으니 대략 7시쯤이었을 겁니다."

프란체스코가 대답했다. 수빈은 조금 의아해진 모습으로 턱을 괬다.

"그 이후론 뭘 했나요?"

"저희랑 여기서 한참 이야기 나누시다가 9시 좀 넘어서 잠자리에 드셨을 겁니다. 여기 수사님이 방까지 안내해 드렸거든요."

라자로는 요셉을 가리키며 말했다. 요셉은 고개를 격하게 끄덕거렸다. 대체 별관에서 무슨 일이 있었는지 시종일관 수빈에게 쩔쩔매는 것 같았다.

수빈은 태연히 고개를 주억거리며 뭔가를 헤아리듯 말이 없었다. 정말 영철 형제의 아내가 맞을까. 정말 이제 곧…… 유가족이 될 자매일까. 자꾸만 그런 생각이 들자 라자로는 주머니에 고이 모셔둔 지퍼 백을 괜스레 만지작거렸다.

유가족이라면 주님께서 주신 이 기회는, 축복은, 기적은…… 어떻게 되는 걸까요. 그때 핸드폰을 꺼내 보던 수빈이 불쑥 물었다.

"혹시 여기 와이파이는 있나요?"

"여긴 수도원이라 그런 것이 없습니다."

라자로는 재빨리 주머니에서 손을 빼며 대답했다.

"여기선 인터넷을 할 수 없다는 건가요?"

"사무실에 데스크톱이 있습니다. 유선 인터넷을 사용하는지라 와이파이가 없지요. 필요하십니까?"

"아, 아니에요. 괜찮아요."

수빈은 라자로를 보며 웃었다. 그러더니 메고 왔던 검은색 기타 케이스를 짊어지고 자리를 일어날 채비를 했다. 그러고 보니 갑자기 저 기타를 치며 노래까지 했지. 행색은 평범하나 행동 하나하나가 비범했다. 그 순한 양 같던 영철 형제의 아내라고는 도무지 짝이 틀린 짚신처럼 느껴졌다.

"기타는 항상 가지고 다니시나 봅니다."

"아, 네, 그냥 뭐, 길거리 뮤지션이에요. 저는 그럼 영철이 방에 가서 좀 쉬고 있을게요. 아까 그 산장이 숙소라고 하셨죠?"

수빈은 대수롭잖다는 듯이 대답하고는 요셉을 향해 물었다.

"사, 산장요? 아, 네. 맞습니다. 별관. 아니, 산장. 숙소."

요셉은 연신 버벅거렸다.

"저 때문에 식사도 제대로 못 하시는 것 같은데, 마저 하세요."

수빈은 꾸벅 인사하고는 털털하게 식당 밖으로 나갔다. 수사들은 엉거주춤 일어나 뭐라 대꾸할 새도 없이 멀어지는 수빈을 멀거니 바라봤다. 식당 문이 닫히자마자 모두가 긴장이 풀린 듯 의자에 널브러졌다.

"이제 어떡합니까. 자매님이 남편을 저리도 애타게 기다리시는데요."

베드로는 거짓말처럼 멀쩡해져서 말했다.

"수사님은 옆에서 왜 자꾸 컥컥대십니까. 딱 봐도 자매님 눈썰미가 보통이 아니신데!"

라자로는 쌓인 하소연을 했다.

"긴장돼서 그렇지요! 아내분 앞에서 그럼 밥이 넘어가십니까! 죄스러워서 혼났습니다!"

"여기서 수사님 빼고 아무도 안 먹었습니다!"

"그래도 걱정했던 것처럼 이상한 자매님 같지는 않으세요. 하하……."

요셉은 머쓱하게 실실댔다. 정작 이상해진 건 요셉 본인인 것 같았다. 솔직히는…… 다들 이상해진 것 같았다. 다들 아무런 의심 없이 수빈을 믿는 눈치였다.

오직 라자로만이 그녀를 미심쩍어하는 것 같았다. 로또 때문이 아니다. 그건 주님께서 아신다. 라자로는 그렇게 될수록 초조해져 말했다.

"그나저나 자매를 저리 혼자 두어도 괜찮겠습니까."

모두가 멀뚱히 라자로를 바라봤다. 역시나 누구도 말귀를 못 알아듣는 눈치였다.

"아무런 마음의 준비도 없이 자매님이 관부터 여시는 순간 저희는 정말 돌이킬 수 없는 죄를 짓는 겁니다. 혹여 성당에 가셨을지 모르니 누가 따라가 봐야 하지 않겠습니까."

그제야 다들 눈이 땡그래져서는 일제히, 그리고 천천히…… 요셉을 바라봤다. 요셉은 이목이 쏠리자 순식간에 얼굴이 붉어지며 당황했다.

"제, 제가요? 바, 바바, 방에 가신다고 했는데 제가 어찌 그곳까지 따라겠습니까! 남녀가 유별한데요!"

"수사님 무슨 생각을 하시는 겁니까! 일단 성당으로만 못 가시게 하면 되는 겁니다!"

"그래요. 자매가 비슷한 또래시니 요셉이 잘 이렇게 타일러서 모시고 계세요. 대책이 마련되기 전까지 말입니다."

베드로와 라자로가 요셉을 얼렀다. 내내 손톱만 물어뜯고 있던 안토니오 역시 고개를 끄덕여 동의 의사를 보였다. 요셉은 얼굴이 화끈거리는지 볼을 어루만지며 일어나 성호를 그었다. 그리고는 성호를 반대로 그은 것도 모를 만큼 허둥대며 식당 문을 나섰다.

"주여! 저 어린 요셉이 파랗게 질린 것 좀 보십시오! 이게 지금 다 무슨 꼴입니까! 원장 수사님. 아무리 기도를 드려봐도 답은 하납니다! 자매님께 자초지종을 잘 설명하시죠!"

요셉이 나가자 베드로가 통탄해 마지않는 목소리로 외쳤다. 가뜩이나 심란하던 라자로에게 참았던 짜증이 울컥 밀려왔다. 아직도 사태를 파악하지 못 하는 베드로가 답답했다.

"이제 와서 뭘 어떻게 설명해 봐야 '우리가 죽였소'밖에 더 되겠습니까."

"수사님이 뭘 걱정하시는지는 알겠습니다! 허나 좀 아까 안토니오 수사님과도 이야기를 나눠봤는데 저희가 의심받을 가능성은 낮다고 합니다! 영철 형제는 누구에게 죽임을 당한 것이 아니니까요! 그렇지 않습니까, 안토니오!"

베드로의 쩌렁쩌렁한 울림통에 놀란 안토니오가 화들짝 고개를 끄덕거렸다. 말도 못 하는 안토니오와 대체 무슨 이야기를 어떻게 나눴다는 것인지! 라자로는 속이 터져 소리라도 지르고 싶었다.

"그럼 관 뚜껑이라도 열고 '자매님, 그토록 찾아 헤매시던 남편분은 사실 여기 이렇게 저희가 모시고 있었습니다'라고 말하자는 말씀이십니까?"

"그렇게 비꼬지 마십시오! 누가 뭐래도 이건 사고입니다, 사고! 가여운 어린 양이 너무도 일찍…… 주님의 부르심을 받은……

안타까운 사고란 말입니다! 크흐흑…… 지금 우리가 일을 이상하게 키우는 겁니다!"

베드로는 감정이 북받치는지 자꾸만 목소리가 커졌다. 그러나 목소리 크다고 이기는 게 아니다. 그렇게 단순하고 충동적으로 생각할 문제가 아니었다.

"저는 솔직히 저 자매님도 못 믿겠습니다. 아까 같이 보셨잖습니까. 영철 형제 핸드폰에 저 자매가 미친년으로 저장돼 있습니다. 미친년! 어느 누가 자기 아내를 그렇게 저장하겠습니까? 그것도 저렇게 젊은 부부가? 서로 좋아죽을 때 아닙니까?"

"애칭일 수도 있잖습니까?!"

미치고 팔짝 뛸 노릇이었다. 베드로의 이글대는 눈빛은 진심인 것 같았다. 더욱 미칠 노릇인 것은 다른 수사들도 그의 의견이 그럴싸한지 고개를 끄덕이고 있다는 것이었다.

주여, 사태를 파악하고 있는 사람은 오로지 저뿐이란 말입니까. 라자로는 지퍼 백을 꺼내 흔들며 답답함을 호소했다.

"그럼 이건, 이건 어떻게 건네실 겁니까? 자매님이 진짜 아내라면 남편의 이런 기벽을 모르지 않겠지요. 필히 로또의 존재를 알 거다, 이말입니다."

"당연히 건네야지요!"

"생판 낯선 타지에서 남편이 죽어 있는데, 거기에 대고 불쑥 '아 참, 그리고 여기 이건 남편분이 남기신 60억짜리 유품입니다' 하면서 건네잔 말씀입니까? 우리가 이걸 가지고 있는 것부터 수상해하시지 않겠습니까?"

"전후 상황을 사실대로 설명드려야지요! 어젯밤에 헌금을 하셨다고요!"

"로또 1등에 당첨된 날 하필 그걸 우리한테 헌금하셨고, 그 직후에 하필 돌아가셔서 유감스럽지만 다시 돌려드리겠다고요? 일단 저희 전부 경찰 조사부터 받을 채비를 해야겠군요."

"라자로. 이제 보니 설마 그 복권 때문에 그러신 겁니까! 혹시 그것을 헌금으로 사용치 못하게 될까 염려하시는 거난 말입니다!"

라자로는 등줄기에 식은땀이 흘렀다. 아니다. 그게 아니다. 저 말은 틀린 말이다. 내 마음은 주님께서 아신다. 형언할 수 없는 불안감에 덩달아 언성도 높아졌다.

"베드로! 저도 천국 백성입니다!"

"그럼 뭐가 그리 걱정이십니까! 누가 의심을 하든, 조사를 하든! 우리가 결백한데 무엇이 문제입니까! 그게 그리도 겁나시면 자매님께는 제가 말씀드리겠습니다!"

결백한데 뭐가 문제냐고요. 그게 그리도 겁나냐고요. 결국 나만 죄인이란 말입니까. 여기까지 다 같이 왔잖습니까. 다들 내 제안이 틀리지 않으니 그랬던 것 아닙니까.

라자로는 손이 떨려왔다. 분노인지 두려움인지 알 수가 없었다. 다만 베드로가 결연해질수록 프란체스코와 안토니오도 수긍하는 눈치인 게 불안했다. 모두를 설득해야 한다는 생각밖에 나질 않았다.

"애초에 우리가 누명을 쓸까 두려워서 이 지경까지 온 게 아니지 않습니까! 베드로 수사님 말씀이 맞습니다. 의심을 받는다 해도 사실이 아니니 누명은 벗게 되겠지요. 하지만 과연 사람들도 그럴까요. 우리가 죄짓지 않았어도, 우리를 죄인 취급하겠지요. 사실을 왜곡해 그것을 진실이라고 떠들겠지요. 그 오명이 훤하기에 우리가 여기까지 온 것 아닙니까! 그렇게 겪어오고도 모르시겠습니까?"

"그럼 남편이 죽은 줄도 모르고 오매불망 기다리는 저 자매는 어떡합니까!"

"확실히 하자는 겁니다. 대체 자매님이 아내인지 아닌지는 어찌 그리 확신하십니까. 어제 영철 형제 말을 듣고도 그러십니까. 여기 오기 전에 혈혈단신으로 살다가 스스로 생을 마감하려고 했다지요. 그런데 사실 아내가 있었고, 그런 분이 스스로 목숨을 끊으려 들었고, 첫사랑이 생각나서 마지막으로 여행을 왔다고요? 형제가 저희에게 거짓이라도 고했단 말입니까? 그렇게 보이셨습니까?"

라자로는 실타래 풀리듯 말이 술술 튀어나왔다. 경청하는 모두의 얼굴이 시시각각 심각해졌다. 자신의 말이 틀리지 않다는 방증이었다. 그러니 그렇게 버럭대던 베드로도 미간에 힘만 잔뜩 주고 입을 다문 것이리라. 라자로는 안도감이 들었다. 베드로는 골치가 아파졌는지 대뜸 언성만 높였다.

"그럼! 그럼 그것도! 제가 자매님께 직접 여쭤보겠습니다!"

"무엇을 말입니까. 실례지만 자매님이 진짜 영철 형제의 아내는 맞으시냐 여쭈시게요. 그것 참 맞아도 문제고, 틀려도 문제이겠군요."

"그, 그래도! 어찌 됐든 이건 아닙니다! 우리는 지금 씻을 수 없는 죄를 짓고 있는 겁니다!"

"그만들 하시게."

내내 심란한 안색으로 묵상만 이어가던 프란체스코가 입을 열었다. 그 한 마디에 씩씩대던 베드로는 입을 꾹 다물었다. 프란체스코는 깊은 한숨을 내쉬더니 차분히 말을 이었다.

"자네들 말은 전부 틀리지 않네. 틀리지 않는 말들만을 하니 해답을 찾기가 이리도 힘이 드는 것일 테지. 허나 우리는 우리가 맞다고 여기는 것을 행하는 자들이 아니잖은가. 나는 말이네, 아무리 기도를 드려봐도 영철 형제가 이곳까지 와서 돌연 주님 곁으로 간 것이 마음에 걸려. 거기에 주님의 어떤 뜻이 있으셨는지가 말이야."

프란체스코에게 귀를 기울이는 수사들의 낯빛이 형형해졌다. 오직 라자로만이 그가 어떤 말을 할지 조마조마한 기색을 감춰야만 했다.

"형제는 본인이 세상을 떠나면 장례식장에 아무도 찾아오지 않을 거라면서 슬퍼했네. 저 자매가 누구든, 우리가 이 사실을 어떻게 알리든 영철 형제가 주님 곁으로 간 사실만은 변치 않아. 그리고 형제의 근심대로 장례가 조촐할 거란 사실도 변치 않겠지. 평생을 외로이 살아온 어린 양 같았네. 누가 장례를 제대로 치러주기나 할는지…… 걱정이 될 만큼 말이야. 그런 형제가 이제 곧 있으면 문을 닫게 될 에덴에 찾아와 갑작스레 생을 마감했네. 성령의 나침반이 왜 형제를 이리로 인도하셨을까, 왜 우리를 이런 상황으로 인도하셨을까……. 그런 기도를 하니 문득 우리가 그의 장례미사를 성대하게 치러주어야 하지 않을까 싶네. 그게 주님께서 우리에게 명하신…… 에덴의 마지막 소임이 아닐까. 어째 자꾸 이런 응답을 주시는 것 같네만……."

라자로는 방망이로 뒤통수를 두드려 맞는 것 같았다. 과연 프란체스코는 현명하고, 올곧으며, 신앙적이었다. 주님의 섭리가 거기까지 미쳤으리라고는 전혀 생각지도 못했다.

다른 수사들 역시 저마다의 울림이 이는 모습으로 상념에 잠긴 것 같았다. 베드로는 아예 흐느끼고 있었다.

"오, 주여……. 그렇다면 저희로 하여금 새 관을 미리 준비하게 하신 것도…… 혹 이때를 예비하신 주님의 뜻이셨을지……."

"아멘!"

라자로는 자기도 모르게 벌떡 일어나 아멘을 외쳤다. 흐린 눈이 다시 밝아지는 것만 같았다.

"맞습니다, 수사님들. 이 모든 환란을 극복하고 저희의 소임을 다할 해답이 있는 것 같습니다! 주여 아버지!"

수사들은 기대와 불안이 혼재하는 얼굴로 그런 라자로를 바라봤다.

"그게 뭡니까?"

베드로가 의문스레 물었다. 라자로는 그 어느 때보다 명확했고, 그만큼 신중했다.

"영철 형제의 시신이 실족사 형태로 발견만 된다면, 저희가 장레미사를 치를 수도 있고 이 의심의 구렁텅이에서 헤어날 수도 있지 않겠습니까?"

"뭐라고요?! 영철 형제를 두 번 죽이자는 말씀이십니까!"

베드로는 버럭 소리쳤다.

"베드로, 무슨 말씀을 그리 험악하게 하십니까. 형제를 주님 곁으로 무사히 보내드리는 일이 어찌 살인과 같단 말입니까."

라자로는 그런 베드로를 타일렀다. 그리고 프란체스코를 향해 말을 이었다.

"원장 수사님. 잘 생각해 보십시오. 주님께서 영철 형제를 우리에게 보내신 뜻이 그러하신데, 이대로 저 자매에게 고하면 과연 저희에게 미사를 맡기겠습니까? 말씀하신 대로 저 자매가 아내든 아니든 말입니다."

프란체스코는 눈을 감고 크게 숨을 들이켰다. 그리고는 살며시 눈을 떴다.

"방법은 있는 겐가."

"원장 수사님!"

베드로가 화들짝 의자를 박차고 일어났다. 그러나 프란체스코는 아무런 대꾸 없이 다시 눈을 감을 뿐이었다. 안토니오도 별 표정 없이 허공을 응시하며 눈알을 굴렸다. 역시 제가 틀린 제안을 하는 것이 아니로군요. 지퍼 백을 쥔 라자로의 손에 힘이 들어갔다.

"동쪽 오름 중턱에 말 농장 집이 있잖습니까. 거기 주인이 말들을 하도 풀어놓고 길러서 그쪽 절벽가에 해마다 관광객 추락 사고가 발생한다지요. 이곳 지리가 익숙하지 않은 분들이 말 때문에 깜짝깜짝 놀라서 발을 헛딛기가 십상이거든요. 거기서 실족사 형태로 발견만 된다면…… 하등 이상할 게 없습니다. 그때 저희가 장례를 치러드리면 되지 않겠습니까?"

불안한 정적이 흘렀다. 분명 보통 제안은 아니었을 것이다. 그러나 라자로는 이것이 최선의 방법이라고 막연히 확신했다. 이윽고 프란체스코가 근엄한 얼굴로 입을 열었다.

"그 복권은 어떻게 할 생각인가."

프란체스코는 식탁 위에 올려둔 로또를 가리켰다. 라자로는 자신을 바라보는 프란체스코의 곧은 눈빛에서 충분히 그 의중을 읽을 수 있었다.

이미 알고 계셨군요. 돈 때문에 이러는 거라면 그건 주님의 뜻이 아니라, 제 뜻일 뿐이라는 것이시겠지요. 라자로가 잠시 머뭇대자 프란체스코가 쐐기를 박았다.

"수빈 자매가 영철 형제의 아내라면, 그건 아무리 형제가 헌금을 했대도 우리 소유가 될 수 없네. 동의할 수 있겠나."

물욕. 평생을 주님께 바친 수사가 그것에 흔들리는 것은 바친 평생을 한순간에 부정당하는 일이다. 유혹과 미혹에 지는 일이다. 그것이 두려워 지금껏 시인하지 못했다. 라자로는 프란체스코를 바로 보았다. 그리고 결연한 미소를 지어 보였다.

"그럼요. 영철 형제가 절벽 아래서 발견될 때, 형제의 품 안에서 이것이 함께 발견되도록 넣어두겠습니다. 경찰이 신원을 확인하는 과정에서 자매가 정녕 형제의 아내인지도 확인이 되겠지요.

이 복권이 부군의 유품이라면, 당연히 그 아내께 전달이 되지 않겠습니까."

그런데 말입니다, 수사님. 이것은 물욕이 아니었습니다. 평생을 주님께 바친 수사를 주님께서 긍휼히 여기사 친히 내려주신…… 기회이고 축복이란 말입니다.

라자로는 보란 듯이 지퍼 백을 수도복 주머니에 도로 넣었다. 계속해서 쥐고 또 쥔 바람에 로또 용지까지 구겨졌을까 염려가 되긴 했지만, 당첨금을 수령하는 데는 문제가 없을 것이었다. 주님의 뜻은 결코 구겨지는 것이 아니니까.

"자매님!"

요셉은 성당 문을 벌컥 열어젖혔다. 다행히 수빈은 없었다. 그래도 혹시 몰라 강대상 위로 달려가 관부터 살펴보았다. 다행히 뚜껑을 열어본 흔적도 없었다. 휴, 주여. 최악의 상황은 면한 셈이었다.

요셉은 별관으로 가보기 위해 성당을 나왔다. 그 순간 끼익 문이 열리는 기척이 느껴져 뒤를 돌아봤다. 수빈이 복도 한쪽 방에서 나오고 있었다. 어, 잠깐. 저긴 내방 인데.

"자매님!!!"

요셉은 헐레벌떡 수빈에게 향했다. 아직 기타 케이스를 메고 있는 것으로 보아 별관에는 가지도 않은 것 같았다. 그렇다는 건…… 식당을 나와서 또 방마다 뒤지고 다녔다는 건가! 별관에서도 막무가내더니! 기어코 남의 방까지! 좋게 봤는데 이건 결례가 아닌가!

아니나 다를까 수빈은 불러도 본체만체 땅만 보고 걸을 뿐이었다. 요셉은 이번에야말로 따끔하게 한마디 해야겠다고 생각했다.

"자매님! 여긴 수도 생활을 하는 곳이라 아무 데나 다니시면 안 된다고 아까도 말씀……."

그러나 요셉은 더 이상 따끔할 수 없었다.

"죄송해요. 순간 안에서 영철이 목소리가 들린 것 같아서……."

고개를 든 수빈은…… 울고 있었다. 얼마나 애타게 찾으면 환청까지 들었을까. 요셉은 창밖을 보며 애써 눈물을 감추는 수빈을 잠시 바라봤다. 그런 그녀에게 사실을 있는 그대로 말해줄 수 없는 현실도, 사실을 말해주는 상상도 안타깝기는 매한가지처럼 느껴졌다. 그래서 그런지…… 또다시 심장이 뛰기 시작했다. 안타까워서 그럴 터였다.

"우선 방에 가서 조금 기다려 보시지요."

수빈이 힘없이 고개를 끄덕였다. 슬퍼하는 자매에게 해줄 말이 떠오르지 않았다. 흔해빠진 위로조차 떠오르지 않는 스스로가 바보 같았다. 모태 신앙이고 또 모태 솔로인…… 요셉이었다.

요셉은 앞서 걸으며 복도 창문에 비친 수빈의 옆모습만 힐끔거렸다. 수빈은 안뜰의 무성한 들풀을 바라보며 어느새 희미한 미소를 머금고 있었다. 너무도 다행스러웠다.

들이치는 불볕 덕에 복도는 언제나처럼 무더웠다. 그러나 요셉은 오늘따라 유난히 복도가 쾌청하게 느껴졌다. 그녀가 머문 복도 구석구석에서 싱그러운 아오리사과 향기가 나는 것만 같았다.
……아오리사과를 푹 찌면 이런 향기가 날 것만 같다. 별관은 펄펄 끓는 찜통이나 다름없었다. 요셉은 방문 앞을 서성이며 흐르는 땀만 훔쳐댔다. 영철이 머물던 방을 다시 보자, 조금 아까까지 이 더운 곳에서 그가 싸늘하게 식어 있었다는 사실이 꿈처럼 느껴졌다.
"근데 왜 그러고 계세요?"
수빈은 방 안에 기타 케이스를 내려놓고는 털썩 주저앉았다.
"예?! 아, 그냥 혼자 계시면 적적하시니까……."
"아뇨. 들어오시지 왜 거기 그러고 계시냐구요."
수빈은 아무런 허물도 없이 말했다.
"아, 아닙니다! 저, 저는 그냥 여기가 좋아요! 안 그래도 좁으실 텐데! 쉬세요, 쉬세요!"
또 이런다. 또 심장이 두근거렸다. 대체 왜 자꾸 수빈만 대하면 바보처럼 어버버거리게 되는지 요셉은 당황스러웠다.
아무래도, 아무것도 솔직히 말할 수 없는 지금의 처지 때문일 터였다. 거짓말은 수사의 본분이 아니니까. 그래, 그럴 것이다.
"그러세요, 그럼. 와, 이거 돌아는 가요? 오. 된다. 완전 빈티지네."
수빈은 앞에 놓인 골드스타 선풍기를 켜고 얼굴을 바짝 갖다 댔다. 탈탈탈. 선풍기 모터에서 위태로운 소리가 났다. 빈티지한 소리처럼 느껴졌다.

"그게 그래도 여기 유일한 냉방 장치인데…… 하하……."

요셉은 멀찍이 방문턱에 걸터앉아 머쓱하게 웃었다. 수빈은 선풍기에 입을 대고 아아아— 의미 없는 장난을 쳤고, 요셉은 그 모습을 멍하니 바라봤다.

좀 거칠고 종잡을 수 없긴 하지만…… 순수한 자매구나. 수사님들이 자매를 잘 모시고 있으라 했으니 이것은 일종의 소임인 셈이었다. 그러나 수빈이 입고 있던 청남방을 훌러덩 벗는 돌발 상황이 벌어지자, 소임을 중단할 수밖에 없었다.

수빈은 하얀 민소매 차림이었다. 허나 요셉은 그보다도 하얗게 드러난 그녀의 어깨 때문에 괜스레 민망해져 황급히 시선을 피했다. 주여, 제가 보수적이라 이러는 것입니다. 콩닥대는 심장이 죄스러워 공연히 바보 같은 기도만 나왔다.

"영철이, 돌아올까요?"

수빈은 선풍기 프로펠러에 시선을 고정한 채로, 정말 느닷없이 물었다.

"네?! 그, 그야 산 기도 마치시면 당연히……."

요셉은 또다시 거짓말을 해야 하는 스스로가 원망스러웠다. 다행히도 수빈은 요셉의 대답에는 크게 관심이 없어 보였다.

"나이가 어떻게 되세요?"

"저, 저요? 아, 저는 올해 스물아홉입니다."

"아직 20대시네. 좋겠다. 제가 한 살 누나네요."

누나. 이토록 아름다운 단어였군요, 주님. 요셉은 누런 장판 바닥을 보며 누나, 누나, 속으로만 읊조려 보았다.

"그쪽을 뭐라고 불러야 돼요?"

"누나……."

"엥?"

"네?! 아뇨! 누나시니까 편하게……."

"초면에 어떻게 그래요. 신부님이신가?"

"아, 저희는 에덴 수도원의 수사들입니다."

"수사님. 수사님 이름은요?"

"저는 요셉이라고 합니다."

"요셉. 요셉 수사님."

수빈은 돌아가는 선풍기 프로펠러를 보며 혼자 중얼거렸다. 사회성도 좋고. 엉뚱하시기까지 한 누나…… 아니, 자매구나. 그때 수빈은 퍼뜩 고개를 돌려 요셉을 뚫어져라 쳐다봤다.

"근데요, 수사님. 아까 저한테 왜 거짓말하셨어요?"

"네?! 아, 그, 저, 아니, 그!"

요셉은 자신이 지금까지 했던 거짓말 중 어떤 걸 말하는지 몰라 정신이 혼미해졌다.

"처음에 그러셨잖아요. 영철이 여기 안 왔다고. 그런 사람 모른다고 하셨는데, 수사님들은 거짓말이 죄가 아닌가?"

"아, 그게 저기…… 죄송합니다. 그게 별다른 이유가 있어서가 아니고……."

"영철이가 말하지 말랬죠?"

"네?"

정말 알다가도 모를 자매다. 요셉은 도저히 수빈의 맥락을 따라가기가 버거워 당황할 타이밍마저 놓쳐버렸다. 요셉이 애꿎은 머리만 긁적이자 수빈은 실망한 기색이 역력해졌다.

"역시 그랬나 보네. 영철이가 제 얘기도 안 했다면서요."

"네……."

"싸웠거든요. 걔가 그래요 맨날. 싸우기만 하면 집이고 마누라고 다 팽개치고 말도 없이 훌쩍 떠나요. 그래 놓고는 생각 좀 정리하겠답시고 전부 쌩 까고 다니거든요. 지 방 정리도 못 하는 게."

수빈은 무덤덤한 척 말하면서도 어딘지 뾰로통해 보였다. 요셉은 그 무덤덤함이 오히려 더욱 애가 타는 것처럼 보였다. 어쩌면 영철 형제는 보기보다 제멋대로인 성격이었던 걸까.

"이번에는 좀…… 심하게 다투셨나 봐요."

"네, 뭐. 여기 오기 전에 조금요."

"네……."

"근데도 막상 제가 쌩 까면 저 없이는 안 되겠다고 먼저 기어 들어와요. 항상 그랬어요. 웃기는 놈이죠. 내가 아는 누구보다 멘탈도 약하고 병약한데, 또 누구보다 똥고집이랄까. 왜 좀 보시기에도 그렇잖아요. 생겨먹은 것도 뭔가 불안하게 생겼어. 위험해. 위험한 인간이야."

자매님, 그런데요. 이번에는…… 형제님이 먼저 기어 들어가실 수가 없는 상황이에요. 요셉은 이 말이 목구멍에 걸렸다. 궁시렁대는 수빈의 하소연을 들을수록 안타까움만 커졌다.

영철은 간밤에 분명 어떤 가족도 없는 혈혈단신인 것처럼 자신을 소개했다. 심지어 첫사랑인 예전 여자 친구와 놀러 왔던 게 그리워 제주도까지 온 거라고 했다. 분명 아내가 있는 사람이 할 말들은 아니었다. 그에 따르면 수빈의 저 말들에는 분명 어폐가 있었다.

그러나 요셉은 수빈의 지금 이 말들이 추호도 거짓이라고 생각되지 않았다. 수빈의 툴툴거림 속에는 누구보다 사랑하는 사람이 아니라면 할 수 없는 걱정들이 녹아 있었으니까.

"그런 놈이 어제부터 전화 한 통을 안 받거든요. 대체 어디로 간 걸까요?"

"글쎄요……. 정리할 생각이 많으신 게 아닐지……."

"수사님은 아시잖아요."

"네?! 근처에 산 기도 명소가 많아서……."

"이제라도 솔직히 말해주세요. 영철이 어디 간다고 말 안 했어요, 정말?"

"저한테는 아무 말씀도 안 하고 가셔서 그게! 정말, 정말입니다!"

자매님. 정말이긴 합니다……. 영철 형제는 정말 저한테 아무 말씀도 안 하고 가셨어요……. 주님 곁으로요!

요셉은 이제 안타까움을 넘어 비참해졌다. 주여, 어찌 가련한 이 자매에게 이토록 참혹한 거짓만을 고하게 하십니까. 요셉이 잡아떼자 수빈은 김이 샌 듯 한숨을 내쉬며 바닥에 핸드폰을 내려놓았다.

"큰일이네. 이제 배터리도 얼마 안 남았는데. 혹시 여기 충전기 있어요?"

"저희가 핸드폰을 쓰질 않는지라……."

그때 요셉은 순간적으로 핸드폰 화면에 시선이 쏠렸다. 보려고 본 것은 아니었다. '병신 머저리'. 독특한 이름의 발신인에게서 전화가 오는 게 의아해 바라본 것이었다. 그러나 가장 의아한 것은…… 시종일관 생기 있던 수빈의 안색이 묘하게 싸늘해졌다는 것이었다.

"안 받으세요?"

"스팸이에요."

수빈은 진동하는 핸드폰을 우두커니 보더니 '회의 중' 통화 거절 멘트를 누르고는 벌러덩 드러누워 버렸다. 그러더니 고개를 비스듬히 틀어 요셉을 바라봤다.

"수사님, 그럼 저 수사님만 믿고 영철이 기다릴게요?"

수빈은 말갛게 웃어 보였다. 두말할 나위 없이 맑고 아름다운 미소였다. 요셉은 어색하게 고개만 끄덕이고는 곧장 몸을 일으켜 잠시 거실을 서성였다. 혹여 소리를 들킬까 염려가 될 정도로…… 심장이 두근거렸다. 미안해서. 미안해서 그럴 터였다.

8. 실족

〔지금은 회의 중입니다. 다음에 다시 연락 주세요. 삐 소리 후 소리샘으로 연결되오며 통화료가 부과되오니…….〕

회의 같은 소리하네. 인생 살면서 회의 한 번 안 해봤을 것 같은 년이. 현종학은 안내 멘트를 듣자 갑자기 빡이 돌아 신경질적으로 통화를 종료했다.

전반적으로 빡이 도는 이유는 다양했다. 그러나 그중 제일 빡이 도는 이유 하나를 꼽자면 단연코 그 염병할 '천당 해수사우나'에서 오수빈을 놓친 것이었다.

그때 목덜미를 제대로 물었으면 제주도까지 족(足)뺑이 칠 일도 없었을 텐데 X발. 우리 영악한 고객님께서 '여탕'으로 토끼는 바람에 닭 쫓던 개가 되어 지붕 쳐다보다가 놓친 게 진짜 천추의 한이었다.

하…… 됐다, X발. 요즘 세상에 다짜고짜 여탕 들어갔다가 쇠고랑 차는 것보단 제주도 출장이 백번 낫지. 현종학은 애써 '프로페셔널'하게 감정을 가다듬었다.

"안 받지, 전화."

공항 내 기념품 가게에서 나온 강리헌이 다가와 물었다. 강리헌은 감귤 타르트를 한 아름 사 들고 우적우적 씹고 있었다. 키 2미터에 육박하는 구릿빛 근육 덩어리가 US ARMY 체육복 반바지에 나시 차림으로 저렇게 걸어오니까 무슨 미제 돌하르방 같았다.

"당연히 안 받지. 싸가지 존나게 없으시잖아."

"왜 자꾸 해, 그럼."

"그래야 출장비에 통신비까지 이자 쳐서 따따블로 받지."

"음. 그래."

"웬일로 그런 거 먹냐? 닭찌찌는?"

"치팅 데이."

강리헌의 입꼬리가 미세하게 올라갔다. 저 과묵한 인간 병기가 지을 수 있는 제일 밝은 표정이었다. 헬스할 때, 치팅 데이 때, 그리고 사람 팰 때 외에는 볼 수 없는 표정이기도 했다.

아침 9시밖에 안 됐는데도 제주공항 안은 사람들로 북적였다. 현종학과 강리헌은 인파 사이로 터덜터덜 발걸음을 옮겼다. 캐리어 질질 끌고 다니는 여행객들은 하나같이 하하호호 즐거워 보였다. 다들 팔자 좋네, 우리만 빼고 X발. 현종학은 또 빡이 돌아 티셔츠 넥라인에 걸어둔 선글라스를 신경질적으로 써버렸다.

"샀을까, 진짜."

타르트를 쉴 새 없이 주둥이에 쑤셔 넣던 강리헌이 대뜸 표정도 없이 물었다.

"뭐? 뭘 사? 말 좀 풀로 해, X발. 어후 답답해."

"로또."

"아~ 샀다니까. 100퍼센트야."

"아니면."

"내기하든가. 나 못 믿냐?"

"……그래도. 아니면."

"뭘 자꾸 아니면이야, X발. 없으면 만들어서라도 내놓게 해야지. 이것도 아니야?"

강리헌은 꽤나 만족스러운 대답이었는지 다시 타르트를 씹었다. 현종학은 진심이었다. 아침 첫 비행기로 제주도까지 날아와 족뺑이 연장전을 뛰는데 빈손으로 돌아갈 생각은 해본 적도 없었다. 인내심 한계를 체험하고 있었다. 이제 오수빈에게만은…… 더는 프로페셔널해질 이유가 없었다.

프로페셔널은 '프라이드'에서 오는 것이다. 그것은 현종학의 신념이었다. '돈을 빌렸으면 갚아야 한다. 갚을 능력이 없으면 몸으로라도 때워야 한다.' 이 당연한 이치를 모르는 고객들에게 친절한 학습으로 처절한 결과를 도출해 내는 것. 이게 이 바닥 최고의 프로페셔널이었다.

빚 있는 고객들에게는 빛이 되어준다. 그러나 잠깐 빛 좀 봤다고 사리 분별 못 하는 쥐새끼들에게는 빚의 무게를 실감하게 해준다. 이건 삐걱대는 민생 경제의 구리스와 같은 일이다. 현종학은 자신의 일에 그런 프라이드가 있었다.

세상이 사채업자니, 깡패니, 조폭이니 개잡소리를 지껄여도 당당히 '금융 플래너' 명함을 내놓을 수 있는 것도 다 그런 프라이드에서 오는 것이었다. 동종업계 형님들에 비해 월등히 어린 나이였음에도 현종학과 강리헌이 업계 최고의 원투 펀치가 된 데는 다 그런 프라이드가 있었기 때문이란 말이다. 말 그대로 남은 인생 탄탄대로였다. 오수빈이라는 과속방지턱을 만나기 전까진 그랬다, X발.

돈 받기는커녕 용안 한 번 뵙기 힘든 이 빌어먹을 악덕 고객 덕분에 족뺑이 친지 벌써 몇 달째였다. 회사 창립 이래 희대의 쥐새끼인 오수빈 하나 잡으려고 스톱된 건수가 몇 건인지 모른다. 덕분에 손목이 뻐근할 만큼 세야 했던 봉급도 반의반 토막이 났다.

그런 의미에서 어젯밤은…… 사생결단의 날이었다. 쥐 잡듯 추적해 꼬리 밟은 그 염병할 '천당 해수사우나'에서 또다시 오수빈을 놓쳤을 땐, 빡이 돌긴 했지만 그런대로 프로페셔널을 유지할 수 있었다. 그런데 쥐 털만 한 단서라도 잡으려고 그년이 사용했다는 PC실 컴퓨터를 뒤늦게 탐문하는 순간이었다.

'이번 주 로또 당첨 번호 조회. 제1234회 차. 당첨 번호 1, 3, 5, 7, 9, 11.'

현종학은 그 검색창을 보는 순간 참을 수 없는 빡이 돌았다. 누구 약 올리는 것 같은 번호 꼬라지도 빡돌긴 했지만, 갚으란 돈은 안 갚고 도망 다니는 주제에 찜질방도 모자라서 복권까지 사고 다닌다는 사실이 참을 수가 없었다. 누굴 병신 머저리로 보는 것이었다. 그것은 건드려선 안 될 우리의…… '프라이드'에까지 똥을 끼얹은 것이었다.

프로페셔널 따윈 개나 주고 다짜고짜 오수빈의 빌어먹을 옥탑방으로 쳐들어간 것은 다 그 때문이었다. 몇 날 며칠을 기다려서라도 기어 들어오는 순간 반신불수를 만들 작정이었다. 하지만 오수빈이 다시는 집에 돌아오지 않으리라 확신이 든 것은 얼마 지나지 않아서였다.

"이거, 어디서 봤는데."

강리헌은 시뻘건 차압 딱지가 덕지덕지 붙은 집구석에서 웬 종이 쪼가리 하나를 발견했다. 로또였다.

"X발 여기 존나게 많은데?"

서랍을 뒤집어엎던 현종학이 발견한 종이 다발도 전부 로또였다. 그것도 매주 똑같은 번호로, 딱 한 줄씩만 구입한 변태 같은 로또였다.

1, 3, 5, 7, 9, 11.

문제는 이 지랄 맞은 번호가 이번 주 당첨 번호와 정확히 일치한다는 것이었다. 그리고 더 큰 문제는…… 이 지랄 맞은 로또들 중에 이번 주 1234회 차만 보이지 않는다는 것이었다.

그때부터 현종학과 강리헌은 집 안을 거의 때려 부숴가며 샅샅이 뒤졌다. 여기저기서 쉴 새 없이 로또가 튀어나오긴 했다. 하나같이 똑같은 번호들이라 어느 순간에는 소름도 끼쳤다. 그러나 어디에서도 1234회 차 로또만큼은 나오지 않은 것이 제일 소름이었다.

"아오 X발! 1130회까지 찾았다! 더는 못 찾겠다!"

"더 찾을 데도 없어."

"1234 빼기 1130 하면…… 몇이냐? 문과라 산수가 안 되네, X 발."

"104. 안 산 건가. 104주 동안은."

"노~ 아니지. 이 산더미 봐라. 927회부터 1130회까지 매주 샀어. 똑같은 번호로 매주 계속. 딱 1000원씩만. 이건 뭐 정신병이지. 이런 애들은 유사 뽕쟁이라고 보면 돼. 한 주라도 안 사면 사지 떨리고 난리도 아닐걸. 100퍼센트로 계속 샀다고 본다. 당연히…… 이번 주도."

분명히 봤다. 이번 주 1등 당첨 복권 중에 '수동'으로 산 정신병자 하나가 있었다. 그리고 눈앞에 펼쳐진 수백 장의 지랄 맞은 로또들은 그 정신병자가 누구인지 아주 친절히 알려주고 있었다.

현종학은 쥐새끼들의 심리를 누구보다 잘 알았다. 갑자기 일확천금이 생긴 쥐새끼는 절대 쥐구멍으로 돌아오지 않는다. 아무도 찾지 못하는 곳으로 내빼는 것이 습성이다. 아니나 다를까, 몇 시간 전부터 신호조차 사라진 GPS로 보건대 분명했다.

하지만 오수빈 고객님, 니 년은 중요한 걸 간과했다. 아무도 찾지 못하는 곳, 그런 곳은 있을지 몰라도. 우린…… 그 '아무도'가 아니거든 X발.

공항 출구로 나온 현종학과 강리헌은 담배 하나씩을 꺼내 물었다. 지나가는 관광객들이 힐끔대는 시선이 느껴졌다. 시선의 열의 아홉은 물론 여자였다. 익숙했다. 유리에 비친 모습만 봐도 각기 다른 패션지에서 튀어나온 모델들처럼 섹시한 두 청년의 모습이니까. '비주얼'. 그것은 현종학과 강리헌의 프라이드 중에서도 중요한 것이었다.

"어디부터 가볼까."

강리헌은 국방색 벙거지 모자를 눌러 쓰며 물었다.

"GPS 봐봐. 이제 뜰걸?"

현종학은 선글라스를 이마 위로 걸치며 강리헌의 손목시계를 바라봤다. 이 밀리터리 덕후 새끼한테 딱 어울리는 군용시계쯤으로 보이지만, 이래 봬도 반경 100킬로미터 안이면 300미터 단위로 위치를 추적할 수 있는 군용 GPS였다.

"그러네."

"당연하지~ 제주도 끝에서 끝이 100킬로미터가 안 되걸랑, X발."

그간 오수빈을 잡기 위해 들인 시간과 노력과 돈과 기회비용까지 생각하면 자다가도 빡이 돌았다. 저 GPS도 싸구려 중국산보다 수십 배는 더 주고 친히 공수해 온 미제 쥐덫이었으니까. 그러나 마침내…… 그 대가를 지불받을 시간이 왔다. 현종학은 담배 연기로 도넛을 만들며 히죽거렸다.

"렌트하신 분들이죠?"

그 순간 현종학과 강리헌 앞으로 빨간 포르셰 한 대가 섰다. 칼같이 시간에 맞춰 도착한 렌터카 직원이었다.

강리헌은 운전석에 앉아 핸드폰 내비를 켰다. 조수석에 앉은 현종학은 블루투스를 연결해 음악을 틀었다. 요즘 꽂혀 있는 힙한 팝송. AJR의 〈Bang!〉[6]이라는 노래였다.

"안 질리냐."

강리헌은 우람한 왼팔을 창밖으로 내밀었다. 목에서부터 근육 결을 따라 빼곡하게 새겨진 레터링 타투가 핸들을 이리저리 틀 때마다 지렁이처럼 꿈틀거렸다.

"뱅! 질리긴 알람으로도 했다 X발! 기분 조~오타, X이발!"

현종학은 오픈카 뚜껑을 열었다. 벌떡 일어나 입고 있던 박시한 티셔츠를 뒷좌석에 냅다 벗어 던지고는 양팔을 벌려 바닷바람을 만끽했다.

제주도. 사방이 바다인 섬. 오수빈은 이제 진짜 우리 손바닥 안에 있다. 100킬로미터짜리 초대형 손바닥 안에 든 쥐새끼일 뿐이다. 그것도…… 60억짜리 쥐새끼.

현종학은 지나가는 사람들을 향해 소리를 질러댔다. 뽀얀 상체를 뒤덮은 호랑이, 도깨비, 잉어 타투들도 신이 나는지 함께 꿀렁거렸다. 고요한 제주 시내에 "Bang! Bang! Bang!" 노랫말이 쩌렁쩌렁하게 울려 퍼졌다.

◆

성당 강대상 앞에 영철이 곱게 누워 있다. 베드로는 우두커니 서서 그 모습을 바라봤다. 영철은 말을 탄 사람처럼 보이는 자수

---

6 팝 밴드 AJR의 대표곡 중 하나. 2020년 2월 13일에 공개되었으며, 4집의 리드 싱글이다.

가 박힌 검정색 티셔츠와 검정색 반바지 차림이었다. 가슴팍에 "Yolo"라고 적힌, 꽤나 유명한 메이커 같았다. 그러다가 문득⋯⋯ 옆구리에 끼워놓은 검정색 배낭을 보자 저것을 잘 샀다고 기뻐하던 영철의 모습이 떠올라 참았던 감정이 북받쳤다.

"크흐흑⋯⋯ 20년은 거뜬한 배낭 아닙니까⋯⋯. 그럼 못해도 20년은 들고 가셨셔야지요!"

어젯밤 영철이 처음 에덴에 왔던 복장 그대로 입혀놓으니⋯⋯ 베드로는 그가 마치 이대로 다시 일어날 것만 같았다.

"아휴 무거워! 이리 합이 안 맞아서 어쩝니까!"

"읍읍읍읍! 읍읍읍읍! 읍! 읍읍읍읍읍!"

"안토니오, 뭐라구요? 이렇게는⋯⋯ 중턱까지⋯⋯ 못 내려갈 거라고요?"

그러거나 말거나 성당 중앙에서는 라자로와 안토니오가 비어 있는 오동나무 관을 이리저리 들어보며 한창 예행연습을 하고 있었다. 미사석 장의자 한쪽에 앉은 프란체스코는 고개를 숙이고 계속 기도 중인 것 같았다. 베드로의 가슴속에서 무언가가 울컥 치밀어 올랐다.

정말로 형제를 절벽 아래로 내던질 심산이란 말인가! 정말로 사람들 눈을 속이려 형제의 옷까지 갈아입히고 저리 철두철미하게 연습까지 한다는 말인가! 정말로 이 일이 맞습니까, 주님!

"수사님! 이제 형제님을 넣고 같이 좀 들어보시지요!"

라자로는 채근하듯 베드로를 불렀다. 베드로는 불현듯 제법 뾰족한 논리가 떠오른 것만 같아 다가가는 걸음을 재촉했다.

"헌데 말입니다! 형제님이 정말 사망했다고 어찌 그리 확신하십니까?! 병원에서 정확한 소견을 받아보지도 않았는데 말입니다!"

일순간 성당에 정적이 흘렀다. 베드로는 모두의 공허한 시선을 느꼈다. 관을 쾅 소리 나게 내려놓은 라자로는 마른세수를 하더니 이를 악물었다.

"지금 농담하실 땝니까! 벌써 10십니다! 여행객들이라도 몰려오면 어쩌실 겁니까!"

"애가 타서 그럽니다! 저리도 사지 멀쩡한 형제님을…… 어찌 사망의 골짜기로 집어 던진단 말입니까!"

"주여! 이미 사망하신 분이 무슨 사망의 골짜기입니까! 우리도 다 형제님을 위해 이러는 것 아닙니까!"

"크흐흑…… 저렇게 말끔히 입혀드리니 도무지 시신 같지가 않습니다……. 몸에서 좋은 냄새까지 나신단 말입니다!!!"

"저…… 수사님, 그건 제가 형제님 옷을 세숫비누로 빨아서 그럴 거예요."

그때 뒤쪽에 앉아 있던 요셉이 우물쭈물 손을 들며 말했다. 요셉이 언제부터 와 있었는지 누구도 몰랐던 눈치였다. 별안간 안토니오는 숨을 헐떡이며 사지를 뒤틀어 보였다.

"읍읍, 읍읍, 읍읍읍, 읍, 읍, 읍읍읍, 읍읍, 읍읍읍, 읍읍읍읍, 읍읍, 읍읍읍."

"사후 열두 시간도 채 안 되셔서 아직 부패가 현저하지 않은 거랍니다! 되셨습니까, 이제!"

옆에 있던 라자로가 웬일로 안토니오의 언어를 해석해 외쳤다. 베드로는 더 이상 어떤 말도 할 수 없었다. 자신을 제외한 다른 식구들은 이미 한마음인 것 같았다. 그렇기에 결국…… 영철을 순순히 다시 관에 집어넣을 수밖에 없었다.

베드로까지 합류한 최종 연습이 이어졌다. 뒤쪽에 선 베드로는 홀로 관을 붙든 바람에 자세가 어정쩡해졌다. 움켜쥔 손아귀로 고스란히 무게가 느껴졌다. 베드로는 고통스러워 소리쳤다.

"헌데 이렇게 내려가면 누가 봐도 수상하지 않겠습니까!"

앞에서 양쪽으로 관을 받쳐 든 라자로와 안토니오는 힘이 부친 듯 팔을 부들부들 떨었다. 몇 걸음 옮겨봤지만 중심을 잡지 못해 휘청이기까지 했다.

"좀…… 수상해 보이긴 합니다."

프란체스코 옆에서 이 광경을 지켜보던 요셉이 심각하게 고개를 끄덕였다. 라자로는 후들대는 팔다리만큼이나 떨리는 목소리로 핏대를 세웠다.

"요셉! 근데 이리 계셔도 됩니까! 자매님은 어쩌고요!"

"아, 곤히 잠드셨어요. 걱정 않으셔도 됩니다."

"주무신다고요?! 거 보십시오! 남편 찾아 헤맨다는 분이 생판 낯선 데서 잠이 오겠습니까?!"

"얼마나 심신이 고되셨으면 그러셨겠습니까! 거의 쓰러지다시피 하셨습니다!"

요셉은 왜인지 벌떡 일어나 외치더니 곧바로 수줍게 앉았다. 베드로는 자매 얘기를 듣자 문득 복권 생각이 났다.

"라자로! 그나저나 복권은 형제님 수중에 넣어두셨습니까?"

"아휴! 아까 보셨잖습니까!"

"?! 언제 말입니까!"

"제가 거짓이라도 고한단 말입니까! 지금 그게 중요한 게 아닙니다! 잘 좀 들어보…… 어어어!"

기어코 손에 힘이 빠진 라자로와 안토니오는 관을 놓치며 바닥을 나뒹굴었다. 관머리 부분에서 쿵, 둔탁한 소리가 나자 베드로는 절규했다.

"머리!!! 영철 형제 머리 다치십니다!!!"

"영면하신 분이 어찌 고통을 느낀다고 그러십니까! 아까부터 진짜 왜 그러시냐고요!"

라자로는 쓰러진 채로 소리쳤다. 축 늘어져 가쁜 숨을 몰아쉬는 안토니오는 영철보다 더욱 시신 같아 보였다. 처참한 몰골들을 보고 있자니 베드로는 속만 타 들어갔다.

주여! 정녕 제가 식구들의 결단에 사사건건 트집을 잡으며 땡깡 부리는 겁니까! 정녕 여기서 저만 훼방꾼이란 말입니까!

그때 이마를 부여잡고 기도를 드리던 프란체스코가 잠시 자리를 비우더니 여분의 관보를 가져와 관 위에 덮고 하얀 소창을 둘둘 말아 관을 동여매 손잡이처럼 만들었다.

프란체스코의 동작은 거침이 없었고, 그만큼 아무 말도 없었다. 모두가 그런 프란체스코를 바라만 봤다. 베드로는 그의 안색이 편치 않아 보여 마음에 걸렸다.

"옛날에는 마을에 초상이 나면…… 수도원에서 직접 장례를 도와주기도 했지."

프란체스코는 매듭을 마무리하며 애써 입을 열었다. 수사들은 다시 관 주변으로 모였다. 삼각 편대로 손잡이를 잡아 관을 들어 보았다. 이제야 제법 그럴싸한 운구의 모양새 같았다. 라자로도 한결 수월해진 듯 말문이 트였다.

"이렇게 운반한다면 만에 하나 누가 본대도 어디 초상이 났나 보다 하겠습니다."

프란체스코는 희미한 미소를 지어 보였다. 베드로는 그 모습에서 또다시 울컥 눈물이 쏟아질 것 같았다. 원장 수사님까지 저리 힘든 결단을 하신 데는 분명한 이유가 있을진대! 부원장 수사씩이나 돼서 식구들의 결단을 믿지 못하다니!

"저는 그럼 어떡해야 할까요?"

아직 별다른 소임을 배정받지 못한 요셉이 쭈뼛쭈뼛 다가와 물었다.

"나는 여기 남아 장례미사를 준비하고 있을 테니, 요셉은 자매님을 끝까지 부탁하네."

프란체스코가 나지막이 대답했다. 그러자 요셉은 눈에 띄게 당황했다.

"자매님을 끝까지 책임지란 말씀이십니까?! 제, 제가 어찌?!"

"무슨 생각을 하시는 겁니까, 요셉. 벌써 안면도 좀 트시지 않았습니까. 자매님이 행여 우리 모습을 보게 되면 곤란해지니 잘 모시고 계셔주시지요."

라자로가 의아한 듯 타일렀다.

"그래요, 요셉! 이제 곧 자매님도 큰 슬픔을 맞이하실 텐데…… 좋은 말씀 나누시면서 마음의 안정을 드리십시오!"

베드로도 어쩔 줄 몰라 하는 요셉이 가련해 용기를 북돋아 주었다. 요셉은 벌겋게 달아오른 얼굴을 매만지며 안절부절못했다. 그때였다.

"요셉 수사님! 어디 계세요!"

그야말로 동에 번쩍 서에 번쩍하는 자매로다! 성당 밖에서 수빈의 목소리가 들려오자 수사들은 또다시 우왕좌왕하기 시작했다.

상황을 정리한 이는 뜻밖에도 요셉이었다. 만면이 붉어지다 못해 터질 것처럼 시뻘게진 그는 무언가를 다짐한 듯 벌떡 몸을 일으켰다.

"제, 제가 책임지고 자매님의 시선을 돌리겠습니다! 사, 사사, 산 기도 명소들을 한 바퀴 돌고 올게요!"

저 어린 요셉까지 식구들을 위해 희생을 자처하는가! 베드로는 요셉의 비장한 외침에 감복해 식구들을 불신하던 스스로가 부끄러워졌다. 비록 이것이 맞는 처사인지 아직도 확신은 없었다. 그러나 식구들의 결단을 전심으로 지지하는 것, 그것만이 에덴의 평안을 위한 부원장 수사로서의 사명이라 애써 다짐했다.

헐레벌떡 뒷문으로 나간 요셉이 수빈과 대화하는 소리가 들려왔다. 동시에 베드로와 라자로와 안토니오는 부리나케 관을 들고 앞문으로 향했다. 프란체스코가 조심스럽게 앞문을 열어주었다. 베드로는 그런 그에게 뒤늦게나마 결연한 눈빛을 보낼 수 있었다.

이것은 그러니까 영철 형제를 무사히 주님 곁으로 보내드리는…… 일종의 식구 대작전인 셈이로군요!

🕯

혹시 영철 형제보다 우리가 먼저 주님 곁으로 간다면…… 작전 실패인 것인가!

베드로는 일사병이나 탈수증으로 정신이 오락가락하는 것만 같았다. 세 수사는 관을 받쳐 들고 엉금엉금 비탈을 내려가고 있었다. 얼마나 걸었는지 짐작조차 되지 않았다. 비치적대는 발걸음만큼이나 다들 몹시 지친 것 같았다.

주변에는 장대처럼 솟은 삼나무들이 빼곡했다. 드디어 굼부리 초입까지 내려온 것이다. 사이렌처럼 울려 퍼지는 매미 소리와 이름 모를 들꽃들을 밟고 지나가는 소리 외에는 고요한 숲길이었다.

그 길을 따라 아래로 들판이 넓게 펼쳐진 오름 중턱이 보이기 시작했다. 앞서가던 라자로는 원래 다니던 길을 놔두고 소나무가 우거진 샛길 쪽으로 발길을 틀었다. 베드로는 호흡을 고르며 물었다.

"안전한 길 놔두고 어디로 가십니까?"

"안전한 곳으로 향하는 게 아니잖습니까. 이제 다 왔습니다. 저리로 조금만 더 내려가면 됩니다."

라자로가 힘겹게 턱짓했다. 삼나무 숲과 바통 터치라도 하듯 울창한 소나무 길이 가파르게 펼쳐졌다. 수사들의 오른쪽으로 하얗게 도색된 마구간의 등판이 지나갔다. 왼쪽으로는 보석처럼 빛나는 바다가 모습을 드러냈다. 이곳은 오름의 최동단 쪽 가장자리를 이루는 둘레길인 셈이었다.

베드로는 촘촘한 소나무들을 울타리 삼아 멀찍이 농장 들판을 뛰노는 말들을 바라보다가, 막사 지붕 아래 흔들의자에 앉아 있는 농장 주인을 발견하고는 흠칫 놀랐다. 그는 다행히 꾸벅꾸벅 졸고 있었다. 툭 튀어나온 뱃구레와 거의 다 벗겨진 흰 머리가 도드라져 못 본 새 많이도 늙은 것 같았다. 수사들은 그가 잠에서 깰까 봐 더욱 조심조심 길을 따라 마구간 옆을 스쳐 내려갔다.

말 농장 부지는 넓은 평야였다. 그러나 가장자리 쪽으로는 계단처럼 깎인 들판인지라 꼭 말들이 층층이 뛰노는 것처럼 보이기도 했다. 베드로는 이곳까지 와본 적은 없었지만, 막상 와보니 바다와 인접한 데다 방목하는 말들까지 목전에서 구경하기에 더없이 좋은 곳 같았다.

그렇게 왼편의 시야가 바다만으로 가득 찰 무렵, 정말로 발 디딜 땅도 부족한 절벽가에 다다랐다. 때마침 말 한 마리가 옆을 스치듯 불쑥 지나가는 바람에 움찔 놀란 베드로는 두 다리에 힘을 바짝 줘야만 했다. 꼭 녀석들의 통행로에 우리가 침범한 것만 같다. 이곳 지리가 익숙하지 않은 사람들은 경치에 시선이 팔려 멋모르고 진입했다가 충분히 낙사 사고가 날 법한 곳이었다.

"여깁니다."

라자로가 멈춰 선 곳 앞에는 "caution! 추락 주의!" 팻말이 별 의미 없이 서 있었다. 베드로는 팻말 너머 절벽 아래를 슬쩍 내려다봤다. 떨어지면 즉사할 만큼의 기암절벽은 아니지만, 검고 울퉁불퉁한 해안석이 깔린 덕에 즉사한대도 전혀 이상해 보이지 않았다.

그 순간 안토니오가 무언가 발견한 듯 소나무 틈새를 헤집고 아랫길로 내려갔다. 그리고 끙끙대며 자전거 한 대를 끌고 올라왔다. 한눈에도 연식이 오래되어 보이는 쨍한 분홍색 자전거였다.

베드로는 어안이 벙벙해 그것을 바라만 봤다. 그러다가 자신도 모르게 눈물이 차올랐다. 자전거 몸체에…… 삐뚤빼뚤한 글씨로 '김영철'이란 이름표가 붙어 있었다. 형제가 타고 올라오다가 버려두고 왔다는 자전거가 이것인가! 어찌 기다렸단 듯이 형제의 유품까지 있단 말인가!

"주여! 이게 그 영철 형제 자전거군요!"

옆에 있는 라자로도 놀란 것 같았다. 그러더니 숨을 몰아쉬고 있는 안토니오에게 물었다.

"근데 이건 왜 가져 오셨습니까?"

"읍읍. 읍읍 읍 읍읍읍 읍 읍 읍읍읍읍."

"변수. 이런 게 변수가 될 수 있다고요? 그게 무슨……. 오, 주여 아버지!"

잠시 의아해하던 라자로는 상체를 벌떡 세웠다. 그리고는 한 치의 망설임도 없이 자전거를 덥석 집어 절벽 아래로 떨어트렸다. 베드로는 너무 순식간인지라 반응조차 할 수 없었다.

"뭐, 뭐 하십니까! 형제의 유품을 왜!"

"유품이기에…… 형제와 함께 발견되는 편이 낫겠지요."

베드로는 태연히 손을 털고 있는 라자로를 멍하니 바라봤다.

절벽 아래에는 산산이 조각난 자전거가 해안석 사이사이에 박혀 있었다. 그제야 위험천만한 현장감이 피부로 느껴져 등줄기가 오싹해졌다.

"지금 영철 형제도…… 저기로 떨어트려야 한다는 겁니까?! 저렇게 될 텐데요?!"

"안토니오 수사님. 저기 아랫길이 등산로와 연결돼 있어서 혹여 여행객들이 올라오실지 모릅니다. 누가 오면 좀 알려주시겠습니까."

라자로는 대꾸조차 해주지 않았다. 안토니오도 순순히 라자로가 가리키는 방향을 따라 아랫길을 내려갔다. 라자로는 바쁜 사람처럼 발 앞에 놓인 관 뚜껑을 거침없이 열어젖혔다.

"수사님. 이제 시작하시지요."

"그, 그건 왜 여십니까?"

"그럼 관째로 던지시려 하셨습니까. 다리를 좀 잡아주세요."

무어라! 거기까진 생각도 못 했다! 베드로는 좀처럼 몸이 움직여지지 않았다. 죄스러움과 긴장감에 자꾸 눈물만 날 것 같았다.

"베드로! 어서요! 시간이 없습니다!"

라자로는 끙끙대며 영철을 끄집어내고 있었다. 베드로는 발걸음을 옮기면서도 망설여졌다. 그러다 관에서 거의 굴러떨어진 영철과 눈이 딱 마주치자…… 움찔 뒷걸음질을 치고 말았다.

"크흐흑! 라자로! 아무래도 다른 방법을 생각해 보시지요!"

"여기까지 와서 또 왜 그러십니까!"

"이, 이건! 이건 아닙니다! 저는 못 합니…… 으억, 주여!!!"

"베드로!!!"

절벽 아래로 빨려 내려가는 느낌이 든 것은 찰나였다. 뒷걸음질을 치다가 돌부리를 밟고 미끄러진 것이다. 가까스로 라자로가 손목을 붙잡아 주지 않았더라면 실족사의 대상은 꼼짝없이 자신이 될 뻔한 상황이었다.

겁에 질린 베드로는 물에 빠진 사람처럼 허공에 발을 굴렀다. 그 처절한 발길질에 라자로도 딸려 내려가듯 질질 끌려오다가 이내 포복 자세로 엎어져 악을 쓰며 버텼다.

"아휴, 무거워!!! 올라오세요, 올라와!!!"

"크흐흑, 주여!!! 제가 죄송합니다!!! 잘못했습니다!!! 살려주십시오!!!"

베드로는 난데없이 회개 기도만 튀어나왔다. 갑자기 어인 실족인가! 이것이 주님 앞에서 실족한 대가인가! 이대로 주님 곁으로 가는 것인가! 환란 가운데 눈에 뵈는 것이 없었다. 눈물이 앞을 가려서인 것도 같았다.

그 순간 눈물로 얼룩진 시야에 웬 지퍼 백이 어른거렸다. 정말로…… 지퍼 백이었다. 엎어진 라자로의 수도복 주머니에서 쏘옥 튀어나온 지퍼 백, 아니…… 로또가 흙바닥에 떨어져 있었다. 베드로는 그것을 보자 정신이 번쩍 들었다.

"저거 뭡니까!!! 아까 넣어놨다 해놓고!!! 왜 그게 거기 있습니까!!!"

불길한 예감이 맞았던 것인가! 라자로는 저 로또의 유혹에 빠져버린 것인가! 저것 때문에 모두가! 아니, 내가! 실족하게 된 것인가!

베드로의 고함에 화들짝 놀란 라자로는 그제야 비져나온 로또를 발견한 것 같았다. 그리고는 안색이 파랗게 질려…… 온몸을 필사적으로 비틀어 댔다. 베드로는 울컥 설움이 북받쳤다. 사람이 죽어가는 와중에도 저걸 사수하겠다고 발버둥을 친단 말인가!

때마침 바람결에 지퍼 백이 설설 움직이더니 깃털마냥 휙 날아와…… 베드로의 얼굴 앞에 멈췄다. 베드로는 죽는 한이 있더라도 에덴을 희롱한 저 악의 근원에게 굴할 마음이 없었다. 그래서 사자처럼 입을 벌리고 포효했다.

"오오라, 그래!!! 오너라, 이 실족의 근원!!! 내가 씹어 먹어주마!!!"

"어!!! 그렇지!!! 얼굴로 막으십쇼!!! 안 돼!!! 못 날아가게 막아!!!"

라자로도 그런 베드로를 향해 포효했다. 로또 용지를 사이에 둔 서로의 처절한 몸부림이 맞잡은 손으로 전해졌다. 그럴수록 절벽 아래로 쏠려가는 느낌도 전해졌다.

"아휴, 진짜!!! 올라오세요!!! 이러다 다 죽습니다!!!"

"손 놓지 마십쇼, 라자로!!! 놓으려고 그러지!!! 이 복권 때문에!!! 어어!!! 놓지 마!!! 야, 임마!!!"

"무슨 말씀입니까!!! 버둥대지 말고 올라오시라고요. 힘 빠집니다!!! 오, 안토니오!!! 안토니오!!!"

소란한 가운데 때마침 안토니오가 헐레벌떡 달려 올라오는 모습이 보였다. 그때였다.

더 게스트

댕— 댕— 댕—.

정오를 알리는 에덴의 종소리가 멀리 들려왔다. 그러자 허겁지겁 올라오던 안토니오는…… 그 자리에서 철푸덕 무릎을 꿇었다. 세상 간절한 모습으로 웅크린 몸을 떨고 있었다. 베드로는 처음으로 그가 두렵게 느껴졌다.

"저거 지금 기도하는 겁니까!!! 기도가 나옵니까!!! 대체 무슨 기도를 하는 겁니까!!!"

"안토니오!!! 이 미친 주님의 자녀!!! 다 죽습니다!!! 우리 다 죽는다고!!!"

베드로와 라자로의 발악이 끔찍했는지 안토니오는 다행히 기도를 짧게 마치고 헐레벌떡 달려왔다. 그제야 모두가 안전한 지면에 각자의 몸뚱이를 비빌 수 있었다.

베드로는 흙바닥에 널브러진 채 수사들을 바라봤다. 라자로는 절벽 언저리인 줄도 모르는지 로또 용지를 부둥켜안고 흐느꼈다. 안토니오는 꼿꼿하게 누운 채로 호두까기 인형처럼 손톱만 딱딱 딱 물어뜯고 있었다. 차마 눈 뜨고 바라볼 수 없을 만큼 망가진 모습들이었다.

"크흐흑…… 다들 제정신이 아닙니다……."

베드로는 옆으로 돌아누워 흙바닥을 눈물로 적셨다. 그 순간 지나온 길목 저 위쪽에서 웬 잘생긴 말 대가리가 보였다. 말 농장 부근에서 우거진 소나무 숲길을 거닐어…… 검푸른 근육질의 말이 터덜터덜 내려오고 있었다. 그것도 말을 타고 오는 이는 난데없이 이 주사였다. 크흐흑! 제정신이 아니긴 나도 마찬가지인가!

헛것까지 뵈다니!

"이 주사는 저기서 왜 나옵니까?!"

라자로가 소스라쳐 외쳤다. 안토니오도 퍼뜩 정신이 들었는지 누운 채로 고개를 돌렸다. 베드로는 저것이 헛것이 아니라는 사실에 눈물이 쏙 들어갔다.

"지금 출근 시간일 텐데! 왜 이 시간에 여기 있냐고요!"

"읍읍, 읍읍읍읍읍!"

"오늘…… 주일입니다……라고요?!"

베드로와 라자로는 황망한 시선을 교환했다. 그리고 모두의 시선은 서서히…… 바닥에 덩그러니 엎어져 있는 영철에게로 쏠렸다. 주여. 베드로는 차라리 절벽에 매달렸던 것이 더 낫게 느껴질 정도로 혼란스러웠다.

"크흐흑!!! 어쩝니까!!! 이제 어쩝니까!!! 꼼짝없이 들키게 생겼습니다!!!"

"가만 좀 계셔 보십쇼, 베드로! 나무에 가려서 아직 우리 못 봤습니다! 빨리빨리!"

수사들은 누가 먼저랄 것도 없이 영철에게 달려들었다. 진이 빠져서인지 세 사람이 한 번에 들기도 버거웠다. 베드로가 젖 먹던 힘을 발휘해 영철을 관 안으로 거의 쑤셔 넣은 것과 동시에 라자로와 안토니오가 관 뚜껑을 닫았다.

"일단 내려갑시다! 이 주사만큼은 마주치면 안 됩니다!"

라자로는 허겁지겁 아랫길을 가리키며 소리쳤다. 수사들은 번쩍 관을 들었다. 부리나케 내려가 숨기만 하면 될 것 같았다. 그러나 모두의 발걸음은 동시에 우뚝 멈춰 섰다.

저 멀리…… 안전모를 쓴 인부 두 명이 철제 펜스를 들고 올라오고 있었다. 그중 베드로도 잘 알고 있는 공사 소장은 이쪽을 향해 손까지 흔드는 것 같았다.

"훠이, 훠!"

수사들은 화들짝 놀라 뒤를 돌아봤다. 범준마저 어느새 외나무다리에서 만난 원수처럼 천천히 말을 몰며 목전까지 다가와 있었다.

왜 하필 이 주사인가! 왜 하필 에덴이라면 사사건건 트집을 잡으려 눈에 불을 켜는 이 주사냔 말이다! 말은 또 어찌 저리 능숙하게 타는가! 아니, 애초에…… 말을 왜 타고 다니는가!

베드로는 쉴 새 없이 들이닥치는 고난이 버거웠다. 듣도 보도 못한 난관의 연속 앞에서 숨만 헐떡헐떡 거칠어졌다. 때문인지 수도복 앞춤마저 스물스물 풀리고 있었다. 여미고 싶어도 관을 들어 손이 없었다. 주여!!! 베드로는 다시 절벽에 매달릴까 진지하게 고민했다.

"안녕들 하십니까."

범준은 말 위에서 수사들을 내려다보며 냉랭하게 인사했다.

"찬미 예수님. 이런 데서 말을 타고 다니실 줄은 또 몰랐네요."

라자로가 천연덕스럽게 받아쳤다. 맞다! 21세기에 제주시청 공무원이! 그것도 오름 중턱에서 왜 말을 타고 다니는가! 베드로는 잔뜩 경계하는 눈빛으로 범준을 노려봤다.

"이런 데라뇨. 모르셨군요. 저기가 저희 집인데."

범준은 위편의 말 농장을 가리키며 피식 웃었다. 맞다! 이 주사가 농장 주인집 아들이었단 걸 까맣게 잊고 있었다! 베드로는 스스로의 안일함에 치가 떨려 혼란만 가중됐다. 라자로도 당황한 기색을 애서 감추는 것 같았다.

"그러셨군요. 그럼 저희는 이만 가보겠습니다. 찬미 예수님."

"잠깐."

범준은 발걸음을 재촉하는 수사들을 불러 세웠다. 관을 유심히 바라보는 것 같았다.

"그건 뭡니까? 누가 죽기라도 했습니까?"

허억. 베드로는 순간 숨을 너무 크게 내쉬고 말았다. 스르륵. 때문에 수도복 앞춤이 다 풀리고 웅장한 뱃구레가 훤히 드러나고 말았다. 확실히⋯⋯ 절벽에 매달리는 편이 나았던 것 같다.

"어찌 또 보자마자 그런 말씀을 하십니까?"

뻔뻔하게 잡아떼던 라자로의 목소리도 떨리는 게 느껴졌다.

"그건 뭡니까, 그럼? 관 아닙니까?"

"아, 폐원 전에 이것저것 좀⋯⋯ 복지관에 기부를 하고 오는 길입니다. 일종의 수레지요."

"빈 수레치고 상당히 무거워 보이는데, 뭐가 들었습니까?"

"아뇨. 그럴 리가요."

"힘들어 보이시는데요. 다들 몰골이 영. 여기 큰 수사님은 옷까지 풀어 헤치시고."

범준은 베드로를 가리켰다. 라자로와 안토니오도 슬며시 고개를 돌려 베드로를 바라봤다. 정확히는 배를 바라봤다. 다급하고도 애타는 입 모양들이 분명 욕을 하는 것 같았다. 베드로는 긴장감과 치욕감에 울컥 소리쳤다.

"더, 더워서!!! 더워서 그럽니다!!! 아, 덥다!!!"

"더위를 많이 타시거든요. 가끔 이렇게 벗고 다니십니다."

"읍읍읍, 읍읍읍, 읍읍읍읍읍읍!"

"어제는 바지도 벗으셨다네요. 주여. 원래 성령 충만하면 육신이 달아오르고 그렇습니다."

"라자로!!! 저 빨리 돌아가서 다 벗고 싶은데 그만 가시지요!!!"

베드로는 한시라도 빨리 자리를 뜨고자 다짜고짜 힘으로 관을 밀었다. 앞서가는 두 수사는 거의 떠밀리듯 범준 옆을 스쳐 지나갔다.

베드로는 범준이 수상쩍게 바라보는 시선이 느껴져 뒤통수가 뜨거웠다. 그러나 괜찮았다. 본의 아니게 노출증 환자까지 돼버렸지만, 그것도 괜찮았다. 식구들을 위해서라면 뭐든 괜찮았다. 그것이 부원장 수사로서의 사명이었으니까.

……그런데요, 주님! 이것이 정녕! 식구들을 위한 일이 맞긴 한 겁니까! 허나 이런 생각이 자꾸만 베드로를 괜찮지 않게 만들었다. 가슴속에 걷잡을 수 없는 무언가가 울컥울컥 치밀어 올랐다. '분노'. 에덴에 들어온 이래로 처음 느껴보는 분노였다.

🕯

저만치 멀어지는 수사들의 우스꽝스러운 뒷모습은 아무리 봐도 줄행랑이었다. 범준은 무테안경을 고쳐 쓰고 그들이 들고 가는 관짝을 유심히 바라봤다. 비어 있다기에는 아무리 봐도 무거워 보였다. 무엇보다 수상한 건…… 왜 무겁지 않은 '척' 저렇게까지 잡아떼느냐에 있었다.

"이 주사님!"

그때 길을 올라오던 인부들이 범준에게 손을 흔들며 다가왔다. 범준은 말에서 내려 인부들이 내려놓은 펜스로 발길을 옮겼다. 범준은 꾸벅 인부들에게 인사를 건넸다.

"주말인데 고생시켜 드려 죄송합니다."

"아효~ 아닙다. 저희야 주말에도 일 있으면 좋죠 뭐. 주사님 쌩돈 받는 게 죄송해서 그렇지!"

"얌마. 사유지라고 공원녹지과에서 예산을 안 주신다잖아. 누구 놀려?!"

범준의 아버지 또래인 공사 소장이 젊은 조수를 친근하게 타박했다. 인부들은 공사 준비를 하면서도 쉴 새 없이 두런거렸다. 그때 조수가 절벽 아래를 바라보며 궁시렁거렸다.

"어휴, 저것도 다 공무원들이 치울 텐데. 하여튼 알 만한 사람들이 더 무섭다니까요."

"고만 실떡거려라! 저분들 그러실 분들 아니라니까!"

"아까 밑에서 담배 태우다 봤다니까요! 저 양반들 저거 버리다가 떨어져 죽을 뻔한 거 신고까지 해줬랬더니만! 이거 봐요. 119 통화 기록도 있지!"

조수는 자기 핸드폰을 보이며 억울해했다. 듣고 있던 범준은 의아해 다가가 물었다.

"무슨 일 있었습니까?"

"아~ 얘가 저기 에덴 수사님들이 저 밑에다 저거 집어 던졌다고."

소장이 절벽 아래를 가리키며 별일 아니라는 듯 말했다. 범준은 절벽 아래를 내려다봤다. 웬 핑크색 자전거 한 대가 박살이 나 있었다.

"저걸 수사들이 버렸다고요?"

"예. 근데 그럴 리가 없잖아요~. 법 없이도 사는 양반들인데. 얘가 이 동네 온 지 얼마 안 돼서 잘 몰라~. 얌마 너 어제 술 처먹은 거 덜 깼냐!"

"에이 진짜! 제가 그럼 장난 전화했겠어요? 이거 119 보시라니까?"

"법 없이 사는 사람이 어디 있어요."

범준은 실소했다. 서로 아웅다웅하던 인부들은 그런 범준을 잠시 바라봤다.

"저 사람들도 사람인데, 그러지 말란 법도 없죠."

범준은 수사들이 올라간 길을 다시 돌아봤다. 고요한 소나무 숲길 새로 수사들은 어느새 종적도 없이 사라져 있었다. 갑자기 폭우가 쏟아져도 주님 선물이랍시고 꿋꿋이 맞으면서 걸어가던 양반들치고 날래기가 이를 데 없었다.

근데 이걸 어쩌나, 법은 주님 선물이 아닌데. 폐기물 관리법 8조. 담배꽁초를 비롯한 각종 쓰레기를 버릴 경우 과태료 및 벌점이 부과된다. 범준은 다시 말에 올라 고삐를 틀어쥐었다. 공무원에게는 공무 집행을 해야 할 의무가 있다.

9. 이브

서쪽 오름은 억새밭이 주를 이뤘다. 억새가 절정에 이르는 10월이면 능선 전체가 꼭 노르스름한 눈꽃 밭처럼 보여 절경을 이루는 벌판이다. 그러나 아직은 미숙해 가슴 언저리에 머문 7월의 억새는 채 영글지 못한 황록의 풀밭처럼 보였다.

요셉은 앞서가는 수빈과 일정 간격을 유지하며 능선을 따라 걸었다. 지금이 가을이었다면 경치가 더 좋았을 텐데. 못내 아쉬움이 들었지만 그것도 잠시였다.

쏴아아아아. 바람을 따라 춤을 추는 푸르른 억새 사이로 수빈이 터덜터덜 걸었다. 요셉은 그녀의 뒤를 졸래졸래 따르는 지금 이 풍광이, 마치 순수 문학의 한 장면처럼 느껴졌다. 작열하는 태양 볕이 대기를 달구고 또 달궈도 알 수 없는 산뜻함이 샘솟는 것 같았다.

"얼마나 더 가요?"

수빈은 바람결에 긴 생머리만을 흩날리며 뒤도 돌아보지 않고 물었다.

"저 앞 언덕배기만 넘으면 됩니다."

요셉은 흐르는 땀을 닦으며 대답했다. 함께 수도원을 나온 후로 얼마나 시간이 흘렀는지는 알 수 없었다. 반대편 동쪽에 있을 수사들이 일을 무사히 마치기까지 얼마의 시간이 필요한지도 알 수 없었다. 요셉은 그저 현재 자신의 소임에 집중할 뿐이었다.

그나마 서쪽을 거닐 수 있는 게 다행이라면 다행이었다. 에덴 대대로 전해 내려오는 산 기도 명소들이 주로 오름의 서쪽에 포진해 있기 때문이었다.

비록 그곳들 어디에도 당연히 영철은 없지만, 그 사실을 알면서도 함께 영철을 찾아보자는 거짓 명목을 내세운 현실이 요셉의 마음을 아프게 했지만, 아무쪼록 수빈의 마음을 최대한 보필하는 것만이 지금 요셉에게 주어진 막중한 소임 같았다.

직전까지 두 곳의 명소를 동행하는 동안, 수빈은 다행히도 평안해 보였다. 그러니 지금도 저렇게…… 잘 만개한 들꽃 하나를 꺾어다가 자기 귀에 꽂아보기도 하고 그러시는 거겠지.

귀에 꽃을 꽂은 수빈은 슬며시 요셉을 돌아다보며 웃었다. 요셉은 멍하니 그 모습을 바라봤다. 누가 그랬다. 귀에 꽃을 꽂는 건 미친 여자의 상징이라고. 허나 요셉은 그자가 앞에 있다면 단언할 수 있었다. 저 모습을 보고도 그렇게 생각한다면…… 미친 건 당신일 거라고.

그때 수빈이 우뚝 발걸음을 멈췄다. 그리고는 매우 상냥하고 부드러운 목소리로 물었다.

더 게스트

"왜 그래. 오줌 마려워?"

"하하…… 아니요……."

"뭐야. 수사님 말구요."

아아. 미친 건 나구나. 요셉은 민망함에 정신이 번쩍 들어 발걸음을 멈췄다. 수빈보다 앞서가던 미카엘이 짧고 굵은 뒷다리를 야멸차게 들고 억새 사이로 가차 없이 오줌을 갈기고 있었다. 그리고는 단단한 몸뚱이를 부르르 털더니 고개를 갸웃거렸다. 수빈은 그런 미카엘이 귀엽다며 짜글짜글한 주름을 꼬집었다. 꼬집히는 순간 미카엘은 놀랍게도 요셉을 바라보며 씨익 웃는 것 같았다.

저거 혹시 개가 아닐지도 몰라. 미카엘을 노려보던 요셉은 그런 황당한 생각마저 들었다. 수도원을 나올 때, 어떻게 알고 수빈에게 냅다 달려들어 안길 때부터 살짝 의심되기는 했다. 외지 사람 냄새만 맡아도 짖어대던 녀석이었다. 그런 녀석이 짖기는커녕 수빈 앞에서 무려 배를 까뒤집고 재롱까지 떨었다.

그것도 모자라 여기까지 쫓아와서는 저렇게 번번이 내 소임마저 가로채다니. 요셉은 수빈 옆에 착 붙어 걸어가는 미카엘의 궁둥이를 꽉 깨물고 싶었다. 그러다가 '내가 주름만 있었어도 이런 수모는 안 당했을 텐데' 따위의 말도 안 되는 열패감까지 피어오르자, 하다 하다 개를 부러워하는 스스로에게 소름이 끼쳐 속으로 열띤 회개 기도를 이어갔다.

"왜? 다 왔다고?"

충성스럽게 언덕길을 오르던 미카엘이 돌연 수빈에게 치대며 짖어댔다. 낮은 언덕이었지만 억새밭에 가려 너머가 보이지 않는 오르막길 위였다. 저곳을 오르면 드디어 마지막 세 번째 산 기도 명소가 나온다.

미카엘이 신이 나 달려가자 수빈도 녀석을 따라 발걸음을 재촉했다. 저거 진짜로 개가 아닌가. 요셉은 행선지를 꿰고 있는 듯한 미카엘이 이제 무서울 지경이었다. 그러나 이번만큼은 자신의 소임을 미카엘에게 빼앗기기 싫었다. 그래서 쏜살같이 달려 수빈을 지나, 미카엘도 지나 먼저 고지에 도달했다 싶던 찰나에…… 자기 다리를 걷어차 언덕 아래로 데굴데굴 굴렀다.

"와……"

언덕 위에 선 수빈은 외마디 감탄을 내뱉었다. 요셉은 순간 바보 같은 자신을 향한 질책인 줄 알고 부끄러웠지만, 다행히 그건 아니었다. 수빈은 감탄에 젖은 채로 뚜벅뚜벅 걸어 내려왔다. 요셉이 엎어져 있는 곳은 사방이 온통 보랏빛으로 물든…… 꽃밭이었다.

마음에 드시나 보네. 다행이다. 수빈이 멍하게 바라보는 곳을 따라 요셉도 시선을 옮겼다. 저만치 절벽 끝으로 에메랄드빛 바다가 펼쳐져 보였다. 언제 봐도 환상적인 꽃동산이었다. 에덴 오름의 서쪽 가장자리. 그중에서도 혹처럼 붙은 이곳의 지형은 아는 사람만이 안다는 최서단의 숨겨진 절경이었다. 요셉은 경치에 취해 있는 수빈에게 머쓱하게 다가갔다.

"기도하기 좋은 곳이지요?"

"동화 속 같아요. 이거 다 유채꽃이에요? 생긴 게 좀 다른데."

"제주도라 그렇게 생각하실 수 있지만 이건 도라지꽃입니다."

더 게스트

"어쩐지~ 도라지꽃. 수사님, 도라지꽃 꽃말이 뭔지 아세요?"
"꽃말이요? 잘 모릅니다."
"사랑. 영원한 사랑이래요."

수빈은 그 말을 남기고 휘파람을 불며 보랏빛 도라지꽃밭을 거닐었다. 수빈의 작은 입술에서 나오는 휘파람은 마치 훈풍처럼 꽃들을 춤추게 하고, 요셉의 심장을 뒤흔들었다.

영원한 사랑. 요셉은 사실 이곳이 도라지꽃밭인 것도 베드로에게 들어 고작 얼마 전에 알았다. 그러나 꽃말까지 알고 나니 이곳이 더욱 애틋한 장소처럼 느껴졌다.

내가 자매를 우연처럼 영원한 사랑의 밭으로 데려왔구나. 그런 생각에 요셉의 심장은 알 수 없는 두근거림으로 춤을 췄다.

수빈은 눈으로만 담기 아쉬운 듯 핸드폰을 꺼내 사진을 찍기 시작했다. 그러더니 셀카를 찍기 시작했고, 이내 요셉에게 사진을 찍어달라고 부탁했다. 요셉은 얼결에 수빈의 핸드폰을 받아들고 핸드폰 액정 너머 꽃 속에 파묻힌 수빈을 바라봤다. 아무리 스마트폰이 좋아졌대도 카메라는 눈으로 보는 것만큼 자연 고유의 총천연색을 담아내지 못하는 것 같았다. 그래서 요셉은 조금 더 수빈을 확대했다. 동화 같은 배경이 들러리로 보일 만큼 수빈은 독보적으로 아름다웠다. 그래서 요셉은 조금 더 수빈을 확대했다. 손바닥만 한 핸드폰 액정 안이 오롯이 수빈의 얼굴로 가득했다. 비로소 아름다운 것으로 가득 찬 것 같았다. 그러나 요셉은 활짝 핀 그 미소가 아름답기에 차마 셔터를 누를 수가 없었다.

불과 한두 시간 뒤면 과부가 될 여인의, 영영 잃어버릴지도 모를 미소구나. 요셉은 슬퍼지는 마음을 감추려 애꿎은 셔터만 의미 없이 눌러댔다.

"어쨌든~ 여기에도 영철이는 없네요."

절벽 언저리에 홀로 울창하게 솟은 나무 쪽으로 걸어가며 수빈이 말했다. 그늘 아래 넓고 평평한 반석 위에 걸터앉은 그녀는 메고 온 기타 케이스를 벗어놓았다. 요셉은 그 옆의 바닥에 털썩 앉았다. 수빈은 탁 트인 바다를 바라보며 꼰 다리를 까딱까딱 흔들었다. 초연해 보였다. 요셉은 그 초연함이 더욱 안타까웠다. 수빈은 걸치고 있던 청남방을 훌렁 벗어 던졌다. 요셉의 시선은 또다시 갈 곳을 잃었지만, 이제 조금은 적응이 되었는지 하얗게 드러난 그녀의 어깨를 봐도 아까보다는 덜 민망했다.

"시원하다~. 진짜 좋네요, 여기."

"더운 데선 내내 입고 계시더니 시원한 데선 벗으시네요."

"살 타잖아요. 그리고 여기도 덥거든요?"

"젊은 사람들 일부러 선탠도 하고 그러지 않습니까?"

"태닝이요, 태닝. 저는 태닝 싫어요. 쿨톤이라."

수빈은 농담조로 웃으며 말했다. 요셉은 그 허물없는 웃음을 보자 심란했던 마음을 조금은 다잡을 수 있었다. 그래, 지금 이 순간만이라도 저 미소를 지켜드리는 게 내가 할 일이겠지.

그런 생각이 드니 용기가 났다. 사실 아까 별관에서부터 수빈의 날갯죽지가 눈에 들어왔다. 결단코 보려고 본 것은 아니었다. 단지 까만 무언가가 묻어 있는 게 신경이 쓰였다.

"자매님, 등에 뭐가 묻었습니다."

"아, 이거요? 이거 레터링이에요. 타투."

자세히 보니—얼핏 보면 잘 안 보이기에 어쩔 수 없이 자세히 본 것이지만—정말 필기체로 쓰인 타투였다.

"영어군요. 뭐라고 써 있는 겁니까?"

"라틴어예요. E······ V······ A······ 에바."

수빈은 고개를 돌려 손가락으로 한 글자 한 글자 가리키며 말했다. 에바, 에바라고. 요셉은 그 말에 경악을 금치 못했다. 얼마나 경악했으면 처음으로 수빈의 얼굴을 빤히 들여다볼 수 있을 정도였다. 사실 처음 수빈을 봤을 때 어딘가 낯이 익다고 생각은 했다. 원래 예쁘고 잘생긴 사람들은 다 그림체들이 비슷비슷해 낯이 익게 느껴지는 줄 알았다. 그런데 왼쪽 날개 뼈에 '에바' 타투가 있는 예쁜 사람이란······ 요셉이 알기로 세상에 단 한 명이었다.

"자매님, 혹시······ 제가 아는 그 에바십니까?"

"그 에바가 누군데요?"

"그 왜······ 밴드 있잖아요?"

"아~ 네. 맞아요. 에바와 참치들."

주여! 정말 에바와 참치들이라니! 한때 전국적으로 유명했던 오디션 프로그램 '스타 팝 K'에서 비록 탈락의 고배를 마셨지만, 메인 보컬의 빼어난 미모와 거친 록 스피릿으로 온갖 짤과 밈이 형성됐던 화제의 고등학생 밴드 에바와 참치들!

요셉은 학창 시절에 그 방송을 챙겨 보던 것이 이제야 쏟아지듯 기억났다. 이름만큼이나 밴드의 상징이던 여고생 로커 에바가

악마의 편집 하수인 격의 카메라를 향해 성스러운 가운뎃손가락을 날렸던 순간은 다시 생각해도 아찔한 매력이 있었다. 그런데 그 아찔한 에바가 지금 내 눈앞에 있다니! 요셉은 내적 오두방정에 사로잡혀 수빈이 자신의 면전에 가운뎃손가락이라도 날려줬으면 하는 바람마저 들었다.

"자매님, 전혀 몰라봤습니다! 제가 팬이었습니다. 이런 경우가!"

"10년도 더 된 일인데요 뭐."

"제가 수사가 되는 바람에 이후로 소식을 전혀 몰랐어요. 그럼 아직도 밴드를 하고 계십니까? 더 유명해지셨겠군요!"

요셉은 수빈이 내려놓은 기타 케이스를 바라보며 기대에 차 말했다. 이 더운 날 꿋꿋이 한 몸처럼 기타를 메고 다니시더니 어쩐지! 그러나 수빈은 애가 지금 뭔 소리냐 싶은 얼굴로 그런 요셉을 물끄러미 바라봤다.

"수사님, 언제 수사가 되셨는데요?"

"그건 몇 년 안 됐지만, 고등학교 졸업하고 바로 절차를 밟는 바람에 그때부터 세상일은 멀리했습니다."

"으흠, 그럼 딱 그쯤부터 저도 끝났겠네요."

"뭐가요?"

"밴드요. 해체됐어요."

수빈은 심드렁하게 대답했다. 안타까움은 오로지 요셉의 몫인 것 같았다.

"예?! 왜요?! 참치들은요?!"

"아, 걔네는 아직도 밴드해요. TV도 나오고 그러던데."

"자매님도 음악 하시잖아요? 그러니까 지금도 저 기타를 목숨처럼 가지고 다니시지 않습니까."

"목숨은 무슨. 밥벌이죠, 밥벌이. 저거 지금 버리래도 버릴 수 있어요. 그냥 영철이 만나면 바로 떠나려고 가지고 온 거죠. 그러니까 정확히는요, 밴드가 해체됐다기보다…… 에바가 나온 거겠네요."

주여! 신중현 없는 엽전들, 서태지 없는 아이들, 장기하 없는 얼굴들이 어디 있단 말입니까! 요셉은 이해할 수 없었다. 그러나 더 이상 수빈에게 물을 수도 없었다.

시종일관 무심하게 말하는 수빈에게서 어딘지 쓸쓸함이 느껴졌다. 수빈이 눈을 마주치지 않고 대화를 하는 게 처음이기 때문이었다. 요셉은 혼자만의 기대로 괜한 실언을 한 것 같아 미안한 마음에 어떻게든 수빈을 위로하고 싶었다.

"그럼 그 밴드는 참치들만 남았군요. 밴드 이름은 '참치들'이겠네요. 앙꼬 없는 찐빵 그런 느낌입니다."

"어떻게 아셨어요? 걔네 진짜 '튜나스'로 활동하던데. 근데 암만 생각해도 이름을 잘못 지었어요. 에바 참치라니…… 뭔 생각으로 그랬는지. 하여튼 고삐리가 깡패지."

"아, 아닙니다. 그러니까 제 말은 '에바와 참치들'은 멋진데 '참치들'은 좀…… 저는 처음에 그 이름 때문에 좋았거든요. 하이틴 밴드 특유의 저항 정신이 느껴지는…… 실험적이고 전위적이고…… 어떤 의미로는 형이상학적이고 문학적이고…… 영미권

한국 밴드 같기도 하고……."

"수사님. 저 아무 생각 없이 지었어요. 왜 에바쎄바참치~ 이랬 잖아요, 학교 다닐 때."

수빈은 깔깔대며 웃었다. 그 모습에 요셉도 한참을 웃었다. 수빈은 옆에 있는 보라색 도라지꽃을 하나 꺾어 만지작거리다가, 문득 뭔가 떠오른 듯 말했다.

"근데 도라지꽃이요."

"예."

"영원한 사랑이긴 한데. 이게 보라색이면 영원히 이뤄질 수 없는 사랑인가?"

"예?!"

"옛날 국어 시간에 보라색이 죽음을 상징한다고 무슨 소설에서 그런 것 같은데."

"아, 황순원의 〈소나기〉요."

"오. 네 맞아요."

"주입식 교육의 폐해입니다. 주님께서 창조하신 색깔에는 어떤 의미도 없지요. 보라색이 죽음이라면 주님이 무지개의 마지막 색을 그걸로 하셨을 리도 없습니다. 심지어 〈소나기〉의 작가는 어떤 의도도 밝히지 않았는데 학생들에게 그것의 의미를 가르치다니요."

"되게 진지하시네. 왜요, 죽음처럼 느껴지던데. 시험 때 답은 틀린 거 같지만."

"그건 아주 쉬운 문제였지 않습니까……."

"그래서 틀렸어요. 일부러. 누군 몇 년을 뼈 빠지게 썼는데 몇 분 만에 읽고 다섯 개 중에 정답 고르라는 건 좀 웃기잖아요."

"오, 주여! 그건 그렇습니다! 저도 사실 문학 지문 읽다가 감동받아서 시험 망친 적이 한두 번이 아니거든요!"

"수사님, 저는 일부러 틀린 거라니까요. 그러니까…… 정답을 피한 거지."

역시 멋있다. 요셉은 수빈의 저런 당당함이 멋졌다. 그녀는 더 이상 밴드가 아니라 했지만, 10년도 넘는 세월 동안 많이 변해버린 사람처럼 말했지만, 요셉에게 수빈은 여전히 학창 시절의 뮤즈였던 에바 그 자체였다.

수빈은 만지작거리던 도라지꽃으로 보라색 꽃반지를 만들고 있었다. 요셉은 그 모습을 물끄러미 바라봤다. 여느 때처럼 심장이 뛰었다. 그러나 이번만큼은 그 여느 때들과 다른 박동 같았다. 영철이 에덴에서 죽었고, 죽은 영철의 아내가 찾아왔는데 알고 보니 그녀는 요셉이 사랑해 마지않던 에바였다. 세상의 언어로는 기막힌 우연이라 할 것이다. 어쩌면 비참한 악연에 가까울지도 모른다.

하지만 요셉에게 지금 이 순간은 여러모로 운명처럼 느껴졌다. 그리고 운명이란 그리스도인의 언어로는 '주님의 예비하심'인 것이다. 그러니까 자매를 이리로 보내심은 어쩌면, 정말 어쩌면 주님께서 예비하신 일인 게 아닐까…….

댕— 댕— 댕—.

그 순간 요셉은 식겁해 몸을 벌떡 일으켰다. 굼부리 저 위에서 정오의 낮 기도를 알리는 에덴의 종소리가 울려 퍼졌다. 주여, 제가 지금 무슨 생각을 한 것입니까. 요셉은 걷잡을 수 없이 불어나는 정념이 두려웠다. 하여 꽃밭에 풀썩 엎어져 격렬하게 기도했다.

'주여! 저는 한평생 주님만을 모시며 살아가는 주의 종입니다! 수사는 사랑하지 않아도 사랑할 줄 아는 사람입니다! 수사는 여인이 없어도 외로운 줄 모르는 사람입니다! 그런데…… 어찌 저 여인을 이리로 보내셨습니까! 저는 수사고 저 여인은 과부입니다! 수사와 과부는…… 안 되는 조합입니다! 이것을 설마 주님이 예비하셨을 리 없잖습니까!'

그때였다. 요셉의 귓가에 천사의 노랫소리가 들려왔다. 요셉은 주님께서 친히 기도에 응답이라도 해주신 줄 알았다. 그러나 정말 노래였다. 너무도 황홀하고 감미로운…… 수빈의 목소리였다.

"있을까 두려울 게~ 어디를 간다 해도~ 우린 서로를 꼭 붙잡고 있으니~ 너라서~ 나는~ 충분해~ 나를 봐~ 눈 맞춰줄래~ 너의 얼굴 위에~ 빛이 스며들 때까지~ 가보자 지금 나랑~."[7]

요셉은 그녀의 달콤한 노랫말에 기도조차 나오지 않았다. 자매님. 저는 두려운 게 있습니다. 그래서 눈을 맞춰드리기가 힘이 듭니다. 어딜 같이 가드릴 수도 없는 몸이란 말입니다……. 그러나 다음 가사만큼은 고개를 들지 않고선 배길 수가 없었다.

"도망가자~~."

정말이지 위험천만한 청유였다. 허나 반석 위에서 기타 치며

---

7 선우정아의 정규 3집 《Serenade》 수록곡 중 〈도망가자〉.

더 게스트

노래하는 수빈의 모습은 한없이 차분했다. 망상 속에서 오만 호들갑을 떤 스스로가 창피할 정도로 수빈은 먼 바다를 향해 진솔한 노래를 이어갈 뿐이었다. 그녀의 목소리는 꼭 따뜻한 위로 같았다.

요셉은 몸을 일으켜 앉아 가만히 수빈의 노래를 감상했다. 뒤로는 푸르고 알록달록한 들판, 앞으로는 넓게 펼쳐진 바다, 그리고 옆에는…… 예쁜 여자. 묘하게 그때와 비슷했다. '스타 팝 K'가 한창 유행이던, 학창 시절.

풍광은 비슷해도 그땐 제주의 오름이 아닌, 수학여행길 도중 동해안의 어느 봉우리였다. 그때가 몇 학년이었던지, 하다못해 중학생 때였는지 고등학생 때였는지 요셉은 잘 기억이 나지 않았는데 '스타 팝 K'를 생각하니 고등학교 2학년의 여름이었다고 확신할 수 있었다.

요셉의 인생에서 학창 시절이란 전반전 아니면 후반전 같은 것이었으니, 그때가 그때 같고 헷갈리는 건 당연했다. 매일이 그저 똑같은 경기였으니까. 수많은 관중에 둘러싸여 언제 시작하는지, 언제 끝나는지도 모르는 그런 경기의 연속이었다.

"나, 나랑…… 사, 사사, 사사사귀자!"

"싫은데."

아름다운 경치와 로맨틱한 분위기도 손써줄 수 없는 대찬 거절이었다. 어린 요셉은 옆에 앉아 시큰둥하게 핸드폰을 보고 있는 여자아이를 그저 멍청하게 바라봤다. 모멸감에 얼굴이 달아올랐다. 차여서가 아니었다. 오히려 차이는 것에는 아무런 느낌도 들지 않았다.

저만치 나무 뒤에 반쯤 숨은 사탄의 무리가 저들끼리 낄낄거리며 돈을 주고받고 있었다. 돈을 주는 녀석은 요셉을 욕했고, 돈을 받는 녀석도 요셉을 욕했다. 매일 똑같은 경기를 치르다 보면 녀석들의 입 모양만 봐도 무슨 말을 하는지 알 수 있는 지경이 된다.

"하, 저 븅신 찐따 새끼. 진짜로 백 명을 찍네."

"어떻게 다 차이냐. 여자 새끼들도 존나 이기적이지 않냐. 븅신은 연애도 못함?"

"씨발 전술을 바꿔야 됨. 저 새끼 자지 크니까 바지 벗겨서 보내야 됨."

"와, 이 새끼 존나 천재야. 크크큭, 이따 바로 고고해 보자. 개웃기네, 씨발."

"씨발, 니가 계속 돈 꼴아봐. 진심 저 씹새끼 죽이고 싶다고."

"야, 저 새끼 야리는데?"

요셉은 그 입 모양에 시선을 돌렸다. 야리면 안 되는 게 규칙이었으니까. 그때 엉덩이를 털며 자리를 일어나던 여자아이가 저 멀리 키득대는 녀석들을 바라보며 요셉에게 말했다.

'넌 생긴 것도 괜찮고, 키도 크고 또…… 착해. 저 병신들이랑 다르게.'

"그, 그럼 사귀어 주면 되잖아!"

제발. 니가 사귀어만 준다면 이 짓을 그만할 수 있어서 그래. 너도 알잖아. 이 말이 목구멍까지 차올랐다. 그러나 돌아오는 대답은 더욱 혹독했다.

"그래서 더 병신 같아."

여자아이는 요셉의 가슴에 비수를 꽂고는 뒤도 돌아보지 않고 언덕을 내려갔다. 그 말을 듣자 요셉의 모멸감은 엄한 방향으로 향하기 시작했다. 교복을 입기 시작할 때부터 곧 있으면 교복을 벗게 되는 때까지 괴롭힘을 당하면 사람이 이상해진다.

"니가 뭘 알아, 씨발! 다 안다는 듯이 말하지 말라고, 씨발! 너도 똑같아! 다 똑같아, 이 씨발!"

억눌린 설움과 분노를 애꿎은 데 풀게 되는 나쁜 버릇이 생기니까.

"저 새끼 우리한테 욕하는 거 아님?"

"와, 미쳤네. 저 븅신~ 어디 신성한 수학여행 중에 감히! 좆만한 새끼가! 개씨발놈이!"

별안간 사탄 무리들의 주먹질과 발길질이 날아들었다. 장난감 주제에 자신들 고유의 언어를 사용하는 만행을 저질렀으니까. 그건 이 경기의 규칙을 위반한 것이니까.

요셉은 웅크려 짓밟히는 와중에도 여자아이의 뒷모습을 응시했다. 쉴 새 없이 걷어차는 사탄의 무리보다 끝까지 뒤 한 번 바라보지 않는 여자아이가 미웠다. 무엇보다 그런 마음이 드는 스스로가 가장 미웠다.

멀지 않은 아래에서 삼삼오오 도시락을 까먹는 아이들은 다른 차원에 있는 것처럼 자기들끼리 하하호호 입에 김밥을 쑤셔 넣었다. 참혹한 구타의 현장에서 바라다보이는 경치는 평화롭기 짝이 없었다. 늘 그랬듯이. 늘 그렇다는 말은 실로 대단한 말이다. 늘 그렇지 않은 일이 벌어지는 것 자체를 두려워하게 만들 만큼. 그것이 옳은 일이라 할지라도 시도조차 못 하게 만들 만큼 말이다. 그래서인지 요셉은 늘 그랬듯 사랑하는 부모님께 어떤 말도 하지 못했다. 독실한 크리스천 가정의 귀한 외동아들이었다. 그런 자신을 위해 밤낮으로 기도하는 부모님 앞에서 결단코 눈물을 보일 수는 없었다.

학교가 지옥이라고, 잘하는 것도 하고 싶은 것도 없다고, 그리고 더 이상 살고 싶지도 않다고. 어떤 것 하나도 부모님께 이야기할 수 없는 것들뿐이었다. 부모님의 피눈물이 훤했기에, 그때의 피눈물이란 부모님의 기도를 한순간에 무의미한 것들로 만드는 일이었기에 그랬다.

그래서 참고 또 참았다. 늘 그랬듯이 졸업만을 기다렸다. 졸업은 지옥에서 해방되는 일이자, 역겨운 경기들을 잘 견뎌낸 데 대한 표창이었으니까. 그렇게 드디어 졸업의 해가 밝았을 무렵이었다.

칠판에 수능 시험 디데이 카운트가 두 자리까지 떨어졌을 즈음, 주식이 빵인 듯한 사탄 무리는 요셉에게 100원을 주며 빵 열 개를 만들어 오란 부탁을 했다. 그리고 실내화 밑창에 구멍이 나도록 달려온 요셉에게 100원의 100배인 1만 원을 거스름돈으로 돌려달라는 요구를 했다. 늘 그랬듯이 똑같은 경기를 치르던 날 중 하나였지만, 그날은 조금 달랐다.

"야, 니들이 사 먹어. 친구 괴롭히지 말고."

돌연 찾아온 옆 반 농구부 주장 녀석이 사탄 무리에게 넌지시 말했다. 녀석은 슬램덩크의 강백호에 감명을 받았는지 빨간 빡빡머리를 고수했는데, 그래서 다들 본명 대신 백호라고 부르고는 했다. 반에서도 큰 키에 속했던 요셉보다 머리 하나쯤은 더 크고, 어깨가 한 뼘씩은 더 넓은 녀석이었다.

백호의 말 한마디에 사탄의 무리는 공룡을 마주한 똥개들처럼 슬금슬금 자리를 피했다. 그러자 홀로 남은 요셉에게 백호가 용건이랍시고 건넨 것은 다름 아닌…… 빨간 노트였다.

"니 꺼지? 보려고 본 건 아니었다. 어제 청소하는 데 떨어져 있길래."

백호가 건넨 빨간 노트는 요셉의 습작 노트였다. 그것도 방탕할 대로 방탕하고 야할 대로 야한…… '19금 로맨스 야설'이었다.

교복을 입기 시작할 때부터 곧 있으면 교복을 벗게 되는 때까지 괴롭힘을 당하면, 사람은 억눌린 설움을 애꿎은 데 풀게 되는 나쁜 버릇이 생긴다. 이 야설은 그 나쁜 버릇 중 하나라고, 요셉은 생각했다. 누구에게도 들키고 싶지 않은 그런 버릇 같은 것이었다. 그러나 얼결에 첫 독자가 된 백호의 반응은 예상 밖이었다.

"재밌더라."

"어?"

"다음 권 있어?"

"어? 아니, 아직……."

"쓰면 또 보여줘, 친구."

요셉에게 그날은 늘 그렇지 않은 날의 시작이었다. 처음으로 친구가 생겼고, 처음으로 사탄의 무리가 제 돈으로 빵을 사 먹었으며, 처음으로 하고 싶은 일이란 게 생겼기 때문이었다. 그날 요셉은 진학 계획표에 모 대학의 문예창작과를 기입했다.

그날 이후 요셉은 주구장창 본격 야설을 쓰기 시작했다. 때문에 백호가 요셉을 찾아오는 일이 잦아졌고, 호시탐탐 요셉을 가지고 놀 궁리를 하던 사탄의 무리도 자연히 멀어져 갔다. 하고 싶은 일을 아무런 방해 없이 할 수 있다는 건 엄청난 행복이었다. 그 무뚝뚝한 백호가 '작가님'이라는 별명을 붙여줬을 때는 이미 머릿속으로 야설계의 셰익스피어가 되어 있는 꿈을 꾸기도 했다. 남은 학교생활에 희망이란 게 생긴 것 같았다. 하지만 늘 그랬듯, 희망이란 생김과 동시에 사라짐을 기약하는 것이었다.

대망의 완결 노트를 들고 헐레벌떡 백호의 교실로 달려가던 날이었다. 농구부 감독인 체육 선생님이 씩씩대며 문밖을 나설 때, 요셉은 그 손에 새빨간 노트들이 잔뜩 들린 것을 보고 말았다. 선생님 손에 들어가면 교무실 전체가 알게 되고, 그건 학교 전체로까지 야설의 존재가 퍼진다는 뜻이었다. 백호의 말에 의하면 작품성이 뛰어난 소설이었지만, 정작 요셉 스스로가 왜 그렇게까지 조바심이 났던지는 알다가도 모를 일이었다.

"저기 백호야, 내가 쓴 거라고 안 했지?"

누가 들을까 소곤소곤 속삭였던 것도 다 그런 조바심 때문이었다.

"담임한테 넘겨서 필체 찾는다는데."

"뭐?! 걸리면 우리 학교 애 꺼 아니라고 한다 했잖아!"

귀찮아하는 백호를 순간 닦달하고 만 것도 다 그런 조바심 때문이었다.

"그럼 지금이라도 가서 말해주면……"

"야, 내가 왜 씨발아."

"어? 아, 아니야! 미안미안! 아, 참 여기! 따끈따끈한 완결 나왔어!"

라이벌을 만난 농구 시합에서나 봤던 얼굴로 으름장을 놓는 백호에게 허집지집 완결 노트부터 들이민 것도, 늘 그랬듯 끔찍했던 날들로 다시 돌아가는 건 아닐까 하는 조바심 때문이었다.

"따끈? 재밌냐, 지금? 씨발, 징계받고 시합 못 뛰게 생겼는데 따끈? 알짱대지 말고 꺼져, 씹 변태 새끼야."

백호는 완결 노트를 갈가리 찢어 천장으로 던져버렸다. 요셉의 눈앞에서 찢긴 노트 쪼가리들이 눈처럼 흩날렸다. 요셉은 도망쳤다. 찢긴 종이들과 함께 야설계의 셰익스피어가 되겠다는 꿈도 버려두고 도망친 것이다.

다음 날 등교한 요셉은 뜻밖에도 복원된 완결 노트를 받았다. 한동안 잠잠했던 사탄의 무리가 찢긴 종이들을 손수 한 장 한 장 붙여, 시키지도 않은 홍보를 전교생에게 마치고 난 뒤였다. 다시 익숙한 경기의 시작인 셈이었다. 늘 그랬듯이.

"와…… 모쏠 아다 새끼가 어떻게 이런 걸 썼냐? 완전 개쓰레기 새끼네?"

사탄은 어둠을 좋아한다. 그리고 어둠이란 보통 죄의 씨앗이

받아하기 좋은 환경인데, 이 세상에서 그런 곳들은 으레 내비게이션에도 뜨지 않는다. 그날 만신창이가 된 요셉이 배를 움켜쥔 채 웅크려 있던 곳도 바로 그런 곳이었다. 사탄의 무리들은 그간 백호 때문에 구겨진 자존심을 회복하고 싶어 했다. 그래서 더욱 거칠게 패악을 부렸다. 그들은 어떻게 구했는지 야설 습작 시리즈를 전권 확보한 상태로 요셉을 조롱하고 구타했다.

참고 또 참았다. 달라진 건 없었다. 이제 곧 수능이 다가왔다. 졸업이, 해방이, 표창이 다가오고 있었다. 조금만 더 버티면 되는 것이다. 늘 그랬듯이. 그러나 사탄들이 활활 타오르는 드럼통에 요셉의 노트들을 하나씩 불쏘시개로 던지는 모습은, 웬일인지 참을 수가 없었다. 야설계의 셰익스피어, 다 내버리고 도망친 줄 알았던 그 참담한 꿈이 아직 그 노트들에 남아 있는 것만 같았다.

처음으로 규칙을 어기고 사탄 무리에게 달려들 수 있었던 것도 그런 이유 때문이었다. 홀린 사람처럼 불타는 드럼통에 뛰어들고, 미친 사람처럼 불붙은 각목을 맨손으로 휘두를 수 있었던 것도 다 그런 이유 때문이었다. 하지만 늘 그랬듯 아무것도 지키지는 못했다.

드럼통의 불씨도 꺼져갈 즈음, 요셉은 죄와 어둠의 공간에 피투성이가 된 채 홀로 누워 있었다. 온몸이 욱신거려 일어날 힘이 없었고, 여기저기 찢기고 더러워진 교복을 부모님께 변명할 힘도 없었다. 무엇보다 이제 아무런 삶의 희망도, 의욕도 없었다. 그러다가 문득 저만치 음습한 구석에서 새빨간 한 권의 노트를 발견했다. 《제1권》. 어떻게 된 영문인지 드럼통에 들어가지조차 않은

1권은 너무도 멀쩡한 상태였다.

　1권. 1권이 남았구나. 다행이라고 생각했다. 대체 그것이 왜 다행스러웠는지는 알 수 없었다. 다만 첫 권이 있으면 언제든 다음 권을, 셰익스피어의 꿈을, 더 나은 인생으로의 희망을 이어갈 수 있을 것 같은 마음이 들었다.

　요셉은 웃음이 났다. 분명 웃는 것이었는데 왜 눈에서는 그렇게나 하염없이 눈물이 흘렀는지 아직까지 의문이다. 그러나 확실한 것은 그날 덕분에 독실한 크리스천 가정의 귀한 외동아들 요셉은 사랑하는 부모님께 지금껏 참았던 모든 말을 할 수 있었다. 그리고 그날은 곧, 요셉의 영광스런 셀프 졸업식이 되었다.

　"수사님, 더위 먹었어요? 어디 아파요?"

　요셉은 셀프 콘서트를 마친 수빈이 자신의 얼굴에 대고 손을 휘휘 젓고 있다는 걸 알았다. 그러나 어떤 반응도 보일 수가 없었기에…… 이대로 굳어 있는 것이었다. 요셉의 시선과 신경은 온통 수빈의 기타 케이스 앞주머니에 쏠려 있었다. 정확히는 그 앞주머니 밖으로 빼꼼 고개를 내민 새빨간 노트……. 대체 저게 왜 수빈에게 있는 것인지부터 시작해, 이걸 어디서부터 어떻게 물어보고 대답해야 하는 것인지 뇌 정지라도 온 것 같았다.

　"아, 저거~. 맞다 참."

　수빈이 먼저 의중을 파악해 준 것이 천만 다행스러웠다.《제1

권》. 수빈은 표지에 라벨이 붙은 그 야설 노트를 꺼내 요셉에게 건넸다.

"아까 방에 들어갔을 때 주웠는데 돌려드리는 걸 깜빡하고 여기까지 가져왔네요."

"혹시 그걸…… 읽어…… 보셨……나요?"

"네. 아까 방에서 다 봤죠. 짧아서 금방 봤어요."

요셉은 동공 지진 때문에 사팔뜨기가 된 것 같았다.

"수도원에 있는 것 치고는 내용이 좀 그렇던데. 반입 금지 수준 아닌가?"

"이익! 저, 그게, 그러니까, 그……."

"아무래도 직접 쓰신 것 같던데, 누구 걸까요?"

아아, 주여! 자매는 그곳이 내 방이었던 걸 모르시는구나! 요셉은 생겨선 안 될 희망이 생기는 것에 희망을 걸어보려 했다.

"오우, 참…… 쓰읍…… 그러게요. 누가 이런 걸……."

"또, 또 거짓말하시네. 이거 수사님 거잖아요. 방문에 요셉이라고 팻말까지 걸려 있더만."

아아, 주여! 저것도 그때 그냥 타버리게 놔두시지 그러셨어요! 순간 저만치서 미카엘이 요셉을 보고 또 웃는 것 같았다. 요셉은 저 주름 한 겹 한 겹을 세게 깨물어 버리고 싶었다.

"다음 권은 없어요?"

"그, 그럼요! 이건 제가 예~~엣날에 철없을 때 써본 겁니다! 자매님이 에바와 참치들 이름 짓고 막 별로라고 하셨던 거랑 비슷해요! 고삐리가 깡패 맞습니다! 맞아요!"

더 게스트

"되게 당황하시네. 아쉽네요. 재밌던데."

"예?! 아, 그렇다면 다행이긴 한데……. 제가 명색이 수사인데…… 반입 금지 아니냐고 하셔놓고……."

요셉은 부끄러움과 동시에 재미있다는 수빈의 말에 설렜다. 수빈은 우물쭈물하는 요셉을 보며 비웃듯 킬킬대더니 허물없이 말을 이었다.

"제가요, 밴드 나오고 잠깐 공무원 시험 준비를 했거든요."

"예?! 아, 예……."

"어릴 땐 답을 피했는데 다시 시험지 보니까 이젠 답이 뭔지도 모르겠더라구요. 그렇게 나도 노량진 좀비가 되는가 싶을 때 영철이를 처음 만났어요."

요셉은 영철의 이름을 듣자 다시금 심장이 무지근해져 애써 표정 관리를 해야 했다.

"그렇게 연애 비스무리한 걸 하게 됐는데, 어느 날 콘서트장을 가자고 해서 공부 하루 제끼고 따라가 줬더니…… 그 미친놈이 웬 시골 교회로 데려갔어요. 전설의 고향 같은 산동네로."

"교회요? 거길 왜……."

"저도 당연히 여길 왜 오냐고 했죠. 근데 알고 보니까 거기가 유명한 데더라고요."

"왜요?"

"거기 전도사가 사실 무당인데 가면 뒤집어쓰고 찬송가로 록을 해요. 심지어 좀 잘해서 어이가 없던데."

"자매님…… 무당이 교회에서 록을 한다는 소리는…… 소설로도 못 써요……."

"참나, 못 믿겠으면 찾아보세요. 근데 그날 제일 어이없던 건 영철이가 한 말이었어요."

"……뭔데요?"

"저 사람은 하고 싶은 거 하려고 가면 쓰는데, 저는 왜 하기 싫은 거 하려고 가면 쓰냐고. 으…… 진짜 오그라드는 말이죠. 싫다, 싫어."

수빈은 몸서리를 치며 다시 남방을 입었다. 요셉은 저 말이 무슨 뜻인지 생각하느라 잠시 그대로 앉아 있을 수밖에 없었다. 엉덩이를 툴툴 털며 일어난 수빈이 피식 웃었다.

"뭐 근데 가끔은 그런 말이 좀 괜찮을 때도 있으니까. 아씨, 배터리 다 나갔네. 여기 밑에 편의점 있죠? 있던데, 아까 보니까."

핸드폰을 꺼내 보던 수빈은 궁시렁거리며 터덜터덜 꽃밭을 걸어갔다. 요셉은 그런 수빈을 물끄러미 바라봤다.

갑자기 왜 저런 말을 하신 걸까. 가면은 또 무슨 의미일까. 알쏭달쏭했다. 요셉은 수빈의 그 알쏭달쏭함마저 멋졌다. 요셉은 멀어지는 수빈의 뒷모습에서 한 가지만큼은 확신할 수 있었다. 수빈은 역시나 한 몸처럼 등에 기타를 메고 있었다. 저 기타로 밥벌이를 한다고 했다. 그렇다는 건 적어도…… 그녀는 지금 공무원이 아니라 길거리 뮤지션이 된 것이다.

수빈을 처음 마주한 순간 이후로, 그 어느 때보다 심장이 빠르게 요동쳤다. 그리고 역설적으로 수빈을 처음 마주한 순간 이후로, 그 어느 때보다 마음의 안정이 찾아왔다. 그녀의 마음을 보필하려 했는데, 오히려 보필을 받는 쪽은 자신인 것만 같았다. 학창 시절 때도, 지금도.

요셉은 빨간 노트를 두 팔로 꼬옥 끌어안고 달려가, 앞서가는 수빈과 일정 간격을 유지하며 걸었다. 바람결을 따라 흩날리는 수빈의 긴 생머리에서 아오리사과 향기가 풍겨와 코끝을 간지럽혔다. 요셉은 그 향기가 참 좋았다. 그런 의미에서 오늘은…… 또 한 번의 늘 그렇지 않은 날이 될 것만 같았다.

10. 환란

 오름의 초입까지 내려오자 울퉁불퉁하게나마 포장된 길이 펼쳐졌다. 오른쪽으로 죽 늘어선 방파제를 따라 길게 뻗은 해안도로인 셈이었다. 맞은편 길가에는 낮고 아기자기한 돌담을 구획 삼아 민가들이 군락을 이루고 있는 것 같았다. 방파제 사이사이로 대낮부터 낚시 삼매경에 빠진 몇몇 강태공 노인들이 보였다. 때마침 집에서 술상을 봐 온 아낙네들이 해안가 정자에 모이더니 방파제를 향해 누구 아버지, 누구 할아버지를 부르며 샤우팅을 내질렀다. 엄청난 발성들. 역시 우리나라는 록의 민족이야. 수빈은 그런 생각을 하며 전원 그 자체인 풍경 사이를 걸었다. 확실히 전원적인 바닷마을이었다. 도회적인 비주얼이 억울하긴 하지만 수빈은 전원적인 것들이 익숙했다. 그런 수빈의 눈에 이곳은 전혀 이상스럽게 보일 건더기가 없었다.
 "자매니임! 조금만 천천히 가주세요오!"
 미카엘을 품에 안고 뒤따라오는 요셉이 소곤소곤 외쳤다. 이

더운 날 후드까지 뒤집어쓴 그는 야반도주라도 하는 양 주민 시선을 피하며 안절부절못했다. 암만 봐도 이곳에서 이상스러운 건…… 오직 저 수사뿐이었다.

"그니까 저 혼자 가도 된다 그러시네."

"아, 그게! 초행길이시니까요! 안내 차원에서……."

"지금 안내는 제가 하고 있거든요? 근데 안 더우세요? 왜 그렇게 꽁꽁 싸매셨대."

"아, 이건 그냥! 제가 혼자 여기까지 내려오면…… 다들 이상히 생각하실까 봐……."

그러고 다니는 게 더 이상해 보이거든요. 수빈은 그 말을 하려다 말고 다시 앞을 향해 걸었다. 사실 저 요셉이라는 젊은 수사만의 문제는 아니었다. 이곳에 처음 도착했을 때부터 에덴의 수사들은 죄다 이상했으니까.

수도원이란 데가 원래 좀 폐쇄적이긴 한데다 자신이 불쑥 찾아온 외지인이기도 하지만 그런 것 치고도 횡설수설, 우왕좌왕한 그들의 반응은 극도의 경계심 그 자체였다. 그러니 저렇게까지 해서라도 어떻게든 감시하려는 거겠지. 수빈은 힐끔 고개를 돌려 요셉을 빤히 봤다. 종종걸음으로 땅만 보던 요셉은 기척을 느꼈는지 고개를 들더니, 눈이 마주치자 화들짝 바다로 시선을 돌렸다. 역시…… 이상했다.

수빈에게는 사람의 눈을 통해 그 저의를 읽어내는 능력이 있었다. 초능력은 아니어도 서른 청춘 동안 안 겪어도 될 세파 온몸으로 맞아가며 체득한 지혜였으니, 초능력을 상회하는 능력이라고 자부할 수 있었다. 그것은 어쭙잖게 관상학이나 명리학 공부한다고 얻을 수 없는 본능적인 육감이었다. 인간의 말과 행동은 얼마든지 위선적일 수 있다. 죽을 때까지 같이 음악을 할 것처럼 굴던 참치들도, 혼자 길거리에서 버스킹이나 하는 반반한 여자애랑 하룻밤 놀아볼 심산으로 음악에 매료된 척 집적대던 발정 난 취객들도, 애써 감추려던 저의를 들키고 나면 안색 싹 바꾸고 본색 나오는 게 전부 똑같았다. 필요에 따라 사실과 무관한 말과 행동을 스스럼없이 행하는 존재, 그게 바로 인간이니까.

그러나 신도 인간을 그렇게 만들어 놓고 아, 이건 좀 아닌가 싶으셨는지 최소한의 본의를 들여다볼 수 있는 '창(窓)'을 얼굴 양쪽에 뚫어놓았다. 수빈의 능력은 그 창의 존재를 인지하고, 용도에 맞게 활용할 줄 아는 것뿐이었다. 활용은커녕 인지하지도 못하는 인간이 태반이니 능력이라면 능력이 맞는 셈이다. 사채 빚의 원흉이기도 한 전 기획사 사장한테 난생처음으로 사기라는 걸 당했을 때, 배신감도 배신감이고 돈도 돈이지만 대체 이번에는 왜 그 자식 속을 몰랐을까 하는 자책감이 가장 힘들었다. 그 쌍노무 새끼가 낮이고 밤이고, 비가 오나 눈이 오나 선글라스를 썼단 사실을 깨닫고 나서야 수빈은 이 능력을 과소평가했던 스스로를 뒤늦게나마 반성할 수 있었다.

마을 어귀를 지나자 죽은 신호등이 의미 없이 서 있는 짧은 횡단보도 건너편으로 GS25 간판이 보였다. 역시 아까 본 게 맞네. 흔해빠진 편의점이지만 한적한 어촌의 정경과는 사뭇 위화감이 들어 기억하고 있었다. 아무래도 이 동네의 유일한 편의점이 분명해 보였다.

"어서 오세유~. 옴마! 막둥이 수사님 아녀!"

카운터에 있는 백발의 호호 할머니는 따라 들어오는 요셉을 반갑게 맞이했다.

"수사님이 여까진 워쩐 일이대! 오메, 미까엘! 너도 왔냐!"

"찬미 예수님! 여기서 일하셨군요, 자매님!"

"잉~ 얼마 안 됐슈! 원로 수사님은 잘 모셨어유?"

"예. 마음 써주신 덕분에요. 와주셔서 정말 감사했어요. 꼬마는 그날 괜찮았나요?"

웬일인지 요셉도 맘 편히 후드를 벗고는 막역하게 안부를 물었다. 둘은 조손지간처럼 대화를 나누느라 여념이 없어 보였다. 그동안 수빈은 컵라면과 핫바 하나를 골라 계산대에 올렸다.

"할머니~ 핸드폰 급속 충전은 얼마예요?"

"3000원입니다, 손님."

그녀는 대뜸 서비스직 고유의 말투를 흉내 내듯 대답했다. 점장에게 교육이라도 받은 건가 싶으면서도…… 옥 반지에, 옥 귀걸이, 옥 목걸이까지 두른 그녀의 눈빛은 볼수록 비범하게 느껴졌다. 명찰에 적힌 '허옥'이란 묘한 이름도 한몫했다.

"아, 에쎄 히말라야도 하나 주세요."

"500원 부족한디유."

허옥 할머니는 능숙하게 담배를 찾아 바코드를 찍더니 말했다. 수빈은 주머니를 뒤적였다. 분명 어디다 넣은 것 같은데 온갖 주머니를 다 뒤져도 땡전 한 푼 없었다. 그 깡패 새끼들 때문에 카드도 제대로 못 쓴 지 오래였다. 수빈은 슬그머니 요셉을 바라봤다. 요셉은 한껏 머쓱한 눈빛으로 슬그머니 미카엘을 바라봤다. 어휴, 내 팔자야.

"할머니~ 혹시 외상은 안 되겠죠?"

"그건 곤란합니다, 손님."

수빈은 편의점 내부에 비치된 입식 테이블 위에 '한라산' 한 갑을 내려놓으며, 컵라면을 휘휘 저었다. 그래, 뭔 히말라야냐 제주도에서.

"그러고 보니 아침도 제대로 안 드셨지요."

옆에 어정쩡하게 선 요셉이 컵라면에 시선을 고정한 채 말했다. 안겨 있는 미카엘이나, 안고 있는 요셉이나 둘 다 분명 군침을 삼키는 얼굴이었다.

"⋯⋯수사님도 하나 하실래요?"

"500원 부족해서 이거 태우시면서⋯⋯. 이참에 금연을 하시는 게⋯⋯."

"환불하면 되죠. 저 원래 잘 피지도 않아요."

"아닙니다. 저는 위에 가서 먹을게요. 아, 근데 점심때가 지났나, 참⋯⋯."

"⋯⋯그럼 한입 하세요."

"예?! 어, 어찌 같은 젓가락을! 아, 아니! 저희는 인스턴트를 금하거든요! 드세요, 드세요!"

"그러세요, 그럼. 근데 얘는⋯⋯ 인스턴트 괜찮은 거죠?"

미카엘은 어느새 수빈이 떼어놓은 핫바 한 덩이를 와작와작 씹고 있었다. 요셉은 홍조 띤 얼굴로 당황하더니, 미카엘의 주둥이를 부여잡고 "너 어쩌려고 그래, 베드로 수사님께 이른다" 따위의 말만 반복했다. 수빈은 라면을 한 젓가락 먹으며 심드렁히 그 모습을 바라봤다.

띨띨해. 암만 봐도 띨띨해. 수빈은 요셉의 띨띨함을 체험할수록 의구심만 커졌다. 이 띨띨한 수사가 왜 되도 않는 거짓말을 이렇게까지 늘어놓는지 도무지 난센스였다. 수사들은 분명 영철이의 행방을 알고 있다. 그것도 모자라 그걸 내게 숨기고 있다. 수빈은 처음부터 직감하고 있었다. 그들의 눈빛만 봐도 알 수 있을 지경이었다.

초장에 으름장을 놓고 담판 지을 수도 있었다. 하지만 문제는 그들이 '대체 왜 거짓말을 하는가?'에 대한 불길함이었다. 그 의구심을 해결하지 못한 채 섣불리 행동할 수는 없었다. 그건 마치 이 편의점을 발견했을 때처럼 본능적으로 느낀 위화감 같은 것이었다.

순식간에 컵라면을 비운 수빈은 맡겨둔 핸드폰을 찾아 전원을 켜자마자 사진첩을 뒤져 사진 한 장을 찾았다. 그리고 트로트 예능을 보며 킬킬거리는 허옥에게 슬쩍 내밀었다.

"저…… 혹시 이런 사람 못 보셨어요?"

화면 속 영철은 군복을 입은 채 환히 웃고 있었다. 펑퍼짐한 트레이닝복 차림으로 그에게 헤드록을 걸고 있는 자신도 환히 웃고 있었다. 영철이를 처음 만난 날 함께 찍은 사진이었다.

"쓰읍…… 여그 여학생은 못 본 거 같은디……."

"그건 저예요……. 저 말고, 그 옆에 남자 말이에요."

"잉~ 보자……. 본 것도 같고…… 아닌 것도 같고……."

허옥 할머니는 돋보기까지 써가며 사진을 유심히 보면서도 연신 고개를 갸웃거렸다. 오히려 알아봐 주는 쪽은 요셉이었다.

"아…… 두 분 되게 풋풋하셨네요……. 좋아 보여요……. 많이……."

좋아 보이는데 대체 왜 그쪽이 쓸쓸해지는 거죠. 멀찍이 고개를 내밀고 사진을 바라보는 요셉은 아주 눈시울까지 붉히는 것 같았다. 지금이랑 그렇게 다른가. 하긴 6년 전이면 둘 다 20대 중반이었다. 사진 속 앳된 모습들은 수빈이 보기에도 지금과는 사뭇 다르긴 했다.

영철은 꼭 토요일 당첨 결과가 발표되기 직전에 로또를 사고는 했다. 시간상 이곳에서 사지 않았을까 싶었는데. 수빈이 아쉬움을 뒤로하고 핸드폰을 집으려던 순간이었다.

"병신 머저리! 킬킬킬! 재미지네!"

화면을 뚫어져라 보던 허옥이 걸려오는 전화의 발신인을 읽으며 즐거워했다. 그리고 거의 동시에 딸랑 소리와 함께 누가 편의점에 들어왔다. 수빈은 반사적으로 몸을 낮췄다. 실루엣만 스쳐도 누가 들어왔는지 알 수 있었다. 병신과 머저리. 어이없지만 분명 그놈들이었다.

"자매님 왜 그러세……."

수빈은 재빨리 요셉을 잡아끌어 앉혔다. 수빈이 입술에 손가락을 갖다 대자, 요셉도 뭔가 낌새를 느끼긴 했는지 심각해져선 자

더 게스트 205

기 입술에 손가락을 갖다 대며 끄덕였다.
 "X발 진짜 징글징글하다~. 전화를 껐다가 다시 켜는 건 뭔 배짱이야. 그래 놓고 또 받지는 않아요. 누굴 아주 병신 머저리로 보는 거지, X발. 왜 또 회의 중 해보던가, 니미 X발!"
 주제를 잘 아네. 입으로 똥을 싸는 걸 보니 니놈은 병신이렸다. 아니나 다를까 걸을 때마다 펄럭펄럭 소리를 내는 와이드핏 청바지는 분명 병신이었다. 저 힙찔이는 와이드 성애자니까.
 "뭘 그렇게 골라. 빨리빨리 사 좀, X발!"
 "단백질 함량 봐야 돼."
 냉장대 앞에서 프로틴 드링크를 집어 신중하게 고민 때리는 머저리는 볼 때마다 몸집이 커지는 것 같았다. 아무튼 저놈들이 물 건너 여기까지 쫓아왔다는 건 달갑지 않은 일이었다. 우웅우웅. 진동은 여전히 울리고 있었다. 수빈은 놈들의 동태를 주시하며 읊조렸다.
 "수사님, 잘 따라와요."
 그러나 요셉은 얼굴이 불그스름해져서는 눈앞의 콘돔 자판대를 보며 넋이 나가 있었다. 주체할 수 없는 떨떨함이다. 수빈이 요셉의 손목을 잡아채자 그는 그제야 화들짝 정신을 차렸다.
 "아니에요! 아닙니다!"
 "뭐가 아니에요! 저기로 나갈 거라고요!"
 "예?! 예! 저 형제들이 사탄과 마귀이신 거죠? 저도 그 정도 눈치는 있습니다!"
 "뭔 소리예요! 하여튼 신호 드리면 바로 뛰세요!"

요셉은 결연하게 끄덕였다. 카운터로 걸어오는 병신 머저리의 발걸음이 진열대 사이로 언뜻언뜻 스쳤다. 수빈은 놈들이 움직이는 방향과 반대로 편의점을 한 바퀴 돌았다. 요셉도 미카엘의 주둥이를 부여잡고는 엉금엉금 따라왔다. 놈들이 카운터 앞에 서자 수빈은 통화 거절 멘트를 누르고 달릴 준비를 했다.

"이 X발 진짜! 회의 중 또 눌렀어! 야, 이 근처랬지. 그거 계속 눌러봐, X발. 잡힐 때까지."

수빈이 문 앞까지 다다른 순간이었다.

삐빅, 삐빅삐빅, 삑삑삑삑삑!

아담한 편의점 내부에 폭발을 앞둔 시한폭탄 같은 소리가 울려 퍼졌다. 수빈은 허겁지겁 소리의 근원을 찾아 온몸을 뒤적였다. 허리춤에 찬 휴대용 앰프가 폭발물이었음을 알았을 때는 이미 한 발 늦은 뒤였다.

"이야~ 이렇게 근처였어? 반가워요 고객님~ 이 X발 것아."

병신은 뒤돌아 수빈을 바라보며 살의 가득한 미소를 날렸다. 머저리도 표정 없이 삑— 손목시계를 매만졌다. 그러자 곧 터질 듯 삑삑대던 앰프의 소리가 거짓말처럼 멈췄다. 당했다. 이게 추적기였구나. 어쩐지 뭔 놈의 팬이 선물을 택배로 보내나 했다. 아니, 애초에…… 나한테 뭔 놈의 팬이 있나 했다. 놈들이 히죽대며 다가오자 대뜸 요셉이 일어섰다.

"어디 자매님께 그따위 망발입…… 자매님!!! 어디 가세요!!!"

수빈은 요셉이 띨띨함을 분출하는 틈을 타 문을 열고 총알처럼 튀었다. 요셉도 미카엘을 안은 채 헐레벌떡 따라오는 것 같았다.

더 게스트

병신 머저리도 온갖 쌍욕을 질러가며 그 뒤를 집요하게 쫓아왔다. 수빈은 돌담길을 따라 골목골목을 쏜살같이 누볐다. 그러나 사방이 휑한 마을은 어디 하나 숨을 곳도 피할 곳도 없어 보였다.

그때 옆으로 스윽 요셉이 등장했다. 수빈도 달리기에 자신이 있었지만, 그는 묵직한 미카엘 주머니를 안고서도 가히 엄청난 속도였다. 그리고는 역시나…… 떨떨하게 웃었다.

"하하! 놀라셨군요! 제가 한 도망합니다!"

"아, 자꾸 뭐라는 거예요! 어디 피할 데 없어요?!"

"오! 있습니다! 따라오세요!"

요셉은 해안도로 쪽으로 빠져나가 직선 길을 내달렸다. 수빈은 문득 필사적으로 도망치는 요셉의 뒤꽁무니를 보며 저 수사는 대체 왜 도망치는 건가 의구심이 들었지만, 일단은 그를 따라 죽어라 달렸다.

얼마 가자 긴 횡단보도 하나가 나왔다. 건너편 신작로에 스타벅스가 보이는 걸 보니 저쪽은 관광지로 개발이 된 구역 같았다. 도회적인 젊은이들도 간간이 거리를 거닐고 있었다.

"야!!! 서봐, 쫌!!! 너 어차피 여기서 도망도 못 쳐!!!"

날렵하게 쫓아오는가 싶던 병신은 슬슬 체력이 딸리는지 뒤에서 비명만 질러댔다. 근육 머저리는 더 이상 뛰기도 버거워 보였다.

그 와중에 앞서 달리던 요셉은 횡단보도 앞에 우뚝 서서…… 신호를 기다리고 있었다. 아오, 저 떨떨이 진짜. 수빈이 다다랐을 때 다행히 신호가 바뀌어서 망정이지 안 그랬음 저도 모르게 뒤통수를 한 대 후릴 뻔했다.

　수빈과 요셉은 3층짜리 스타벅스 건물을 끼고 동시에 좁은 골목으로 방향을 틀었다. 그러나 둘 다 동시에 우뚝 멈춰 설 수밖에 없었다. 빌어먹을 관광지. 이 좁은 골목에 뭘 또 짓겠다고 꾸역꾸역 공사가 한창이어서 철근 더미로 막혀 있었다.

　"하…… 진짜 끝까지 족뺑이를 돌리는구나. X 같은 우리 고객님."

　어느새 골목으로 따라온 병신은 숨을 헐떡이고 있었다. 옆에서 "근 손실 안 되는데" 같은 소리나 중얼거리는 머저리는 벙거지 모자를 눌러쓰고 우두둑 목을 풀었다. 요셉은 뒤돌아 그들을 노려보면서도 슬금슬금 수빈의 옆으로 와 찰싹 붙었다. 어휴, 내 팔자야.

　"뭐 제주도까지 따라오고 그런대? 친절도 해라."

　"우리 안 친절해~. 돈 안 갚는 쥐새끼들한텐~."

　병신은 히죽거리며 슬슬 다가왔다.

　"원금 다 갚았잖아. 이거 지금 법적으로 문제되는 거 알지?"

　"법?! 크크큭! 법 같은 소리하네, X발! 변호사 살 돈은 있고? 각서 떡하니 쓴 것도 너야~."

　병신은 어디서 꺼냈는지 선글라스까지 끼고 폼을 잡았다. 수빈은 그제야 또다시 깨달았다. 그 사기 조항 각서 썼을 때도 저 새끼는 빌어먹을 선글라스를 쓰고 있었다. 그때 꿔다 놓은 보릿자루처럼 가운데서 어쩔 줄 몰라 하던 요셉이 한마디 거들었다.

　"그만들 두세요! 어찌 연약한 자매님께 이리 혹독하게 구십니까!"

"나서지 마세요, 신부."

팔짱을 끼기도 힘들어 보이는 팔뚝으로 팔짱을 끼고 있던 머저리가 말했다. 요셉은 움찔 겁을 먹은 것 같았다. 그러자 품에 안긴 미카엘이 대신 용맹하게 짖어댔다. 병신은 못 봐주게 통이 큰 바지춤에서 나이프 하나를 꺼내 들고 미카엘을 가리켜 겁박했다.

"개새끼 존나게 못생겼네. 거기 개 주인은 누군데 쟤 따라다녀요? 남친이면 따따블인데?"

"남편이 있는 분께 그 무슨 망발입니까! 당장 사과드리세요!"

"와, 남편이었어?! 요즘은 신부도 결혼하나. X발, 좋다 세상~ 남편이면 트리플 따블인데?"

"그만두지 못할까! 이 사탄 마귀들!"

"됐고, 그럼 같이 돈 얘기나 좀 합시다. 저 개새끼처럼 주둥이 확장시켜 버리기 전에."

요셉은 덜덜 떠는 와중에도 지지 않고 바락바락 덤볐다. 띨띨한 줄로만 알았던 수사가 그나마 저놈들 말동무가 돼줘 다행이었다.

수빈의 신경은 온통 오른쪽 적벽돌의 벽면으로 쏠려 있었다. 한쪽 벽면에 'STARBUCKS'라는 팻말이 붙어 있었다. 묘하게 문 모양으로 틈새가 나 있는 것 같았다. 앞쪽의 재떨이와 쌓인 꽁초들로 보아, 분명 이 골목은 저곳과 연결된 흡연 장소인 것 같다. 그때였다.

덜커덩 소리와 함께 정말 벽면이 문 모양으로 열렸다. 수빈과 요셉, 그리고 병신 머저리는 동시에 서로와 문을 번갈아 바라봤다. 입에 담배를 하나씩 꼬나문 청년들 네다섯이 우르르 몰려나온 순간…… 수빈은 요셉을 잡아끌고 그들 틈을 비집어 안으로 들어갔다. 뒤늦게 따라온 놈들은 다른 청년들과 뒤섞여 서로 욕설을 주고받는 것 같았다. 수빈은 그사이 재빨리 철문을 걸어 잠갔다.

수빈과 요셉은 스타벅스 안을 헤집고 출입구를 향해 달렸다. 수빈은 도로변으로 뛰쳐나가 달려가는 택시 한 대를 온몸으로 멈춰 세웠다. 헐레벌떡 따라온 요셉이 택시 앞문을 열어젖혔다. 그러나 수빈은 그런 요셉을 붙잡았다.

"우리가 탈 거 아니에요."

요셉은 어벙한 얼굴로 고개를 끄덕거렸다. 수빈은 허리춤에 차고 있던 앰프…… 아니, 추적기를 떼어 뒷좌석 발판에 슬며시 던져놓고 택시를 그냥 보냈다. 그리고 주변을 빠르게 살펴 스타벅스와 밭게 붙어 있는 옆 건물 사이로 요셉을 구겨 넣듯 밀어 넣고는 곧바로 자신도 비집고 들어갔다.

수빈은 시야가 제한된 좁은 틈새로 대로변의 동태를 예의 주시했다. 때마침 스타벅스 출입구에서 튀어나온 병신과 머저리는 허겁지겁 택시를 잡았다. 머저리는 손목시계에 시선을 고정한 채 급히 앞좌석에 타는 것 같았다. 택시가 급발진하듯 출발하고 나서야 수빈은 한숨 돌릴 수 있었다.

"휴…… 갔다. 죄송해요. 괜히 저 때문에."

수빈은 고개를 돌려 정면을 바라봤다. 팔과 다리가 맞닿을 만큼 바짝 붙어 있는 요셉은 수빈과 눈이 마주치자 고개를 쳐들고 어쩔 줄을 몰라 했다.

"아, 아니, 아니에요! 아니에요!"

띨띨해. 암만 봐도 띨띨해. 미카엘이 자기 볼을 훑는 것도 모르는지 요셉은 얼굴이 터질 듯 빨개져선 하늘만 바라봤다. 그러더니 대뜸 공중에 대고 말했다.

"그…… 사채업자들…… 같던데…… 빚이…… 많으십니까?"

"2억쯤 되려나. 그중 이자가 절반 넘어요. 근데 방법이 없네요. 각서를 써버려서."

요셉은 우물쭈물 뭔가 말을 하려다가 마는 것 같았다. 이상했다. 딱 봐도 겁 많고 띨띨한 이 수사가 왜 난생처음 보는 사람의 일에 그렇게 벌벌 떨면서까지 끼어드는지, 왜 이렇게 시종일관 쓸쓸한 모습을 감추질 못하는지, 암만 봐도 이상한 점이 한둘이 아니었다.

"가요, 이제."

"예?! 어디를요?"

"어디긴요. 수도원이지."

"거, 거긴 왜…… 아, 그러니까! 저는 가긴 가야 하는데……."

"돌아왔을지도 모르잖아요. 영철이. 그렇죠?"

결국 이 모든 의구심을 해결할 유일한 방법은…… 영철이를 만나는 것이다. 수빈은 요셉의 눈을 빤히 들여다봤다. 작게 고개만 끄덕인 요셉은 눈이 마주치자 또다시 황급하게 시선을 피했다.

역시 사람의 눈은 거짓말을 못 한다. 영철이를 만나기 위해서는 수도원으로 돌아가야 한다. 이것은 본능적인 육감이자, 다시는 과소평가해선 안 될 능력이었다.

 손목시계가 어느덧 오후 2시를 가리켰다. 강대상에 홀로 선 프란체스코는 성당 안을 멀거니 바라봤다. 칠십 평생 하루도 빼지 않고 바라본 광경이었다. 그러나 텅 빈 성당이 오늘따라 낯설게 느껴졌다. 점심 식사는 고사하고 점심 미사를 드려야 할 시간마저 적막이 흘렀다. 한평생을 보낸 에덴에서의 생활 동안 일과가 이렇게까지 망가진 적은 없었다. 에덴을 지키고자 했던 일이, 도리어 에덴을 망가뜨리고 있는 것만 같았다.

 프란체스코는 강대상 위에 펼쳐놓았던 성경을 덮었다. 장례미사를 준비하려 했지만 도무지 마음이 정돈되지 않았다. 미사를 준비하는 손길이 이토록 차게 식은 적도 처음이었다.

 주님, 이곳을 지키고 싶었습니다. 비록 제가 부덕한 탓에 지금도 온전히 지켜내지는 못했지만, 지난 오랜 세월 이곳을 거쳐 갔던 수많은 주님의 자녀까지 욕보이고 싶지 않았습니다.

 프란체스코는 가만히 눈을 감고 기도를 드렸다. 출발한 지 한참 흘렀음에도 수사들에게서는 아무런 기별이 없었다. 무슨 일이라도 생긴 것일까. 그런 불안감이 들수록 마음 밭이 쩍쩍 갈라지는 것만 같았다. 불모지가 된 마음 밭을 비집고 나오는 기도들 역시 독초처럼 쓰고 애달플 뿐이었다.

그 순간, 성당 앞문이 벌컥 열렸다. 만신창이가 된 베드로와 라자로, 안토니오가 관을 든 채 쏟아지듯 들어왔다. 쿵. 내려놓은 관에서 묵직한 소리가 났다. 일을 그르쳤군. 프란체스코는 보자마자 알 수 있었다. 틀린 일을 그르친 데에 대한 안도일지, 옳은 일을 그르친 데에 대한 불안일지, 그저 쓰고 애달픈 감정만이 목을 메이게 했다.

"애들 많이 썼네. 형제를 그대로 모시고 온 것 역시…… 주님의 뜻이셨겠지."

가쁜 숨을 몰아쉬는 수사들은 아무런 대답이 없었다. 무더위에 살이 익어 얼굴 전체가 위험할 정도로 달아올라 있었다. 하지만 그와 별개로 각자 어떤 마음의 골이 가장 뜨겁게 달아오른 것처럼 보였다.

"원장 수사님, 아까 형제님 방에 있던 선풍기…… 혹시 돌아가는 겁니까?"

바닥에 주저앉아 땀을 뻘뻘 흘리던 라자로가 간신히 고개를 들었다. 프란체스코는 별관에 있던 선풍기를 가져와 강대상 뒤편의 콘센트에 전원을 꽂아주었다. 그때까지도 수사들은 서로 아무런 말도 나누지 않은 것 같았다.

선풍기 앞에 앉은 라자로는 그제야 좀 살겠는지 푹 한숨을 내쉬었다. 비척비척 다가온 안토니오도 그 옆에 앉아 바람을 쐬었다. 오직 베드로만이 저만치 미사석에 동떨어져 씩씩 거친 숨만 몰아쉬고 있다가 이내 못마땅한 얼굴로 버럭 외쳤다.

"이제들 아주 이것저것 마음대로 다 하십니다! 언제부터 우리가 선풍기 바람을 쐬었습니까!"

"정말 죽을 것 같은 데 어쩝니까. 수사님도 오시지요."

라자로는 대꾸할 힘도 없어 보였다. 안토니오는 기절한 사람처럼 강대상에 기대어 축 늘어져 있었다. 베드로는 꿍해선 입을 다물더니 도저히 못 참겠는 듯 다시 버럭 소리쳤다.

"죽을 것 같다고요! 그럼 그 복권도 죽을 것 같아서 챙기신 겁니까! 그 알량한 탐심 때문에 진짜 죽을 뻔한 건 접니다, 저!"

결국 라자로가 그렇게 된 것인가. 라자로는 프란체스코와 눈이 마주치자 한껏 민망해하며 베드로를 향해 발끈했다.

"저야말로 수사님 때문에 죽을 뻔하지 않았습니까! 대체 거기서 왜 실족을 하십니까? 그리고 안토니오! 대체 어떻게 하면 우리가 죽어나가는데 그 상황에서 종 쳤다고 기도를 하실 수가 있습니까?"

"그건 맞습니다! 수사님한테는 우리가 한 식구긴 합니까?! 남들끼리도 그렇게는 안 합니다!"

가까스로 몸을 일으킨 안토니오는 사과의 뜻을 담아 성호를 한 번 그어 보이고는 다시 축 늘어졌다. 베드로는 벌떡 일어나 프란체스코에게 다가왔다.

"원장 수사님. 이건 아무래도 아닙니다. 제가 두 눈으로 똑똑히 봤습니다. 그 위험천만한 데다 영철 형제를 집어 던지는 것도 할 짓이 못 될뿐더러, 지금 저 수사님들은 상태가 이상합니다. 제가 알던 분들이 아니란 말입니다!"

"아까 같이 연습까지 하셔놓고 이제 와서 혼자만 의인이십니까?! 영철 형제 장례미사 치러드리자고 다 같이 합심한 일 아닙니까! 오히려 일을 그르치신 건 수사님 아니냔 말입니다!"

라자로도 벌떡 일어나 항변하듯 외쳤다.

"오, 주여! 그래요! 그럼 다시 시도하러 가시지요! 이번에는 제가 아주 두 다리 땅에 딱 붙이고! 제 손으로 형제를 집어 던지겠습니다! 대신 그 복권! 복권 내놓으십시오! 형제님 주머니에 넣었다더니 어찌 그리 뻔뻔하게 거짓말을 하실 수가 있습니까! 주님이 두렵지도 않으십니까!"

"뻔뻔하다고요?! 저도 경황이 없었을 뿐입니다! 저라고 이런 일에 능숙하겠습니까! 그리고 이제 이 방법도 다 틀렸습니다! 아까 보니 이 주사가 마침 거기 펜스까지 치더군요!"

심란함에 잠자코 상황을 헤아리던 프란체스코는 순간 눈앞이 하얘진 것 같았다.

"이 주사를 만났단 말인가?"

"예. 다행히 뭔가를 들키진 않은 거 같지만…… 마주쳤습니다."

베드로가 애써 감정을 추스르며 대답했다. 라자로는 못마땅한 듯 목소리를 높였다.

"뚜껑만 안 까봤지 이미 의심은 다 샀습니다! 저 베드로 수사님이 갑자기 웃통까지 훌러덩 벗어제끼시는 바람에 특히요!"

"관 드느라 추스를 손이 없는 걸 어쩝니까! 애초에 이런 간계를 꾸미지만 않았어도 지금 이 사단이 나진 않았을 거 아닙니까!"

"베드로! 간계라니요! 말씀 조심하세요!"

베드로와 라자로의 티격태격은 멈출 줄을 몰랐다. 그러나 프란체스코는 어떤 말도 할 수 없었다. 그저 터덜터덜 발걸음을 옮겨 미사석 앞자리에 쓰러지듯 앉았다.

주여, 왜 이 주사입니까. 하필 이 주사를 그리로 보내신 연유는 무엇이십니까. 저희의 이 환란에는 대체 어떤 뜻이 있는 것입니까. 제발 제 기도에 답을 해주시면 안 되겠습니까.

프란체스코는 두 손을 모아 눈을 감고 주님의 뜻을 간구했다. 그러나 주님은 어떤 응답도 주시지를 않았다. 도리어 그럴수록 마음을 헤집어 놓는 것은…… 범준이었다.

프란체스코가 베드로와 라자로처럼 혈기 왕성한 중년 수사였던 시절, 미사석 이 자리에 앉아 홀로 기도를 드리고 있을 때면 꼭 한 꼬마 아이가 등을 톡톡 두드리며 아는 체를 했다.

"아저씨! 또 자?"

어린 범준은 그런 장난을 치며 언제나 개구지게 웃고는 했다. 그러면 꼭 뒤늦게 한 여인이 달려와 그런 범준의 손을 꼬옥 잡고는, 프란체스코에게 연신 고개 숙이며 사과했다.

"죄송해요, 수사님. 애가 짓궂어요."

범준의 엄마는 오랜 항암 치료에도 언제나 그렇게 온화함을 잃지 않던 주님의 자녀였다.

지금으로부터 30년쯤 전이었을까. 그 시절 에덴은 우물물을 받기 위해 찾아온 사람들로 발 디딜 틈도 없었다. 양손 가득 우물물을 채워 가던 이들의 만면에 피어난 웃음꽃들. 헐벗고 가난한 이들, 지치고 병든 이들이라고는 상상도 되지 않을 만큼 환하게 물든 희망의 낯빛들. 프란체스코는 안뜰에서 그 귀한 발걸음들을 보고 있노라면 마음이 그렇게 좋을 수가 없었다.

그중에서도 범준이라는 아이와 어린 아들의 손을 꼭 붙잡고 동행했던 엄마의 모습은 가슴이 시릴 만큼 은혜로웠다. 여인의 신앙심은 돈독했고, 아들을 사랑하는 마음은 그보다도 애틋했다. 독한 항암 치료가 고운 머리칼을 전부 앗아가던 때도, 샛노란 털모자를 쓰고 나타난 그녀는 오직 아들만을 걱정했다. 그러면서도 그 걱정의 그늘이 행여 아들에게까지 드리울까를 또 걱정했다. 어머니가 있어본 적 없던 프란체스코에게마저 어머니의 사랑이 무엇인지 느껴질 정도였다. 그리고 그런 어머니의 사랑은 아이의 마음 밭에 고스란히 심기는 법이다.

"아저씨! 울 엄마 꽃 같지?"

안뜰에 무성하게 유채꽃이 피었을 무렵 유채꽃 한 송이를 꺾어 온 어린 범준은 그렇게 말했다. 나서부터 이제 곧 유치원을 졸업하기까지 제 어미의 아픈 모습만을 봐왔던 아이가, 그 어미의 샛노란 털모자를 가리켜 그렇게 꽃처럼 웃었을 때 프란체스코는 어머니의 지극한 사랑이 어린 아들의 옥토 같은 마음 밭에 활짝 피었다고 확신할 수 있었다.

그러나 어린 범준이 그렇게 늠름해질수록, 여인은 마치 자신의 남은 모든 생령을 아들에게 불어넣기라도 하듯 병색이 완연해졌다. 범준의 아버지가 에덴에 찾아온 것은 그때가 처음이었다.

"수사님, 저는 신을 믿지 않습니다."

당시 비료 공장을 다니던 범준의 아버지는 지저분한 작업복 차림 그대로, 무엇이 그리도 급했는지 헐레벌떡 달려 올라와서는 프란체스코에게 대뜸 그렇게 말했다.

"제가 믿는 건 단지…… 포기하지 않는 사람에게 복이 온다는 것뿐입니다."

그는 정리되지 않는 마음으로 횡설수설하는 것 같았지만, 프란체스코는 도리어 그의 진심을 고스란히 느낄 수 있었다. 병원에서 사랑하는 아내의 살날을 지정받고 온 남편의 슬픔이 고스란히 느껴졌다.

"저는 학교도 제대로 못 나오고 평생 일만 했습니다. 그래서 의사 선생님이 하는 소리 솔직히 하나도 못 알아들었습니다. 그래도 뭐가 됐든 포기할 생각은 죽어도 없습니다. 그건 애 엄마도 그렇다고 합니다. 말은 그렇게 합니다. 그런데…… 그런데……."

아이의 아버지는 희박한 확률이나마 아내가 임상 시험 치료를 받기를 원한다고 말했다. 그러나 아이의 어머니는 더 이상의 치료를 원하지 않는다고 했다. 그녀가 고집하는 것은 그저 에덴의 우물물뿐이었다.

"제 눈에는 자꾸 범준 엄마가…… 포기하려는 걸로 보입니다, 수사님."

범준의 아버지가 에덴에 찾아온 것은 그때가 처음이자 마지막이었다. 프란체스코는 슬픔으로 절박해진 그에게 마땅한 말을 건네기가 힘들었다. 그리고 이후로도 에덴을 찾아오는 범준의 어머니를 볼 때면 더더욱 마땅한 말을 건네기가 힘들었다.

그러다가 그해의 유채꽃이 져갈 무렵, 매주 우물물을 받으러 오던 여인은 더 이상 에덴에 오지 않았다. 지상 낙원 같은 이곳 대신, 주님 나라의 영원한 낙원으로 향했기 때문이었다.

프란체스코는 마음이 아팠다. 비슷한 사정의 사연들을 더러 겪어봤지만, 아름답던 두 모자의 모습을 더는 볼 수 없기에 유독 마음이 아팠다. 그래서 하루도 빼놓지 않고 기도했다. 범준이라는 아이가 너무 크게 상심하지 않고 지금같이 꽃처럼 자라주기를, 그래서 주님 품에 평안히 안겼을 어머니의 위로가 되어주기를, 세상에 홀로 남은 아버지의 희망이 되어주기를, 그리고 괜찮다면 언젠가…… 다시 이곳을 찾아주기를 기도했다.

그렇게 정말 범준이 에덴을 다시 찾았을 때는, 꼬마였던 아이가 어느새 교복을 입고 있었다. 여느 때처럼 미사석 이 자리에 앉아 홀로 기도를 드리던 프란체스코는 등을 톡톡 두드리는 손길만으로도 범준임을 알 수 있었다. 그러나 반갑기만 했던 범준의 인사는 어릴 적과는 사뭇 달랐다.

"당신들이 우리 엄마를 죽였어. 저 우물이 우리 엄마를 죽였다고."

범준은 단정한 교복과는 어울리지 않게 잔뜩 술을 마시고 온 것 같았다. 그리고 그 한마디만을 남긴 채 뒤도 돌아보지 않고 돌아갔다.

너와 너의 부모님을 위해 언제나 기도를 해왔단다. 이런 인사를 준비해 뒀지만, 씩씩대며 멀어지는 범준의 뒷모습을 그저 바라볼 수밖에 없었다. 어머니의 죽음이 어린 아들의 옥토 같던 마음 밭에 증오의 씨앗을 심은 것 같았다. 그럴수록 프란체스코는 범준을 위해 더욱 절실히 기도했다. 하지만 한번 심긴 증오의 씨앗은 야속하리만치 무럭무럭 자라났다. 범준이 또다시 에덴을 찾았을 때는, 교복의 명찰 대신 시청 공무원 명찰을 걸고 있었다.

이제 막 20대 후반이나 되었을까 싶은 나이임에도 네댓 명의 후임들을 거느리고 온 범준은 프란체스코의 인사도 마다한 채, 오직 우물만이 용건인 사람처럼 그것을 도굴하듯 퍼서 가져갔다. 그 연유를 알게 되기까지는 그리 오래 걸리지 않았다. 지역 신문과 각종 매체를 통해 에덴의 우물물에 대한 여러 가지 비화들이 소개됐다. 수질 검사에서 검출된 성분들이 그것들을 뒷받침하는 공통의 이유로 거론됐다. 하나같이 인체에 유해한 부분만을 부각시킨 그 수질 검사가 누구로부터 비롯된 것인지는 알려 하지 않아도 알 수밖에 없었다.

그때부터였을 것이다. 에덴에 사람들의 발길이 완전히 끊긴 것은. 손가락질도 모자라 사람들이 에덴에 돌을 던지기 시작한 것도, 당시 수도원장이었던 도미니코에게 생긴 마음의 병이 육신으로까지 전이된 것도, 그리고 프란체스코가…… 범준을 위한 기도를 멈춰버린 것도.

"사람이 왔는데 아무도 인사를 안 해주시네."

프란체스코는 범준의 목소리에 깜짝 놀라 뒤를 돌아봤다. 성당 뒷문을 활짝 열며 들어오는 것은 정말로 범준이었다. 갑자기 들이닥친 범준 덕에 놀란 것은 프란체스코뿐만이 아니었다. 서로의 응어리를 토로하던 베드로와 라자로도, 강대상에 널브러져 있던 안토니오도 화들짝 놀라 범준을 바라봤다.

이번에는…… 또 어인 일인가. 프란체스코는 범준을 빤히 바라봤다. 에덴을 증오하기 위한 확실한 용건 없이는 먼저 찾아온 적이 없던 범준이었다. 다들 그런 범준을 알았기에 불안해 보였다. 그리고 그 불안의 근원은 모두에게 동일했다. 모두의 시선이 강대상 앞에 떡하니 놓인 관으로 향했다.

"찬미 예수님. 이 주사님이 주일 낮 시간에 다 와주시고 좋은 날이로군요."

프란체스코는 애써 인자하게 미소 지었다.

"그러게 말입니다. 왜 아까 복지관에 저희 물건들 기부하고 오면서도 뵀다고 말씀드렸잖아요, 원장 수사님."

라자로는 전후 관계를 모르는 프란체스코에게 짚어주듯 힘주어 말했다. 그러나 범준은 그 말에 코웃음을 쳤다.

"기부를 어디 저 절벽 아래에다 하셨나 봅니다?"

"무슨 말씀이신지……."

프란체스코는 라자로를 흘긋 바라봤다. 이번에는 라자로도 영문을 모르는 얼굴이었다. 나머지 수사들은 아예 사색이 되어 있었다. 범준은 뚜벅뚜벅 통로를 걸어 다가왔다.

"저기 아래에 수사님들이 자전거를 투기하고 가셨다는 신고가 있어서요."

"아, 그거는 말이죠. 그게 저……."

라자로가 말을 이어가려 뜸을 들였지만 범준은 대답이 궁금해 보이지 않았다. 수사들 목전에 멈춰 선 범준은 셔츠 앞주머니에서 작은 수첩 하나를 꺼내며 차갑게 쏘아붙였다.

"폐기물관리법 제8조. 폐기물의 투기 금지 항목을 위반하셨습니다. 차량, 손수레 등의 운반 장비를 이용하여 생활 폐기물을 버린 경우는 벌금 50만 원이고요. 아까 저 관으로 물품들을 옮겼다고 하셨죠. 운반 장비에 해당됩니다. 이의 없으시죠."

"운반 장비라니요. 너무 몰아가시는 거 아닙니까. 저희가 분명 기부를 하고 왔다고……."

"제가 지금 복지관 확인하고 오는 길입니다. 기부 사실을 전혀 모르시던데, 어떻게 여기서 확인 전화 다시 한번 걸어볼까요?"

되로 주려던 라자로는 말로 받고 입을 다물었다. 수사들 모두가 떨고 있는 것이 느껴졌다. 에덴의 모든 역사가 송두리째 떨고 있는 것처럼 느껴졌다. 프란체스코는 어떻게든 에덴을 지키고 싶었다. 그래서 범준 앞에 다가가 정중히 고개 숙였다.

"저희가 착오가 있었나 봅니다. 투기 관련 건은 제가 대신해서 사과드립니다. 오늘이 주일이니 벌금은 날이 밝는 대로 납부하겠습니다. 쉬시는 날 번거롭게 죄송합니다."

"아, 뭐, 아닙니다. 원리 원칙대로 처리하는 게 제 일이거든요. 그래서 말인데요."

범준은 사과하는 프란체스코를 무시하고 지나쳐 볼펜을 탁 소리 나게 집어넣고는 강대상 앞의 관을 가리켰다.

"저것 좀 열어보세요."

주여, 결국 이렇게 인도하시려던 겁니까. 프란체스코는 순간 현기증이 나는 바람에 미사석을 손으로 짚어야만 했다. 라자로도 더는 평정을 유지하기 힘든 듯 목소리를 높였다.

"왜 그래야 합니까?"

"뭘 버리셨는지, 아니면 뭘 가지고 오셨는지 확인을 해볼 필요가 있어서요."

"뭘 가지고 옵니까?! 우리가 뭘 훔치기라도 했단 말입니까?!"

안절부절못하던 베드로도 버럭 언성을 높였다.

"그런 뜻은 아니지만, 텅 비었다더니 낑낑대며 올라가면 상식적으로 이상하죠. 왜요, 뭘 훔치셨나 보죠?"

"주사님! 전부터 저희한테 악감정 있으신 건 알지만, 그래도 이건 정도가 좀 지나치십니다!"

한껏 당황한 라자로는 헐레벌떡 범준 앞을 막아서며 말했다. 그러거나 말거나 범준은 수사들을 번갈아 노려보며 강대상 위로 뚜벅뚜벅 올랐다.

"악감정이요. 저 그런 식으로 일하는 사람 아닙니다. 오히려 감정에 휩쓸려서 정도를 지나치고 있는 쪽은…… 수사님들 같은데요. 그렇게 싫으시면 뭐, 제가 열겠습니다."

"와, 덥다 더워!"

범준이 관 앞까지 다가선 순간, 동시에 성당 앞문이 열리며…… 수빈이 들어왔다. 땀을 뻘뻘 흘리는 수빈은 진저리치며 들어오더니 관 앞에 놓인 선풍기를 보자마자 지체 없이 다가가⋯⋯ 관 위에 털썩 주저앉았다. 뒤따라 들어온 요셉은 성당의 진풍경에 정신이 번쩍 드는 얼굴로 앞문에 멈춰 섰다.

"하⋯⋯ 살겠다. 수사님들, 영철이는요?"

범준을 포함한 성당의 모두가 돌연 등장한 수빈 앞에 벙쪄 있었다. 최악의 상황을 면한 것인지 차악의 상황으로 치달은 것인지 분간이 가지 않았지만, 프란체스코는 애써 평정을 유지하며 대답했다.

"⋯⋯아직입니다."

"아⋯⋯ 그래요?"

"저기요, 좀 비켜주시죠."

관 앞에 서 있는 범준이 다소 불쾌해진 듯 수빈의 대답에 곧바로 꼬리를 물었다. 수빈은 범준의 존재를 그제야 인지한 사람처럼 그를 의아하게 올려다봤다. 무슨 연유인지는 모르겠지만 왠지 마주 보는 둘 사이에 미묘한 신경전이 있는 것 같았다.

"근데 이분은 누구세요?"

"시청 공무원이세요. 자매님, 많이 더우셨군요! 편히 식히세요! 선풍기가 수도원 통틀어서 딱 이거 한 대라 이거 참 유감입니다!"

라자로는 이 상황을 최악도 차악도 아닌 최선으로 판단한 것이 분명했다. 선풍기를 어떻게든 수빈 앞으로 바짝 붙여주는 움직임이 신속하기 이를 데 없었다. 범준은 어이가 없는 모습으로 물었다.

"그러는 그쪽은 누구십니까?"

"저 여행객이에요."

"요즘도 여기서 피정을 하는 분이 계십니까?"

"왜요?"

"아뇨, 뭐. 외지에서 오신 분을 여기서 뵌 게 오랜만이라서요."

"아~ 네. 이상하네요. 여기 좋은데."

"오래 있으셨나 봐요?"

"오늘 왔어요."

"혼자요?"

"남편이랑요."

"남편분은 어디 계십니까?"

"저기요, 근데 제가 시청 공무원께 다 답해드릴 의무는 없는 거죠?"

수빈은 인상 한 번 쓰지 않고도 범준의 입을 다물게 했다. 수사들은 얼핏 싸움 구경이라도 하는 사람들처럼 얼이 빠져 보고만 있었다. 다들 상황이 어찌 돌아가는지 감은 오지 않아도, 현재로서 범준을 막아줄 이가 수빈뿐이라 여기듯 기대에 찬 얼굴들이었다. 범준은 안경을 매만지며 잠시 수빈을 내려보더니 이내 싸늘하게 읊조렸다.

"예. 없습니다. 근데 제가 그걸 확인할 의무는 있어서요."

범준이 관을 가리키자 수빈은 관인지도 모르고 앉았던지 고개를 돌려 이리저리 살폈다.

"여기 뭐 있어요?"

"보면 알겠죠."

수빈은 못마땅함과 의아함이 혼재하는 모습으로 슬그머니 몸을 일으켰다. 잠시나마 수빈에게 희망을 가졌던 수사들의 탄식이 느껴졌다. 범준이 거리낌 없이 관 뚜껑을 붙잡은 그때였다.
"그만 동작!!!"
　생소한 목소리가 성당에 날카롭게 울려 퍼졌다. 한동안 들어보지 못해 프란체스코조차 순간 낯설게 느껴졌을 정도였다. 모두의 시선은 일제히 목소리가 난 쪽으로 집중됐다. 강대상 옆에서 거의 쓰러진 채로 거친 호흡을 내쉬는…… 안토니오였다.

11. 방주

안토니오는 문득 그때가 떠올랐다. 정확히는 기억이 열람된 쪽에 가까웠다. 의지와 무관하게 그날의 모든 감각이 자동 완성된다. 가장 기억하기 싫은 순간이기에 가장 또렷하게 남아버린 순간. 그런 순간의 선명도는 상상을 초월한다.

그때를 설명하자면 이러하다. 지금으로부터 15년 전, 서른 살의 여름. 매일을 극심한 공황 속에서 살아가던 때. 살지도 죽지도 못해 망령처럼 이 병원 저 병원을 떠돌던 때. 청춘이라 말하기도 부끄러운 젊은 날들이 항정신성 약물에 취한 채로 기억 속에서 하나둘 삭제되던 때.

그날을 설명하자면 이러하다. 정신과 상담실 특유의 몽롱한 조명. 안락함을 가장한 고압적인 앤티크 인테리어. 쥐똥만큼의 에센스가 첨가된 공산품 아로마 오일 냄새. 기를 쓰고 방 안 온도를 떨어트리려는 빌트인 에어컨 바람. 이가 부서질 만큼 떨려오던 오한. 구스다운 패딩을 입어도 뼈가 시릴 만큼 추웠던 7월의 한기.

"대체 어디, 어디, 어디서부터, 잘못, 잘못된, 겁니까?"

안토니오는 그렇게 말을 더듬었다. 미국 영화에나 나올 법한 마약중독자처럼 온몸이 떨려왔다. 맞은편에 앉은 중년의 박사는 대답 대신 그런 안토니오를 가만히 살펴보았다. 투실한 체형을 전혀 보완해 주지 못하는 흰색 가운, 동그란 안경, 동양인과 어울리지 않게 숱이 많은 콧수염, 정수리가 개통된 백발의 파마머리. 전체적으로 만화 《명탐정 코난》에 나오는 박사를 닮은 비주얼. 그리고…… 15도쯤 삐뚤어진 빨간색 나비넥타이. 안토니오는 그것을 보자 바로잡아 주고 싶은 충동에 휩싸였다.

"오늘 낮 최고 기온이 35도랍니다. 여기도 실내 적정 온도 때문에 27도를 유지하고 있죠. 이런 날 그렇게 두꺼운 패딩 점퍼를 입고 오신 것부터가 잘못된 겁니다."

박사는 유쾌하게 농담하면서 셜록 홈스나 피울 법한 파이프를 깊게 한 번 빨았다. 뱉는 시늉을 할 뿐 연기가 나오지 않아 우스꽝스러웠다. 안토니오는 그런 그를 대꾸 없이 노려봤다.

"약을 너무 오래, 많이, 자주 드셨다는 말입니다. 약물 치료는 금단현상보다 의존증이 위험하니까요. 중독입니다, 중독!"

박사는 겸연쩍게 껄껄 웃었다. 대한민국에서 한 손가락에 꼽히는 박사라 했다. 그러나 그 멍청한 웃음을 보니 또다시 허탕임이 분명했다. 만났던 모든 의사가 다 그랬다. 정신분석학이나 심리학, 논리적으로 설명되지 않는 분야란 명목으로 모호한 말만 늘어놓는 괴짜들. 맞으면 장땡 아니면 연구 대상을 발견했다는 식의 궤변들. 지긋지긋했다. 화가 났다.

"내, 내, 내가, 여기, 오기까지, 어, 어떤, 위험, 위험들을, 무릅쓰고, 왔는지, 아십니까? 지, 지, 집 밖을 나오면서, 엘리, 엘리베이터가, 갑자기, 추락, 추락할 뻔했고, 공사장, 공사장 파이프, 쇠파이프가 내 머리 위로, 떨어, 떨어질 뻔했고, 지하, 지하철, 층계, 층계참에 균열이, 붕괴……."

붕괴. 붕괴. 붕괴.

무심코 뱉어버린 그 단어에 안토니오는 더 이상 말을 잇지 못했다. 목젖까지 차오른 호흡, 뼈 마디마디에 종잇장 같은 칼날이 스며드는 통각, 주체할 수 없는 현기증. 그런 것들 때문이었다.

"그대는 아이가 되셨군요. 일곱 살? 아니, 그보다 아래…… 다섯 살?"

박사는 미소 띤 얼굴로 차트를 살폈다. 화가 났다. 그럴수록 안토니오의 신경은 온통 박사의 15도쯤 삐뚤어진 빨간 나비넥타이에 쏠렸다. 그것의 수평을 맞추면 조금은 안정될 것만 같았다.

"제가 장가를 늦게 들어서 우리 아들이 다섯 살이거든요. 한번은 애가 거실에서 장난감을 가지고 놀고 있었어요. 장난감이 얼마나 많은지 여기가 거실인지 완구점인지 모를 정도였습니다."

박사는 차트를 내려놓고 대뜸 책상 위에 작은 장난감 병정들을 도열했다.

"그런데 제가 거실을 지나다가 그만 장난감 하나를 밟아버렸습니다. 그래서 그 장난감의 다리가 뚝 하니 부러져 버렸죠."

박사는 병정 장난감 하나를 픽 하니 쓰러트렸다. 재미난 얘기를 한답시고 혼자만 심취한 괴짜 발명가처럼.

"애가 엉엉 울더군요. 저는 어르고 달랬습니다. 아빠가 미안해. 아빠가 고쳐줄게. 더 크고 멋진 거로 사 줄게. 그래도 아들은 울기만 했어요. 평생 사람 심리 들여다보던 저도 제 아들 속은 전혀 모르겠더군요. 그렇게 30분은 울었을 겁니다. 아마 울다가 지치기도 하고 자기도 이제 왜 우는지 모르겠으니까 그쳤던 것 같습니다만…… 저는 궁금했습니다. 아무리 어린애라고 해도 지나치다 싶을 만큼 서럽게 울었거든요. 그래서 물었습니다. 아까 뭐가 그렇게 슬펐어? 그랬더니 걔가 뭐랬는지 아십니까?"

당장이라도 그 빌어먹을 상담실을 뛰쳐나가고 싶었다. 그러나 공황 때문에 제대로 움직일 힘조차 남지 않은 것이 변수였다. 박사는 껄껄 웃으며 말을 이었다.

"악당이 이겨서. 악당이 이겨서라고 하더군요. 악당? 악당이 어디 있는데? 물으니까 아들이 병정들 맞은편의 공룡 무리를 가리켰습니다. 티라노사우르스, 트리케라톱스, 브라키오사우르스…… 정말 무시무시해 보이는 놈들이었죠. 저는 주변에 장난감들이 하도 많아서 그게 악당이었을 줄은 전혀 몰랐습니다."

박사는 병정들보다 3.5배가량 큰 공룡 장난감 몇 개를 꺼내 책상 위에 올렸다.

"제가 다리를 부러뜨린 장난감은 우리 아들 말에 의하면 착한 편 대장이었습니다. 대장이 저 때문에 전투 불능이 됐으니 승산 없는 싸움이 된 겁니다. 다섯 살 난 아이의 입장에서 제가 부러뜨린 건 한낱 장난감이 아니라…… 악당으로부터 세상을 구원해 줄

정의의 사도였던 거예요. 놀랍지 않습니까?"

"지, 지금, 내, 내가…… 애들, 놀이, 놀이랑 같은……."

"애들 놀이라고 무시할 게 아닙니다. 놀이는 인간의 문학적 성향의 시초예요. 놀이는 현실과 구분되는 비현실의 세계지만, 역설적으로 다 큰 어른들조차 그 비현실의 세계를 통해 현실의 감정을 해소하고, 위로받기도 하죠. 창작 활동을 하는 사람들이 특히 그렇습니다. 프로이트에 따르면 다빈치의 모나리자도 다빈치가 어린 시절 겪었던 어머니에 대한 상실감이 발현된 그림이라죠. 하물며 그림 한 점에도 한 사람의 일생이 투영되어 있는데…… 건축은 오죽하겠습니까."

건축. 건축. 건축.

그가 무심코 뱉은 단어에 안토니오는 더 이상 말을 잇지 못했다. 박사가 자신을 조롱하는 것만 같았다. 화가 났다. 박사의 빨간 나비넥타이를 제발 어떻게 해버리고 싶었다.

"예술에도 급이 있다면 저는 건축을 가장 고차원의 예술로 치고 싶습니다. 인간의 실용성과 결부되어 있으니까요. 창작이 아니라 창조에 가까운 것 아니겠습니까."

온몸이 사시나무처럼 떨려왔다. 경련이 이는 몸을 감추고 싶었지만 그럴 수 없었다. 건축가로 살았던 자신의 일생을 감출 수 없는 것처럼.

"저는 그대를 존중하고 응원합니다. 일 때문에 해외는 힘들었지만, 그대가 국내에 지은 건축물들은 웬만한 데는 다 가봤을 정돕니다. 우리나라에서 이렇게 젊고 유능한 건축가가 나왔다는 게 자랑스럽기도 했거든요. 팬이었습니다."

박사는 진정성 어린 얼굴로 안토니오를 바라봤다. 안타까움과 동정의 시선. 차라리 조롱인 편이 나았을 것 같았다. 화가 났다. 당장이라도 자리를 박차고 싶었지만, 누가 뒤에서 의자를 빼버리기라도 한 것처럼 자리에서 볼품없이 굴러떨어지고 말았다. 박사는 그런 안토니오를 보며 어떤 도움의 손길도 내밀지 않았다. 그저 계속 시선을 맞추며 말을 이어갈 뿐이었다. 진정성 어린 얼굴로. 안타까움과 동정의 시선으로.

"아까 어디서부터 잘못된 것이냐고 물으셨죠. 그건 그대가 가장 잘 알고 있을 겁니다. 제가 하는 일은 딱히 없어요. 그대가 보고 겪은 치열한 전투 중에서 이 공룡 같은 악당은 누구였는지, 그들과 맞서 싸우던 착한 편은 누구였는지, 혹시 누가 그 대장의 다리를 부러뜨리지는 않았는지, 그대가 왜 그렇게 서럽게 울었는지, 그런 걸 묻고 그저 들어주는 사람입니다, 저는."

박사의 책상이 덜덜 떨렸다. 병정들도, 공룡들도 전부. 모든 것이 무너져 내릴 것처럼 진동했다. 그럴수록 박사의 젠장 맞은 나비넥타이를 바로잡고 싶은 충동도 걷잡을 수 없었다.

"그간 인터뷰하셨던 자료들을 전부 살펴봤습니다. 워낙 많아서 그것만 찾아보는데도 일주일은 걸렸습니다. 유독 변수라는 키워드를 버릇처럼 사용하시더군요."

"내, 내, 뒤, 뒷조사를, 하, 한 겁니……"

"저는 의사로서 할 일을 한 겁니다. 어디서부터 잘못됐는지, 그대가 그 말씀을 안 하시니 저로선 유추라도 해봐야 했어요."

"그, 그냥, 약, 약이나 더, 더 처방, 처방해……."

"그럴 수 없습니다. 그동안은 세상에 대한 그대의 질서와 통제, 강박이 그대의 건축물로 승화됐을 거예요. 다빈치처럼 말입니다. 그런데 그건 그대가 건축가였을 때의 이야기입니다. 지금은 그저 놀이와 현실을 구분하기가 힘들어 누군가의 도움을 필요로 하는 아이일 뿐이에요. 그리고 그런 사람에게 약물 치료는 더 이상 도움이 안 됩니다."

안토니오는 혼신의 힘을 다해 바닥을 기었다. 금방이라도 무너질 것만 같은 그곳을 빠져나가고 싶었다. 그러나 박사는 아랑곳하지 않고 계속해서 외쳐댔다.

"엘리베이터가 추락할 일은 극히 드물어요! 공사장 파이프가 길을 지나는 그대의 머리 위로 떨어질 일도, 지하철 층계가 갑자기 주저앉을 일도 전부 드문 일입니다! 그리고 그런 것은 통상적으로 변수가 아니라 사고라고 합니다! 사고는 사람이 대비하고 대처할 수 있는 것이 아니에요! 오직 신만이 아실 일이죠! 그러니까 그대의 연인 일도…… 사고였습니다!"

연인. 연인. 연인.

가까스로 상담실 문고리를 움켜쥔 안토니오는 그 단어에 주저앉았다. 지면이 다 꺼져버릴 듯 흔들렸다. 균열이 상담실 벽면을 타고 사방으로 전이되고 있었다.

"당, 당신은 몰라, 아무, 아무것도, 아무것도."

"그러니 얘기를 해주셔야 합니다. 제가 뭘 모르는지 그대가 알고 있는 걸 말해줘야 합니다. 마음의 병은 약으로 결코 나을 수 없어요."

"그, 그만, 그만 날 좀, 가게, 가게 내버려 둬……."

"지금 이 문을 나가셔도 좋습니다. 그대의 자유예요. 그러나 지금 나가지 않기로 결정하신다면 언젠가 저 문을 나설 때…… 그대가 웃으며 나갈 수 있도록 제가 책임지고 돕겠습니다."

박사는 애원하며 흐느끼는 안토니오에게 다가와 등에 손을 얹었다. 그 따스한 손길에서 희망이라도 느꼈던 것일까. 안토니오는 그만 고개를 들어 박사를 바라봤다. 그리고 그녀를 마주하고 말았다.

접착제로 이어 붙인 조각난 인형처럼 여기저기 균열의 흔적이 선명한 그녀. 너무도 사랑했던 그녀. 이제 더는 만날 수 없는 그녀. 박사의 뒤에…… 그런 그녀가 서 있었다.

안토니오는 울부짖었다. 박사를 쓰러트렸다. 그 위에 올라탔다. 15도쯤 삐뚤어진 빨간 나비넥타이를 바라봤다. 그것의 수평을 맞춰야만 모든 게 안정될 것만 같은 착각 때문이었다. 그러나 빨간 나비넥타이는 움켜쥘 수 없었다. 그것은 거짓말처럼 허공을 날았다. 정말로 나비가 된 것처럼. 안토니오는 그것을 잡기 위해 미친 듯이 허우적거렸다. 손에 잡힐 듯 잡히지 않았다.

달려 들어온 간호사들과 경비들이 안토니오와 뒤엉켰다. 그렇게 바닥에 쓰러졌다. 그리고 나서야 그것은 안토니오에게로 날아와 사뿐히 내려앉았다. 목에 건 다림줄에, 아니, 그녀가 선물해 준 회중시계에.

안토니오는 목에 건 다림줄을 화들짝 매만졌다. 빨간 나비 한 마리가 손길을 피해 성당의 허공으로 날아간다. 그것이 앉아 있던 다림줄을 바라봤다. 손톱만 한 회중시계가 15시를 지나고 있다. 2년의 침묵을 서원한 지…… 정확히 2년이 지나고 있는 시간이었다.

"어…… 동작 그만이 맞는 말 아닌가?"

수빈이 귀를 의심하듯 의아해했다. 안토니오는 그제야 자신이 말을 내뱉었다는 사실을 인지했다. 그제야 자신을 바라보는 모두의 벙찐 시선도 느껴진다.

"안토니오, 침묵 서원이 끝난 거로군."

"아멘."

프란체스코가 축복의 성호를 긋는다. 다른 수사들도 일제히 안토니오를 향해 아멘으로 호응한다. 안토니오는 가까스로 몸을 일으켜 성호를 그어 화답했다.

"거기, 저한테 말씀하신 겁니까?"

범준은 그런 안토니오를 쏘아봤다. 그는 관 뚜껑을 열기 일보 직전이었다. 에덴이 함락되기 일보 직전이었다. 주님께서 이 절체절명의 순간에 목소리를 허락하신 것, 그것은 변수였다.

"공무 집행입니까! 그건 무슨!"

안토니오는 범준을 향해 소리쳤다. 비록 2년간의 침묵이 발화도 어순도 어색하게 나오도록 했지만 주님께서 이 절체절명의 순간에 목소리를 허락하신 것, 그것은 변수임과 동시에 더 이상의 균열을 막으라고 명하신…… 주님의 섭리였다.

"허위 사실에 대한 확인 차원의 공무 집행입니다."

범준은 안토니오를 고깝게 훑어보며 대답했다. 안토니오도 지지 않고 그런 범준을 쏘아봤다. 주님께서 하필 이때 한동안 잊고 있던 기억을 열람시키신 것, 그것 역시 변수였다.

"형사소송법 제216조 제1항. 영장에 의하지 아니한 강제 처분. 타인의 주거나 타인이 간수하는 가옥, 건조물, 항공기, 선차 내에서의 피의자 수사. 체포 영장을 발부받은 경찰도 별도의 수색 영장 없이 진입 및 수색 시, 위헌 판정 판례가 있음."

그리고 동시에 더 이상 그때로, 그날로 돌아가지 말라 명하신 주님의 섭리였다. 안토니오는 쉬지 않고 말을 내뱉었다. 범준은 말문이 막힌 듯 당황했다. 실시간으로 깊어지는 미간의 주름이 그것을 증명했다.

"따라서 제주시청 건축과 6급 공무원이 어떠한 영장도 없이 사적인 의도만으로 종교 시설물 수색 시, 사전 영장주의. 위법 사유. 나아가 직전 상황은, 어떠한 물증도 없이, 종교인들을 절도범 취급. 명예 훼손. 가중 처벌 사유. 합당한 증거 없이 이곳의 어떤 곳도, 무엇도 살펴볼 권리 없음. 공무 집행의 명분 없음. 원리 원칙에 근거한 사유…… 없음."

머릿속에 저장된 모든 데이터가 봇물 터지듯 쏟아져 나온다. 의식을 집어삼킬 듯 포악했던 공황도 도리어 진정이 된다. 수사들 역시 극에 치달았던 혼란이 진정되는 것 같았다. 안토니오를 우러러보는 시선들이 그것을 증명했다. 혼란은 오직 범준에게로 전이된 듯 보였다. 범준은 본 적 없이 난처한 얼굴로 안경을 매만질 뿐 아무런 말도 없었다.

법조계에 몸담았던 적은 없었다. 다만 공황에 시달리던 시절, 세상에 존재하는 거의 모든 지식과 전문 분야들을 익히려 애썼을 뿐이다. 그것은 세상에서 발생할 수 있는 모든 변수에 대비하기 위한 생존 전략이었다.

"합당한 증거가 있다면 이곳의 어떤 곳도, 무엇도, 살펴볼 권리가 있단 말로도 들리는군요."

범준은 뒤늦게 반박 거리를 찾은 듯 코웃음을 쳤다. 그러나 몹시도 분해 보인다. 피도 눈물도 없을 것 같던 그의 목소리가 파르르 떨리는 것이 그것을 증명했다.

원리 원칙을 중시하는 공무원. 가치관이 뚜렷한 사람. 그런 이들은 자기 논리의 허점이 드러나는 것에 극도의 수치심을 느낀다. 달리 말하면, 지적받은 자기 논리의 허점이 스스로도 납득할 만한 것이라면 적어도 생떼는 부리지 않는다. 그것이 그들의 생존 전략이다.

"알겠습니다. 그럼 '증거'를 가지고 다시 찾아뵙죠."

역시나 범준은 순순히 돌아서서 통로를 지나 뒷문으로 향하다가 우뚝 발길을 멈추고 다시 획 하니 몸을 돌려 수사들을 향해 쏘아붙였다.

"아, '불법 투기' 하신 자전거는 증거가 있으니 과태료 제때 납부하세요. '원리 원칙'대로."

범준은 이 말을 남기고 쌩하니 뒷문을 빠져나가 현관 앞에 세워 둔 자신의 애마(愛馬)를 거칠게 몰고 안뜰을 달렸다. 수사들은 창문 너머 멀어지는 범준의 뒷모습을 멀거니 지켜본 후에 서로 안도의 눈빛을 교환했다. 그제야 안토니오도 온몸에 힘이 풀렸다.

"와…… 말씀을 그렇게 잘하시면서 어떻게 2년이나 참으셨어요?"

내내 놀란 눈으로 안토니오를 바라보던 수빈이 감탄했다. 수사들은 숨 돌릴 틈도 없이 수빈을 경계했다. 라자로는 의심의 눈초리로 수빈을 바라보며 물었다.

"그런 것까지 어떻게 아셨습니까?"

"아, 제가 말씀드렸어요. 먼 길 동행하며 이런저런 이야기를 나누다 보니……."

요셉이 득달같이 수빈을 두둔하자 안토니오가 그를 바라봤다. 익숙한 모습이었다. 사랑에 빠진 남자의 모습. 그건 안토니오가 누구보다 잘 알고 있었다. 사랑만큼 통제 불가능한 변수는 없다는 것 역시도.

"아! 자, 자매님 힘드셨을 텐데 좀 쉬세요. 선풍기 다시 가져다 드릴게요."

수사들이 눈치를 주자 요셉이 아차 하며 선풍기를 뽑아 들었다. 수빈은 손사래를 치며 요셉에게서 선풍기를 받아 들었다.

"제가 가져갈게요. 수사님도 힘드실 텐데. 그럼 영철이 오면 바로 말씀 좀 부탁드려요."

수빈은 모두를 향해 넉살 좋게 웃어 보였다. 수사들도 애써 미소로 화답했다. 수빈은 마치 자리를 피해주듯 종종걸음으로 성당을 빠져나갔다.

수사들은 그녀가 안뜰을 지나 별관으로 들어가는 것까지 지켜보고 나서야 헐레벌떡 현관문과 성당 뒷문을 걸어 잠갔다. 다들 주저앉아 "주여"라며 짧은 탄식을 내뱉었다. 라자로는 마른세수를 하더니 다시 벌떡 일어나 초조하게 서성였다.

"안도할 때가 아닙니다. 안토니오 수사님이 때맞춰 방언이 터지신 덕에 당장의 위기는 넘겼지만, 이 주사는 분명 다시 찾아올 겁니다."

"그러게 자전거는 왜 절벽에 냅다 집어 던지셨습니까?!"

베드로는 참았던 듯 버럭 외쳤다. 둘의 앙금은 이제 더 숨길 이유도 없다는 듯 표면으로 드러났다. 제때 대비하지 못한 변수가 어김없이 균열을 일으킨다.

"지금 그게 중요합니까?"

"중요하지요. 더 중요한 걸 말씀드릴까요. 이 지경까지 끌고 와놓고 라자로 수사님은 아무런 대책도 없으셨단 겁니다! 기부니 뭐니 그런 거짓말은 왜 하셨습니까!"

"끌고 와요?! 그런 베드로 수사님은 부원장씩이나 되셔서 이 지경이 되도록 꿀 먹은 벙어리처럼 계셨습니까?"

"이보세요, 라자로!"

"왜요, 베드로!"

"그만들 하세요! 수사님들이 이렇게 다투시는 걸 더는 못 보겠습니다!"

입을 앙다물고 있던 요셉이 뭔가 결심한 듯 외쳤다. 모두의 이목이 그에게 집중되었다. 그러자 요셉은 금방이라도 눈물이 흐를 것처럼 비통한 얼굴이 되어 읊조렸다.

"수빈 자매님이…… 사채업자에게 쫓기고 계십니다!"

기어이 한 줄기 눈물이 그의 볼을 타고 흘렀다. 안토니오는 그 모습을 보자 숨이 턱 막히는 것 같았다. 사랑. 역시 사랑이다. 제때 대비하지 못한 변수들은 이렇듯 동시다발적인 균열을 일으킨다. 균열은 이미 에덴의 곳곳으로 전이되고 있었다. 그러거나 말거나 라자로는 코웃음을 치더니 떵떵거렸다.

"사채업자요! 거 보십시오! 남편 찾다가 사채업자에게 쫓기는 것이 예사 자매입니까?!"

"그게 아닙니다! 자매님은 영철 형제의 아내가 확실합니다! 제가 똑똑히 봤어요! 그 풋풋한 사진은…… 부부가 아니고서야…… 나올 수 없는 다정함이었습니다!"

"그래서 하시고 싶은 말이 뭡니까, 요셉!"

베드로도 답답한 듯 참전하고, 요셉은 부모 앞에 형편없는 성적표를 내놓는 아이처럼 우물쭈물 말을 이었다.

"우선 자매님께…… 로또부터 드리시지요."

"주여! 영철 형제가 어떻게 된 건지는 일단 모르겠으니 우리한테 묻지도 따지지도 말고! 오다 주웠으니 이거부터 가지고 돌아가십시오 하자는 말씀입니까? 아님 저기 어디 떨어져 있었다고 할까요?"

라자로는 수도복 주머니에서 지퍼 백을 꺼내 신경질적으로 흔들며 소리쳤고, 베드로는 이때다 싶은지 그런 그를 향해 소리쳤다.

"저거! 저거 보십시오! 라자로! 그 돈 몇 푼이 그리 탐나십니까?!"

"제 말이 틀립니까? 달리 방도가 있으십니까, 그럼?"

"몇 푼이 아닙니다! 자매님 빚이 2억이나 되는데 60억이면…… 그걸 서른 번이나 갚을 수 있는 돈 아닙니까! 전달할 방도는…… 제가 어떻게 잘 해보겠습니다!"

"요셉, 잠깐 사이에 자매님과 부쩍 가까워지셨나 봅니다. 자매님이 그런 얘기까지 하십니까? 빚이 2억이나 된다고? 난생처음 만난 낯선 수사한테요?"

"그렇게 음해하지 마십시오! 라자로 수사님은 남편을 여의고 홀로 빚쟁이들에게 쫓기는 여인이 안쓰럽지도 않으십니까?"

"여인! 여인이라고요! 주여! 언제부터 자매님을 여인이라고 부르시게 된 겁니까?!"

"아, 아닙니다! 제가 언제……."

"요셉! 설마 아니시지요! 품어선 안 될 마음을 경계하셔야 합니다! 어찌 영철 형제를 버젓이 앞에 두고 자매님께 그런! 주님께서 노하십니다!"

"아닙니다! 아니에요! 베드로 수사님까지 왜 그러십니까!"

세 수사들은 피아 식별이 불가능한 수준으로 언쟁했다. 프란체스코는 이 환란 속에서도 홀로 미사석에 앉아 기도할 뿐이었다.

안토니오는 손톱을 물어뜯었다. 변수. 역시나 모든 것은 변수로부터 비롯됐다. 또다시 찾아온 끔찍한 공황보다, 또다시 마주한 변수 앞에 여전히 무기력한 스스로가 두려웠다.

"이 동산에 있는 나무 열매는 무엇이든지 마음대로 따 먹어라. 그러나 선과 악을 알게 하는 나무 열매만은 따 먹지 마라. 그것을 따 먹는 날, 너는 반드시 죽는다."

허나 이제는 아니다. 이제는 그동안 하지 못했던 말들을 할 수 있다. 안토니오가 느닷없이 말씀을 읊자 다투던 수사들은 벙쪄 침묵했고, 잠자코 있던 프란체스코만이 입을 열었다.

"어제 주신 달력 말씀이군."

"좁은 문으로 들어가거라. 멸망에 이르는 문은 크고 또 그 길이 넓어서 그리로 가는 사람이 많지만, 생명에 이르는 문은 좁고 또 그 길이 험해서 그리로 찾아드는 사람이 적다."

"그건 오늘 말씀이네요? 그런데 갑자기 말씀은 왜……."

요셉이 어리둥절해 묻는다. 안토니오는 모두를 바라보며 입을 열었다.

"경고하신 겁니다. 이 일을 미리 아시고, 계속해서 경고하셨습니다, 주님께선. 그런데 우리는 따 먹었습니다. 선악과를. 그리고 들어갔습니다. 넓은 문으로."

실로 그러하다. 지금 에덴의 균열은 주님의 말씀을 어긴 참혹한 대가일 테니까. 베드로는 불현듯 무언가를 깨달았는지 손뼉을 쳤다.

"주여! 역시 복권이 선악과였군요!"

"그, 그렇군요! 그럼 더더욱 로또를 자매님께 돌려드려야 합니다! 그래야 저희가 이 환란에서 벗어날 수 있을 거예요!"

요셉도 맞장구친다. 오직 라자로만이 갑자기 형성된 여론이 불편한 듯 헛기침을 한다. 안토니오는 고개를 가로저었다. 균열은 되돌릴 수 있는 게 아니었다.

"늦었습니다. 변함이 없으니까요. 주님 말씀을 어긴 것은."

"그럼 어쩌자는 겁니까, 안토니오. 수사님도 방법이 없다는 것 아닙니까?"

라자로는 돌연 화색이 돌아 채근했다. 안토니오는 잠시 성당 내부를 바라봤다. 에덴에 더 이상의 균열이 가선 안 된다. 지금 여기서 대처하지 못한다면 에덴을 기어이 함락시키고야 말 변수들이 너무도 많다.

"있습니다. 방법. 받았습니다. 응답을."

그러나 주님께서 이 절체절명의 순간에 나로 하여금 예비하게 하신 일, 이제 그것을 밝힐 때가 왔다. 그것은 더 이상의 균열을 막으라고 명하신 주님의 섭리일 테니까.

수사들은 안토니오의 안내를 따라 식당에 도착했다. 오는 내내 모두 아무런 말이 없었다. 주방 문 앞에 다다르는 순간까지 그저 기대와 불안의 눈빛만을 교환할 뿐이었다.

안토니오는 주방 문을 열었다. 2년 만에 처음으로 개방한 주방이었다. 그래서인지 수사들은 다소 주저했다. 프란체스코를 따라 쭈뼛대며 들어오고 나서야 그들은 동시에 기함했다. 소름 끼칠 만큼 정갈하게 정돈된 식기구들. 종류와 사이즈 별로 1밀리미터의 오차도 없이 비치된 칼과 요리용품들. 물기 하나 없는 조리대와 곰팡이 하나 없는 타일 바닥. 무균실이나 킬러의 무기고를 방불케 하는 풍경. 놀랄 법도 하다. 그러나 이런 것들로 놀라긴 이르다.

안토니오는 구석에 있는 공업용 냉장고 앞으로 성큼성큼 향했다. 그 옆으로 쌓아 올린 마대 자루 안에는 말린 버섯이 잔뜩 들어 있다. 안토니오는 묵직한 마대 자루들을 하나둘 치웠다. 정사각형 모양의 철판 덮개가 바닥에서 모습을 드러냈다. 유심히 보고 있던 베드로가 불쑥 말했다.

"여기에 배수대가 있었군요. 몰랐습니다."

배수대. 처음에는 그런 줄 알았다. 안토니오는 대꾸 없이 냉장고 맞은편의 싱크대로 발걸음을 옮겨 싱크대 아래의 촘촘한 격자무늬 타일들 중 하나를 발끝으로 꾹 눌렀다. 기가 막힌 얼굴로 바라만 보고 있던 수사들은 일제히 주님을 부르짖었다.

배수대로 위장한 철판 뚜껑이 지이잉 소리와 함께 서서히 열렸다. 옹기종기 모여 있던 수사들은 기겁한 채로 아래를 내려다보며 아무 말이나 내뱉었다.

"주여! 지금 이게 다 무엇입니까, 안토니오!"

"수사님 정체가 뭡니까? 국정원 요원이라도 되십니까?"

"이걸…… 수사님이 만드셨다고요?"

안토니오는 덤덤히 그들 앞으로 다가갔다. 사람 하나 가까스로 들어갈 만한 구멍 아래로 사다리가 모습을 드러냈다.

"보십시오. 직접."

안토니오는 서슴없이 먼저 사다리 아래로 내려갔다. 퉁—. 탕—. 퉁—. 탕—. 철제 사다리를 밟는 소리가 어두운 심연 속에 묻힌다. 그 소리에 맞춰 안토니오의 기억도 또다시 열람된다. 의지와는 무관하게.

　　　　　　　　　🕯

　가장 또렷하게 남은 순간들이기에 가장 기억하기 싫은 순간들. 의식의 저 깊은 곳에 묻어둔 그런 순간들이 파노라마처럼 스쳐 지나간다.

　그 시절을 설명하자면 이러하다. 지금으로부터 20년 전, 20대 중반의 시절. 건축이라면 세상 그 누구보다 자신 있던 시절. 해외 유명 건축지에 '동양의 천재 건축가'라는 타이틀이 실렸던 시절. 내로라하는 기업 총수들과 해외 유명 인사들까지 클라이언트가 되기 위해 번호표를 뽑던 시절. 여느 자서전에나 나올 법한 성공한 인생의 전철을 밟던 시절. 그 무엇보다 안토니오가 자신의 일을…… 너무도 사랑했던 시절.

　그 무렵 시 외곽 변두리에 안토니오가 직접 설계 시공한 공공주택이 도시 재생의 발판으로까지 이어졌다. 그리고 그것은 안토니오가 이듬해의 유력한 프리츠커상[8] 후보로까지 거론되는 계기로 작용했다. 대한민국 건축 역사상 전무후무했던 것도 모자라, 역대 최연소 프리츠커상 수상자가 나올지도 모른다는 기대에 국내외 외신들이 안토니오의 행보를 주목할 때였다.

8　매년 건축 예술을 통해 재능과 비전, 책임의 결합을 보여주어 인류와 건축 환경에 일관적이고 중요한 기여를 한 생존 건축가에게 수여하는 상으로, 건축계의 노벨상으로 통한다.

여러 학술 포럼과 세미나에서 안토니오는 단연 초청 1순위였다. 그때마다 안토니오는 성공의 비결을 묻는 관습적인 질문들을 받았다. 그리고 안토니오의 대답은 그때마다 똑같았다.

"건축가에게 변수란 없습니다. 건축에서의 변수는 곧 함락의 위험을 의미하니까요. 무슨 함락씩이나 말하느냐 하실 수 있겠지만 제 생각은 확고합니다. 건축가가 자신의 설계에 변수를 발견하지 못하는 것은 성안에 적(敵)을 두는 일이나 다름없습니다. 내 성을 언제든 함락시킬 수 있는 적을요. 인생도 마찬가집니다. 인생이든 건축이든 완벽한 설계를 가지면 그대로 이행시키기만 하면 됩니다. 그때 성공은 알아서 따라오는 것 같습니다."

그때마다 사람들은 성공한 사람 특유의 고리타분한 위트 정도로 웃어넘겼다. 하지만 안토니오에게만큼은 그보다 진실한 간증이 없었다. 변수가 존재할 수 없는 완벽한 삶의 철학. 철저하게 계획된 인생의 플랜. 설계도대로 이행하기 위한 일상의 통제와 질서. 그런 것들은 안토니오에게 정언 명령과도 같은 것이었다. 그런 안토니오의 완벽하게 설계된 삶에 처음으로 변수가 발생했다. '사랑'이었다.

그날 역시 변수로부터 비롯된 하루였다. 클라이언트가 급작스레 미팅을 펑크냈다. 때문에 일정상 반려했던 건설기술인의 날 기념식에 참석할 수 있었다. 모든 것은 예정에 없던 일이었다. 변수였다.

기념식이 끝나고 안토니오는 연찬회를 마다한 채 나왔다. 대신

강남 근처에 올 때마다 혼자 들르던 스픽이지바[9]로 향했다. 그러나 십수 년 한자리를 지키던 다이닝 바는 처음 보는 한식집으로 바뀌어 있었다. 변수였다. 평소였다면 그냥 돌아갔을 텐데, 강남 시내에 때 아닌 3월의 폭설이 내렸다. 예기치 못한 기상이변에 도로는 러시아워 이상으로 정체되어 있었다. 때문에 그곳에서 끼니를 해결해야겠단 마음이 들었다. 변수였다.

"I'm on my way~ I'm on my way~ Home sweet home~!!!"[10]

스피커에서는 정신 산란한 로큰롤이 울려 퍼졌다. 클래식 외의 어떤 음악도 듣지 않는 안토니오로서는 고역이었다. 집으로 가고 있다는 노랫말과 집으로 가지 못하는 처지가 대비되어 언짢기까지 했다. 거들떠보지도 않던 한정식을 먹으며 단 1초도 듣기 싫은 로큰롤을 들어야만 했다. 변수였다.

안토니오의 입맛이 상상 이상으로 짠 것. 하필 그날 시킨 한정식이 빌어먹게 싱거웠던 것. 예정에 없던 일정을 소화하느라 항시 지참하던 휴대용 솔트를 두고 온 것. 종업원에게 소금을 부탁했는데 난데없이 쳐들어온 주방장이 적반하장으로 입맛을 지적하며 훈수를 둔 것. 막돼먹은 인간이라면 상종도 하지 않던 안토니오가…… 그런 주방장과 사랑에 빠지게 된 것.

모든 것은 예정에 없던 변수였다. 변수는 어김없이 균열을 일

---

9 불특정 다수에게 공개되어 있지 않고 홍보도 하지 않는 비밀스러운 가게.
1 0 머틀리 크루의 〈Home Sweet Home〉, 《Motley Crue Greatest Hits》 앨범 수록.

으킨다. 그리고 균열은 삽시간에 퍼져 모든 것을 함락시키고 만다. 그러나 사랑만큼은 예외였다.

그녀는 한식 요리사였다. 심심한 음식에 대한 철학이 확고했다. 정이 많고 따뜻했다. 수다쟁이였다. 머틀리크루를 좋아하는 헤비메탈 매니아였다.

안토니오는 양식 애호가였다. 짠 음식에 대한 취향이 확고했다. 연애는 고사하고 사람 대하는 법조차 서툴렀다. 외골수 워커홀릭이었다. 슈만의 교향곡이 없으면 작업을 이어갈 수 없는 클래식 매니아였다.

하나부터 열까지 맞지 않는 성향이었다. 그럼에도 사랑은 위대했다. 계획대로만 살아가던 안토니오가 자신의 계획을 송두리째 바꿀 만큼. 그날 한식집에서 흘러나오던 로큰롤이 그녀가 가장 좋아하는 곡이었다는 이유 하나만으로, 슈만의 클래식 대신 그 정신 산란한 로큰롤을 즐겨 듣게 되었을 만큼.

건축 외의 생물에게 처음 느껴본 사랑이란 감정은 강렬했다. 그렇게 10개월의 연애는 뜨거웠고 또 황홀했다. 그 황홀경이 강렬했기에 망각했던 것이다. 변수는 어김없이 균열을 일으킨다는 것, 그리고 균열은 모든 것을 함락시키고 만다는 것을.

해가 바뀌고 프리츠커상 수상자 발표가 다가오던 때였다. 그것은 안토니오가 계획한 인생 설계의 큰 축이었다. 건축가로서 누릴 수 있는 최고의 영예였다. 세간의 시선들을 신경 써본 적 없던 안토니오가 세간의 평가를 고려하게 될 만큼 간절한 것이었다.

그러자 건축에 사심이 들어가기 시작했다. 일을 온전히 사랑할 수가 없었다. 결과물들에서도 여지없이 티가 나고 있었다. 젊은 천재 건축가에게 걸었던 기대만큼이나 평단은 냉혹했다. 난생처음 혹평이란 것을 받을수록 안토니오는 예민해졌다. 예민해질수록 평가를 신경 쓰게 됐고, 평가를 신경 쓸수록 건축가로서의 고유색이 퇴색했다. 그럴수록 평단의 비판은 더욱 날카로워졌다. 완벽한 줄로만 알았던 인생의 설계에 균열이 일고 있었다.

어디서부터 잘못된 것인지를 분석했다. 인생 설계를 끝없이 점검하며 보수가 필요한 골조를 파악하려 애썼다. 그럴수록 강박증과 신경증은 날이 갈수록 심해졌다. 보다 못한 그녀가 여행을 제안한 것도 그 때문이었을 것이다.

그녀는 자신의 고향이라는 충남의 어느 작은 해안 마을로 안토니오를 데려갔다. 그녀는 고즈넉한 언덕 위를 가리키며 저곳에 집을 짓고 사는 것이 꿈이라고 했다. 그리고 한적한 동네 어귀의 작은 성당에서 손을 잡고 말했다.

"결혼을 하게 된다면…… 여기였으면 좋겠다."

그녀가 손에 쥐여준 것은 프러포즈 목걸이였다. 다림줄 모양의 회중시계. 매 순간 촌각을 다투며 전쟁 같은 일상을 살아가는 건축가에게 뜻깊은 선물이었다.

그녀는 안토니오가 훌륭한 건축가 이전에 보살핌이 필요한 아이 같다며 웃었다. 그런 그녀는 이제 안토니오의 무구한 쉼터가 되어주고자 했다. 그녀는 언제나 그랬듯 사려 깊고 따뜻했다. 하나부터 열까지 맞지 않는 성향에도 그녀를 사랑할 수밖에 없던 이유였다.

그러나 안토니오는 그녀의 깜짝 프러포즈에서 깨달았다. 완벽했던 인생의 설계에 균열을 만든 결정적인 변수. 어디서부터 잘못된 걸까 수없이 고민해도 답을 찾을 수 없던 변수. '사랑'이었다.

여행을 다녀온 이후 안토니오는 그녀를 밀어내려 애썼다. 최대한 상처를 주기 위해 애썼다. 제 발로 떠나주기를 바랐다. 그녀를 밀어낼 명목은 애초에 깊게 생각하지 않아도 너무도 쉽게 알 수 있었다. 하나부터 열까지 맞지 않는 사람이었으니까.

"내일 록 페스티벌 갈까? 마침 라인업에 당신이 좋다고 했던 밴드……."

"나 일해야 돼. 그리고 난 록 싫어. 당신이 하도 그러니까 좋은 척한 거지. 사실 말이야, 저기 꽂혀 있는 LP판들만 봐도 술 취한 것처럼 머리가 몽롱해져서 돌아버릴 것 같아."

다가온 그녀의 생일은 함께 록 페스티벌에 가기로 약속했던 날이었다. 그러나 안토니오는 일방적으로 약속을 파기했다. 그녀가 사랑하는 로큰롤 음악에도 저주를 퍼부었다. 그럼에도 그녀는 안토니오를 이해했다. 약속 어기는 걸 세상 어떤 것보다 싫어하던 사람이었지만 실망한 내색조차 하지 않았다. 집 안의 LP판들을 전부 보이지 않는 곳으로 치워두고는 생일날 혼자 헤드셋으로 음악을 들으면서까지.

"이게 뭐야!!! 당신이 이거 치웠어!!!"

"어? 너무 어질러져 있길래……."

"왜 그렇게 전부 당신 멋대로야!!! 내가 건들지 말랬잖아!!!"

날을 새워 도면 작업을 하다가 책상에서 깜빡 잠이 들었던 날.

안토니오는 잠결에 그녀가 주변의 지저분한 것들을 정리하는 모습을 보고서도, 그녀가 정리해 준 것들이 하등 중요한 것들이 아니었음에도 그녀의 다정한 배려를 오지랖으로 매도하고 계획적으로 비난했다.

그럼에도 그녀는 안토니오를 이해했다. 지저분한 꼴을 세상 어떤 것보다 싫어하던 사람이지만 집 안이 쓰레기 더미가 될 지경에 이르러도 어떤 것도 손대지 않으면서까지. 그녀의 사랑은 위대했다. 안토니오가 아무리 발악해도 흠집조차 낼 수 없을 만큼 완벽한 성처럼 견고했다.

그러나 그날은 조금 달랐다.

"음식이 싱겁다고 몇 번을 말해? 당신 요리사가 맞긴 해?"

"전에는 맛있다고 잘만 먹어놓고는. 하도 스트레스 받으니까 다시 짠 게 땡기는……."

안토니오는 그녀의 말을 무시한 채 앞에 놓인 음식에 소금을 쳤다. 한 통을 들이부었다. 부엌에서 봉투째로 가져와 신경질적으로 들이부었다. 그녀는 처음으로 화를 냈다.

"야!!! 너 콜레스테롤 높아서 내가 이러는 거 아니야!!! 싱겁게 먹는 게 당신 건강에 좋다고!!!"

그녀는 화를 낸 게 아니었다. 그 와중에도 안토니오를 걱정하고 있었다. 안토니오는 원하던 반응이었음에도 슬퍼졌다. 마음이 약해졌다. 그래서 아무렇지 않은 척 더욱 패악을 부렸다.

"내가 뭘 먹든! 죽든! 살든! 당신 앞가림이나 잘해!"

"그래. 이제라도 내 앞가림 잘해야겠네."

그녀는 자리를 박차고 나갔다. 드디어 이별이었다. 모든 것이 제자리로 돌아온 것이다. 이제 다시 인생의 설계를 원상 복구 시키는 데 총력을 기울이면 되는 것이었다. 그렇게 믿고 싶었다.

하지만 얼마 뒤, 프리츠커상 수상자가 발표되고 나서야 안토니오는 깨달았다. 수상하지 못한 것에 대한 실망감은 하나도 없었다. 그런 자신을 위로하고 사랑해 주던 그녀가 없다는 사실만이 슬픔의 전부였다. 집에서 혼자 아무리 와인을 퍼부어 마셔도 해소되지 않는 슬픔이었다.

그러다가 그녀가 숨기듯 치워둔 로큰롤 LP판들을 발견했다. 밤새도록 그녀가 좋아하던 헤비메탈들을 하나도 빠짐없이 들었다. 그제야 깨달았다. 그녀에게 용서를 구하고 다시 청혼해야만 한다는 사실을. 그녀와의 사랑은 인생의 변수가 아니라 축복이었다는 사실을.

그날 이후 안토니오는 새로운 인생 설계를 세웠다. 그녀가 집을 짓고 살고 싶다던 충남의 언덕으로 향해, 그곳에 그녀와의 신혼집을 짓기 시작했다. 그녀는 깜짝 이벤트를 좋아했기에 작업은 몰래 진행됐다. 안토니오는 깜짝 이벤트를 싫어했지만, 그 과정은 단언컨대 인생에서 가장 행복한 작업이었다.

깜짝 선물은 거리에 크리스마스 캐럴이 울려 퍼질 무렵에 맞추어 완공됐다. 안토니오는 떨리는 마음을 감춘 채 그녀가 일하는 한식집으로 찾아갔다. 다시 만난 그녀는 퉁명스러웠고 역시나…… 따뜻했다. 그 따뜻한 눈빛을 보고 나서야 비로소 삶이 완벽해진 것 같았다.

안토니오는 그녀를 내일 저녁 충남의 그곳으로 초대했다. 그녀는 이미 뭔가를 알고 있단 눈치를 애써 감춰가며, 두서없는 제안을 선뜻 수락했다. 예상치 못한 곳에서 예상치 못한 선물과 함께 예상치 못한 청혼을 할 모든 계획이 설계대로 진행되고 있었다.

그렇게 하룻밤의 기다림은 설렜고, 또 황홀했다. 그 황홀경이 설레었기에 망각하고 말았다. 변수는 어김없이 균열을 일으킨다는 것, 그리고 균열은 모든 것을 함락시키고 만다는 것을.

그날 역시 변수로부터 하루가 시작되었다. 클라이언트가 급작스레 미팅을 지연했다. 때문에 안토니오는 시간을 지체하고 말았다. 계획보다 출발이 늦어지고 말았다. 모든 것은 예정에 없던 일이었다. 변수였다.

그날따라 또 폭설이 내렸다. 교통 체증이 심각했다. 조급한 나머지 안토니오는 항상 다니던 길 대신 서해안 고속도로 방향의 초행길로 운전대를 돌렸다. 변수였다. 그렇게 접촉 사고가 났다. 상대 차량은 살짝 스쳤음에도 온 가족이 온몸을 붙들며 기어 나왔다. 한 푼이라도 더 뜯어내기 위해 과실을 따져가며 물고 놓질 않았다. 변수였다.

평소였다면 그냥 무시하고 갔을 텐데, 급한 나머지 화를 내고 말았다. 지갑에 있는 수표를 몽땅 던져버렸다. 자존심이 상한 진상 차주가 안토니오의 멱살을 틀어쥐었다. 달려온 경찰차와 보험 차량으로 뒤엉킨 도로. 사방에서 울리는 클랙슨 소리. 변수였다. 가까스로 다시 차를 몰았을 때는 이미 약속한 시간에서 한 시간이나 지난 뒤였다. 그녀에게서는 어떠한 연락도 와 있지 않았다.

아무리 연락을 취해도 그녀는 받지 않았다. 설명할 수 없는 불길함에 액셀을 밟았다. 생전 않던 과속을 했다. 신호를 위반했다. 변수였다. 그러나 아무래도 상관없었다. 이대로 그녀를 떠나보낸다면 다신 만나지 못할 것만 같았으니까.

"*I'm on my way ~ I'm on my way ~ Home sweet home ~!!!*"

한적한 해안가의 언덕길에는 불빛 한 점 없었다. 그러나 어둠을 뚫고 도착한 신혼집 안에서는 익숙한 로큰롤이 흘러나오고 있었다. 그녀가 아직 있다. 그녀를 만날 수 있다. 안토니오는 뛸 듯이 기뻤다.

헐레벌떡 달려 들어온 저택 안은 어두컴컴했다. 어디서 툭 튀어나온 그녀가 장난스런 미소로 반겨줄 것만 같았다. 그녀는 깜짝 이벤트를 좋아하니까. 그러나 아무리 불러도 나타나지 않았다.

안토니오는 거실의 불을 켰다. 그리고 마주하고 말았다. 한 발만 잘못 뻗었어도 그대로 추락해 버렸을 만큼 수십 미터 아래로 함몰되어 버린 집 안의 풍경을.

싱크 홀. 변수였다. 전혀 예상도, 상상조차 하지 못한, 변수.

안토니오는 놀랄 틈도 없이 참혹한 광경 속을 헤집었다. 파편과 흙과 지하수로 뒤덮인 아래로, 그저 아래로, 미친 사람처럼 뛰어 내려갔다. 쓰레기 더미가 되어버린 자재들을 맨손으로 파헤쳤다. 그녀가 제발 여기 없기를. 기다리다가 지쳐 돌아갔기를. 아예 오지도 않았기를. 그런 생각만을 하며 드넓은 싱크 홀을 헤맸다. 그렇게 그녀를 발견하고 말았다.

"아, 아아, 아아아아아!!!"

그녀는 온몸이 더러운 지하수로 흠뻑 젖어 있었다. 상처투성이였다. 흙투성이였다. 싸늘하게 식어버린 그녀를 끌어안고 안토니오는 눈물조차 흘리지 못했다.

그곳은 주방이었다. 지하수가 터져 나오는 부근에서 깨진 식기들이 보였다. 흙에 뒤범벅이 된 갖가지 한식 요리들이 나뒹굴고 있었다. 그녀가 정성스레 준비했을 음식들. 그녀를 처음 만날 수 있게 해준 음식들. 그토록 그리웠던 그녀의 심심한 음식들.

안토니오는 실성한 사람처럼 그것들을 입에 쑤셔 넣었다. 단 하나도 버릴 수 없었다. 흙인지 음식인지 분간이 안 갈 만큼 엉망이 된 것들을 씹어 삼켰다. 그리고, 그제야 참았던 눈물이 터져 나왔다.

"왜…… 왜 이렇게 짜……."

그녀의 사랑은 위대했다. 안토니오가 아무리 발악해도 흠집조차 낼 수 없을 만큼 완벽한 성처럼 견고했다. 그러나 그녀의 완벽한 성을 함락시킨 적은 다름 아닌, 안토니오 자신이었다.

싱크 홀. 지하수에 의한 지반 침식. 그것은 자연재해였다. 그러나 안토니오에게만큼은 달랐다. 그것은 변수였다. 미리 대비하고 대처하지 못한 변수. 변수는 어김없이 균열을 일으켰다. 균열은 모든 것을 함락시켰다. 그녀를 위해 만들었던 신혼집을 그녀의 무덤으로 만들면서까지.

그날 이후, 젊은 천재 건축가는 소리 소문 없이 잠적했다. 건축은 고사하고 어떠한 일상도 살아갈 수 없었다. 집 밖으로 한 발자국도 나갈 수 없었다. 때론 집조차도 무너져 내릴 듯한 공황에 시달렸다. 세상 모든 것이 변수투성이였다. 언제 어디서 어떻게 꺼질지 모르는 이 땅이 두려웠다.

빨간 나비넥타이의 괴짜 박사를 만나지 못했다면 그대로 티끌이 되어 영원히 사라졌을 것이다. 그리고 어느 날, 박사가 현장 치료랍시고 충남의 한 성당에 데려가지 않았다면 평생 주님을 만나지 못했을 것이다. 그녀가 프러포즈를 했던 작은 성당. 그곳이 한없이 따스해 목 놓아 울 수 있었다. 그리고 깨달았다.

주님 품만이 이 세상에서 변수가 존재하지 않는 유일한 곳이라는 사실을. 그 따뜻한 품만이 그녀의 온기를 느낄 수 있는…… 유일한 곳이란 사실을.

⸸

"이곳은…… 수사님이 땅굴이라도 파신 겁니까?"

베드로는 거실 벽면을 손가락으로 툭툭 쳐가며 눈을 의심하듯 물었다. 다른 수사들은 내부 곳곳을 둘러보며 차마 어떤 말도 잇지 못했다.

면적 50제곱미터. 평수로는 15평 정도. 평범한 가정집처럼 인테리어를 했지만 실제로는 방공호 그 이상일 것이다. 필생의 모든 건축 기술을 동원해 세상에서 가장 안전한 곳으로 설계했으니까. 안토니오는 높다란 천장을 응시하며 대답했다.

"2년 전. 발견했습니다. 처음으로. 무덤이었습니다. 그때까진."

"무덤이요?!"

베드로는 놀라 펄쩍 뛰었고 요셉과 라자로 역시 섬뜩하다는 듯 안토니오를 바라봤다. 안토니오는 고개를 끄덕였다. 정말로 오랜 세월 무덤으로 쓰인 공간이었다.

에덴에서의 수도 생활은 안온했다. 주님 품 안에서 질서와 통제로 묶인 공동체. 그곳에 변수란 존재할 수 없었으니까. 2년 전, 이 지하 공간을 발견하기 전까지는 그랬다. 주방 아래 무덤이 있었다는 것은 예상치도 못한 변수였다. 불안했다. 두려웠다. 미리 대처하지 않으면 철옹성만 같던 에덴마저 무저갱으로 꺼져버릴 것 같았다. 싱크 홀처럼. 그 시절, 그때처럼.

그때부터 안토니오는 이곳을 세상에서 가장 안전한 공간으로 만들었다. 2년간의 침묵을 서원한 것도 작업 기간 내 변수를 최소화하기 위함이었다.

"그래서 이곳이…… 어떤 응답이 된 건가."

심란한 얼굴로 지켜만 보던 프란체스코가 입을 열었다. 그 말에 모두가 안토니오를 바라봤다. 안토니오도 그런 모두를 바라봤다. 주님께서 2년 전 내게 이곳을 발견시키신 이유. 내게 이곳을 세상에서 가장 안전한 곳으로 만들라 명하신 이유. 이곳이 완성됨과 동시에 에덴에 이런 환란이 찾아온 이유. 그리고 이 절체절명의 순간에 목소리를 허락하시고 묻어둔 기억까지 열람시키신 이유. 그 답은 하나였다.

"방주입니다. 에덴을 구원할. 2년간 저를 통해 예비하신…… 주님의 섭리입니다."

주님께서 타락한 세상을 물로써 심판하려 결심하셨을 때, 오직 노아만이 방주를 지었다. 사람들은 그를 손가락질했지만 결국 심판을 피해 살아남은 것은 노아와 그의 식솔들뿐이었다. 노아는 변수에 대비했다. 그 철저한 대비가 세상의 균열로부터 그를 구원받게 한 것이다.

"평안히 잠들 수 있도록, 장례를 치러드려야 합니다. 이곳에서. 영철 형제를."

수사들은 놀란 눈으로 그저 안토니오를 바라봤다. 안토니오는 혼란스러워 보이는 수사들 너머로 자그마한 부엌을 바라봤다. 뒷모습을 바라봤다. 요리 중인 그녀의 뒷모습을.

"*I'm on my way ~ I'm on my way ~ Home sweet home ~!!!*"

어디선가 그녀가 가장 좋아한 노래가 들려온다. 그녀는 그제야 뒤를 돌아 안토니오를 향해 고개를 끄덕였다. 세상에서 가장 따뜻한 미소와 함께. 그 미소가 한없이 따스했기에, 안토니오도 작게나마 웃을 수 있었다.

12. 의심

"절대 안 됩니다! 이젠 하다 하다 영철 형제를 암매장하잔 말씀입니까!"

베드로는 자기도 모르게 의자를 박차며 고함을 쳐버리고 말았다. 덕분에 식당 테이블에 둥그렇게 모여 앉은 수사들은 감전당한 미꾸라지처럼 화들짝 퍼덕였다. 유독 놀란 라자로는 머쓱한 듯 짜증을 부렸다.

"거, 정말! 암매장이라니요! 우리가 산 사람을 묻길 합니까, 땅을 파서 묻길 합니까! 가만 보면 베드로 수사님은 왜 자꾸 섬뜩한 말만 골라 하십니까?"

"꼭 파묻어야 매장입니까? 아무도 못 찾는 데 방치하자는 것이 매장이지 뭡니까 그럼!"

"방치가 아니라 일단 장례부터 치러드려야 할 것 아닙니까. 이 주사 의심까지 사게 된 마당에 그럼 다른 수가 있으십니까? 지금 우리가 이러는 동안에도 시간은 계속 흐르고 있습니다!"

라자로! 자네는 요단강에 빠져도 그놈의 조동아리를 구명조끼 삼아 살아남을 걸세! 베드로는 순간 이렇게 내지를 뻔한 것을 가까스로 삼켰다. 라자로는 쉴 새 없이 쫑알거렸다.

"여기까지 온 이상 방법이 없잖습니까. 우리까지 이대로 손 놓고 있으면 말입니다. 불쌍한 형제님은 변변한 장례도 못 치릅니다. 그럼 영면하시고서도 주님 곁으로 못 가지 않겠습니까. 우선 우리가 맡은 사명대로 영철 형제의 장례미사부터 치르면! 주님께서 어련히 알아서 우리한테도 적절한 때를 주시지 않겠습니까!"

"사명이요! 그래요! 그게 진짜 사명이라면 저 밖에 유가족이 버젓이 있는데 왜 우리끼리 몰래 해야 하느냐 이 말입니다! 그것도 저 음침한 골짜기에서! 죄인처럼요!"

"예비된 방주입니다. 음침한 골짜기가 아니라."

안토니오! 자네는 대체 어딜 보고 말하는 건가! 말투는 또 왜 그렇게 딱딱하냔 말일세! 안토니오는 시종일관 허공에 휑뎅그렁한 시선을 던지며 중얼중얼댔다. 말문이 트이면서 정신도 이상해진 것이 분명했다. 하기야 온전한 정신이면 수도원 지하에 저런 말도 안 되는 공간을 만들지도 않았겠지만!

"원래 무덤으로 쓰던 곳이었다면서요! 그럼 그게 음침한 골짜기지 뭡니까! 원래가 무덤이었으니 형제의 무덤으로 쓰자는 것이 그게 말이나 됩니까?! 저는 듣기만 해도 소름이 돋습니다!"

"그럼 다른 마땅한 빈소가 있으십니까? 반평생을 살아온 우리도 몰랐던 공간이 하필 이 시점에 떡하니 생겼는데 놀라운 일 아닙니까. 그리고 막말로 저 지하 공간이 무덤이면 어때서요! 요즘 세상에 저런 호화스런 무덤이 어디 있습니까? 같이 보셨잖아요? 솔직히 우리가 사는 공간보다도 쾌적하다면 쾌적하지 않습니까?"

입에 담기도 섬뜩한 궤변이다! 베드로는 번번이 태클을 거는 라자로의 저 궤변에 넌덜머리가 났지만, 다른 수사들은 똥 마려운 미카엘처럼 끄응끄응거릴 뿐 아무 말도 없었다. 베드로는 그 점이 더욱 열불 났다. 또 나만! 나만 훼방꾼 역할이란 말인가!

"그럼 아주 들어가서 같이 사시지 그럽니까?!"

"베드로! 그걸 지금 말씀이라고 하십니까?!"

"우리 사는 데보다도 좋으시다면서요! 호화스러운 곳 놔두고 뭣 하러 이리 누추하게 사십니까!"

"소리 낮추세요. 누가 듣습니다. 어디서."

"수사님은 도대체가 왜 그렇게 어색하게 말씀하십니까! 그리고 자꾸 어딜 보십니까! 혼이라도 보시는 겁니까?!"

"조용히 말씀하란 말 못 들으셨습니까! 누가 들으면 어쩌시려고 정말!"

"제가 왜 조용히 해야 합니까! 듣긴 누가 듣는다고요!"

"밖의 자매님이지 누구긴 누굽니까!"

"제발! 제발 그만들 하십쇼!"

안절부절 듣고만 있던 요셉이 부부 싸움에 진저리가 난 사춘기 청소년처럼 외쳤다.

"안토니오 수사님 말씀이 맞습니다! 아무래도 주님께서 주신 말씀처럼…… 선악과를 따 먹은 우리가 이렇게 멸망의 길로 들어가는 것만 같아 더는 못 보겠습니다!"

크흐흑, 요셉! 이 어린 수사가 우리 모두보다 낫다! 부원장 수사씩이나 돼서 역정을 내며 분규를 일으키다니 부끄럽도다! 베드로는 요셉의 결연한 외침에 울컥 눈물이 차올랐다. 요셉은 형형한 낯빛으로 말을 이었다.

"그 말씀 뒷부분을 다들 아시지요. 언약을 어기고 선악과를 먹은 아담과 하와는 결국 벌거벗은 자신들 모습에 부끄러움의 눈을 뜨지요. 그래서 하느님께선 가죽옷을 지어 입히시고, 아담과 하와는 평생 죄를 뉘우치며 살게 됩니다! ……제가 수사님들의 가죽옷이 되겠습니다! 그러니 그 선악과를 제게 주십시오!"

"선악과요? 로또를 달란 말입니까? 뭘 어쩌시려고요?"

라자로는 적잖이 당황한 모습으로 요셉의 눈치를 살폈다.

"그거라도 속히 자매님께 전달해야 합니다. 남편분이 남기고 떠나셨다고 제가 말씀드리겠습니다!"

"자매님이 형제의 아내인 것은 확신하십니까?"

"확신합니다. 제가 똑똑히 봤습니다. 주님께서 아십니다!"

"그럼 전달한 그 이후는요. 저희가 의심받지 않을 뾰족한 방편이 있으십니까."

"제가 순간 탐했다고 말씀드리겠습니다. 수사님들께선 철없는 저를 옹호해 주시려다가 말씀드릴 시기를 놓친 것뿐이라고요. 처음부터 이랬어야 했습니다. 형제님께 처음 로또를 전달 받은 것도 저고, 그 유혹에 처음 흔들린 것도 저였으니까요!"

주여! 그야말로 순수한 믿음이로다! 베드로는 기어코 흐르는 눈물 한 방울을 남몰래 훔쳤다. 감복의 뜨거운 마음을 담아 옆에 있는 요셉의 손을 덥석 잡았다. 요셉도 그런 베드로를 뜨겁게 바라보며 고개를 끄덕였다. 그러나 잠시 말문이 막힌 듯 보였던 라자로는 요셉을 빤히 살피다 이내 발끈했다.

"요셉! 수사님은 지금 자매님을 마음에 품고 계시기에 이러시는 것 아닙니까!"

"예?! 아, 아닙니다! 제, 제, 제가 어찌!"

"무서운 변수입니다. 사랑은. 불가능합니다. 통제가."

"안토니오 수사님까지 왜 그러십니까!"

"주님 앞에서 거짓된 입술은 그만 거두시지요! 대체 어쩌시려고 중심까지 흔들리신 겁니까!"

"아닙니다! 저, 저는 그저! 수빈 씨가 안쓰러운 마음에!"

"주여! 수빈 씨요?! 여인에 이어서 이젠 수빈 씨라고요!"

뭣이! 정녕 그 마음이 사실이란 말인가! 베드로는 요셉의 손을 슬그머니 놓을 수밖에 없었다. 하지만 그의 마음이 어찌 됐든 이렇게 또 휘말려선 안 된다. 이제 부원장 수사로서 식구들이 그릇된 길로 향하는 것을 막기 위해 어퍼컷이 필요한 시점이었다.

"라자로! 부고를 유가족에게 알리고 유품을 전달하는 것이 뭐가 그리 못마땅하십니까! 그 복권을 사용하기 위해 이러시는 거 모를 줄 아십니까! 거짓된 입술은 수사님이잖습니까!"

라자로는 꿀 먹은 벙어리처럼 말이 없어졌다. 적중한 것이로군! 베드로는 보란 듯이 팔짱을 끼며 그를 노려봤다. 숨만 씩씩 내쉬던 라자로는 품 안의 복권을 식탁에 턱 하니 내려놓았다.

"그래요. 맞습니다! 이 로또를 사용하기 위해 이러는 겁니다!"

주여! 이제야 본색을 드러내는 것인가! 베드로는 라자로의 당당함에 오히려 맥이 풀렸다.

"옳게 사용하기 위해…… 이러는 겁니다. 그게 주님의 뜻이셨단 생각 안 드십니까?"

저건 또 무슨 헛소리인가! 또 그럴싸한 말로 설득하려고! 베드로는 불꽃같은 눈동자로 라자로를 쏘아봤다. 그러나 그는 휙 하니 시선을 돌려 요셉을 바라봤다.

"아까 자매님이 사채업자들에게 쫓기고 계신다 하셨지요?"

"아주 질적으로 안 좋은 형제들입니다! 저도 잡혔으면 지금 이 자리에 없었을지 모릅니다!"

"빚이 2억이라 하셨지요?"

"이자를 말도 안 되게 불렸다고 하셨어요! 사기 각서까지 쓰게 하고요! 이 사탄의 족속들 같으니라고!"

"그걸 어찌 믿습니까?"

"……예?!"

"대부업이란 본디 빌려준 자가 곧 법입니다. 각서까지 썼다면 말할 것도 없지요. 게다가 물 건너 제주까지 쫓아온 자들이라면…… 그 집요한 자들이 빚 2억만 고스란히 받고 떠나리란 보장이 있느냐 이 말입니다. 처음 만난 성직자까지 해를 입히려던 자들이라면 더더욱이요."

"예?! 그건……."

"만일 자매님 수중에 60억 원이 있다는 걸 알게 되면…… 그들이 어떤 수를 써서 자매님을 겁박할지 우리 같은 사람들은 상상도 못 할 만큼 세상이 악합니다. 아직도 모르시겠습니까?"

아직도 모르겠다! 대체 또 무슨 꿍꿍이인가! 의아해하는 수사들 사이로 잠깐의 침묵이 흐르자 라자로는 대단히 거룩해진 얼굴로 주절거렸다.

"영철 형제는 우리에게 헌금을 함으로써…… 그 로또를 에덴에 위탁한 겁니다. 형제가 이걸 의도하고 그랬을 리는 없겠지요. 허나 주님께선 이 모든 것을 아셨던 겁니다! 오늘 처음 만난 자매님이 사채업자에게 시달리고 있다는 사실을 우리가 알게 된 것조차 오묘한 일 아닙니까? 그래서 우리에게 영철 형제의 신원과 그의 로또를 맡기신 거 아니겠습니까! 형제의 뜻대로 옳게! 안전하게 사용하라고!"

참혹하다! 자네는 정녕 뱀이라도 되어버린 건가! 왜인지 라자로의 혓바닥은 날름날름 현란해 보이기까지 했다. 베드로는 속에서 열불이 끓어 돌아버릴 지경이었다.

"영철 형제는 어느 하나 믿을 사람 없는 인생을 사셨다고 했습니다. 그런 그가 홀로 남은 아내에게 위험이 될지 모르는 큰돈을 남기고 떠났습니다. 세상에서 가장 청렴한 사람들이 모인 수도원에 말입니다. 의미하는 바가 뚜렷하지 않습니까? 우리만큼 안전하게 수빈 자매의 빚을 갚아줄 사람들이 있습니까?"

"그런 뜻이 있는 줄은 상상도 못 했습니다……."

"측량이 불가합니다. 주님의 설계는. 변수가 없으십니다. 오직 그분만이."

그러나 요셉과 안토니오는 라자로의 저 궤변에 슬슬 수긍하는 것 같았다. 베드로는 참다 참다 식탁을 쾅 내리쳤다.

"라자로! 정신 차리십시오! 정도가 지나치십니다!"

"베드로 수사님, 제 정신은 그 어느 때보다 맑습니다. 영철 형제가 온 뒤로부터 지금까지 만 하루도 채 안 됐습니다! 그 짧은 시간 동안 일어난 이 많은 일들을 보십시오! 수사님은 이게 지금…… 그저 우연의 일치라고 보이십니까?"

내가 또 넘어갈 줄 알고! 베드로는 입이 바짝바짝 타 들어가 연신 물만 들이켰다. 뭐라 대꾸할 말을 떠올리기에는 머리가 너무 복잡해 터질 것 같았다. 그때였다.

"그럼…… 자네는 뭐라고 생각하는가. 오늘 우리에게 닥친 일련의 과정들이."

내내 눈을 감고 묵상하던 프란체스코가 나지막이 물었다. 하루새 프란체스코의 안색은 몰라보게 수척해져 있었다. 모르는 사람이 봤다면 오랜 세월 투병 중인 노인처럼 보였을 것 같았다. 라자로는 잠시 눈을 감더니 이내 대답했다.

"처음에 영철 형제가 그렇게 되셨을 때는 큰일이 났다고 생각했습니다. 하필이면 왜 에덴에서 이런 일이 일어나야만 했는지 솔직히 주님을 원망도 했습니다. 그런데 이제 와 하나하나 곱씹어 보니 아니었습니다. 하필 왜 에덴에서 이런 일이 일어난 것이 아니라……"

"에덴에 일어나야만 했던 일이다. 자네는 그런 응답을 받은 거로군."

"그렇습니다. 이건 주님께서 우리에게 지우신…… 사명입니다."

 청산유수도 저런 청산유수가 없다! 베드로는 자기도 모르게 설득되고 있었다. 심지어 라자로가 마지막 멘트와 함께 눈물 한 방울까지 짜낼 때는 같이 울 뻔한 것을 가까스로 참았다. 저 조동아리에 번번이 제대로 대꾸하지 못하는 무식함이 한스러웠다. 그러나 확실한 것은 라자로의 말이 영 틀리지만은 않다는 사실이었다.
 아니나 다를까 다들 숙연해 보였다. 또다시 모두가 이미 한마음이 된 것 같았다. 베드로 자신만 빼고. 그렇기에 더 이상 어떤 말도 꺼낼 수 없었다. 꺼내선 안 되는 것이었다. 식구들의 결단을 전심으로 지지하는 것, 그것이 부원장 수사로서의 사명이니까.

🕯

 수빈은 좁아터진 방안에 앉아 선풍기만 물끄러미 바라봤다. 탈탈, 탈탈탈. 빌어먹을 고물 선풍기는 강풍 같지도 않은 강풍을 쏘는 주제에 해체 직전의 소리를 내며 진동했다.
 이상해. 아무리 봐도 이상해. 고작 반나절의 시간 동안 이상한 일들만 일어났다. 이렇게 몰아서 생기래도 생기기 힘들 만큼 수상한 일투성이였다. 수빈은 조금 전의 일을 떠올렸다.
 "저기요!"
 "훠이, 훠! 뭐죠?"
 2026년에 말을 타고 산속을 활보하는 까탈스럽게 생긴 시청 공무원. 그가 말을 세우고 수빈을 돌아봤다. 수빈은 현대판 카우 보이를 따라잡으려 헐레벌떡 뛰어오느라 가빠진 숨을 골랐다.

"저분들이 자전거 불법 투기를 했다고 하셨죠? 확실해요?"

"제가 여행객에게 답해드릴 의무도 없는 거 아닙니까?"

쫌생이 같은 놈. 아까 내가 한 말을 고대로 돌려주는구나. 역시 사람의 인상에 대한 수빈의 직감은 틀린 적이 없었다. 그러나 알아야만 했다. 계속 드는 불길한 의심을 이제는 확인할 필요가 있었다. 수빈은 발길을 돌리는 공무원을 향해 외쳤다.

"그거요! 혹시 핑크색 자전거예요?"

공무원은 안색이 바뀌어 수빈을 돌아봤다. 그는 무테안경을 고쳐 쓰며 수빈을 물끄러미 내려다봤다. 수빈은 그의 눈을 유심히 바라봤다. 덤덤한 척 일부러 내 쪽으로 시선을 고정하고 있지만 차마 마주치진 못하고 미세하게 흔들리는 동공. 역시 맞구나…… 영철이 자전거. 의심의 조각들이 조금씩 조립되는 것 같았다. 때마침 공무원이 입을 열었다.

"그쪽 겁니까?"

"남편 거요."

"남편분은 지금 어디 계십니까?"

"산 기도 갔대요."

"그걸 아내분은 모르셨습니까?"

"제가 좀 늦게 왔거든요. 사정이 있어서."

"그런데 갑자기 다 답해주시는 이유가 뭡니까. 시청 공무원한테."

예리한 놈, 역시 보통은 아니다. 저 얼빵한 수사들이랑은 인터

페이스 자체가 다르다. 수빈은 공무원을 향해 속상한 표정을 지어 보였다.

"남편이 아끼던 거라서요. 찾았으면 하는데."

"허, 저 사람들이 남편분 자전거를 절벽 아래로 던졌습니다. 목격자도 있어요. 남편분 돌아오시면 여기로 연락 한번 주시죠."

공무원은 셔츠 주머니에서 명함 하나를 꺼내 건넸다. 수빈은 그의 표정과 손길에서 경계가 완전히 해제되었음을 직감했다. 왜인지는 모르겠지만 죽도록 잡고 싶은 용의자의 범행 단서를 예상치 못한 곳에서 발견한 형사 같은 뉘앙스였다.

"네. 그럴게요."

수빈이 대답하자 그는 다시 말을 몰고 유유히 산길을 내려갔다. 수빈은 그가 건넨 명함을 바라봤다.

탈탈탈— 탈탈탈탈탈—!

'제주시청 도시건설국 건축과 건축행정팀 차관. 이범준'. 수빈은 지랄 발광하는 선풍기 앞에 명함을 툭 하니 내려놓았다. 차관이면 몇 급 공무원인 거야. 정확히 알 수는 없었지만, 기껏해야 30대 중후반쯤으로 보이는 사람의 직급치고 높은 것은 분명해 보였다.

"남편분 돌아오시면 연락 달라……."

수빈은 범준의 말을 혼자 읊조려 봤다. 확실히 공범이 할 만한 멘트는 아니었다. 오히려 범준이라는 남자는 수사들에게 상당한 적개심을 가진 사람 같았다. 짧은 순간이었지만 성당에서 서로 대치하던 모양새나 명함을 건네던 순간의 분위기로 보아 분명했다.

적의 적은 동료라고 했던가. 누가 한 말인지 몰라도 정말 인간사를 기가 막히게 펜 사람이다. 그런 의미에서 최악의 상황에 범준은 든든한 우군이 될지도 몰랐다. 최악의 상황. 뭐가 최악일까. 내가 생각하는 최악의 상황이 뭘까. 수빈은 이미 본능적으로 그 답을 알고 있었다. 차마 이성적으로 믿고 싶지 않을 뿐이었다.

수빈은 핸드폰으로 커플 위치 추적 어플을 켰다. 역시 아직도다. 군복을 입은 더벅머리, 환하게 웃고 있는 영철의 아이콘이 여전히 이곳 에덴을 가리키고 있었다. 영철을 찾으러 오기 전부터 지금까지 줄곧 이곳의 반경 2킬로미터 어딘가에 머물러 있는 것이다. 그런데 요셉은 영철이 산 기도를 갔다는 거짓말을 했다. 심지어 나머지 수사들은 거기에 맞장구를 치는 것도 모자라, 자신이 요셉과 자리를 비운 사이 영철의 자전거까지 처리했다. 왜? 믿고 싶진 않지만, 그 답은 역시 하나다.

"너 정말…… 저 인간들한테 당하기라도 한 거야?"

수빈은 핸드폰 속 영철의 아이콘에 대고 혼잣말을 했다. 이럴 줄 알았으면 자녀 안심 어플로 깔아둘걸. 그럼 반경 500미터까지 알 수 있었을 텐데. 같잖은 후회만 들었다. 애타는 사람 속도 모르고 화면 속 영철은 환하게 웃으며 깜빡거렸다. 같이 찍은 사진이라고는 어떻게 이거 하나밖에 없냐. 그 어벙한 웃음을 보고 있자니 부질없는 옛날 생각만 떠올랐다. 이 사진을 찍었던 날, 영철이를 처음 만났던 날.

밴드를 탈퇴하고 공무원 시험 재수할 때니까 스물넷. 그해 시험까지 떨어지고 빌어먹을 삼수를 해야 하나 말아야 하나 고민하던 때니까 여름에서 가을 넘어갈 즈음이었나. 수빈은 아디다스 트레이닝복 차림에 삼선 슬리퍼를 찍찍 끌고 개미굴 같은 고시원에서 기어 나와, 포장마차 컵밥을 먹으며 별생각 없이 맞은편 노량진역을 보고 있었다.

심히 톤 다운된 무채색 정경. 골목골목을 누비는 수험생들의 영혼 없는 걸음들. 늘 보던 멜랑꼴리한 분위기였다. 그러나 그날은 웬일로 그 우중충한 회색 도시에 생동감이란 게 느껴졌다. 노량진역 1번 출구 앞에서 웬 인디밴드 하나가 버스킹을 하고 있었다.

수빈은 컵밥을 든 채로 길을 건너 밴드를 둘러싼 인파 사이에 섰다. 별 뜻은 없었다. 그냥 위화감에 이끌린 좀비들 중 하나일 뿐이었다. 거기서 노래를 부르게 될 줄 알았다면 절대로 가지 않았을 것이다. 밴드 보컬이란 놈이 이벤트랍시고 구경꾼들에게 마이크를 넘기는 쇼를 펼쳤다. 하필 눈에 띄게 혼자 컵밥을 먹고 있다가 타깃이 될 줄 알았으면 컵밥 따위 백번이고 버렸을 것이다.

노래는 고사하고 2년 만에 처음 잡는 기타였다. 당장 생각나는 노래가 없어 그 당시 즐겨 듣던 노래 하나를 대충 골랐다. 라디오헤드의 〈Creep〉. 극한의 자조와 자기혐오가 담긴 노래인 줄도 모르는지, 거기 있던 대부분은 선곡만으로도 환호성을 지르고 난리였다.

"But I'm a creep ~ I'm a weirdo ~ What the hell am I doing

here ~ I don't belong here ~."

그렇게 극한의 자조와 자기혐오를 담아 노래를 불렀다. 몇몇 무리가 에바와 참치들 보컬 아니냐는 등 알아볼 줄 알았다면 그렇게 호소력 있게 부르지도 않았을 것이다. 알아봐 주는 건 땡큐지만 좋게 기억된 이미지가 아닐 테니 수군거리는 것도 당연했다. 그러나 오수빈이 그런 수군거림 앞에서 얼굴 붉히는 머저리가 아닌 것도 당연했다.

수빈은 밴드 세션의 반주를 보기 좋게 무시하고 헤비메탈을 선보였다. 그로울링, 스크리밍 등 온갖 록의 정수들을 좀비들에게 똑똑히 보여줬다. 충격 받은 좀비들의 모습은 액자에 걸어두고 싶을 만큼 가관이었다. 그러다가 그 인파 속에서 위화감이 드는 한 놈을 발견하고 말았다.

혼자 군복을 입고 있기도 했지만, 우뚝 선 영철은 기겁하는 사람들 사이에서 혼자만 울고 있었다. 눈가에 고인 눈물을 훔쳐가며 그렇게 감동받은 얼굴로 헤비메탈을 감상하는 놈은 난생처음이었다.

별 이상한 놈 다 있네. 그런 생각을 하며 서둘러 그곳을 빠져나왔는데 그 이상한 놈은 그보다 더 서둘러 달려왔다. 그러더니 대뜸 꼬깃꼬깃한 5만 원을 건넸다. 꽁돈이야 땡큐지만 군바리 삥 뜯기도 그래서 거절하고 가는데도, 영철은 쭈뼛쭈뼛 쫓아와 받아달라 사정을 했다.

"저, 그게…… 이런 노래를 공짜로 듣는 게 죄송할 정도로…… 정말 감동받아서 그런데……."

"그럼 그걸로 술이나 한잔 사세요."

수빈은 그렇게 퉁치기로 마음먹었다. 이성적 호감이야 말할 것도 없었고, 감동받았다는 말 따위에 기분 좋아서도 아니었다. 이제 막 제대한 군인의 쇼핑백에 번개탄이 들어 있는 걸 보니 어처구니가 없었을 뿐이었다.

2000원짜리 노가리를 하나 두고 소맥으로 배를 채울 때까지 영철은 아무 말이 없었다. 정확히는 무슨 말을 해야 할지 모르는 얼굴로 안절부절못하며 호프집 구석에 처박힌 TV만 바라봤다. 로또 추첨 방송이었다. 수빈은 어이가 없었다.

"저런 거 사요?"

"예?! 예…… 아니, 저, 그…… 죄송합니다."

"꺼내봐요, 그럼. 맞춰보게."

영철은 군복 앞주머니에서 우물쭈물 로또 한 장을 꺼냈다. 1, 3, 5, 7, 9, 11 수빈은 그 어처구니없는 로또를 처음 봤을 때 빵 터지고 말았다. 어벙한 군인다운 번호처럼 느껴진 것도 웃겼지만, 쇼핑백에 번개탄을 들고 다니는 놈이 로또를 샀다는 게 제일 어이없었다. 그래서 저도 모르게 한참을 웃었다. 영철은 영문도 모르면서 따라 웃었다.

"근데…… 노래를 참 잘하세요."

영철이 말다운 말을 꺼낸 건 그게 처음이었다. 길거리에서 갑자기 다가와 "인상이 참 좋으세요" 하는 사람들을 보는 것 같았지만, 같이 좀 웃었더니 나름 편해진 투였다.

"그…… 가수신가 봐요?"

"아뇨. 딱 보면 몰라요? 공시생이지."

"아, 죄송합니다! 근데…… 아까 사람들이 많이 알아보는 거 같던데……."

"가수로 알아본 건 아닐걸요."

"예? 그럼……."

어벙함의 전염력은 생각보다 엄청났다. 수빈이 생판 처음 만난 사람한테 술기운을 핑계로 이런저런 자기 얘기를 늘어놓았을 정도로.

수빈은 2년 전 밴드를 탈퇴하기 직전까지 자신과 관련해 쓰인 인터넷 기사 몇 개를 핸드폰으로 검색해 보여줬다. 대충 '대국민 오디션 스타 팝 K에서 화제를 불러일으킨 밴드 에바와 참치들의 메인 보컬 에바가 사실은 학창 시절에 학교 폭력을 일삼던 인간 쓰레기였다'라는 기사들이었다. 무고함과 결백함, 억울함 따위를 어필했던 내용은 당연히 찾아볼 수 없었다.

영철은 꽤 심각한 얼굴로 그저 보고 듣기만 했다. 생전 처음 만난 여자의 히스토리를 심각하게 듣고 있는 남자. 수빈은 알딸딸하게 취해갈수록 그 어이없는 자리가 자꾸 웃겼다. 그래서 별 뜻 없이 물을 수 있었다.

"그쪽이 봐도 제가 학폭이나 하는 일진으로 보여요?"

영철은 취기가 올라 살짝 흐릿해진 눈으로 물끄러미 수빈을 바라봤다.

"어…… 그게…… 솔직히 말씀드려야 되는 건지……."

"참나. 그게 솔직히 말한 거지 뭐예요?"

"죄송합니다! 정말 죄송합니다!"

"아, 진짜! 뭘 또 죄송해! 진짜 그런 쓰레기로 보인다는 거야, 뭐야! 아휴, 됐다. 내가 미쳤지……."

"아, 그게 아니라! 저! 사실이 아니다 하셨는데! 제 생각이…… 뭐가 중요한가…… 싶어가지고……."

생전 처음 만난 남자의 하나 마나 한 얘기였다. 그렇다고 뭘 기대하고 말한 것도 절대 아니었다. 그런데도 쇼핑백에 번개탄을 들고 다니면서 로또를 사는 어벙한 군인의 말이라 그랬는지, 어이없지만 아주 조금은 위로가 됐다.

"중요해요. 그 생각들이 모여서 사실이 되니까."

"예? 그게 어떤 말씀인지 잘…… 죄송합니다……."

"아, 그만 좀 죄송해요. 거기 나한테 뭐 뜯기고 터지고 했다고 제보한 인간들요. 실제로는 나랑 만나본 적도 없는 인간들이에요."

"어…… 근데 왜…… 그런 거짓말들을……."

"알 게 뭐야. 그냥 간접흡연 같은 거예요. 지들 눈에 뭣 같은 사람 하나 불붙여서 신나게 태워놓고 그 연기는 내가 다 마시는 거지. 그럼 다른 인간들은 내가 피운 줄 안단 말이죠. 냄새가 나니까. 그럼 또 내가 해명해야 돼, 내가 하지도 않은 일을. 난 그런 거 적성에 안 맞아요."

"그래도 억울하잖아요……. 솔직히 밝히면 어떻게든……."

"세상이 그렇게 만만했으면 내가 이 얼굴로 2000원짜리 노가리나 뜯고 있겠어요?"

그렇게 말은 했지만, 수빈은 2000원짜리 노가리를 하나 두고 나머지 4만8000원어치를 소맥으로 채울 때까지 영철과 신나게 수다를 떨었다.

"저…… 아까 말씀 못 드린 게 있는데…… 에바 님…… 나쁜 양아치로…… 안 보였어요. 저는요."

혀가 꼬부라질 즈음 영철은 한껏 뜸을 들이다, 대뜸 그런 말을 했다.

"그럼 내일도 한잔하던가요. 내가 살 테니까."

그런 말을 듣자 수빈도 대뜸 이런 말이 나왔다. 영철의 옆자리에 놓인 쇼핑백을 바라보면서. 별 뜻은 없었다. 그저 처음 봤을 때부터 내일이 있는 놈인지가 궁금했을 뿐이었다.

영철은 수빈의 시선을 느꼈는지 참 일찍도 자기 쇼핑백을 의식하며 감췄다. 그리고 한참을 머뭇대다 참 일찍도 고개를 끄덕여 보였다.

수빈은 진심으로 머뭇거렸던 영철의 모습이 어이가 없었다. 그래서 소맥을 더 시켜버렸다. 영철은 그 와중에도 5만 원이 전 재산이라며 곤란해했다. 수빈은 이것이 5만 원짜리 만남이었다는 게 불현듯 어처구니가 없어 웃음만 나왔다. 그러다가 테이블에 붙은 호프집 이벤트 하나가 눈에 띄었다. '커플 인증샷을 SNS에 올리면 소맥 세트 공짜'. 수빈은 그렇게 생전 처음 만난 사람과 커플 인증샷을 찍었다. 군복을 입은 영철은 환히 웃고 있었고, 그런 그에게 헤드록을 거는 자신도 활짝 웃고 있었다. 그날 이후로 진짜 커플이 될 줄 알았다면 적어도 그렇게 어벙하게 웃지는 않았

더 게스트

을 것이다.

🕯

 수빈은 별관 밖으로 나가 나무 그늘 아래 섰다. 찌는 듯한 더위였지만 오히려 방 안보다 시원하게 느껴졌다. 현관문이 굳게 닫힌 본관은 어딘지 고요해 보였다. 수빈은 모로 누운 본관 창문가를 바라보며 아까 사 온 한라산 한 갑을 꺼냈다.
 영철이 살았는지 죽었는지조차 의심스러운 상황이었다. 그러나 확실한 건 영철이 여기 어딘가에 있다는 사실이었다. 2킬로미터 반경이라 해봤자 수도원 안이다. 이제는 어떻게든 직접 발로 뛰어 찾는 수밖에 없다. 수빈은 담배 한 개비를 꺼내 불을 붙였다.
 컥! 커헉! 와, 뒤지게 맛없다. 한라산에서 나는 각종 한약재를 넣고 푹 고기라도 한 듯한 한방 삼계탕 맛이었다. 수빈은 필 엄두도 나지 않는 담배를 그냥 버리기도 아까워 흙바닥에 거꾸로 꽂았다. 담배는 바람결을 따라 혐오스러운 한약재 냄새를 풍기며 천천히 타 들어갔다. 어딘지 향을 피운 모양새였다.
 그 꼴을 보고 있자니 왜 영철이가 생각나는지……. 극단적 선택을 하려던 놈과의 연애라는 극단적 선택을 해버린 년의 최후 같아, 수빈은 그놈도 이년도 싸잡아 불쌍해져 갑자기 눈물이라도 날 것 같았다.
 그때였다. 저만치 본관 창가로 줄지어 가는 수사들의 모습이

비쳤다. 수빈은 반사적으로 나무 뒤에 몸을 숨겨 고개만 내밀었다. 성당에서 나온 수사들은 창밖을 두리번거리며 어기적어기적 복도를 걸어갔다. 뭔가를 낑낑대며 들고 가는 모습 같았다. 수빈은 그들의 우스꽝스러운 동태를 유심히 바라보다가 이내 그 뭔가가 무엇인지 본능적으로 깨달았다.

관이다. 아까 성당 안에 있던 관.

어쩐지 이상했다. 까탈스러운 공무원이 그렇게까지 막무가내로 열어보려 했던 것. 침묵 중이라던 까까머리 수사까지 나서서 발작에 가까운 저항을 해가며 막으려 했던 것. 과정이 거기까지 도달하자 결론은 쉽게 도출됐다.

저 관에…… 영철이가 있다. 수빈은 온몸에 소름이 돋아 한 발자국도 움직일 수 없었다. 왜 진작 알아채지 못했을까. 혼란 속에서 자책감만 들었다. 하지만 자책은 나중 일이었다. 어느새 복도 맨 끝자락에 도달한 수사들이 시야에서 사라지고 있었다.

수빈은 사주경계를 해가며 살금살금 복도를 걸었다. 다행히 식당 문은 빼꼼 열려 있었다. 분명 수사들은 저기로 들어갔다. 수빈은 숨을 고르며 열린 문틈 새로 식당 안을 재빨리 스캔했다. 안에는 아무도 없었다. 대신 웅성웅성하는 소리가 어렴풋이 새어 나왔다. 수빈은 소리가 나는 쪽으로 발소리를 죽여 다가갔다. 왜 피해자인 내가 도둑년처럼 이래야 하는지 잠깐 억울하기도 했지만 하는 수 없었다. 상대는 추정컨대…… 5인조 범죄 집단이니까.

어수선한 소리는 주방에서 나고 있었다. 수빈은 굳게 닫힌 철문 위에 귀를 바짝 붙였다. 속닥속닥 다급한 목소리들이 났지만 제대로 알아듣기는 힘들었다. 마침 문 옆에 배식구로 보이는 투명 유리막이 있어서 수빈은 그 아래에 몸을 웅크려 정말 눈만 내밀었다. 안에서 내려진 블라인드 틈으로 주방의 모습이 희끄무레 들여다보였다.

조리대 앞에 옹기종기 모인 수사들은 작당 모의를 하는 것 같았다. 그리고 소름 끼치도록 매끈한 스테인리스 조리대 위에······ 관이 놓여 있었다.

"흐흑······ 영철아······."

영철이 저기 들어 있다고 생각하니 코끝이 찡해졌다. 벽에 종류별로 걸린 칼들이 존재감을 내뿜고 있었다. 수빈은 정신을 다잡았다. 조금 더 확실한 단서가 필요했다. 대체 무슨 짓거리를 하려고······ 영철이를 주방으로 데려온 거냐, 이 말이다!

그러나 더욱 섬뜩한 건 따로 있었다. 까까머리가 발끝으로 싱크대 밑부분을 꾹 누르는 시늉을 했다. 그러자 나머지 네 수사가 냉장고 옆 구석을 바라보며 주춤거렸다. 수빈은 고개를 쳐들어 간신히 그쪽을 바라봤다.

이런 미친, 바닥은 또 왜 열리는데! 보면서도 눈을 의심했다. 이 새끼들 정체가 뭐야, 대체! 심장이 터질 듯 쿵쾅거렸다. 어쩌면 상대해야 할 조직이 상상 이상으로 엄청난 놈들일지 모른다는 생각에 불안해졌다.

나이 든 원장 수사와 까까머리가 그 열린 바닥 안으로 기어 들어갔다. 덩어리와 땅딸보, 그리고 띨띨이는 조리대 위 관을 사이에 두고 서로 뭐라 두런거렸다. 수빈은 떨리는 가슴을 부여잡고 관에 시선을 고정했다.

정말 저 안에 영철이가 있을까. 아니, 있어야만 한다. 아닌가, 없는 게 좋은가. 혼란스러웠다. 그럴수록 확인해야만 했다. 증거라도 잡아야 했다. 수빈이 핸드폰을 꺼내 영상을 찍으려던 순간, 갑자기 요셉이 성큼성큼 주방 문 쪽으로 걸어왔다.

이런 시발! 수빈은 벌떡 몸을 일으켰다. 도망치긴 늦었다. 뭔 놈의 식당이 숨을 데도 없다. 어떡하지. 어떡하냐고, 쌍!

철컥. 주방 문고리가 돌아가는 소리와 거의 동시에 수빈은 식탁 아래로 몸을 던져 최대한 몸을 웅크리고 의자 다리를 붙든 채 숨을 참았다. 수빈의 눈앞으로 다 해어진 단화가 서성이다가 우뚝 멈췄다. 제발. 제발. 들키면 나도 저 관짝에 들어가는 거다. 긴장감에 숨소리가 자꾸 거칠어져 셀프로 입까지 틀어막았다. 다행히 단화는 뚜벅뚜벅 식당 출입문 쪽으로 멀어졌다. 휴, 한숨 돌리는가 싶었는데 끼이익, 다시금 주방 철문이 열리는 소리와 함께 땅딸보의 목소리가 들려왔다.

"요셉! 오시기 전에 자매님한테도 한번 가보시지요!"

자매님이면…… 나야? 난 괜찮아. 찾지 마, 제발 좀.

"예?! 자매님은 또 왜……."

"잘 마무리하려면 자매님 도움이 필요하지 않겠습니까."

뭘 마무리할 건데. 내가 뭘 도와, 이 미친놈들아! 수빈은 난생처음 멘붕이란 걸 겪고 있는 것 같았다. 그러나 멘붕은 사치였다. 식당 문을 나서는 요셉의 발걸음이 빨라졌기 때문이다. 단독 행동이 발각되면 저 범죄 조직이 나까지 어떻게 할지 모른다. 수빈

더 게스트

은 식당이 잠잠해진 틈을 타 헐레벌떡 식탁 밖으로 기어 나왔다. 문으로 나갔다가는 요셉과 마주친다. 벽면으로 나 있는 창문은 두 개였다. 하나는 안뜰이 훤히 내다보이는 창문……. 밖으로는 요셉이 보이네, 썅.

나머지 하나는 웬 벤치가 덩그러니 보이는 절벽 언저리였다. 수빈은 그 창문으로 빠져나가 수풀을 헤집으며 뒤뜰 방향으로 달음질쳤다. 작전상 후퇴가 필요한 시점이다. 최후의 반격을 위해.

범준은 씩씩대며 마을 회관 문을 열어젖혔다. 널찍한 거실에서는 이미 마을 어르신들 열댓 명이 삼겹살 파티를 벌이고 있었다. 주말마다 열리는 반상회였다. 그리고 공사 소장은 그때마다 여기서 공짜 술을 얻어먹었다. 펜스 작업 후에 연락도 안 되는 걸 보니 분명 여기 어디 뻗어 있을 것이다.

"우리 자랑스런 이~ 범~ 준~ 주무관님 등장하십니다!"

노래방 마이크를 잡고 트로트 삼매경에 빠져 있던 범준의 아버지가 갑자기 쩌렁쩌렁 외쳤다. 그 소리에 다른 어르신들도 전부 범준을 향해 이유 모를 환호성을 내질렀다. 저녁 5시를 갓 넘긴 초저녁치고 거나한 음주 가무의 현장이었다.

범준은 대충 인사를 하며 정신없는 술판 사이를 두리번거리다가 한쪽 구석에서 방석 더미에 파묻혀 이미 뻗어버린 공사 소장을 발견했다. 범준은 그를 흔들어 깨웠다.

"소장님. 정신 차리세요. 일어나 보세요, 좀."

"어? 어?! 이 주사! 오늘 거 끝냈어! 내일 작업자들 불러서 마저 해야 돼. 내일~."

"그건 알겠고요. 아까 자전거 어디 있습니까? 현장에도 없고, 소장님 트럭에도 없던데요."

"자전거? 뭔 자전거?"

"수사들이 내다 던진 거 있잖아요, 아까."

"아~ 그거! 그거 아까 동양자원에 넘겼는데?!"

"그게 어딘데요? 소장님! 그게 어딘데요!"

소장은 취중 렘수면 상태로 추정됐다. 술이 떡이 돼 해롱거리더니 도로 죽은 듯이 뻗어버렸다. 범준이 집요하게 그를 흔들자 어느새 술판으로 돌아온 아버지가 버럭 외쳤다.

"포구 끝에 고물상 있잖여! 거긴 왜!"

"고물상이요? 하, 돌겠네."

"왜! 뭐 엿 바꿔 먹을라고?"

"이미 엿 바꿔 먹었대요!"

그때 다른 쪽 구석의 방석 더미에 파묻혀 있던 젊은 인부가 소리쳤다. 앉은 채로 온몸을 흔들거리던 그는 범준에게 데굴데굴 굴러와 지분댔다.

"소장님이 자전거 팔아먹었어요! 저 몰래!"

"얌마! 너 소장 말 그렇게 안 들으면 실직헌다!"

"에이~ 씨 진짜! 별것도 아닌 걸로 왜들 그래요~. 신부도 죄 지으면 벌을 받아야지~. 뭘 자꾸 그렇게 감싸주냐고요오~."

"요즘 것들! 정도 없냐! 정도!"

범준의 아버지는 빈 막걸리 병으로 젊은 인부를 쥐어 팼다. 통통 소리가 나자 뭐가 그리 웃긴지 인부는 낄낄대며 아예 머리통을 들이밀었다.

범준은 알 수 있었다. 공사 소장이 돈 몇 푼 때문에 이 더운 날 귀찮게 고물상에까지 가서 자전거를 팔아넘겼을 리 없다. 에덴 수사들한테 괜히 불똥 튀기지 않게 하려고 그런 거겠지. 그 사실을 들은 아버지도 그래서 저렇게 모른 척 시치미를 떼는 것이다. 다들 내가 누구보다 에덴을 혐오하는 걸 아니까. 모르긴 몰라도 이 마을 노인네들 중 상당수는 아직까지 에덴을 추억의 양로원쯤으로 그리워한다. 정(情)이라고. 그것처럼 안일한 허상이 어디 있나. 범준은 일어서며 아버지에게 말했다.

"저 차 좀 쓸게요."

"야, 범준아! 시간이 몇 신디 지금 가면 닫았지! 오늘 일요일이여, 이눔아!"

범준은 뒤도 돌아보지 않고 회관 문턱을 나섰다. 내내 잠잠하던 다른 어르신들이 기다렸다는 듯 아버지에게 다가가 뭐라 두런대는 것 같았다. 범준이 왜 또 그런다냐. 범준이 아직도 그런다냐. 범준이 언제까지 저런다냐. 하나같이 정이 넘치는 목소리들이었기에 범준은 굳이 대꾸하지 않았다.

범준은 쭉 뻗은 해안도로를 달렸다. 해안선 언저리까지 내려앉아 붉게 타오르는 태양 빛이 눈부셔서 액셀을 더욱 세게 밟았다. 갈매기들이 사방으로 날아갔다.

고작 자전거 하나 찾으려고, 과태료 몇 푼 물으려고 원리 원칙에 죽고 사는 공무원이 과속씩이나 하는 것은 아니다. 그저 원인 모를 화가 났다. 왜 또 그러는지, 왜 아직도 이러는지, 언제까지 이럴 건지. 이런 것들에 대해 생각하다 보면 그냥 화가 난다. 에덴의 위선을 까발리기 위함이라는 거창한 목적 의식도, 효험 따위 없는 우물물에 희망 고문 당하는 피해자를 막겠다는 거룩한 윤리 의식도 사실은 아니었다. 에덴에 대한 원인 모를 분노는 단지 개인적인 원한 그 이상도 이하도 아니었다. 그게 사실이었다.

그러나 그 사실은 정으로 똘똘 뭉친 이 마을 노인네들에게 씨알도 안 먹히는 생떼일 뿐이었다. 생떼. 그래, 생떼. 그게 범준이 원리 원칙에 죽고 사는 공무원의 명함을 필요로 하는 이유였다. 적어도 자신은 합법적인 생떼를 부리는 것이다.

범준의 엄마는 우물물의 기적을 믿었다. 오랜 투병 생활 중에 정말 차도를 보이던 때도 있었다. 병든 엄마 밑에서 자라다 보면 엄마의 숨소리만 들어도 상태를 알 수 있게 된다. 그런 예닐곱 아이가 보기에도 그때의 엄마는 금방이라도 모든 병마를 털고 일어날 것만 같았다. 기적이란 게 일어날 것만 같았다.

그래서 예닐곱 아이는 걷기도 힘든 엄마 손을 잡아끌며 그 고된 산길을 오르자고 보챘던 것이다. 엄마가 힘이 부칠 때면 혼자 몰래 올라가 생수병에 우물물만이라도 받아 왔던 것이다. 기적의 다른 말이 헛된 희망이라는 것도 모르는 철부지가 기적을 믿었던 것이다.

엄마는 프란체스코를 신실한 주님의 자녀라며 좋아했다. 그와 대화를 나누고 돌아오는 날이면 숨소리도 한결 가벼워져 있었다. 그러다가 또다시 엄마의 숨소리가 아파졌던 어느 날, 그럴수록 기를 쓰고 에덴을 찾던 엄마를 보며 혹시나 엄마가 아빠 아닌 다른 남자를 좋아하게 되면 어쩌지 어리석은 불안이 들었던 어느 날, 어린 범준은 성당 강대상에 숨은 채로 엄마와 프란체스코의 대화를 엿듣게 되었다.

"수사님, 범준이가 말을 참 좋아해요. 그래서 여기 올라올 때면 말 농장 앞에 잠깐씩 멈추거든요. 같이 뛰어놀고 싶어서 어쩔 줄 모르는 걸 뻔히 아는데, 여태껏 한 번도 그런 적이 없었어요. 어린 게 뛰는 걸 까먹은 것처럼 굴었거든요. 근데 오늘 처음으로 범준이가 뛰어노는 걸 봤어요. 제가 먼저 말들을 따라 뛰니까 그제야 신나서는…… 한참을 놀더라구요."

범준은 엄마의 샛노란 털모자와 진심 어린 목소리의 떨림을 생생히 기억했다.

"제가 그 모습을 계속 볼 수 있을까요? 저한테도 에덴 성수의 기적이…… 일어날 수 있을까요?"

"기적이 무엇입니까. 병을 고침 받는 것입니까?"

그리고 프란체스코의 차가웠던 대답을 똑똑히 기억한다.

"여기 오는 모두가 그런 기적을 바라고 우물물을 받아 갑니다. 허나 그런 분들 중 지금 이 순간에도 누군가는 선종을 하시지요. 삶과 죽음 너머의 주님만을 믿으십시오. 그 인도하심만이 진정한 기적입니다. 우물물은 결코 성수가 아닙니다. 단지…… 그냥 물일뿐이지요."

그날 이후 엄마의 숨소리는 더 이상 좋아지지 않았다. 오히려 거짓말처럼 병세가 악화됐다. 그 말 한마디가 우물물의 모든 효능을 앗아갔다. 그 엿 같은 말 한마디가 오직 믿음으로만 버티던 한 여인의 유일한 희망을 빼앗아 간 것이다. 그렇게 얼마 지나지 않아 엄마는 세상을 떠났다.

범준은 에덴이 혐오스러웠다. 저들조차 믿지 않는 빌어먹을 기적을 철석같이 믿었던 스스로가 혐오스러웠다. 몇 날 며칠을 게워내고 또 게워냈다. 그러나 이미 몸속 깊숙이 흡수된 우물물은 엄마와의 모든 추억까지 혐오로 더럽히고 있었다.

한창 공무원 시험을 준비하던 스물여섯의 어느 겨울날, 범준은 어쩌다 보게 된 〈내부자들〉이라는 영화에서 비로소 가슴속에 남은 혐오를 토해낼 방법을 깨달았다. 범준은 극 중 이병헌 배우의 대사가 좋았다.

"정의심? 복수? 그딴 것은 난 상관없소. 하지만 기자 양반, 빌어먹을 내 손이 없어졌단 말이오. 난 내 손이 좋아요. 밥도 먹고 똥도 닦고 가끔 딸딸이도 치고."

누군가를 증오하고 누군가에게 분노하는 데 대단한 이유를 찾을 필요는 없다. 그리고 그 증오와 분노의 대상을 혐오하는 데 거창한 원리 원칙에 의거할 필요도 없다. 나는 사랑하는 엄마를 잃었고, 그게 에덴 때문이라고 생각한다. 단지 그뿐이다.

범준은 막 셔터를 내리려던 동양자원 간판 앞에 부리나케 차를 댔다. 그리고 고물상 사장에게 사정사정하여 가까스로 한 시간의 허가를 구했다. 범준은 산더미처럼 쌓인 고철 더미를 맨손으로 헤집으며 오직 핑크색 자전거를 찾아 헤맸다.

오늘 에덴 수사들이 수상한 점은 한두 가지가 아니었다. 관짝을 들고 말 농장까지 내려와서 뭔가 숨기는 듯 줄행랑을 쳤다. 거짓말을 했고, 누구는 옷까지 벗어가며 당황했다. 관 뚜껑을 열려니 생판 목소리도 들어본 적 없던 누구는 발작을 했고, 근 몇 년간 손님 한 번 찾아온 적 없는 곳에 웬 사나운 외지 여자가 피정까지 와 있었고, 심지어 수사들은 그 여자 남편의 자전거를 불법 투기까지 했다.

그러나 이 모든 것을 차치하고서라도 범준이 가장 수상했던 것을 꼽자면 단연코 이것이었다. 수십 년 동안, 아니, 에덴의 역사 이래 수도원 종이 정시에 울리지 않은 적은 없었다. 그런데 오늘 저녁, 처음으로 아무 종소리도 들려오지 않았다.

고물상 사장이 범준에게 다가와 이제 문을 닫아야 한다며 곤란해했다. 범준은 고철 더미에서 내려와 뒷주머니에서 지갑을 꺼내 그에게 10만 원 수표를 사례했다. 사장은 뒷짐을 지고는 헛기침을 하며 멀어졌다. 범준은 땀으로 젖은 와이셔츠를 벗어 던지고 러닝셔츠 바람으로 다시 목장갑을 꼈다. 증거를 가져오라고 했지. 폐기물 불법 투기에 재물손괴죄까지 가보자고. 핑크색 자전거를 찾을 수만 있다면 고물상을 사버리기라도 하고 싶은 심정이었다.

13. 식구

 수빈은 별관의 좁아터진 방구석으로 돌아오자마자 쓰러지듯 누워버렸다. 살았다는 안도감이 들었다. 수풀을 헤치고 오는 동안 수십 방은 뜯긴 모기 자국의 가려움이 살아 있음을 실감케 했다. 그러자 동시에 살긴 뭘 개뿔, 이게 산 건가 싶은 자괴감이 몰려왔다.
 몸 곳곳에 빨갛게 부어오른 자국마다 손톱으로 열십자를 만들며 핸드폰을 꺼냈다. 벌써 저녁 7시를 향하고 있다. 이제 곧 해도 진다는 소리다. 닭장 같은 방 안에 홀로 누워 있자니 불길한 생각밖에 들질 않았다. 최종 유기 장소가 왜 주방일까. 주방 구석에 그 비밀스런 공간은 뭐였을까. 지하 창고? 시체 창고? ……그럼 마무리는 뭘 마무리한다는 말이었을까. 그중 가장 강렬히 뇌리에 박힌 이미지는 단연 과도하게 종류별로 정돈된 칼들과 소름 끼치도록 반들반들하던 조리대였다. 야, 이씨…… 직감적으로 연결되는 결론은 아무리 봐도 하나다.

"저것들 진짜…… 장기 매매라도 하는 거야 뭐야."

수빈은 허공에 대고 중얼거리다 이내 벌떡 몸을 일으켰다. 새벽같이 산 기도를 갔다던 영철은 돌아오긴커녕 한나절이 지나도록 연락 한 번 없다. 그런 상황인데도 수사들은 이제 아주 이렇다 저렇다 일언반구도 없다. 이제 볼 장 다 봤다 그건가. 어쩌면 내가 다음 목표라도 되는 걸까. 지금이라도 도망쳐야 하나.

아니다. 그래도 영철의 행방을 확인해야만 한다. 이래 죽으나 저래 죽으나 나도 이제 갈 데까지 갔다. 더 갈 곳도 없다. 생사라도 두 눈으로 똑똑히 확인해야만 한다. 저들이 무고할지도, 그러니까 나의 오해로 비롯된 불안일지도 모르니까. 지극히 낮은 확률 같긴 하지만.

그때 거실 쪽 현관문이 삐걱대며 열리는 기척이 들렸다. 수빈은 다시 재빨리 드러누워 등을 돌리고 자는 척을 했다. 누가 열려 있는 방문을 똑똑 두드렸다. 요셉이었다.

"저…… 자매님. 주무세요?"

아씨, 괜히 돌아누웠나. 등에 칼이라도 꽂으면 어쩌지, 젠장할. 수빈은 속으로 그런 욕을 하며 보란 듯이 코를 골았다.

"저녁때가 지났는데 시장하실 것 같아서……."

지금 주무시냐고 물어놓고 자기 할 말 하는 건가. 수빈은 저 떨떨이의 순진무구함에 어이가 없었다. 아니다. 범죄 조직에게 순진무구라니, 가당치도 않지.

요셉이 발소리를 죽여 다시 현관을 빠져나가고 나서야 수빈은 슬그머니 몸을 일으켰다. 방문 앞에는 컵라면과 김치가 쟁반에 가지런히 담겨 있었다. 수빈은 마침 정말 배가 고팠지만 먹지 않았다. 뭐가 들었을 줄 알고 이걸 먹어.

하지만 의아하긴 했다. 여기 수사들은 인스턴트를 금한다고 했는데 라면은 어디서 난 걸까. 내가 여기 음식이 입맛에 안 맞는다고 이걸 가져온 건가.

수빈은 일어나 방 안의 유일한 쪽창으로 고개를 빼꼼 내밀었다. 터덜터덜 본관을 향해 가는 요셉의 뒷모습이 보였다. 손에는 얼어 죽을 꽃다발까지 한 움큼 들려 있었다. 저거 설마 나 주려고 했던 건 아니겠지. 소름이 끼쳤다. 그러나 아무리 봐도 잔인무도한 범죄 조직이라기에는…… 저놈은 너무 떨떨하다.

사실 내내 꺼림칙한 부분이었다. 이곳 수사들은 처음부터 전부 불안과 경계의 눈초리를 보냈다. 저 떨떨한 수사, 요셉만 빼고. 요셉의 눈빛에는 첫 대면부터 묘하게 다른 감정이 섞여 있었다. 설렘과 호감. 그건 비단 수빈뿐만 아니라 어떤 여자든 바보가 아닌 이상 본능적으로 알 수 있는 것이었다.

이 점이 상당히 아귀가 안 맞는 부분이었다. 저놈이 정말 범죄 집단이라면 자기들이 처리해 버린 남자의 아내라는 사람한테 첫눈에 반할 수가 있나. 만약 저놈이 정말 수사라고 해도 갑자기 찾아온 낯선 여자한테 반하는 건 난센스 아닌가. 골치가 아팠다.

이이이잉. 수빈은 귓전을 스치는 소리에 질색하며 찰싹 모기 한 마리를 잡았다. 염병할 산모기. 다시 보니 구멍이 뚫린 쪽창의 방충망으로 온갖 날벌레가 드나들고 있었다. 하여튼 진짜 빌어먹을 귀곡 산장이다. 수빈은 담배에 불을 붙여 창틀에 비스듬히 세

위놓았다. 타 들어가는 담배 연기가 모기향처럼 창밖으로 솔솔 피어났다. 수빈은 연기를 따라 스산하기 짝이 없는 본관 쪽을 바라봤다. 다닥다닥 붙은 큼직한 창문들 덕에 멀리서나마 복도가 들여다보이는 것은…… 그나마 다행스러운 일이었다.

🕯

베드로는 파르르 떨려오는 손을 씻었다. 방공호 아래로 관을 내리다가 긁힌 손등의 상처에서 피가 났다. 주먹이 잘 쥐어지지 않는다. 손가락 마디마디까지 욱신거려 온다. 이깟 생채기 때문은 아니었다. 파란만장했던 젊은 날에 인대와 힘줄까지 전부 파열된 손이었다. 간만에 손아귀에 힘을 좀 줬더니 잊었던 통증이 되살아난 것뿐이다.

방공호의 출입구는 너무 좁고 가팔라서 관째로 내리기가 여간 힘들지 않았다. 결국 베드로는 영철을 어깨에 둘러매고 사다리를 내려와, 또 아래에서 혼자 온몸으로 관까지 받아냈다. 다른 수사들이 돕겠다고 했지만 만류했다. 힘든 일은 식구들 몫까지 혼자 짊어지는 것이 익숙했다. 그것이 부원장 수사의 사명이니까. 그런데 오늘은 왠지…… 계속 영 탐탁찮다.

살면서 이런 일을 겪게 될 줄은 꿈에도 몰랐다. 죽어가는 사람을 살려도 모자랄 판에, 죽은 사람을 들고 도망하듯 뛰어다니고 짐짝처럼 이리 옮기고 저리 피하다가 절벽에 내던지려 한 것도 모자라서 이젠 지하에 암매장까지……. 대체 이게 뭐 하는 짓거리인가! 베드로는 땀이 줄줄 흐르는 얼굴 위로 격정의 세수를 이어갔다. 순간적으로 욱했던 마음을 씻어내고 싶었다. 불같은 성정은 수사에게 결코 자랑이 아니다. 머리로 생각하지 말자. 발끈하지 말자. 시험에 들지 말자. 이건 식구들의 결정이다. 모두의 결정이다.

......그 와중에 물은 왜 이렇게 콸콸 잘도 나오는가! 안토니오가 지은 방공호의 화장실은 수압이 엄청났다. 쏟아지는 수돗물을 보고 있자니 갑자기 너무도 죄스러워 베드로는 수도꼭지를 뽑아버릴 듯이 거칠게 잠갔다. 습관적으로라도 물 절약을 실천하기 위해 예부터 에덴의 수도 시설들은 수압이 조절된 상태였다. 얼굴도 뵌 적 없던 선대 수사들 때부터 그랬더랬다. 188센티미터에 100킬로그램에 육박하는 베드로가 밭에서 땀으로 멱을 감고도 물 댓 바가지만 가지고 샤워를 해오던 건 다 그런 이유 때문이었다. 그것이 수사가 마땅히 준행해야 할 청빈이요! 에덴 식구로서 지켜야 할 오랜 가풍이요! 법도요! 관례니까!

"하! 하! 하! 하! 하!"

베드로는 본능적으로 양팔을 날개처럼 접어 팔꿈치로 옆구리가 부서져라 퍽퍽 쳐댔다. 그리고 그 퍽퍽 소리에 맞춰...... 크게 웃었다. 분노를 주체할 수가 없었다.

혈기 왕성했던 젊은 날, 그러니까 '분노가 잘 조절이 안 되는' 증상으로 몸살깨나 앓았던 철딱서니 시절에 복싱 체육관 관장님이 분노를 다스리는 법이랍시고 알려준 웃음 체조였다. 일명 '옆구리 박수'. 화를 웃음으로 바꿔 내보낸다는 엉뚱한 논리였지만 놀랍게도 나름의 효과가 있었다. 그러나 지금 거울에 비친 모습은 날고 싶어 독이 잔뜩 올라 퍼덕대는 토종닭 한 마리일 뿐이었다. 주여! 베드로는 자신의 흉물스러운 모습을 보고 나서야 퍼뜩 정신이 들어 동작을 중단했다.

이제 이 짓도 먹히지 않는 건가! 애초에 에덴에 입회한 뒤로 수십 년간 옆구리 박수가 필요한 적이 없었다! 오늘은 참으로 이상한 날이었다. 아파오는 주먹만큼이나 잊었던 기억들이 생생해지고, 익숙했던 모든 것들이 되레 낯설게 느껴진다.

화장실에서 나온 베드로는 평정을 되찾을 겸 방공호 내부를 둘러봤다. 얼핏 선박 안의 객실 같기도 했다. 해군 수병으로 만기 전역한 베드로에게는 익숙하다면 익숙한 풍경이었다. 그러나…… 여긴 선박이 아니라 수도원이다! 우리가 함부로 바꿔선 안 되는 전통이란 게 있단 말이다! 마음을 가다듬고 나온 뒤 몇 초 만에 열이 또 뻗치기 시작했다.

"당연합니다. 놀라시는 게."

주여! 기척도 없이 다가와 중얼대는 안토니오에게 놀라 순간 몸이 먼저 반응할 뻔했다.

"낙진. 방사능. 세균. 독가스. 막을 수 있습니다. 핵폭발까지도. 아직 손을 좀 더 봐야겠지만. 완전 밀폐. 외부 공기 원천 차단. 역할을 합니다. 저기 해치를 닫으면. 여긴 어떤 변수도 없습니다. 그렇게 설계했습니다. 제가."

아주 자랑스럽다, 이 말인가! 허나 중요한 건 그게 아니다! 애초에 이 지하 공간 자체가 대체 뭐란 말인가! 에덴 생활 20년간

처음 와본 곳이 있다니! 이 얼마나 해괴망측한 일인가!

제대로 다시 둘러보니 화장실은 물론이고 싱크대, 침대, 가스레인지, 심지어 빵 굽는 기계까지 없는 게 없었다. 저런 건 다 어디서 난 건가! 주여, 여기가 에덴은 맞습니까! 여길 에덴으로 쳐야 하는 겁니까!

"……가장 안전한 공간입니다. 에덴에서."

속을 훤히 들여다보기라도 하는 것인가! 안토니오는 연신 허공에 대고 중얼거렸다. 베드로는 이 소름 끼치는 지하 공간보다도 그런 안토니오가 더 낯설게 느껴졌다.

"어떻게 2년간 저한테 말 한 마디 없이 이런 걸 만드신 겁니까! 아니, 그보다 이런 걸 혼자 뚝딱뚝딱 만들 수 있는 분이셨습니까! 수사님은 누굽니까, 대체!"

왠지 모를 서운함이 들어 베드로는 순간적으로 목소리가 커졌다. 생각해 보면 안토니오는 사회에 있을 때 무슨 일을 하다 왔는지 그동안 한 번도 말해준 적이 없었다. 에덴의 부원장 수사가 고작 네 명뿐인 식구들이 어떤 사람이었는지도 몰랐다니! 그게 가당키나 한가! 이건 연대의 문제다! 주님 아래 한 식구로서 유대감의 문제란 말이다!

"서원 중이었으니까요. 침묵을."

침묵 중에도 우린 곧잘 몸의 대화를 했잖습니까! 수사님이 보내던 수신호를 한 치의 오차도 없이 알아듣던 건 우리 중 저뿐이었잖습니까! 제 말이 틀립니까!

그런 말들이 목 끝까지 치밀어 올랐지만 차마 뱉을 수는 없었

더 게스트

다. 부원장 수사씩이나 돼서 식구에게 울화가 섞인 말을 뱉을 수는 없으니까. 베드로는 애꿎은 주먹의 흉터만 꾹꾹 매만졌다. 통증은 생각보다 가실 기미가 안 보였다.

별안간 천장의 철문이 인공적인 기계음을 내며 서서히 열렸다. 퉁탕퉁탕. 철제 사다리를 타고 누군가가 바삐 내려오고 있었다. 라자로와 요셉이었다. 라자로는 수사들의 보라색 제의를 뭉텅이로 가져왔다. 요셉은 한 손에는 장미와 안개꽃과 더불어 갖가지 들꽃 더미들을, 다른 한 손에는 커다란 보따리를 들고 왔다. 기어이 영철 형제의 장례미사를 치르려는 것이다. 이 음침한 골짜기에서! 우리끼리 몰래! 죄인처럼!

"수빈 자매님은 마침 주무시고 계십니다. 많이 고되셨나 봐요."

요셉은 가져온 것들을 분주히 펼치며 말했다. 베드로는 그의 몸에서 야릇한 향기를 느끼고 다가가 코를 킁킁댔다. 주여! 이건 필히 '라면'이다! 총체적 난국이로다!

에덴은 인스턴트를 금한다! 자극적인 맛은 유혹이요! 유혹이란 중독의 시작이요! 중독이란 죄를 잉태하는 법이니까! 그런데 순종적이고 신실한 줄만 알았던 요셉이 장례 용구 챙기러 간답시고 라면을 먹고 왔다! 지금 이런 순간에 라면이 웬 말인가! 그것도 막내 수사가 혼자 몰래! 에덴 역사상 이토록 기강이 해이해진 적은 없었다!

"그마저도 다행스럽군요. 순리대로 따르니 이제야 착착 진행이 되나 봅니다."

그러나 가져온 제의들을 분주히 배분하는 라자로는 기강 따위

안중에도 없는 것 같았다. 순리라고! 눈먼 돈에 현혹당해 놓고 주님의 순리를 운운하는 것이 가당키나 한가! 지금 이것이 주님의 순리라고 어찌 확신한단 말인가! 자네들은 정녕 아무런 죄책감도 없냔 말일세!

베드로는 하도 속으로만 노성을 질러댔더니 오장육부가 활활 타오르는 것 같았다. 수십 년을 함께해 온 식구들은 하나같이 베드로가 알던 모습이 아니었다. 무엇보다 가장 낯선 것은…… 이런 식구들을 그저 바라만 보고 있는 프란체스코였다. 프란체스코는 방 한구석에서 말씀 전례를 준비한답시고 성경만 보고 있다가, 라자로가 제의를 전달하자 힘없이 받아 들고는 묵묵히 옷을 갈아입고 있었다. 베드로는 그 모습을 보자 울컥 튀어나오는 옆구리 박수를 저지하려 부단히 애를 써야만 했다.

수빈은 담뱃갑에서 마지막으로 남은 담배 하나를 꺼냈다. 이제 가스도 떨어졌는지 라이터가 켜지질 않았다. 수빈은 깊은 한숨과 함께 라이터를 바닥에 던져버렸다. 담배꽁초가 수북이 쌓인 창틀 너머 하늘을 바라봤다. 해가 지려는지 하늘빛이 푸르스름해진다. 저만치 먹구름까지 드리우는 것 같다. 벌써 저녁 8시를 넘어가고 있었다.

하 씨, 한 시간째다. 이렇게 안 나올 줄은 또 몰랐지. 쪽창 앞에 탈착형 망원경처럼 붙어서 본관을 예의 주시하던 수빈은 뒤로 발라당 드러누워 버렸다. 온몸에서 우두둑 소리가 났다. 뜬눈으로 한 곳만 쳐다봤더니 눈알까지 튀어나올 것 같았다.

 열 받는다. 이젠 화가 날 지경이다. 대체 뭔 짓거리들을 하는지 알 길이 없었다. 뭘 확인해 보려고 해도 저것들이 저기 저렇게 꿈쩍 않고 있는 이상 방법이 없다. 성격 같아서는 확 뒤집어엎고 들쑤셔 보고 싶지만, 솔직히 혼자서 성인 남자 다섯을 상대하는 건 무리다.

 그렇다고 무작정 기다릴 수도 없는 노릇이다. 이제 곧 밤이다. 저런 극악무도한 놈들에게 밤만큼 최적의 범죄 무대는 없겠지. 그래, 어쩔 수 없다. 모든 것을 끝내고 싶을 때는 공권력이 최고다. 수빈은 핸드폰으로 112를 눌렀다. 하지만 통화 버튼을 누르려던 손가락이 우뚝 멈춰 섰다. 하, 진짜 나도 참 오지게 독한 년이구나. 아직 모든 것을 끝내고 싶지 않았다. 이 지경까지 왔는데도.

 "구하여라, 받을 것이다. 찾아라, 얻을 것이다. 문을 두드려라, 열릴 것이다."

 검게 곰팡이 핀 벽면에 덩그러니 걸린 액자가 얄미웠다. 이봐요, 하느님. 문을 두드리면 열리기야 하겠죠. 근데 그 문 열어준 놈들한테 회 쳐져서 나까지 하늘나라 갈지 모르는 게 문제지. 그럼 구하려던 걸 못 받고, 찾으려던 것도 못 얻잖아요!

 속으로 구시렁거리다 보니 수빈은 못내 억울해졌다. 신을 믿어본 적은 없지만 하소연이라도 하고 싶은 심정이었다. 정말로 하느님이 계신다면 지금 여기서 제일 불쌍하고 힘없는 게 저니까 좀 도와주셔야 하는 거 아니에요?

 그 순간 핸드폰 진동이 울렸다. 타이밍이 기가 막혀 찰나의 순간 정말로 신이 기도를 들어준 줄 알았다. 그러나 병신과 머저리에게서 걸려온 전화였다. 그럼 그렇지, 신은 무슨. 이 지긋지긋한 사채업 듀오는 씹어도 씹어도 시간마다 전화를 걸어댔다. 벌써 열여덟 번째 부재중 전화였다. 우웅. 이번에는 문자도 왔다. 수빈은 심드렁히 핸드폰을 확인했다. 병신은 문자에서마저 입에 똥걸레를 문 걸 티를 냈다. 이년 저년, 이렇게 삶고 저렇게 껍데기를 벗기고, 튀겨 죽이네 씹어 죽이네…… 뭔 레시피냐?

 그래도 한 가지는 알 수 있었다. 성가시고 모자란 놈들이긴 해도, 꼴에 고객님 운운하면서 금융업자 흉내 내는 놈들이 여기까지 쫓아온 것도 모자라 이렇게 쌍욕까지 남발하고 있다는 건…… 나한테도 주어진 시간이 얼마 남지 않았다는 거겠지. 그때였다.

 퍽. 뭔가가 터지는 소리에 수빈은 깜짝 뒤를 돌아봤다. 온종일 탈탈탈 난리 부르스를 추던 골드스타 선풍기 모터가 지글지글 대며 타오르고 있었다. 대가리에 불이 붙은 선풍기는 수명이 꺼져가는 와중에도 수빈을 향해 불 바람을 쏘아댔다. 어처구니가 없다. 정말 이곳은 어처구니없는 일투성이다.

 아휴, 내 팔자야. 수빈이 불을 끌 만한 것을 찾으려 방문을 나서던 찰나였다. 덜컥. 불붙은 커버가 맥없이 떨어져 나갔다. 투둑투둑. 콘센트에 스파크가 일었다. 치이이익. 바닥에 붙은 불꽃과 벽면에서 타오르던 불꽃이 서로 합체를 했다.

 하도 어이가 없어 수빈은 애들 만화 영화 속에서 로봇이 변신

하는 걸 기다려 주듯 얼빠져 보고만 있었다. 헐…… 미친. 그런데 진짜로 변신을 할 줄은 몰랐지! 가소롭던 불꽃은 삽시간에 만화영화 속 최종 보스처럼 그럴싸한 불길로 변신했다. 쌍, 이래서 변신은 기다려 주면 안 되는 건데!

불길이 천장으로 치솟기까지는 정말 순식간이었다. 사태의 심각성을 피부로 확인한 수빈은 헐레벌떡 눈앞의 이불로 진화에 나섰다. 그러나 한번 붙은 불길은 걷잡을 수가 없었다. 나무로 지어진 별관은 훌륭한 땔감이었다. 매캐한 연기가 방 안에 들어차기 시작했다. 수빈은 이제 필사적으로 몸부림치며 진화에 나섰다. 하다 하다 범죄 집단의 나와바리에 불까지 내지른 꼴이다. 그야말로 X됐다는 생각에 오금이 저렸다. 천장에서 불똥이 떨어지고, 벽에 붙은 액자가 떨어져 깨지고, 미치고 팔짝 뛸 노릇이었다.

허둥대던 수빈은 깨진 액자까지 밟았다. 발바닥을 붙잡고 아파하던 그 순간, 수빈은 액자 조각에 시선이 머물렀다. 이토록 긴박한 와중에 왜 시간이 정지된 것 같은 기분이 드는지 몰랐다. 그러나 묘했다. 분명 묘한 일이었다. 한쪽 글귀만이 보란 듯이 떨어져 나와 있었다.

"열릴 것이다."

오호라. 그래요, 하느님. 이렇게까지 구하고 찾았으면 열어주실 때도 됐죠. 썩 좋은 방법인지는 모르겠지만. 아까의 푸념에 신이 뒤늦게나마 응답한 것 같은 착각마저 들었지만 착각이라도 상관없었다. 어쩌면 영철이를 만날 수 있을지 모른다는 직감이 왔으니까. 그러므로 수빈은 신이 아니라…… 자신의 본능을 믿었다.

베드로는 또다시 화장실에서 찬물 세수를 했다. 오늘 한 세수만 해도 며칠 치 목욕물에 버금갈 것이다. 허나 하는 수 없었다. 이 지경까지 온 이상 어떻게든 화를 식혀야 했다. 식구들을 믿고 이 고비만 넘기면 주님께서 어떻게든 해결해 주실 것 같았다. 그러나 아무리 세수를 해도 보라색 제의를 입은 거울 속 자신의 모습은 차마 똑바로 바라보기가 힘들었다.

밖으로 나가자 보라색 제의를 갖춰 입은 수사들이 장례미사 준비 막바지에 한창이었다. 거실 한쪽 벽면으로 침대 매트리스를 제대 삼아 양쪽에 향과 초를 피워뒀다. 그리고 매트리스 위의 꽃무더기 안에…… 영철이 덩그러니 누워 있었다.

"크흐흑…… 형제님……."

가엾고 초라한 그의 모습에 베드로는 결국 참았던 눈물을 터트렸다.

"수사님 마음 다 이해합니다. 그런데…… 저희가 중요한 걸 빼놓았더군요."

웬일로 라자로가 다가와 베드로의 등을 토닥이며 위로를 건네더니 기다렸다는 듯이 스윽 손가락을 들어…… 한쪽에 풀어 헤쳐놓은 보따리를 가리켰다. 보따리에는 삼베와 천, 솜, 관보 따위가 잔뜩 들어 있었다. 염습에 필요한 도구들이었다. 베드로는 식겁해 라자로를 바라봤다. 라자로는 어르고 달래는 미소로 고개를 끄덕였다. 온몸의 털이란 털이 다 솟는 것만 같았다.
 이 와중에 형제의 염습까지 하잔 소리인가! 그것도 나더러 하라고! 물론 도미니코 때도 그렇고 염습은 부원장 수사인 베드로의 몫이기는 했다. 그러나 오늘은 다르다! 이건 자네들이 하자고 한 일 아닌가! 라자로는 용건을 마친 사람처럼 태연히 수사들을 돌아보며 읊조렸다.
 "마침 도미니코 수사님 직후에 이런 일이 생긴 것도, 생각해 보면 놀라운 일이군요."
 "맞습니다. 따로 준비할 필요도 없이 이렇게 미리 다 예비되어 있으니……"
 "주여…… 그리고 보면 이곳이 이미 주님 전이니 출관 예식은 마친 셈이요, 또 여기가 형제님의 묘지가 될지 모르니 운구와 하관 예식 또한 마친 셈이기도 합니다."
 "이럴 수가…… 그게 그렇게 되는군요……"
 "변수란 없으십니다. 주님께선."
 옆에 선 요셉과 안토니오는 이제 아주 경이롭다는 듯이 맞장구를 쳤다. 베드로는 그렇게 주절거리는 그들이 더욱 경이로웠다. 그렇기에 차마 어떤 말도 할 수 없었다. 정말 엄청난 옆구리 박수를 치게 될지도 모른다는 불길한 예감이 들었다.
 결국 베드로는 눈물을 머금고 영철의 옷가지들을 벗겼다. 영철은 뽀얀 몸뚱이를 훤히 드러내는 순간에도 말갛게 웃고 있었다. 벌거벗겨진 그의 모습을 보자 분노, 슬픔, 두려움 등의 복합적인 심경으로 심장이 두방망이질 쳤다. 베드로는 그러다가 문득 이상해져 소리쳤다.

"헌데요! 형제가 이미 너무 깨끗하지 않습니까!"

"안타까운 마음은 알겠지만…… 그래도 습(襲)은 해드려야지 않겠습니까."

라자로는 쳐다보지도 못하면서 입만 나불댔다.

"그게 아니라! 시신이 너무 멀쩡하다, 이 말입니다! 돌아가신 지 하루가 다 되어가는데!"

"주여…… 그럼 주님께서 미리 방부까지도 해주신 걸까요?"

요셉이 놀라워하자 라자로는 돌연 한숨을 내쉬며 답답해했다.

"또 무슨 말씀입니까! 이제 와서 형제가 살아 있기라도 하단 말씀입니까, 그럼!"

"라자로! 뭘 그리 역정을 내십니까! 그러면 안 된단 법이라도 있습니까?! 아니면 그게 싫기라도 하신 겁니까?!"

"그걸 지금 말이라고 하십니까! 저 모습을 보십시오! 저게 산 사람의 모습이냐고요! 대체 계속 왜 그러시는 겁니까? 수사님이 말도 안 되는 트집을 잡을 때마다 번번이 어떻게 됐습니까? 이제 그만 형제를 편히 보내드려야 하지 않겠습니까!"

트집을 잡는다고! 형제를 보내지 못하는 게 나 때문이라고! 베드로의 가슴속에 뭉친 뜨거운 덩어리가 울컥 목구멍까지 치솟았다.

"변수. 변수. 변수."

그때 안토니오가 갑자기 숨을 몰아쉬며 정신없이 다가왔다.

"없습니다. 반지가. 형제의 반지. 찾아야 합니다. 변수. 변수가 될지 모릅니다."

그는 영철의 새끼손가락을 황망히 살피며 혼이 나간 사람처럼 자기 손톱을 물어뜯었다. 라자로와 요셉도 한껏 심각해져서는 허둥지둥 관을 뒤지더니, 영철의 옷가지와 메고 온 배낭까지 탈탈 털기 시작했다.

지금 그깟 반지 하나 찾겠다고 형제의 유품을 저리 헤집는단 말인가! 내 말은 귓등으로도 안 듣더니, 모두 제정신이 아니다! 도대체 내가 알던 식구들의 모습이 아니다! 아니! 내가 식구들에 관해 알던 모든 것이 가짜였던 것만 같다! 베드로는 더 이상 참을 수가 없었다.

"하! 하! 하! 하! 하!"

우렁찬 옆구리 박수가 기어이 터져 나왔다. 도저히 이건 아닙니다. 주님! 이대로면 정말 저들에게 돌이킬 수 없는 포악질을 부릴 것만 같습니다! 수사들은 퍼뜩 동작을 멈추고는 아연실색해 그런 베드로를 바라봤다.

"베드로! 지금 뭐가 웃기십니까?!"

"수사님, 왜 그러세요! 무섭습니다!"

"변수. 베드로. 변수. 조용. 듣습니다. 누가."

미친 사람처럼 보이겠지! 허나 아무래도 상관없다! 이게 내가 자네들을 지키는 방법이니까! 보다 못한 라자로와 요셉이 달려와 베드로를 뜯어말렸다. 하지만 고목나무에 매달린 매미들처럼 대롱거리다가 베드로의 날갯짓 몇 번에 힘없이 나가떨어질 뿐이었다.

"베드로, 그만하게."

프란체스코까지 다가와 타일렀다. 구석에서 내내 성경만 들춰 보시더니! 제가 이러니까 저는 말리십니까! 제게 가장 비참하게 느껴지는 사람은 다름 아닌 수사님입니다! 아십니까!

"원장 수사님이 그만하라고 하시잖습니까! 대체 왜 이렇게 우악스럽게 구십니까!"

라자로는 쓰러진 채로 외쳤다. 그러나 베드로는 도저히 멈출 수가 없었다. 지금 멈췄다가는 존경하는 원장 수사님께 해선 안 될 말을 해버릴 것만 같았다.

"하! 하! 하! 하! 하! 하!"

아니나 다를까, 심란해 어쩔 줄 몰라 하는 프란체스코를 보자 옆구리 박수는 아주 극으로 치달았다. 언제나 주님 편에서 옳은 결단을 내려주시던 수사님이! 어찌 이번에는 이렇다 저렇다 말 한 마디를 못 하십니까! 어찌 그리 편찮은 노인처럼 휩쓸리기만 하시냐 이 말입니다!

그때였다. 베드로의 무대포 웃음소리 사이로…… 높고 불길한 경보음이 들려왔다. 천장을 바라보며 의아해하던 라자로가 필사적으로 베드로의 입을 틀어막았다.

"조용 좀 해보십시오! 저건 무슨 소립니까?"

"화재경보기 아니에요?"

요셉도 당황스러워했다. 가만 들어보니 정말 화재경보기 소리 같았다. 베드로는 어퍼컷이라도 한 대 얻어맞은 것처럼 정신이 혼미해졌다. 불! 설마 불이라도 났다는 말인가!

베드로는 라자로를 뿌리치고 서둘러 사다리를 올랐다. 그런 베드로를 따라 다른 수사들도 줄지어 방공호 밖으로 기어 올라왔다. 주방과 식당에는 문제가 없었다. 베드로는 식당 문을 박차고 나갔다. 복도에서 몇 발 내딛지 않아 화재의 진원지를 확인할 수 있었다. 창밖으로 훨훨 불타고 있는 별관이 보였다.

불이다! 정말로 불이다! 어찌 이 시점에! 타오르는 불길을 보자 형언할 수 없는 감정에 베드로의 뱃구레 언저리가 꿀렁거렸다. 주님께서 우리의 이 참혹한 짓에 진노하셨다! 역시 내가 맞은 것인가! 그런 확신이 들어 뒤를 향해 있는 힘껏 소리쳤다.

"불이야!!! 불났습니다!!! 소화기들 가져오십시오!!!"

"안 돼!!! 자매님!!!"

따라 나오던 요셉이 별안간 나라 잃은 표정으로 복도를 내달렸다. 뒤늦게 튀어나온 수사들은 창밖의 광경을 보고는 눈이 휘둥그레져서 동시에 멈춰 섰다. 베드로는 소화기를 당부하며 황급히 요셉을 뒤따라 달려 나갔다.

이미 별관 입구에서는 진입이 위험할 정도로 높게 불길이 치솟고 있었다. 요셉은 무작정 뛰어들려다가 우지끈 떨어져 나가는 현관문에 놀라 뒤로 발라당 나자빠졌다. 베드로는 재빨리 우물에서 물 한 바가지를 퍼서 수도복 소매에 뿌린 뒤에 입을 막은 채 별관 안으로 돌진했다.

다행히 방 안에 자매는 없었다. 그러나 이미 별관 앞쪽을 집어삼킨 화마가 통로를 타고 뒷방으로 번지고 있었다. 이대로면 바깥의 수풀로까지 옮겨붙는다. 그럼 본관은 고사하고 산 전체가 무사하지 못한 건 시간문제였다. 밖에서는 수사들이 한데 모여

입구에 대고 소화기를 쏘고 있었다. 허나 저걸로는 어림도 없다. 베드로는 허겁지겁 쪽문으로 뛰쳐나가 뒤뜰로 달려가, 예초기 옆에 놓아둔 휘발유 통을 들고 아직 타지 않은 별관 주변에 정신없이 들이부었다. 미카엘이 짖어대는 소리에 달려온 수사들은 그런 베드로를 보고 사색이 되었다.

"베드로!!! 뭐 하시는 겁니까!!!"

라자로는 경악했다. 다른 수사들도 베드로를 막아서려 붙잡았다. 하지만 이번만큼은 베드로도 물러날 생각이 없었다.

"맞불을 놓을 겁니다!!! 쑥대밭 되는 걸 막으려면 별관을 버려야 합니다!!!"

베드로는 스스로의 무식함을 잘 알았다. 안토니오 같은 탁월한 지식으로 내린 결정이 아니었다. 라자로 같은 언변으로 설득할 머리도 없었다. 그러나 하나만은 알 수 있었다. 이 불은 주님이 내리신 심판의 불이다. 베드로는 그런 심판의 불꽃에 익숙했다. 그러니 이것은 지식이나 언변 따위로 설명할 수 없는…… 믿음이었다.

우르르르릉. 먹구름 낀 하늘이 일순간 매섭게 울었다. 베드로는 그런 하늘을 올려다봤다. 역시 주님의 진노가 임하신 것이 분명했다.

♰

하늘이 갈라지는 듯한 천둥소리와 동시에 식당 안의 창문이 열렸다. 수빈은 창틀을 잡고 날아올라 식당 안으로 진입했다. 다른 쪽 창문으로 안뜰의 긴박한 상황이 멀찍이 내다보였다. 훨훨 타는 별관 앞에서 허둥지둥 대는 수사들의 모습은 한눈에도 패닉 그 자체였다. 미안하게 됐지만 그건 당신들이 자처한 일이야. 그리고 엄밀히 따지면⋯⋯ 불은 그 고물 선풍기가 지른 겁니다?

수빈은 쏜살같이 주방으로 향했다. 역시나 조리대 위에 관은 없었다. 시체 창고로 갔구나. 냉장고 옆으로 난 철문 뚜껑은 굳게 닫혀 있었다. 열기 위해 안간힘을 써봤지만 어림도 없었다.

수빈은 까까머리가 발로 버튼을 누르던 싱크대 앞에 섰다. 아까의 기억을 되짚어 보자. 여기 어디쯤이었는데. 예상과 달리 바닥에는 버튼도, 개폐 장치처럼 보이는 어떤 것도 존재하지 않았다. 어디야! 어디! 대체 뭘 밟은 거야! 수빈은 오락실에서 펌프하던 기억을 떠올리며 자잘한 타일 바닥들을 발끝으로 사정없이 눌러댔다. 그 순간, 어느 한 타일이 쑥 들어갔다.

"영철아!!!"

수빈은 열린 철문 아래로 거의 뛰어내리다시피 내려갔다. 여긴 대체 뭐야. 시체 창고치고 일반 가정집 같은 풍경인데. 생각했던 것보다 평범한 지하 공간에 오히려 소름이 끼쳤다. 헐레벌떡 내려와 두리번거린 수빈은 거실 한쪽의 관을 발견하고는 모든 동작을 멈췄다. 한 발짝 움직이기가 너무도 힘들었다. 그리고 몇 발 디디지 않아⋯⋯ 다리에 힘이 풀려 주저앉을 뻔했다.

"야⋯⋯ 너 뭐야. 자?"

거실 벽면에 괴기스러운 제단이 꾸려져 있었다. 그리고 그 앞의 침대 매트리스 위에…… 영철이 웃는 채로 누워 있었다. 실오라기 하나 걸친 것 없는 알몸으로. 이제껏 시체를 본 적은 없지만, 그가 산 사람이 아니란 것만큼은 직감적으로 알 수 있었다.

수빈은 영철의 얼굴에 손을 뻗었다. 아무 실감이 나지 않았다. 영철의 장기가 아직 털리기 전인 것을 구석구석 확인하고는 다행이라고 생각하며 안심했다. 그리고 동시에 그딴 걸 다행이라 생각한 것에 주체할 수 없는 슬픔이 몰려왔다.

"흐흑…… 너 인신 공양이라도 당한 거야? 머리는 또 왜 이래? 저것들이 생체 실험이라도 했어? 뭐라 말 좀 해봐, 이 새끼야!!!"

수빈은 영철을 감싸 안고 울었다. 그러나 이럴수록 정신을 차려야만 했다. 수빈은 옆에 널브러진 영철의 옷가지와 백 팩을 뒤적였다. 눈물이 뚝뚝 흐르면서도 동작은 절도 있고 날랬다.

"너 그건 어디에 놨어! 샀을 거 아니야! 설마 그것도 뺏겼어, 저 새끼들한테?! 흐흑…… 그럼 안 되는데!"

없다. 진짜로 없다. 영철이의 로또가. 정신이 혼미해지자 수빈은 더 크게 엉엉 울었다. 북받치는 감정을 유감없이 토해내며 방 안 곳곳을 샅샅이 뒤졌다.

"누가 나를 보면 미친년인 줄 알 거야! 헤어진 전 남친 로또 맞았다고 여기까지 찾아와서! 남편이라고 구라 까고! 싸늘하게 죽은 모습을 눈앞에 두고도 로또 찾겠다고 이러는 걸 보면! 나 같아도 그런 년은 미친년이라고 할 거야! 근데 어쩌라고! 돌아버린 세상 똑바로 살려면! 나도 돌아버리는 수밖에 없는데! 슬픈 건 슬픈 건데, 슬픈 게 밥 먹여주지는 않잖아! 심지어 지금은 슬플 여유도 없어! 저 새끼들한테 나도 죽을지 모르는데! 그렇잖아, 영철아! 그렇잖아!"

두려움에 혼잣말이 나왔고, 자괴감에 눈물만 나왔다. 빌어먹을, 최악이다. 나란 사람도 최악인데, 어디에도 로또가 없는 게 더 최악이다. 현실을 직시하고 나니 엄청난 참혹함과 공허함만 찾아왔다. 수빈은 크게 심호흡을 했다. 엿 같지만 어찌 됐든 이제 살아나갈 일만 남았다. 그래야 영철이 장기라도 지켜줄 수 있을 테니까. 하도 울어서 이젠 히끅 소리를 제외하면 눈물샘도 마른 것 같았다. 핸드폰을 켰다. 이제 신고하고 토끼자. 112를 눌렀다. 전화가 먹통이다. 염병할, 여기 지하구나.

수빈은 재빨리 사다리를 타고 밖으로 올라갔다. 그리고 상상에서만 수십 수백 번 시뮬레이션 하던 상황을 기어이 맞닥뜨리고 말았다. 5인조 범죄 집단, 보라색 유니폼으로 맞춰 입은 그들이 온몸이 불에 그을린 채로 우두커니 서 있었다. 왜인지 고기 타는 냄새가 주방에 진동했다.

그들은 숨을 헐떡이며 수빈을 노려보고 있었다. 보통 사람 같았으면 놀라서 지려버리기라도 하겠지만 나는 아니다. 수빈은 슬금슬금 땅 위로 올라와 한 치의 시선 회피도 없이 그들 하나하나와 눈을 맞추며 침을 삼켰다. 눈동자만 빠르게 굴려 주변을 훑었다. 왼쪽에는 칼들, 오른쪽에는 프라이팬들. 저 뒤에 우두커니 서 있는 덩어리 수사가 뭔가 가장 할 말이 많아 보인다. 생긴 것도 제일 험악하게 생겼네. 그 말인즉, 날 제압하러 가장 먼저 튀어 오겠지. 프라이팬은 잘못 맞으면 골치 아프니까 칼이다.

수빈은 슬금슬금 왼쪽으로 움직였다. 그러자 5인조 역시⋯⋯ 왼쪽으로 슬금슬금 움직여 그 앞을 가로막았다. 후, 할 수 있다, 오수빈. 살아서 나가자. 수빈은 재빠르게 왼쪽 벽에 걸린 회칼에 손을 뻗었다. 역시나 예상처럼 덩어리가 사이를 비집고 튀어나왔다. 몸집에 비해 놈은 상상 이상으로 엄청나게 빨랐다. 젠장! 그래서 당황하고 말았다. 손이 미끄러져 칼을 떨어트리고 말았다. 아⋯⋯ X됐다.

14. 패역

프란체스코는 식당 출입문 옆에 서 있는 괘종시계에 멀거니 시선을 던졌다. 전면의 기다란 유리문 안에서 시계추가 좌우로 천천히 움직이는 모습이 보였다. 아무런 힘도 의지도 없는 채로, 아무런 의미도 없는 진자 운동을 바라보고 있노라니 문득 하단에 새겨진 문구가 눈에 띄었다.

'축 개원. 주님의 집.'

주님의 집은 수도회 재단의 수녀원에서 운영하던 보육원이었다. 그곳에서 기부를 받아 가져온 지가 한 20년 됐고, 그 전에 그곳에서 사용했던 기간도 한 20년은 됐을 테니 참으로 오래된 괘종시계인 셈이다.

벌써 세월이 그렇게나 흘렀구나. 그런 생각이 들자 프란체스코는 지나온 세월이 갑자기 무상하게 느껴졌다. '헛되고 헛되다, 설교자는 말한다, 헛되고 헛되다. 세상만사 헛되다.' 돌연 그 말씀 구절이 떠오르며 쓸쓸한 감응이 일었다.

"원장 수사님도 뭐라 말씀 좀 해주십시오!"

쩌렁쩌렁한 베드로의 목소리에 번쩍 정신이 들었다. 식탁에 모여 앉은 수사들은 길길이 날뛰듯 앞다투어 자기 할 말들을 쏟아 내고 있었다. 그리고 그 중심에는…… 팔짱을 끼고 심각한 얼굴로 경청 중인 수빈이 있었다.

주방의 지하 공간에서 올라오는 수빈을 마주했을 때, 프란체스코는 비로소 모든 것이 끝났다고 생각했다. 그렇게 생각하는 스스로가 놀라웠다. 그것은 기를 쓰고 피하고 싶은 상황이었다. 수빈과 그런 식으로 맞닥뜨린 것은 우려하던 최악의 상황이 기어이 벌어진 것이었다.

그러나 프란체스코는 원인 모를 해방감을 느꼈다. 드디어 에덴에 예정된 고난의 끝을 봤다는 해방감, 혹은 죽기 살기로 외면하고 싶던 불안의 실체와 마주하자 역설적으로 이제 더는 불안해하지 않아도 된다는 안도감이었을까.

그 때문인지 베드로가 갑작스럽게 수빈에게 튀어나갔을 때는 아차 했다. 식구들을 위해서라면 물불 안 가리는 그였기에 혹여 수빈을 어떻게 해버리기라도 할 줄 알았다. 하지만 베드로는 다짜고짜 수빈 앞에 납작 엎드려 사죄를 호소했다. 에덴의 모두를 위해 모든 것을 내려놓고 애걸복걸하는 그의 모습을 보며 프란체스코는 마음이 아팠다. 그리고 한편으로는 일이 더 커지지 않아 다행이라고도 생각했다.

딸각. 괘종시계가 밤 10시 정각을 가리켰다. 물론 종소리는 울리지 않았다. 언제부터였는지 기억도 나지 않을 만큼 오래전부터 고장이 나 있으니까. 오래된 것의 고장은 자연스럽다. 그리고 자연스럽다는 건 고칠 생각도, 의지도 무뎌져 가는 채로 그 고장이 언제부터 시작됐는지조차 서서히 잊혀가는 것이다.

프란체스코는 자신이 저 괘종시계 같다는 생각이 들었다. 더 이상 기도가 나오지를 않았다. 주님은 오늘 하루 종일 자신의 기도에 어떤 응답도 주시지 않았다. 그 응답 없는 기도에 지치고 만 것이다. 고장이 나버리고 만 것이다.

기도란 호흡이다. 호흡을 멈춘 인간은 죽음에 이르듯, 기도를 멈춘 수사는 영적 죽음을 맞이한다. 그래서인지 프란체스코는 숨은 쉬고 있지만, 숨만 쉬고 있는 것 같았다. 이미 죽어버린 것처럼 그저 수사들을 향해 힘없는 시선을 던졌다. 식당 안이 이렇게나 시끌벅적한 것은 에덴 역사상 본 적이 없었다. 그간의 일들을 자복하고 전후 상황에 대한 억울함을 토로하는 이들의 피 끓는 외침이 귓전을 웅웅 맴돌았다. 때를 놓친 말들은 어리숙한 해명과 공허한 변명의 형태로 처절하고 조급하게 내뱉어질 뿐이었다.

오직 수빈만이 수사들의 횡설수설을 신중히 듣고 있다. 옳고 그름을 판가름하려는 재판관처럼 연신 "흐음" 소리를 내며. 다행이라면 다행이다. 틀림없이 끔찍한 상황일 텐데, 상상 이상으로 저 젊은이는 담대하고 너그러워 보였다.

"알았어요, 알았어! 잠깐들 멈춰보세요. 그러니까 이걸 영철이가 헌금했는데 1등에 당첨된 사실을 알고 나서 써야 하나 말아야 하나 고민하다가 가보니까 영철이는 혼자 죽어 있었고, 그때 마침 제가 와서 지금까지 관짝 들고 이러고 계셨다, 이 말이죠?"

수빈은 앞에 놓인 놋그릇을 손가락으로 톡톡 치며 똑 부러지게 말했다. 놋그릇에는 지퍼 백에 든 복권이 심오한 기운을 내뿜으며 놓여 있었다. 역시나 수빈은 참으로 총명한 젊은이다. 정리되지 않는 아우성을 죽 듣더니 핵심만을 일목요연하게 요약해 냈다. 어쩌면 주님은 우리가 감당할 만큼의 고난만을 내리신 것일까. 프란체스코는 그런 실낱같은 희망이 생기는 것도 같았다.

"자매님, 머리가 비상하시군요! 정확합니다!"

베드로도 속이 뻥 뚫린다는 듯 박수까지 치며 기뻐했다. 수빈은 최종 판결을 앞둔 재판관처럼 말없이 턱을 괬다. 모두가 내심 기대하는 얼굴이었다. 주님께서 이제 우리에게 어떤 판결을 내리실지 조마조마했다. 혹시나 저토록 진중한 자매의 입을 통하신다면…… 어쩌면…….

"그걸…… 지금 저보고 믿으라고 하는 소리예요?"

주여, 아니었다. 우리가 내내 짐작해 온 판결이 날 것 같았다. 프란체스코는 눈꺼풀이 덜덜 떨려와 다시 눈을 감아야만 했다. 아직 고난이 끝나지 않았던 것입니까, 주님.

섣부른 기대가 무너지자 모두 불안이 가중되는 듯이 보였다. 라자로는 김이 팍 샌 듯 머리를 쥐어뜯으며 수사들을 향해 탄식했다.

"제가 뭐랬습니까?! 사실대로 말한다고 믿어지겠습니까, 이게? 저 같아도 못 믿습니다! 저 같아도!"

"왜 성질을 내고 그러세요? 여기서 제일 성질 나고 슬픈 건 저거든요?"

수빈은 그런 라자로를 쏘아보며 어처구니가 없다는 듯 따져 물었다. 직전까지 수빈과 협상이라도 해보려는 투로 조곤조곤했던 라자로였다. 그러나 이제 아주 수가 틀렸다는 걸 직감했는지 그는 소매까지 걷어붙이고 핏대를 세웠다.

"예, 그러시겠지요! 그런데 솔직히 말씀드리면요! 주검이 된 남편을 보고도 안색 하나 안 변하고 로또부터 찾으셨던 분이 그렇게 슬퍼 보이지는 않습니다!"

"지금 그걸 말이라고 해요?"

"말 나온 김에 직접적으로 한 가지만 여쭙겠습니다. 영철 형제의 아내분이 맞긴 하십니까?"

"이봐요! 장난하세요?"

수빈의 안색이 싸늘하게 변했다. 아주 싸움이 붙었구나. 이제 정말 어떠한 더 큰 고난이 닥쳐올지 짐작조차 되지 않았다. 그러나 라자로는 멈출 줄을 몰랐다.

"아니요! 실례인 줄은 알지만, 결코 장난도 아닙니다! 자매님이 저희 말을 못 믿으시듯이 저희도 쉽사리 믿기지가 않거든요! 영철 형제가 생전에 저희에게 하신 말씀이 있습니다. 형제는 혼자서 생을 마감하시려다가 기적처럼 이곳에 오셨다고 했습니다. 혼자서요! 그런데 갑자기 아내라고 나타난 자매님을 저희가 덥석 그렇구나 하고 믿을 수 있겠습니까? 형제님이 거짓말이라도 했다는 겁니까?"

"알게 뭐예요? 기적은 뭔 놈의 기적이요?"

"갑자기 통장에 밀린 월급이 들어왔답니다! 막 이렇게 매달려서 주님 곁으로 가시기 직전에!"

라자로는 목을 매는 시늉을 하다가 막상 묘사하기도 죄스러운지 허둥지둥 행동을 그쳤다. 수빈의 낯빛이 한없이 어두워졌다.

"근데 왜 하필 여기로 왔다는데요?"

"저 아래에서 길을 잃은 데다 폭풍우까지 겹치⋯⋯."

"아뇨. 여기 말고, 제주도."

"처음이자 마지막 여행지였다고 하셨어요. 첫사랑 되는 분이랑!"

"후⋯⋯ 미친놈⋯⋯."

"왜 저한테 욕을 하십니까?!"

라자로는 수빈이 욕을 중얼거리자 길길이 날뛰었다. 그러나 프란체스코는 알 수 있었다. 자매의 욕은 영철 형제를 향한 것이었다. 담대하고 총명한 자매의 눈시울이 급격히 붉어진 것 같더니 금세 평정을 되찾고는 언성을 높였다.

"자꾸 소시오패스 취급하시는데요, 저는 누구들이랑 다르게 사람 속여먹는 거 체질에 안 맞아요. 그래요. 영철이랑 헤어졌어요, 2년 전에. 그러니까 정확히는 엑스 와이프겠네!"

"예?! 아내가 아니셨군요?!"

가만있던 요셉이 대뜸 놀람과 기쁨 그 어디쯤의 목소리로 소리쳤다.

"예! 그 거지 같은 첫사랑이 저예요! 근데 그게 대수예요? 서로 사랑했으면 그만이지. 지금 내가 와이프든 전 여친이든 달라지는 건 아무것도 없어요. 알죠?"

"보십시오! 제가 뭐랬습니까! 어쩐지 핸드폰에 미친년으로 저장돼 있을 때 진작 알아봤어야 하는데!"

"그 새끼가 그렇게 저장했어요?!"

"예! 그러니 저희도 오죽했겠습니까! 아무리 봐도 자매님이 형제님 아내로 안 보이는 바람에 이 지경까지 온 것도 없잖아 있습니다!"

라자로는 왠지 조금은 기분이 나아진 것처럼 조잘거렸다. 그러나 수빈은 콧방귀를 꼈다.

"허, 개소리를 정성껏도 하시네! 이제 아주 가스라이팅을 하시겠다?"

"가스라이터는 자매님이 쓰셨잖습니까! 라자로 수사가 개소리를 잘하긴 합니다만 공사는 구분하셔야지요!"

옆에서 뜨거운 콧김만 내뿜던 베드로가 난데없이 가스라이터 하나를 꺼내 식탁에 쾅 하니 내려놓았다. 그리고는 주머니를 뒤적거리더니 담배꽁초들을 우수수 쏟아냈다.

"멀쩡한 남의 집 다 태워먹은 건 어쩌실 겁니까! 산불로까지 번졌으면 어쩔 뻔했습니까!"

"수사님! 사람이 안 다치고 산 게 우선이지요! 그리고 산불까지 낸 것도 아닌데 자매님만 너무 몰아세우지 마셔요! 얼마나 속이 타셨으면 저렇게나 줄담배를 피우셨겠습니까!"

얼굴이 발그레해진 요셉이 대뜸 항변했다. 수빈은 이제 다 귀찮다는 듯 신경질적으로 식탁을 두드렸다.

"아아, 됐어요, 됐어! 돌겠네. 잘 들으세요. 그건 그냥 모기 쫓으려고 피워둔 거지 내가 핀 거 하나도 없고요. 불은 담배 때문이 아니라 그 엿 같은 고물 선풍기가 터지면서 난 거예요. 불이 막 여기저기 옮겨붙고 난리도 아녔다니까! 변신처럼!"

"병신이라니요! 여기서는 하나뿐인 선풍기였습니다!"

"변신이라고! 변신! 그쪽은 왜 그렇게 말귀를 못 알아들어요!"

베드로와 수빈은 서로를 쏘아보며 목소리를 높였다. 이때다 싶은지 라자로가 거들었다.

"저거 보십시오, 저거! 그렇게 말끝마다 날을 세우시는데 저희가 의심을 안 하고 배깁니까? 차마 얘기는 안 했는데요! 아까 우리한테 칼까지 겨누려던 거 제가 모를 줄 아십니까!"

"내가 죽게 생겼는데 칼이 문젠가? 그때 놓치지 말았어야 하는데."

"칼을요?! 언제요?! 전 몰랐습니다!"

"모르셨겠죠! 그렇게 대뜸 머리부터 조아리셨는데! 베드로 수사님 하마터면 피살당할 뻔하셨습니다!"

"피살 같은 소리하네. 그건 당신들 전문이겠지."

"이보세요, 자매님! 말씀 가려 하십시오!"

"아이, 수사님들 진정하세요! 자매님 입장에서는 충분히 오해할 만하셨잖아요!"

자중지란도 이런 자중지란이 없다. 프란체스코는 어디서부터 어떻게 이 상황을 수습해야 할지 골이 지끈지끈했다. 아무리 주님의 뜻을 구해도 기도의 문은 역시나 굳게 닫혔다. 소란 가운데 수빈이 진저리를 치며 벌떡 일어났다.

"다 됐고! 쓸데없이 시간 낭비하지 말고 그럼 이렇게 해요. 제가 여러분 말 다 믿을게요. 대신 로또랑 영철이 주세요. 그럼 원하시던 대로 입 꾹 다물고 조용히 사라져 줄 테니까. 이거 진짜 말도 안 되는 딜인 거 알죠? 아주 수사는 내가 해야겠네."

"그건 아니지요! 자매님이 영철 형제와 생판 남인 게 밝혀진 마당에 어찌 그리 당당히 소유권을 주장하십니까? 형제가 로또를 헌금한 곳은 이곳입니다!"

"홀로 된 여인의 몸으로 장례는 어찌 치르실 심산입니까! 형제는 생전에 왁자지껄한 장례를 원하셨단 말입니다!"

라자로와 베드로는 각기 다른 이유로 수빈의 제안을 거절했다. 수빈은 어처구니가 없다는 듯 자리에 앉아 팔짱을 끼고 골똘히 생각에 잠겼다가 퍼뜩 고개를 들어 수사들을 의심의 눈초리로 훑어봤다.

"정말…… 영철이 제사 지내주려던 거 맞아요?"

"제사가 아니라 미사입니다! 이 옷은 저희가 장례미사를 집전할 때 입는 제의입니다!"

"맞습니다, 자매님! 저 아래 있는 제구들을 보면 아십니다!"

베드로와 요셉이 설득하는 투로 말했다. 수빈은 한발 물러나듯 손을 털었다.

"좋아요. 어차피 나도 주제넘게 영철이 돈 다 먹어봤자 탈만 나지. 그럼 수사님들이 영철이 장례를 마저 치러주세요. 그리고 로또 당첨금은…… 깔끔하게 반땅하시죠. 어때요, 콜?"

"듣던 중 현명한 말씀입니다!"

베드로는 벌떡 일어나 또 박수를 쳤다. 그러나 꽁해 있던 라자로가 그런 베드로를 앉혔다.

"현명은 무슨요! 여기 머리가 여섯인데 이등분을 하자는 건 셈법이 이상하지 않습니까!"

"수사님들은 한 팀이니까 하나로 쳐야죠."

"그런 불공평이 어디 있습니까! 이 일은 주님께서 계획하신 일입니다. 한낱 인간이 그렇게 얼렁뚱땅 잇속 차릴 심산으로 셈하시면 안 되지요!"

"그딴 계획 저는 잘 모르겠고! 수사님들 지금 사체 유기하고 다니셨어요. 솔직히 제가 지금 경찰서 가서 입 열면 수사님들 사체 유기죄예요, 사체 유기죄. 그렇게 안 해주는 것만 해도 어디에요? 피차 복잡해지지 맙시다, 예?"

저 젊은이는 대체 어떤 생애를 살아온 것인가. 프란체스코는 이제 겁이 날 지경이었다. 그 말 많던 라자로도, 울컥거리던 베드로도, 얼굴이 벌게져 당황만 하던 요셉도 모두가 현실적인 죄목 앞에서 입을 꾹 다물었다. 그때 내내 손톱만 물어뜯던 안토니오가 입을 열었다.

"없잖습니까. 증거."

다들 동아줄이라도 발견한 양 안토니오를 바라보더니 탄력을 받아 소리쳤다.

"그, 그렇습니다! 우리가 그랬다는 증거 있습니까!"

"증거도 없이 협박에 신성 모독까지 하시다니요!"

"맞아요, 자매님! 노여움은 잠시 내려놓으세요!"

그러나 수빈은 표정 하나 바꾸지 않고 식탁 위에 자신의 핸드폰을 슥 올렸다. 모두가 무슨 상황인지 몰라 서로의 눈치만 살폈다. 수빈은 화면을 톡, 한번 눌렀다. 그러자 수사들이 직전까지 자복했던 모든 내용이 고스란히 녹음되어 흘러나왔다.

작은 요물단지에서 흘러나오는 목소리들은 선명하고도 우렁찼다. 모두가 자신들의 처절한 음성을 들으며 파랗게 질려버렸다. 듣던 중 괴로워하던 라자로는 자리를 박차고 일어났다.

"드디어 본색을 드러내시는 겁니까!"

"아휴! 앉아요, 앉아! 나도 보험이 필요할 거 아녜요! 걱정 마세요. 서울 가서 당첨금만 찾으면 깔끔하게 지워드릴게."

"다 됐습니다! 그냥 지금 저 복권 줘버리고 끝냅시다!"

베드로는 식탁을 부술 듯 내리쳤다. 그 말에 라자로는 발악을 했다.

"아니요! 안 됩니다! 당첨금은 우리가 찾을 겁니다! 이토록 음흉한 자매님을 어떻게 믿고!"

"맘대로들 하세요. 그런데 수사님들 서울 농협 본점 가서 1등 당첨금 60억을 찾을 수 있겠어요? 로또 1등 당첨된 수도사들! 뉴스에 나오겠네!"

거기까진 생각도 못 했다. 상상만 해도 죄스러운 모양새였기에 프란체스코는 얼굴까지 달아올랐다. 모두가 다시 꿀 먹은 벙어리처럼 말이 없어졌다. 천생 저 자매가 필요한 것인가. 아무래도 좋으니 이제 정말 이 고난을 끝내고만 싶었다. 씩씩대며 식탁 근처를 서성이던 라자로가 대단한 결심이라도 한 듯 외쳤다.

"오케이! 그럼 30억! 딱 반입니다! 이것도 녹음하세요, 어서!"

"에헤이, 30억이 아니죠."

수빈은 태연했다. 라자로만이 제자리에서 방방 뛰며 복장 터져 했다.

"또 왜요! 왜! 60억을 반으로 나누면 30억 아닙니까!"

"아니, 애초에 60억을 못 받는데 무슨 소리예요. 있어 보세요."

수빈은 핸드폰 계산기를 두들기더니 "하, 씨" 외마디 탄식을 내뱉으며 무리에게 내보였다. 모두가 고개를 내밀어 핸드폰을 내려다봤다. 그 순간 프란체스코는 자신의 두 눈을 의심했다.

"세금 33퍼센트 떼고 복권비 1000원 떼면 실수령액은 이거네요. 40억…… 5300만…… 330원. 여기서 또 반을 나누면……."

"무슨 세금을 이리 많이 뗍니까?! 설마 또 속이는 겁니까?!"

라자로는 펄쩍 뛰며 빈정댔다. 다른 수사들도 의심스러운 얼굴로 고개를 갸웃거렸다. 그러나 프란체스코는 다른 의미로 현기증이 나는 바람에 쓰러질 것 같았다.

세금이라고. 세금까지는 전혀 생각지 못했다. 애초에 복권 따위 구경도 해본 적 없는 프란체스코로서는 당연한 일이었다. 허나 심장이 터질 듯 요동치는 이유는 그 때문이 아니었다. 처음부터 복권 1등이든 60억이든 프란체스코에게 그런 건 하등 중요한 것이 아니었다. 그러나 복권의 값이 저기 적힌 4,053,000,330원이라면…… 전혀 다른 말이었다.

프란체스코는 떨리는 손으로 주머니 춤에서 반듯하게 접어둔 종이 한 장을 꺼냈다. 엊그제 부동산 업자로부터 건네받은 토지 시세표였다.

 도미니코의 장례미사를 마친 직후 에덴의 최후를 통보받았던 그날, 프란체스코는 착잡한 마음을 달래려 마을 아래로 내려가 거리를 거닐다가 부동산이 눈에 띄자 문득 그곳에 들러보고 싶단 마음이 들었다.

 한 번도 주님 전의 값을 매겨보려 상상조차 해본 적 없었다. 그러나 평생을 살던 집에서 이제 곧 떠나야 한다는 사실이 묘하게 마음을 움직였다. 지금 세상에서는 이런 곳에서 살기 위해 대체 얼마나 필요할지가 난생처음 궁금해진 것이다.

 부동산 사장은 프란체스코를 알아보고는 성호를 긋다가 용건을 듣고는 의아하다는 얼굴로 에덴의 값을 책정해 줬다. 그의 말들은 쉽게 알아듣기 힘들었고, 깨알 같은 시세표 역시 봐도 모를 만큼 어지러웠다. 프란체스코가 알아볼 수 있는 것은 오직 그가 종이 여백에 유성 매직으로 굵직하게 적어준 숫자가 전부였다.

 프란체스코는 또다시 분규로 아우성인 수빈과 수사들을 뒤로한 채, 핸드폰에 적힌 금액과 시세표의 숫자를 하나하나 대조했다. 사지가 떨리고 눈까지 흐릿해져 손가락으로 하나하나 짚어가며 읊조렸다.

 4,053,000,330원. 분명하고 명확하다. 1원 한 푼 틀리지 않고 일치했다. 프란체스코는 그날 언감생심 헤아려 본 적도 없을 만큼 값비싼 에덴의 금액에 '주여, 제가 참 좋은 집에서 살았군요' 하고 놀라며 부동산을 나왔다. 그런데 지금 이 상황은 그보다도 갑의 갑절은 놀라운 일이었다. 이것은 주의 이적(異跡)이다. 그렇

게밖에는 설명이 되지 않는다. 에덴은 건재해야만 한다고, 골프장 따위가 들어서는 일만큼은 막아야 한다고, 도미니코 수사님이 돌아가시기도 전부터 얼마나 이런 기도를 간절히 드렸던가.

프란체스코는 경이로운 주의 섭리에 눈물이 흘렀다. 눈물로 희뿌예진 시야에 괘종시계가 들어왔다. 저것과 달리 나는 고장 나지 않았다. 주님께서 기도를 들어주셨기에, 다시 고침 받은 것이다. 그때였다. 괘종시계가 거짓말처럼…… 산산이 조각나며 부서져 내린 것은.

쾅. 와장창. 거칠게 아가리를 벌리듯 열린 식당 문이 시계를 쳐부쉈다. 모두가 깜짝 놀라 시선을 돌렸다. 벌어진 아가리에서 한눈에도 독성 가득한 두 젊은 사내가 토해지듯 나타났다. 흉측한 문신들로 온몸을 칠갑한 사내들은 지체 없이 식탁으로 다가왔다.

"X발 년이 존나 빡돌게 만드네."

둘 중 작고 흰 사내가 수빈의 머리채를 거칠게 움켜잡았다. 너무도 순식간인지라 누가 어떻게 해볼 새도 없었다. 독기가 잔뜩 오른 사내는 수빈을 일으켜 세워 벽으로 잡아끌었다. 이 안에 자신과 수빈만이 존재하는 것처럼 어떤 것도 안중에 없어 보였다.

"놔라, X만아."

수빈이 거칠게 뿌리쳤지만 사내는 더욱 거칠게 틀어잡고는 자매의 목 언저리에 시퍼런 칼을 들이밀었다. 우왕좌왕하는 수사들 틈으로 요셉이 튀어 나가 사내에게 달려들었다. 그러나 장승같이 검고 커다란 다른 사내가 어느 틈에 다가와 요셉의 복부를 걷어찼다. 종잇장처럼 나가떨어진 요셉은 배를 움켜쥐고 괴로워했다.

"나서지 말라고 했을 텐데, 신부."

"요셉!!! 당신들 누굽니까!!!"

베드로가 자리를 박차고 일어나 요셉을 부축했다. 라자로와 안토니오는 잔뜩 겁먹은 모습으로 몸을 떨었다. 요셉은 가까스로 숨을 몰아쉬며 소리쳤다.

"아까 말씀드린! 사채업자들입니다!"

"어이! 금융 플래너다, X발아. 그래도 덕분에 잘 찾아왔어. 또 족뺑이 칠 뻔했는데, X발."

그들은 아무래도 요셉의 수도복을 보고 찾아온 것 같았다. 하얀 사내는 요셉에게 상스러운 말 몇 마디를 건네더니 다시 수빈을 겁박했다.

"지긋지긋하다, 그치? 그냥 빨리 청산하고 끝내자. 로또 어디 있어?"

"뭔 로또? 내가 너네한테 로또를 빌렸던가?"

"X발 년이 따박띠빅 뒤질라고. 너네 집 다녀왔다. 개수작 말고 어디 있는지나 말해. 내기했거든, 우리. 나는 샀다. 쟤는 안 샀다. 근데 사실 뭐든 상관은 없어. 그동안 족뺑이 친 인건비에 제주도 출장비까지 다 계산하면 딱 60억 정도 나오겠더라고?"

"지랄하네, 빡대가리 새끼."

수빈은 지지 않고 킬킬거리며 쏘아붙였다. 그때 눈빛만으로 주변을 훑어보던 장승 사내가 식탁을 가리켰다. 정확히는 그 위의 놋그릇에 들어 있는 복권을 가리키는 것 같았다.

"니가 이겼다."

"당연하지, X발. 내가 틀린 거 봤음?"

장승 사내가 성큼성큼 식탁 쪽으로 다가왔다. 프란체스코는 그제야 벼락이라도 맞은 것처럼 번쩍 눈이 뜨였다. 생전 이토록 빨리 움직여 본 적이 없을 만큼 날래게 식탁으로 몸을 날렸다.

"에덴은 안 돼!"

다행히 프란체스코가 먼저 지퍼 백을 움켜쥘 수 있었다. 이 복권을 두고 왜 에덴이란 말이 튀어나왔는지 연유는 알 수 없었다. 하지만 주님의 크신 뜻을 안 이상 틀린 말은 아니었다.

"주세요, 늙은 신부."

한발 늦은 장승 사내가 프란체스코의 팔을 움켜쥐었다. 사내는 거인족의 후손이라도 되는 듯이 기골이 장대하고 위압이 엄청났다. 그저 잡았을 뿐인데 뼈마디가 떨어져 나가는 것 같다. 하지만 팔이 잘려져 나가는 한이 있더라도 안 된다. 절대로 빼앗겨서는 안 된다.

"X발, 저 사람들 뭐냐? 니 아빠들이냐?"

하얀 사내가 수빈에게 지껄이는 말이 들렸다. 그리고 연이어 그에 비할 수 없을 만큼 매서운 목소리가 들렸다. 베드로였다.

"빌어먹을! 원장 수사님! 그냥 줘버리십시오! 이게 다 그것 때문 아닙니까! 우리가 상관할 바 아니지 않습니까, 예?!"

아니, 자네는 아직 몰라. 그리고 앞으로도 몰라야 한다네. 70년 전 주님께서 아무것도 모르는 핏덩이를 에덴에 보내신 이유, 그런 핏덩이를 몰락하는 에덴의 원장 수사로 세우신 이유는 이 패역을 감당하고서라도 어떻게든 내게 에덴을 지키라 명하신 주님의 뜻이니까.

프란체스코는 그런 생각을 하며 더욱 강하게 지퍼 백을 움켜쥐었다. 그러자 험악하게 인상을 쓰던 장승 사내가 돌연 섬찟하게 웃었다. 그가 손목을 돌리자 온 관절이 비틀리는 고통과 함께 무릎까지 꿇려졌다. 그러나 프란체스코는 비명조차 내지르지 않았다.

장승 사내는 어떤 경고도 없이 오른 주먹을 쳐들었다. 이깟 무력으로 주의 뜻을 굽힐 수 있을 성싶으냐. 프란체스코는 질끈 눈을 감았다. 동시에 쩍 하니 나무토막 부러지는 소리가 났다. 맞은 건 자신이 아니었다. 저만치 쓰러져 입가에 피를 닦고 있는 이는…… 장승 사내였다. 베드로가 파르르 떨리는 주먹을 어루만지며 프란체스코의 앞을 막아서고 있었다.

"쌍놈의 새끼들이 보자 보자 하니까!!! 이분이 누군지 알고!!!"
"신부가 아닌가. 어디 식구인가."
"에덴 식구다, 씨부럴 놈아!!!"

베드로는 굶주린 맹수처럼 포효했다. 그는 입회 전에 다시는 주먹을 쓰지 않겠다며 주님 앞에 서원하고는 말릴 새도 없이 스스로 제 손을 짓이겨 놓았을 만큼 결연했고, 순수했다. 그런 베드로가 이토록 분노에 잡아먹힌 모습을 본 적이 없었다.

베드로는 괴성을 지르며 주변을 두리번거리더니 주방 문간에 쏟아져 있는 말린 버섯을 한 움큼 집어 장승 사내 앞으로 내던졌다.

"마우스피스 껴라!!!"

"지랄하네. 목소리로 싸움하나. 하여튼 왕년에 좀 쳤다는 아재들은 X발 아주 환상 속에 살아. 야, 리헌아. 저 떵어리 평생 발바닥으로 기도하게 만들어 드려라."

하얀 사내가 이기죽거렸다. 장승 사내는 소름 끼치는 미소로 고개를 끄덕이더니 별안간 베드로에게로 날아왔다. 어찌나 빠른지 프란체스코의 노안으로는 따라갈 수도 없었다. 허나 그보다 더욱 빠른 건 놀랍게도 육중한 베드로의 몸놀림이었다. 베드로는 사내의 송곳 같은 무릎을 피하더니 어느새 쥐고 있던 말린 버섯을 그의 주둥이에 쑤셔 넣었다. 사내는 적잖이 놀란 듯 웅얼거리며 뒤로 물러섰다.

"꼈다!!! 팬다!!! 이 우라질 놈의 새끼!!!"

베드로는 거리낌 없이 순식간에 도약하더니 오른 주먹을 사내의 왼뺨에 꽂아 넣었다. 사내가 중심을 잡았지만, 베드로는 가차 없이 그의 반대 뺨도 후려갈기고는 비틀대는 사내의 뒷목을 붙잡고 복부를 올려 쳤다. 마지막으로 그의 턱에 주먹이 날아가기까지 모든 과정이 일순간에 끝났다. 공중에 뜬 사내의 뒤통수가 시멘트 바닥을 쿵 때리는 불길한 소리가 났다. 사내는 부동자세로 바닥에 붙어 힘없이 고개를 떨궜다. 주여, 기어이 사달이 났구나. 눈에 흰자밖에 남지 않은 장승 사내의 이 몇 개가 바닥에 투둑 떨어졌다.

"마우스피스를 삼키면 어떡하냐, 후레새끼야!!! 다음은 너!!! 이 잡놈의 새끼!!!"

베드로는 스스로를 주체하지 못하며 하얀 사내에게로 다가갔다. 어느 누구도 그를 말릴 생각도, 엄두도 못 내는 것 같았다. 하얀 사내는 제 피부보다 더욱 새하얗게 질려 그제야 수빈의 머리채를 놓고 뒷걸음질 쳤다. 더 이상은 안 된다. 더 큰 고난만 생겨날 뿐이다.

"베드로! 그만하게!"

프란체스코가 소리쳤다. 그러나 베드로는 아무 소리도 들리지 않는 것 같았다. 하얀 사내가 베드로에게 칼날을 겨누었지만, 베드로는 일말의 망설임도 없이 성큼성큼 다가갔다. 그러자 사내가 마구잡이로 칼을 휘둘렀다. 잠시 뺨을 이루만시는 베드로의 주변에 피가 뚝뚝 떨어졌다.

베드로는 식당이 터져라 소리를 질렀다. 고통의 비명이 아니었다. 울분이었다. 하얀 사내는 야생 곰이라도 만난 조난객처럼 보기 흉할 정도로 떨었다. 베드로가 단숨에 그의 칼을 빼앗았다. 그리고 그 칼을 사내의 목울대에 들이밀었다. 죽는다. 죽일 것이다. 아마 이 안의 모두가 그렇게 생각했을 것이다. 프란체스코는 온 힘을 다해 소리쳤다.

"부원장 수사!!! 그만하란 소리 안 들려!!! 죽일 셈이야!!!"

베드로는 부원장 수사라는 자신의 직분을 사랑했다. 언제나 사명을 가지고 헌신했다. 그런 그였기에 필히 울림이 있을 것이다. 역시 베드로는 동작을 우뚝 멈췄다. 하지만 그가 뒤를 돌아봤을 때, 프란체스코는 자신의 생각이 잘못되었음을 깨달았다.

"나를 단 한 번이라도 에덴의 부원장 수사로 생각한 적 있습니까!!!"

모두를 향해 소리치는 것 같았지만, 베드로가 똑똑히 바라보는 사람은 다름 아닌 프란체스코 자신이었다. 그는 칼을 쥔 반대편 손으로 하얀 사내의 안면을 강타했다. 사내는 뒤에서 누가 잡아당기는 것처럼 그대로 고꾸라졌다. 베드로는 숨을 몰아쉬더니 맥없이 칼을 집어 던졌다.

"원장 수사님."

프란체스코는 어떤 대답도 할 수 없었다. 베드로가 아이처럼 울고 있었기 때문이다.

"그거…… 쓰실 겁니까."

베드로는 프란체스코가 손에 꼭 쥔 지퍼 백을 가리켰다. 프란체스코는 잠시 복권을 바라보고는 다시 베드로를 똑바로 바라봤다. 무슨 대답을 바라는지 잘 알고 있네. 자네는 할 만큼 했어. 허나 이건…… 내가 지고 가야 할 십자가야. 프란체스코는 고개를 끄덕여 보였다.

"그러십시오."

베드로는 그 말을 끝으로 쌩하니 식당을 빠져나갔다. 지켜보던 라자로와 요셉이 헐레벌떡 베드로를 붙잡으려 따라 나갔지만, 복도에서는 그들의 절박한 외침만이 들려왔다. 안토니오는 쓰러진 사내들을 내려다보며 손톱을 물어뜯었다. 위태로운 숨소리가 식당의 공허를 갈랐다.

수빈은 얼빠진 얼굴로 잠시 주변을 살피더니 쓰러진 의자 하나를 일으켜 세워 앉았다. 프란체스코는 그런 자매의 앞으로 다가갔다.

"자매님."

"예?"

"아무래도 이 종이 한 장에 참 많은 것들이 얽혀 있는 것 같습니다."

"……그러게요."

"이것을 반으로 나누자고 하셨지요. 알겠습니다. 그렇게 하시지요. 대신."

수빈은 다음 말을 기다리듯 프란체스코를 물끄러미 올려다봤다.

"날 밝는 대로 당첨금을 찾으러 가기 전까지, 제가 이것을 두고 기도를 좀 올려도 되겠습니까."

"아…… 예. 뭐 그러세요."

다행히 수빈은 순순히 대답했다. 자매도 이 상황이 혼란스럽긴 매한가지인 것 같았다. 프란체스코는 바닥에 나뒹구는 시세표 종이를 주워 들었다. 4,053,000,330원이라는 글씨가 이젠 너무도 선명히 보였다. 더는 사지가 떨리지도, 눈이 침침하지도 않았다. 행할 일만 남은 자에게 더 이상의 불안이나 두려움은 없는 법이니까.

주님, 세상의 잣대는 앞으로의 저의 행동을 두고 패역이라 할지라도 저는 주의 뜻을 향해 정금같이 나아가겠습니다. 프란체스코는 그런 기도를 하며 복권을 주머니 속에 고이 넣었다.

15. 응답 (1)

베드로는 어둠이 내린 마을 어귀를 정처 없이 걸었다. 발길에 흙가루가 치이는 소리와 풀벌레 소리, 멀찍이 들려오는 파도 소리만이 밤의 적막 속에 희미하게 뿌려졌다. 야밤의 마을은 대낮과는 또 달랐다. 낮은 돌담길 사이사이마다 민가들이 있었지만 전부 불이 꺼져 그 집이 그 집 같다. 중간중간 가로등이 없었다면 길을 잃을 것 같았다. 하기야 행선지도 없는데 잃을 길은 또 어디 있겠는가.

몇 시나 됐는지, 얼마나 걸었는지 짐작도 안 갔다. 이런 야심한 시각에 혼자서, 그것도 자의로 에덴을 벗어나 있던 적은 없었다. 식구들을 뿌리치고 무작정 내려왔지만 막상 갈 곳도 없다. 반평생을 살아온 동네여도 주님 전을 벗어나면 결국 광야일 뿐이로군.

머리가 복잡해지자 뺨이 욱신거려 왔다. 베드로는 얼굴을 조심스레 어루만졌다. 이제는 피가 말라 굳은 것 같았다. 칼에 베인 뺨보다 또다시 사람을 치고야 만 주먹이 더욱 아팠다. 그러나 그런 주먹과 비교도 되지 않을 만큼 아픈 것은 마음이었다.

한참을 더 걷다 보니 뜬금없이 신작로 하나가 나왔다. 말끔하게 덧칠된 건널목은 구시가지와 신시가지를 이어주는 구름다리처럼 보였다. 베드로는 깜빡이는 초록 불에 이끌려 힘없이 건널목을 건넜다. 상가들이 들어섰다는 신시가지 거리도 어둡긴 매한가지였다. 제주는 육지 도시와 달리 자정도 되기 전에 대부분 셔터를 내린다더니 진짜였군. 그때 불 꺼진 점포들 사이 골목에서 덩그러니 발광하는 간판 하나가 눈에 띄었다.

'할매 순댓국 24시간 영업'. 전에도 본 적이 있다. 국밥집까지 가맹점이 생겼다는 세월의 변화가 놀라웠지. 베드로는 형광등 불빛에 날아드는 날파리처럼 휩쓸리듯 그곳으로 들어갔다.

"뭐 드려요?"

이제 막 중학생쯤으로 보이는 소녀가 플라스틱 물통과 스테인리스 컵을 내려놓으며 물었다. 제 부모의 일을 거드는 착한 딸아이구나. 베드로는 벽에 커다랗게 걸린 메뉴판을 바라봤다. 역시 전부 육고기뿐이로군. 베드로는 마지못해…… 순댓국 특사이즈를 주문하며 물었다.

"여기 정말 스물네 시간 동안 있어도 되니?"

"24시간 동안 드시게요? 국밥만?"

주문 용지에 체크하던 소녀는 어이없다는 듯 되물었다. 베드로는 소녀를 빤히 바라봤다. 소녀도 그런 베드로를 빤히 바라봤다. 으음, 수완이 좋은 아이로구나. 베드로는 마지못해…… 소주 세 병을 추가로 주문했다. 그 말에 소녀는 고개를 끄덕이다가 이내 뭔가 이상하다는 듯 물었다.

"왜 세 병이에요?"

"돈이 그것밖에 없거든."

"아, 그 말이 아니라……. 근데 아저씨 종교인 아니에요?"

베드로는 가게 창에 비친 자신의 모습을 바라봤다. 보라색 제의를 입고 있는, 영락없는 종교인의 모습이다. 겉모습은 그렇다. 아니, 겉모습만 그랬다. 오늘 자신이 행한 일들 중 어떤 것에도 종교인의 모습은 없었으니까. 그래서 소녀에게 아무런 대답도 하지 못했다. 소녀는 희한한 사람이라는 눈빛을 흘리며 발길을 돌렸다.

식구들을 원망하고 화냈다. 그간의 서운함까지 토해버리고 다 내던지듯 가출했다. 식구들을 내 몸보다 사랑하고 섬기는 것이 부원장 수사로서의 사명이었는데. 그것이 곧 주님을 사랑하는 마음과 같다 믿고 살아왔는데. 심지어 다시는 주먹질을 하지 않겠다고 주님께 드렸던 약속마저 어겼다. 또다시 분노에 잡아먹혔다. 사람을 패고 말았다.

학창 시절에는 고교 복싱 챔피언까지 했다. 그러나 그게 대체 언제인가. 이제는 그만한 아들놈을 두고도 남을 나이가 됐는데도 몸이 기억하고 있을 줄은 몰랐다. 무도인으로서나 사내로서는 꽤 뿌듯한 일일 테다. 그러나 나는 세상 등지고 십자가를 바라보기로 서원한 수사가 아닌가. 분노와 폭력을 다스리지 못하는 수사는 실격인 셈이다.

다시 돌아갈 수 있을까. 식구들 품으로, 집으로, 예전처럼. 느닷없이 드는 이런 생각들이 마음을 한없이 무겁게 만들었다.

"근데 괜찮으세요?"

어느 틈에 소주 세 병을 가져온 소녀는 베드로의 뺨에 난 상처를 가리키며 물었다. 소녀는 강아지 캐릭터가 그려진 밴드 하나를 내려놓고 쪼르르 주방으로 향했다. 정말 착한 아이구나. 베드로는 멀어지는 소녀를 따라 고개를 들었다. 그제야 식당 안의 다른 테이블이 눈에 들어왔다.

베드로 또래쯤 되어 보이는 중년 남성 셋이 전골냄비 앞에서 저들끼리 쑥덕거리고 있었다. 테이블 한쪽에 널린 막걸리 병들과 붉게 달아오른 몰골을 보아하니 거나하게 취한 듯했다.

그중 제일 취해 보이는 한 남자는 베드로와 눈이 마주치자 고주망태 특유의 흐늘거리는 손짓으로 배시시 성호를 그었다. 베드로는 그의 비아냥에 또다시 울컥 화가 치밀어 오를 뻔했다. 소녀의 강아지 밴드가 마음을 위로해 주지 않았다면 위험했을 것이다. 시선을 피하듯 앞에 나란히 놓인 소주 세 병으로 고개를 떨궜다. 이제 갈 데까지 가는구나. 땅을 치며 옷을 찢고 회개 기도를 드려도 모자랄 판에 주님 전을 뛰쳐나와 술까지 시키다니.

그러나 도무지 속이 답답해 견딜 수가 없었다. 모든 것이 다 부질없다는 망령된 생각이 병뚜껑을 돌리게 만들었다. 이제 어떻게 돼도 상관없다는 무력감은 잔에 술을 따르게 만들었다. 한바탕 취하고 나면 다 잊고, 다시 새롭게 시작할 수 있을 것만 같은 착각이 그것을 들이켜게 만들었다.

달다. 순식간에 소주 한 병을 비우고 나서야 달다는 맛이 느껴졌다. 얼마 만에 마시는지 기억도 안 날 만큼 오랜만인데 술은 여지없이 달았다. 그런 스스로가 죄스러워 두 번째 소주병은 아예 나발을 불었다. 피는 물보다 진하다는 헛소리를 평생 부정하며 살았는데, 이럴 때는 결국 아버지의 모습을 꼭 닮은 자신이 증오스럽다. 그리고 증오는 게걸스러울 만치 옛 기억들을 꾸역꾸역 끄집어낸다.

언젠가 국민학교 담임 선생님이 칠판에 식구(食口)의 의미를 설명해 줬을 때를 잊을 수가 없다. 밥 '식(食)'에 입 '구(口)'. 한 지붕 아래서 끼니를 함께하는 사람이 식구라 했다. 공부와 담쌓은 베드로도 단번에 이해했을 만큼 명쾌한 풀이였다.

그날 이후 베드로는 식구들이 다시 보이기 시작했었다. 술만 마시면 집기든 사람이든 때려 부수기 바쁜 알코올중독자 아버지. 밤만 되면 내가 동네에서 사장님 소리 듣는 남자라면 이놈 저놈 안 가리고 꼬시기 바쁜 어머니. 밥을 차려주기는커녕 차려놓은 밥상도 함께한 적 없던 그들을 베드로는 꼬박꼬박 아버지, 어머니라고 불렀다. 하지만 그들은 단 한 번도 베드로의 이름을 제대로 불러준 적이 없었다. 그 지붕에서 베드로의 이름은 "야"였을 뿐이다. 그건 당최 식구가 아니었다.

아니나 다를까 중학교를 졸업할 무렵, 어머니는 서로 같은 지붕 아래 있는 것조차 경멸스러워졌는지 홀연히 집을 나가버렸다. 그리고 고등학교를 졸업할 무렵, 그날도 술에 취해 포악질을 하던 아버지는 컵라면을 끓여 먹겠다며 가스 불을 올려놓고는…… 잠든 채로 타 죽었다.

그날 그 시간에 마침 챔피언 결정전을 치르지 않았다면 아마

나도 지금 이 자리에 없겠지. 불쏘시개가 된 집에 금메달을 던져 놓고 나오며, 어린 베드로는 다행이라고 생각했다. 조금만 더 있었으면 내 가슴속의 분이 먼저 그 집을 불살라 버렸을 테니까.

소녀가 순댓국을 가져왔다. 그러나 베드로는 하나 남은 소주병 외에는 아무것도 눈에 들어오지 않았다. 연이어 병나발을 불고 있자, 소녀는 이제 말 붙이기도 꺼림칙한 듯 조금은 겁먹은 표정이 되어 주방의 제 부모에게로 갔다. 미안하다, 아이야. 아저씨는 원래 이런 사람이었던 거야. 종교인 행세를 하는 파렴치한이었을 뿐이야. 그러나 이제 아무래도 상관없게 느껴졌다. 주유되듯 들어찬 알코올이 오랫동안 멈춰 있던 기억의 엔진을 무섭게 작동시켰다. 증오의 기억들이, 습성들이, 본능들이 가슴속에서 용솟음쳤다.

사내가 배운 게 주먹질이면 그나마 먹고사는 데 지장은 없었다. 베드로는 어느 노래 가사 말마따나 비린내 나는 부둣가를 내 세상처럼 누벼가며 두 주먹으로 또 하루를 겁 없이 살아갔다. 그러다 보니 그리 어렵잖게 어느 폭력 조직의 대우받는 자리를 꿰찰 수 있었다. 그들은 서로를 '식구'라고 불렀으며, 실제로도 끈끈했고, 무엇보다 한 지붕 아래서 매일 질리도록 끼니를 함께했다.

보스는 자신을 아버지라고 부르라고 할 만큼 베드로에게 인자했다. 그러나 보스는 자신의 진짜 아들이 베드로에게 밀려 자존심이 상했다는 이유 하나만으로 베드로를 똥개 새끼 취급하기 시작했다. 그런 보스의 말 한 마디에 형님, 아우 하던 놈들은 복날 개 잡듯 베드로를 향해 칼을 겨누었다. 그것 역시 식구가 아니었다. 그리고 그날도 역시…… 업장에 불이 났다.

　그때 그 시간에 마침 불이 나지 않았다면 둘 중 하나였을 것이다. 수많은 칼에 찔려 시궁창에 처박혔거나, 수많은 목숨을 앗아가 교도소에 처박혔거나. 무엇이 됐든 그랬다면 지금 수사가 될 수는 없었겠지.

　세 번째 병을 비우고 나서야 모든 것이 명확해졌다. 그래. 식구라고 믿었던 것들에게 내 영혼이 상처 입을 때마다 주님께선 불로 역사하셨다. 그것은 심판의 불꽃이자, 나의 신원을 살피시는 위로의 불꽃이었다.

　간만의 취기에 감각이 멍해졌지만, 정신만은 바로 서는 것 같았다. 내 목숨보다 사랑해 마지않는다고 생각했던 에덴 식구들에게 오늘 또다시 분이 치밀었던 이유, 그건 단 하나였다.

　배신감. 그래, 배신감이 들었던 것이다! 그러고 보니 아까도 불이 났지! 그들이야말로 버러지 같은 내 인생의 처음이자 마지막 식구라 믿었다! 그러나 자네들은 나를 무시했다! 내가 미카엘 똥이나 치우고! 소처럼 밭이나 갈고! 허구한 날 허허실실 댄다고 나를 우습게 생각했겠지! 그 증거로 나는 지금도 이렇게 홀로 끼니를 때우고 있다! 부원장 수사라고! 웃기는 소리!

　베드로는 울화가 치밀어 테이블을 쾅 하니 내리치고 말았다. 그 소리에 당황한 가게 사장 내외가 부리나케 달려왔다. 맞은편 테이블의 고주망태 사내는 사탄의 비웃음처럼 베드로를 향해 낄낄댔다. 그는 또다시 성호를 그으며 베드로를 조롱했다. 더는 참을 수가 없었다.

베드로는 벌떡 일어났다. 쩔쩔매는 사장 내외를 뿌리치고 그에게로 다가갔다. 사태의 심각성을 인지한 다른 두 사내가 황급히 자리를 정리하며 일어섰다. 한 사내는 베드로를 타이르며 막아섰고, 다른 한 사내는 고주망태를 일으켜 세웠다. 고주망태는 제 발로 일어서지도 못하고 있었다. 베드로를 붙든 작고 통통한 사내만이 연신 고개를 숙였다.

"수사님! 힘드신 줄은 알지만 진정하세요! 저 친구 많이 취했습니다!"

"놔보시오! 나 안 힘들어! 자네도 날 무시하는 거야?!"

"치겠다? 놔봐! 쳐봐! 하여튼 저런 자식들이 더 하다니까~."

고주망태는 연체동물처럼 흐느적거리면서도 주둥이는 요물이었다. 가까이서 보니 기억이 났다. 여기 마을에 딱 하나 있는 부동산 사장놈이렷다. 우리 수도원 우물의 흉흉한 소문 때문에 이 동네가 관광 특구니 올레길이니 지정이 안 되는 거라며 낭설을 떠벌리는 작자라지! 게다가 자네도 극심한 알코올중독자라지!

그러자 베드로는 문득 아버지가 떠올랐다. 한심하긴! 하여튼 술은 만 악의 근원이다. 맥이 빠져 자리를 피하듯 등을 돌리던 찰나였다.

"원장이란 자는 쫓겨나는 마당에도 미련이 남는지~ 수도원이 얼마면 지가 어쩔 건데~. 빨리들 방이나 뺄 것이지~. 돈 없어서 술도 못 사 먹는 것들이~ 웃기지도 않아~."

고주망태는 기세가 올라 빈정댔다. 베드로는 신경 다발 어딘가가 필라멘트처럼 툭 끊기는 기분이 들었다. 그를 제자리에 납작

앉혀버리기까지는 한순간이었다. 패 죽이려면 얼마든지 가능했다. 그러나 베드로의 신경 다발이 끊긴 이유는 다른 데 있었다.

고주망태는 머리통을 붙들려 가발까지 비스듬히 벗겨지고 나서야 힘의 차이가 느껴지는지 입을 다물었다. 베드로는 불타는 속을 간신히 삭히며 물었다.

"프란체스코 수사님이 다녀갔는가?"

일순 거짓말처럼 우르릉 하늘이 울었다. 소리가 어찌나 큰지 가게 안에 메아리가 치는 것 같았다. 모두가 깜짝 놀라 밖을 바라봤다. 기다렸다는 듯 번개까지 사납게 번쩍였다. 별안간 유리문에 비가 흩뿌려지기 시작했다.

🕯

현종학은 본인의 커리어 역사상 전무후무한 '위기'에 봉착해 있다고 확신했다. 아니, 어쩌면 일생일대의 위기일지도 몰랐다.

지하에 이런 땅굴이 있을 줄은 상상도 못 했다. 심지어 위랑 전혀 딴판으로 평범한 가정집처럼 밝고 단란한 분위기라 무슨 호러 게임에나 나오는 배경 같다. 바로 머리 위로 사다리가 있기는 한데…… X발 올라갈 수가 없는 게 문제였다.

온몸을 칭칭 동여매고 있는 플라스틱 노끈이 살갗을 파고든다. 등을 맞댄 채 원 플러스 원 사은품처럼 묶인 강리헌은 아직도 의식이 없는 것 같았다. 맥을 못 추고 늘어질 때마다 이 헬창 새끼의 우람한 근육 무게가 고스란히 피부로 느껴졌다. 하…… X발.

성직자라고 우습게 봤던 게 문제였다. 아니, 그 새끼들이 진짜 '성직자'면 손에 장을 지진다. 강리헌이 그렇게 속수무책으로 당하는 모습은 처음 봤다. 그 살벌한 떵어리 신부가 원 펀치로 강리헌을 담가놓고 나를 삭 노려봤을 때는 진짜 집채만 한 멧돼지라도 만난 것 같았다. 엄마 말 듣고 어릴 때 태권도라도 배워놓을걸, 처음으로 후회되는 순간이었다.

떵어리가 급발진할 때 프로페셔널한 '눈썰미'로 눈치 딱 까고, 타이밍 맞춰서, 미리 뒤로 싸악 넘어진 게 신의 한 수였다. 턱에 스치기만 했는데도 잠깐 기절해 버렸으니 정통으로 맞았으면……. 후, 다시 생각해도 존나 아찔했다.

어쨌건 거기까지는 괜찮았다. 문제는 그때부터다. 정신이 들었을 때는 이미…… 그 미친 신부들이 우릴 여기로 끌고 온 뒤였다. 갑자기 땅바닥이 무슨 마블 영화처럼 열렸을 때에라도 토꼈어야 했다. 강리헌은 죽었는지 살았는지 세상모르게 뻗어 있지, 상대는 여럿인 데다 상태도 이상한 놈들이라 일단 기절한 척하고 있어보자 했던 게…… 이 지경까지 와버릴 줄은 몰랐지, X발. 어릴 때 태권도만 배웠어도 개자식들 다 담가버리는 거였는데. 아무리 생각해도 역시 엄마 말을 들었어야 했다.

"야, 이 새꺄, 좀 일어나! 진짜 뒤졌냐?"

현종학은 살을 에는 듯한 고통을 참으며 몸을 들썩였다. 열나게 흔들어도 여전히 강리헌은 미동도 없었다. 급기야 기우뚱 몸이 기울면서 같이 발라당 나자빠지기까지 했다. 돌겠네, X발. 여기 더 있다가는 둘 다 개죽음 확정인데. 살면서 처음으로 초조함이라는 게 느껴졌다. 그때였다.

현종학의 시야에 나뒹구는 꽃들이 보였다. 여기가 부엌이고 저기가 거실인가. 대체 뭐 하는 덴데, X발. 떨어진 꽃들을 따라 천천히 시선을 옮겼다. 저만치 라꾸라꾸침대에는 아주 꽃이 무더기로 쌓여 있다. 저건 또 뭔데, X발. 그리고 그 위로…… 장발의 남자가 벌거벗겨진 채로 누워 있다. 아…… X발. 현종학은 순간 팬티 언저리가 조금 따뜻해지는 것 같았다.

수빈은 머리에 샴푸 칠을 해놓은 채로 어처구니가 없어 정면을 응시하고 있었다. 수도꼭지를 아무리 돌려도 샤워기로 추정되는 눈앞의 저 염병할 물체에서는 물이 새는 수준으로 나왔다. 요셉이 세면장이 있다면서 자신만만하게 데려오기에 그래도 시골 대중목욕탕 정도는 될 줄 알았는데. 누굴 탓해, 믿은 내가 호구지.

금방이라도 쥐새끼나 지네 새끼 몇 마리씩 기어 나오게 생긴 단칸 세면장이었다. 수빈은 청소 용구들이 모여 있는 뒤쪽 타일 바닥 구석에서 색색의 바가지들을 발견했다. 다섯 개의 바가지에 사이즈별로 이름까지 쓴 걸 보니 용도는 알 만했다.

니들도 참 힘들게 사는구나. 수빈은 "베드로"라고 적힌, 그중 제일 커다란 양동이에 물을 받았다. 쫄쫄 흐르는 물을 멍하니 보고 있자니 아까 식당에서의 일들이 떠올랐다. 어느 정도 예상했던 일이지만, 또 전혀 예상치 못한 방향으로 흘러가고 있기도

했다. 영철이가 죽었다는 참혹한 결과는 기정사실이었다. 그러나 여기 수사들이 장기 밀매 버금가는 흉악 범죄 집단이라기에는…… 역시 어설프고 어눌했다.

그들이 로또의 존재는 물론이고 그 당첨 여부까지 진작부터 알고 있었다는 사실에는 허를 찔린 기분이었다. 영철이 자식이 헌금은 고사하고, 설마하니 이제 막 만난 성직자들한테까지 로또 얘기를 했을 줄도 몰랐다. 하지만 그것이 범죄의 빌미를 제공했다기에는 수사들이 굳이 나한테 자초지종을 미주알고주알 설명하는 게 에러다. 정말 당첨금을 노린 범죄 행각이었다면 끝까지 속이려 들거나, 나까지 처리하려 들거나 둘 중 하나였을 텐데. 목적을 달성하기 위해서라면 과정 따윈 상관하지 않는 것, 그게 범죄자들의 공통된 특징이니까.

그러나 수사들은 오히려 그 반대로 보였다. 과정을 졸~라게 상관하다 보니 지들 목적이 뭔지도 모르는 것 같았다. 그렇게 따지자니 범죄자에 가까운 것은 외려 자신이었다. 빌어먹을. 됐다. 이제 와서 그런 낭만적인 성찰은 아무짝에도 쓸모없다.

머리가 복잡할 때는 전제부터 따져보자. 그럼 여기서 전제는 무엇이냐. '수사들을 믿을 수 있느냐'다. 아니, 그건 절대 아니지. 그래, 그들이 범죄자든 아니든 그건 중요하지 않다. 중요한 건 그들이 '내'가 아니라 '남'이라는 사실이다. 세상에 믿을 건 오로지 나 하나뿐이니까.

결정적으로 그 프란체스코라는 원장은 끝까지 거짓말을 했다. 허울 좋게 둘러대고 있지만, 그가 당첨금을 반으로 나눌 마음이 없다는 것쯤은 직감적으로 알 수 있었다. 로또를 두고 기도를 올리겠다는 말을 할 때 그의 눈빛을 봤다. 파리한 낯빛에 새된 목소리, 그것을 감추려는 듯 일부러 더 또렷하게 힘을 준 눈빛. 군색한 변명을 늘어놓는 사기꾼들 특유의 그것이었다.

병신 머저리 듀오를 사요나라 시켜준 건 고맙지만, 그렇다고 여기 치십쇼 하고 뒤통수 내줄 생각은 눈곱만치도 없다. 수빈은 그런 생각을 하며 물이 차오른 양동이에 뒤통수부터 처박았다. 뇌관이 동파될 만큼 차가운 물에 정신이 번쩍 들었다. 그래, 결론은 단순하다.

오늘 밤은 어쩌다 보니 한배를 탔다. 단지 그뿐이다. 끝내 보물섬에 내리는 건 나뿐이어야 한다. 사공이 많으면 배가 산으로 간다잖아. 심지어 여기 사공들은 각자 가고 싶은 산도 다른 것 같다고. 이 배는 보물섬으로 직행해야 하는 쾌속선인데 말이야.

수빈은 귀한 물을 아껴가며 어렵사리 샤워를 마쳤다. 마치고 나서야 젠장할 바디로션으로 머리를 감았다는 사실을 알았다. 어쩐지 아무리 헹궈도 미끌거린다 했다. 하지만 또다시 양동이에 얼음물을 착즙 받고 있을 만큼 인내심이 남아 있지는 않았다. 수빈은 두피에 아오리사과 쨈을 도포한 듯한 찝찝함을 뒤로한 채 대충 닦아내고 세면실을 나왔다.

"왁, 씨!"

"아! 어! 저! 죄송해요! 죄송해요! 이거!"

수도복 후드를 푹 뒤집어쓴 요셉이 다크템플러처럼 문 앞에 서 있었다. 땅바닥으로 시선을 떨궜어도 얼굴이 홍당무처럼 달아오른 게 티가 났다. 그가 러브 레터처럼 수줍게 내민 것은 곱게 갠 검정색 군대 티셔츠와 반바지였다. 갈아입을 만한 편한 옷 아무 거나 달랬더니 그거 가지고 여기서 계속 기다렸냐. 하여튼 띨띨한 놈 같으니.

"성당에 그냥 두시지."

"아, 그게…… 성당에선 제가 잘게요."

"저는 그럼 어디서 자요?"

"자매님은 제 방에서 주무세요. 아, 괜찮으시면요! 괜찮으세요? 괜찮으신가? 그거 여쭤보려고……"

너는 대체 뭐가 그렇게 수줍은 거야. 요셉은 일본 순정만화 캐릭터처럼 온몸을 배배 꼬며 말끝마다 어쩔 줄을 몰라 했다. 스물아홉 살이나 먹은 게 맞는지 적잖이 의문이다.

"전 아무 데나 상관없어요. 근데 왜요?"

"성당이 현관 앞이라 벌레가 많아요. 또 새벽 내내 호우 경보래서…… 아, 밖에 비 와요, 지금! 그래서 거긴 시끄러울 거예요. 창도 많고…… 또 비라도 들이치면 위험하니까……"

얼씨구, 걱정이 되신다? 수빈은 요셉이 건넨 옷을 받아 들고 흔쾌히 답했다.

"알았어요. 방이 어디였죠?"

"아, 네! 따라오세요!"

요셉은 헐레벌떡 앞장서 복도를 안내했다. 수빈은 그런 요셉의 뒤를 따랐다. 아무리 봐도 저놈은 진심이다. 도저히 상식적으로 이해할 수는 없지만, 저놈은 진심으로 나를 좋아하고 있다.

번개가 칠 때마다 어두운 복도가 간헐적으로 밝아졌다. 창문을 때리는 소리만 들어도 빗줄기가 예사롭지 않았다. 호우 경보라고. 수빈은 그 말을 되뇌며 총총 걸어가는 요셉의 뒷모습을 바라봤다. 흠, 풍랑이 일지도 모른다면 어쩌면…… 사공 하나쯤은 뒤도 편하려나.

"오늘 이래저래…… 고되셨을 텐데 푹 주무세요. 아침 식사 때 깨워드릴게요."

요셉은 방문을 열어젖히며 준비한 멘트를 했다. 그리고 곧바로 후회했다. 아…… 아침에 깨워준다는 말은 괜히 했나. 내가 뭐라고 깨워드려. 자매님이 부담스러워하면 어쩌지.

그러나 수빈은 그런 건 안중에도 없는 듯 흥얼대며 방에 들어가 기타 케이스를 바닥에 벗어 던지고는 침상에 털썩 앉았다. 미리 깨끗하게 정리해 놓길 잘했다는 생각이 들었다.

"그새 청소까지 하셨네. 감사해요."

그것까지 알아봐 주다니. 역시 세심한 여인이다. 성호를 긋고 문을 닫으려는데, 수빈이 어떤 허물도 느껴지지 않는 목소리로 요셉을 불렀다.

"잠깐 들어와 봐요."

"예?!"

수빈은 멍청하게 서 있는 요셉을 한 번 쳐다보더니 일어나 손수 방문을 닫고 걸쇠를 내렸다. 심장이 터질 것 같았다. 지금 이게 무슨 상황인지 혼란스러워 입도 떨어지지 않았다. 수빈이 스쳐 지나가자 한층 더 싱그러워진 사과 향기가 온 말초신경을 지배했다. 작고 퀴퀴한 방 안이 마치 신록의 과수원처럼 느껴졌다.

"눈 감아봐요."

요셉은 그제야 화들짝 정신이 들었다. 침상 앞에 선 수빈이 입고 있는 청남방의 단추를 풀기 시작했다. 주여! 아니 됩니다, 자매님! 요셉은 입에 청테이프가 붙은 채로 납치범 앞에 선 인질마냥 필사적으로 손사래를 쳤다.

"아, 아니, 됩니다! 아 그게 된다는 게 아니라! 안 됩니다! 안 돼요!"

"아, 감아봐요! 옷 갈아입게!"

수빈은 버럭 성질을 내며 곱게 개인 ROKA 티셔츠를 팍팍 털었다. 아아, 주여, 제가 대체 무슨 생각을 한 겁니까! 저는 재활용도 안 되는 쓰레기입니다! 요셉은 쥐구멍에라도 숨고 싶은 마음에 두 손으로 눈을 가렸다. 그 와중에도 '보고 싶다'는 더러운 욕망이 머릿속에 똬리를 틀자 아예 등을 돌리고 방 모서리에 머리를 처박았다. 수빈이 뒤에서 쫑알거렸다.

"으휴…… 수사님도 남자라고 그렇게 이상한 생각이나 하고, 힘드시겠네요."

죽고 싶다. 그럴 거면 나가서 기다리라 하지 그러셨습니까! 요셉은 벽에 머리를 쿵쿵 소리 나게 박았다. 수빈이 코웃음 치는 소리가 들렸다.

"수사님, 연애도 못 해봤죠? 스물아홉 살은 맞아요?"

들켰다. 어떻게 알았지. 아아. 치욕적이다. 벌거벗겨진 채 거리로 쫓겨난 것만 같다. 그런데 수빈에게 느낀 치욕감은 생각보다 나쁘지 않았다. 솔직히는…… 오히려 좋았다. 아아, 하다 하다 피학성애자라도 됐단 말인가. 요셉은 갑자기 스스로에게 소름이 돋아 박치기를 멈췄다.

"기분 나쁘셨으려나. 미안해요. 그냥 이거 보면 그런 것 같아서 여쭤봤어요."

요셉은 이제 고개를 돌려도 되나 잠시 고민하다가 조심스레 뒤로 돌았다. 어느새 군대 생활복으로 갈아입은 수빈이 침대에 반쯤 누워 요셉의 야설 노트를 만화책 보듯 훑어보고 있었다. 숨겨 놨는데 그새 또 어떻게 귀신같이 찾았는지 의문이었지만, 두 번째로 걸리니 전만큼 부끄럽지는 않아 그냥 두었다. 그와는 별개로…… 서운한 건 서운한 거였다.

"재미있다고 하실 때는 언제고요?!"

"재밌어요. 아동 문학 19세 버전 뭐 그런 느낌이라. 여기 이런 거. 어떻게 키스를 스크류바 먹는 것에 비유해요?"

"보니까 대충 비슷하던데요, 뭐! 별로시면 주세요! 자꾸 어떻게 찾으셔서 그걸!"

부루퉁해진 요셉이 빨간 노트로 손을 뻗었다. 그러자 수빈은 노트를 턱 접으며 읊조렸다.

"수사님, 저 좋아하죠?"

들켰다. 대체 어떻게 알았지. 그래도 그렇지 저런 말을 어쩜 저리 서슴없이……. 정말이지 솔직한 여인이다. 요셉은 심장이 아플 정도로 요동쳤지만 차마 아니라는 말은 입 밖에 나오지 않았다. 수빈에게 온종일 거짓말만 했다. 지금만큼은 거짓말을 하고 싶지 않았다.

"죄송하게도…… 그런 것 같습니……."

말이 끝나기도 전에 수빈은 요셉을 거의 덮치다시피 벽에 밀어 세웠다. 이 여인의 박력의 끝은 대체 어디인가. 요셉은 벽에 찧은 뒤통수가 아팠지만 솔직히는…… 좋았다.

"그런 거 같은 건 뭐예요? 좋으면 좋은 거지."

전 주님만을 사랑해야 하는 수사니까요. 이렇게 변명이라도 하고 싶었다. 수빈의 덜 마른 머리칼이 코앞에서 사과 향을 뿜어내지만 않았어도 그러려고 했다. 수빈은 천천히, 그러나 서슴없이 다가왔다. 서로의 코가 맞닿기 직전이 되어서야 수빈은 속삭였다.

"사람은요, 확실해야 돼요. 대충 그런 것 같다? 우유부단은 착한 게 아니라 무책임한 거라고요. 하다못해 이런 것도 확실히 해야죠……. 진짜 스크류바 같은가, 아닌가."

스크류바 만세! 이제 아무것도 모르겠다. 수빈의 입술이 다가오자 요셉은 눈을 질끈 감았다. 아아, 난 나도 모르는 새 길들여진 것인가. 그러나 기대와 달리 스크류바는 이내 멀어졌다.

"근데 딱 하나 예외가 있는데, 나는 그걸 사랑이라고 생각해요."

"……사랑이요?"

"네. 확실하지도 않고 대충 그런 것 같다 해도 사랑만큼은…… 그 사람이 확실해질 때까지 기다려 주는 거예요."

스크류바 따위와는 비교할 수 없을 만큼 달콤한 수빈의 말에 울림이 일었다. 이 여인은 마음만 먹으면 나를 꼬시고도 남는다.

그러나 그러지 않은 이유는…… 내가 확실하지 못했기 때문이다. 내가 수사라서, 내 선택을 기다려 준 것 아닐까.

한순간의 욕정에 눈이 멀어 수빈과의 스크류바를 상상했던 스스로가 부끄러웠다. 이 여인은 도대체가 수사인 나보다도 주님 보시기에 합당한 사람이다. 도대체…… 놓치기 싫은 여인이다.

"우리 관계가 이 소설 같은 거였다면, 수사님은 몇 페이지나 됐다고 생각해요?"

수빈이 다시 빨간 습작 노트를 만지작거리며 허물없이 물었다. 요셉은 마른침을 꿀꺽 삼켰다. 이제 수빈에게 그 어떤 거리낌도 내보이기 싫었다.

"페이지까지는 모르겠지만…… 후반부는 확실합니다."

"오늘 처음 만났는데?"

"쓰는 이에게 감동만 있다면, 앉은 자리에서도 이야기의 기승전결을 다 써버리기 마련이지요."

"전 현실적인 사람이에요, 수사님. 미안하지만 나는 우리가 지금 초반부라고 생각해요."

"그렇군요……."

요셉은 왠지 맥이 빠져 대답했다. 순간 혼자만 정념에 휩싸여 불꽃이 인 것 같아 민망했다. 그때 특유의 심드렁한 투로 수빈이 웃으며 말을 이었다.

"뒤가 어떻게 될지 아직 모르니까요. 1권만 있는 이 야설처럼요. 뭐 좀 궁금하기도 하고."

수빈은 덥석 요셉의 손을 잡고 그의 눈을 똑바로 바라봤다. 요셉도 오늘 처음으로 그녀의 눈을 똑바로 바라봤다. 단언컨대 살면서 이처럼 맑고 진실한 눈은 본 적이 없었다.

"원장님은 나랑 당첨금을 나눌 생각이 없을 거예요."

당신이 그렇게 확신한다면 맞겠지요…….

"저 좀 도와줄래요?"

이 한목숨 다 바칠 준비가 됐습니다……. 요셉은 고개를 끄덕이며 물었다.

"제가 뭘 어떻게 도울 수 있을까요?"

"내일 서울에 수사님이 가겠다고 하세요. 저랑 둘이."

그건 단순히 당첨금을 찾으러 다녀오겠다는 허락을 받으란 말이 아니었다. 이 현명한 여인이 그걸 모르고 내게 이런 제안을 할 리는 없다. 요셉은 지금 자신의 대답이, 어쩌면 인생의 새로운 분기점이 될 거란 사실을 알 수 있었다. 그래서 살짝 뜸을 들일 수밖에 없었다.

"저는 수사님 의사를 존중해요. 물 좀 마시고 올게요."

수빈은 그런 요셉의 마음을 다 안다는 듯 일어서며 말했다. 존중. 이 말이 이리도 아름다운 단어였나. 조용히 방문을 나서는 수빈을 보자 심장이 저릿저릿했다.

수빈은 영철의 아내가 아니었다. 그건 요셉에게 여러 의미로 다행스러웠지만, 그녀가 당첨금을 가져갈 명목이 없어졌다는 면에서는 뼈아팠다. 그리고 수빈을 쫓아다니며 겁박하는 사채업자들. 놈들은 베드로 수사님께 두들겨 맞아 피떡이 됐지만 애석하게도 살아 있다.

어찌 사람이 살아 있는 것을 두고 애석하다 여기는지 스스로도 섬뜩할 따름이었다. 그러나 애석한 건 애석한 것이다. 그들은 살아 있는 한 지구 끝까지 쫓아와 수빈을 괴롭힐 것 같았으니까. 그렇다면 앞으로 대체 누가 그녀를 지켜줄 수 있을까.

어느덧 시간이 새벽 3시를 지나간다. 선택은 빠를수록 좋겠지. 요셉은 기도용 책상 위, 탁상시계 옆에 놓인 나무 액자를 바라봤다. 깨알 같은 글씨로 성경 말씀이 조각된 액자. 고린토인들에게 보낸 첫째 편지 13장 13절의 말씀이었다.

"그러므로 믿음과 희망과 사랑, 이 세 가지는 언제까지나 남아 있을 것입니다. 이 중에서 가장 위대한 것은 사랑입니다."

아멘. 요셉에게 너무도 익숙한 저 말씀이 새롭게 다가왔다. 주여. 이제 다 알겠습니다. 사실 짐작은 하고 있었지만, 차마 긴가민가했거든요. 그런데 이제는…… 확실히 알겠습니다.

요셉은 슬그머니 몸을 일으켜 방구석 한쪽에 쓰러져 있는 수빈의 기타 케이스를 일으켜 세웠다. 수빈은 이것을 언제 버려도 상관없는 것이라고 했다. 하지만 요셉에게는 달리 보였다. 여기 쓰러져 있으면 안 될 만큼, 사랑스러운 것으로 느껴졌다.

"우웁! 크흐흑…… X발…… 살벌한 새끼들…… 우웁!"

현종학은 횡경막에 힘을 주고 올라오려는 구토를 밀어 넣었다. 눈을 게슴츠레 뜨고 장발 나체 사내의 얼굴을 다시 유심히 바라봤다. 으윽. 역시 잘못 본 게 아니었다. X발. 저거 시체다. 심지어 저 새끼 웃고 있다. 뽕 맞은 사람처럼 헤벌쭉 웃고 있단 말이다! 우욱! 그래, X발! 이제야 이 가짜 성직자들의 정체를 확신할 수 있다. 이놈들은…… 짱구가 분명하다.

현종학의 지역에서는 약쟁이들을 '짱구'라고 부른다. 못 말리기 때문이다. 일전에 재수 없게 웬 짱구랑 얽혀서 돈 받아내는 데 피똥 쌌던 기억이 새록새록 떠오른다.

그때 하필 '못 말림' 최고조에 달한 짱구 면상을 딱 한 번 맞닥뜨렸다. 도저히 잊을 수가 없는 상판이었다. 나이프를 갖다 들이밀어도 막대사탕이라도 보는 양 헤벌레 쳐웃고 있었다. 가만있으면 진짜 빨아 먹을 기세였다. 진짜 광기였다. 저기 저 누워 있는 장발 시체의 헤벌쭉과 상당히 흡사했다!

그러고 보니 이 지하부터가 심상찮았다. 일반 가정집처럼 꾸며 놓고 이딴 데서 대체 뭘 하는 거지 싶었는데, 죽은 장발 짱구의 괴기스러운 몰골을 보니 확실해졌다. 여긴 이 짱구 새끼들 '업소'가 분명하다. 제주도 짱구들은 아예 굴을 파서 영업을 하는구나, 클래식한 새끼들.

X됐다. 진짜 푸짐하게 X된 거다. 남의 지역으로 넘어와서 건드려서는 안 될 구역까지 들어오고 말았다. 오수빈이 이놈들이랑 어떻게 아는 사인지, 무슨 관계인지는 이제 알 바가 아니다. 사채 빚이고 로또고 60억이고 나발이고, 일단 살아남아야 의미가 있다. 여기서 빨리 빠져나가야 한다는 것 말고는 아무 생각도 들지 않았다.

현종학은 심호흡을 하고 주변을 살폈다. 보통 영화나 드라마에서는 밧줄을 끊을 만한 유리 조각이라도 떨어져 있던데, X발, 여긴 웬 놈의 꽃 무더기랑 보따리밖에 없다.

어, 잠깐, X발. 현종학은 시체 머리맡에 대충 봉해놓은 보따리 사이에 놓인 가위 하나를 발견했다. 오오, X발! 클리셰여, 영원하라! 감격의 눈물이 흘렀다. 그러나 갑자기 돌아버린 빡이 눈물을 쏙 들어가게 만들었다. 자세히 보니…… 저거 핑킹가위네, X발. 퍽킹! 핑킹!

그래도 없는 것보다는 나을 거라는 생각에 현종학은 필사적으로 꿈틀거렸다. 1밀리미터 전진할 때마다 날카로운 노끈이 10센티미터씩 살갗을 파고드는 것 같았다. 싸움도 못 하는 근육 덩어리 새끼가 졸라게 무거운 게 큰 몫을 했다, X발. 그러나 현종학은 '정신일도 하사불성'의 프로페셔널함으로 혼신의 힘을 다해 전진했다. 그때였다.

지이잉. 천장 뚜껑이 열리는 소리와 함께 길게 그림자가 내렸다. 누가 내려온다. 현종학은 그 자세 그대로 몸을 발라당 누이고 숨을 죽였다. 고도의 집중력으로 호흡에 맥박까지 컨트롤을 시도했다.

기절을 연기해야만 한다. 혼자 쌩쑈를 하는 것이 쪽팔리긴 하지만 살려면 무슨 짓이든 해야 한다. 그나마 '연기'에는 자신이 있어서 다행이었다. 연극영화과 09학번 차석 졸업생으로서 연마한 지덕체(智德體)가 이런 순간에 빛을 발할 줄이야, X발!

"하, 하늘에 계신, 우, 우리 아버지. 아, 아버지의 이름이 거, 거,

거룩히 빛나시며. 아버지의, 나라가, 오시며. 아버지의 뜨, 뜻이 하늘에서와, 같이. 따, 따, 땅에서도, 이루어지소서."

크흐흑. 이제 의심할 여지가 없었다. 저 그로테스크한 말투와 헐떡거리는 목소리는 백퍼 짱구다. 현종학은 고도의 방광 컨트롤로 지릴 뻔한 오줌을 간신히 밀어 넣었다. 눈을 감은 채 목소리만 듣고 있자니 더 소름이 끼쳤다. 차라리 눈 뜬 기절 연기를 할걸, X발!

"오늘, 저희에게, 일용할, 야, 양식을, 주시고. 저, 저희에게 잘못한, 이를, 저, 저, 저희가 용, 용서하오니. 저희, 죄를, 용서하시고. 저, 저희를, 유, 유, 혹에, 빠지, 빠지지, 않게, 하시고."

현종학은 적의 정체와 동태를 파악하기 위해 슬며시 실눈을 뜨고 눈동자를 굴렸다. 저만치 시체 앞에 납작 엎드려 얼굴을 처박은 까까머리통이 보였다. 아까 듣기로 안쏘니인지 뭔지 이탈리아 셰프 이름 같던 놈이다.

X됐다. 저놈만은 아니길 바랐는데. 저놈은 현종학이 보기에 가장 못 말리는 짱구였다. 우리를 여기까지 끌고 내려오면서도 쉬지 않고 중얼중얼거리던 놈이었다. 다른 짱구들이랑 대화를 하는 것도 아니었다. 대화가 통하지 않을 만큼 맛탱이가 갔으리라. 아니나 다를까, 저 이상한 주문을 외워대는 꼬라지를 보니 확실하다. 저 새끼 중증 짱구다. 그러고 보니 대가리도 까까머리잖아, X발!

"아, 아, 악, 악, 악, 악에, 악에서, 구하소서. 악에서, 구하소서, 악에서, 구하소서, 악에서, 구하소서?"

X발! 놈이 고개를 틀어 이쪽을 바라봤다. 그리고는 슬그머니 상체를 일으킨다. 걸렸나. 걸린 건가. 놈의 언저리에서 무언가가

번쩍거린다. 뭔가 했는데 칼이다. 그것도 아주 시퍼렇게 날을 간 식칼이다. 하하…… X발! 이런 개X발!

이제라도 저항해 볼까, 아니면 살려달라고 싹싹 빌어볼까. 찰나의 순간 수만 번은 고민한 것 같았다. 그러나 놈은 협상도, 협박도 통할 리 없어 보였다. 중증 짱구는 말 자체가 안 통한다. 그러는 사이에 놈이 칼을 들었다. 현종학은 예상외로 지긋이 눈이 감겨왔다.

아…… 축축하고 따뜻한 느낌이 든다. 못 말리는 방광이 기어이 오줌을 지려버리고 나니 모든 것이 편안해졌다. 엄마. 속으로 나지막이 엄마를 불렀다. 어릴 때 태권도를 배웠어야 했다는 생각밖에 나지 않았다.

"아멘. 아멘. 아멘."

안토니오는 주님의 기도를 외우며 과호흡이 조금씩 진정되는 것을 느꼈다. 밖이 천둥 번개로 요란해지자 에덴이 산산이 무너져 내릴 것 같은 불안이 숨통을 조여왔다. 그러나 역시 이곳은 고요하다. 주님께서 예비하신 나의 방주만이 안전하다.

숨통이 트이자 어그러졌던 시야도 조금씩 초점이 맞춰져 간다. 그제야 묶여 있는 두 사채업자 형제들이 눈에 들어온다. 둘 다 아직도 의식이 없어 보인다. 안토니오는 다림줄을 열어 시간을 확인했다. 벌써 몇 시간이 흘렀다. 불안하다.

행여 저들이 의식을 찾으면 우리에게 어떤 위해를 가할지가 변수였다. 그래서 우선 이곳에 포박해 놓았다. 하지만 지금까지 의식조차 없다는 건 또 다른 변수다. 죽었으면 어쩌지. 에덴에서 또 사람이 죽어 나가면 어쩌지. 왜 거기까지 생각하지 못했지. 대비하지 못했지. 다시 호흡이 조금씩 가빠온다.

안토니오는 몸을 일으키고 형제들에게 다가갔다. 손에 쥔 식칼의 감촉이 그나마 마음을 안정시킨다. 요리할 때 가장 손에 익은 식칼이자 저들이 갑작스레 달려들 변수의 대비책이다.

둘 중 덩치가 우람한 구릿빛 형제의 맥을 먼저 조심스레 짚었다. 바닥에 떨어지며 머리를 찧을 때 불길한 소리가 났다. 불안하다. 이리저리 상태를 살폈다.

'후두부 충격. 가벼운 뇌진탕 증세. 생명에 지장…… 없음.'

다행이다. 변수 하나는 사라졌다. 그렇게 안도하던 찰나였다. 옆의 뽀얀 형제를 바라본 안토니오는 순간 숨이 멎을 만큼 경악했다. 창백한 피부. 축 늘어진 채로 뻣뻣하게 굳어버린 몸. 동공 확대. 한쪽으로 경직된 혓바닥. 여기까지는 그런대로 괜찮다. 하지만…… 축축이 젖은 바지 앞섬. 주여, 설마. 이건 안 된다. 이건 위험하다.

호흡이 또다시 턱 끝까지 차오른다. 떨리는 손으로 그의 하반신을 여기저기 체크한다. 손길이 닿을 때마다 형제의 바지에 점점 더 큰 그림이 그려진다. 한눈에도 심각하다. 불길한 예감이 점차 확신으로 굳어진다.

'소변. 무의식중 소변. 하지 근육 이상. 뇌출혈. 경막하 출혈. 외상성 경막하 출혈. 생명에 지장…… 있음.'

이미 골든 타임이 지났을 가능성이 농후하다. 지금 당장 병원으로 후송해도 살 가능성이 희박하다. 변수. 또 변수가 발생했다.

이 형제가 죽으면 그때부터는 어떡해야 하지. 어디서부터 대비해야 하지. 변수들이 걷잡을 수 없이 불어난다. 뇌가 깍두기처럼 쪼개지는 것 같다. 쪼개지는 고통을 상쇄하려는 듯 무의식이 손톱을 물어뜯게 만든다. 이제 물어뜯을 손톱도 남지 않아 살이 씹힌다.

뾰족하고 제각각인 불안들이 머릿속을 찌르고 들어온다. 공황이 호흡을 제한한다. 의식이 제멋대로 팽창한다. 순간 가장 뾰족한 불안 하나가 부풀어 오른 의식을 터트린다. 현재로서 가장 위험한 변수……. 그 불안이 안토니오의 시신경을 구릿빛 형제에게로 인도한다.

'이 형제가 깨어난다? 죽어 있는 자기 동료를 본다? 이 사실이 외부에 알려진다? 부검을 진행한다? 원인은 외상성 경막하 출혈? 폭행이나 사고로 밝혀진다? 직접 증거 유무는? 폭행의 흔적 유무는? 목격자 증언이 추가되면?'

그르릉, 그르르릉. 천장이 진동한다. 금방이라도 정신의 스위치가 내려갈 것만 같다. 머리 위로 석회 가루가 떨어진다. 그럴 리가 없는데. 완벽하게 설계했는데. 지진이라도 난 것처럼 바닥까지 흔들린다. 이러면 안 되는데. 균열이 인다. 제때 대처하지 못한 변수가 보란 듯이 균열을 일으킨다.

목젖이 껄떡거릴 만큼 숨이 차오른다. 여기도 안전하지 않은 건가. 에덴도 함락되는 건가. 이제 나는 세상 그 어디에도 갈 곳이 없는 건가. 피할 곳도 숨을 곳도 없는 건가. 정신이 혼미해진다. 이대로 죽는구나. 죽는 건 아무래도. 상관없다. 그러나 이대로 죽으면. 내 영혼이. 주님 나라는커녕. 그 어느 곳에도. 이르지 못하게. 될 거라는. 불안이. 두렵다.

발 주변으로. 까끌까끌한 것들이. 모여든다. 개미. 개미 떼다. 깨를 한 가마니. 쏟아놓은 모양새로. 개미 떼가 모였다. 흩어졌다. 반복한다. 경기를 일으키듯. 그것들을 밟는다. 그 위에서. 미친 춤을 춘다. 그러나. 단 한 마리의. 개미 새끼도. 밟히지 않는다. 환각인 건가. 기분이. 이상하다. 갑자기. 남의. 머리. 속. 에. 들. 어. 와. 있. 는. 기. 분······.

"컥! 커헉! 우엑!"

그때 구릿빛 형제가 인공호흡으로 간신히 살아난 사람처럼 속의 것들을 게워내기 시작했다. 그 소리에 안토니오는 정신이 번쩍 들었다. 그가 의식을 되찾자 자신의 의식도 돌아온 것 같았다. 개미 떼가 흔적도 없이 사라진 것으로 보아 그런 줄 알았다.

그러나 별안간 자신의 의식이 돌아온 게 아님을 알 수 있었다. 다른 어떤 존재의 의식이 들어온 것이다. 머릿속에서 알 수 없는 목소리가 의문을 던진다. 크고 기분 나쁜 목소리가.

'둘 다 살 수 없다? ······둘 다 죽어야 한다?'

안토니오는 목소리가 제시한 의문을 따라 구릿빛 형제를 바라본다. 어어어······. 아무런 상황 파악을 못 하는 신음과 함께 자신이 게워낸 것들을 흐리멍덩히 바라보고 있다. 그의 무기력을 확인하자 목소리는 전뇌에 명령어를 입력하듯 다음 알고리즘을 제시한다. 머리가 터질 듯이 메아리친다.

'변수를 제거?! ······기회는 지금?!'

안토니오는 바닥에 내려놓았던 식칼을 다시 쥐었다. 의지와는 무관하게 몸이 움직인다. 홀린 듯이 묶여 있는 구릿빛 형제 앞으로 다가간다. 목소리는 더욱 흉포해진다.

'변수! 제거! 기회! 지금! 변수! 제거! 기회! 지금! 변수! 제거! 기회! 지금!'

칼을 쥔 손이 솟구친다. 신경 회로가 고장 난 것처럼 때 아닌 눈물만이 볼을 타고 흐른다. 안토니오는 목소리의 존재를 그제야 확신할 수 있었다. 사탄. 사탄이다. 나는 사탄의 노예가 된 것이다.

안토니오. 사탄의 속삭임에 꾀다니. 사람을 죽이려 들다니. 형제의 뒷덜미까지 다가선 칼끝이 간신히 멈춰 선다. 필사적으로 손에 힘을 준다. 마치 누가 위에서 누르고, 또 다른 누군가가 아래서 밀어 올리는 느낌이 든다.

"사탄아!!! 물러가라!!! 사탄아!!! 물러가라!!!"

안토니오는 죽을힘을 다해 미친 듯이 외쳤다. 이렇게라도 외치지 않으면 이대로 사탄에게 져버릴 것 같았다. 사람을 찌를 것 같았다. 살인하는 것이다. 그게 사탄이 원하는 것이다.

순간 안토니오의 발밑으로 홍건한 물기가 잘박잘박 퍼져왔다. 누리끼리한 물기. 외상성 경막하 출혈 형제. 그의 상태가 심각해졌다. 어떤 미동도 없이 소변만 죽죽 쏟고 있다.

죽어가는구나. 저 형제도 죽음의 마수와 사투를 벌이고 있구나. 안토니오는 조금이라도 힘을 보태줄 심산으로 더 크게 "사탄아 물러가라!"라고 울부짖었다. 그때였다. 어디선가 또 다른 목소리가 들려온 것은.

"여기 보세요~. 스마일!" 아기의 목소리다. 환청인가. 안토니오는 상상을 초월하는 공황에 혼이 빠지는 것만 같았다. 그러나 머리 위로 번쩍 플래시가 터지고 찰칵 소리까지 듣고 나서야 환청이 아님을 깨달았다. 플래시가 터진 방향으로 어렵사리 고개를 들었다.

천장으로부터 거꾸로 늘어진 긴 머리카락. 귀신처럼 고개만 아래로 내린 채 이쪽을 바라보는 여자…… 자매다. 수빈은 본인도 심히 놀란 듯, 그러나 그 놀람을 애써 감추듯 겸연쩍게 웃었다.

"아이고~ 죄송해요~. 물 마시러 왔다가~ 무슨 소리 나길래~. 아, 오해하실까 봐 그러는데요~ 저 어두워서 플래시 켠 거지 뭐 아무 짓도 안 했습니다~."

수빈은 어색하게 웃으며 손을 흔들었다. 그 손에 핸드폰이 들려 있다. 또 저 핸드폰이다. 우리의 자백이 녹취된 핸드폰. 아까 식당에서도 저 변수 때문에 공황이 시작됐다. 아니, 그러고 보면 오늘 내내 공황은 저 자매로부터 비롯됐다.

'이 시간에 여긴 왜 왔지? 어떻게 알고 왔지? 뭘 봤지? 어디까지 봤지? 형제가 죽어가는 것? 내가 형제를 해하려 한 것? 핸드폰으로는 뭘 찍었지? 왜 찍었지? 찍은 것으로 뭘 하려는 거지?'

또 변수가 불어난다. 언제나 저 자매만 등장하면 걷잡을 수가 없다. 저 자매만 나타나면 균열이 커진다. 대체 왜지. 왜 이렇게까지 에덴에 균열을 일으키는 거지.

"그 새끼들 엿 같은 건 제가 제일 잘 아는데요~. 그래도 너무 일 키우지는 마시구요, 수사님~. 아! 뭘 하려 하셨는지는 모르겠지만요~."

　안토니오가 아무런 대꾸도 없자 수빈은 이러지도 저러지도 못하는 얼굴로 시답잖은 말을 건넸다.

　뱀은 인간을 시험에 들게 하려 에덴동산에 찾아왔다. 평화롭던 아담과 하와에게 뱀이란 변수 덩어리였다. 그로 말미암아 주님의 말씀에 불순종하고 말았다. 지금 저 자매가 오늘 우리에게 가했던 행위들처럼. 그런 생각이 들자 식물 뿌리처럼 얽혀 있던 의식의 타래들이 기묘하게 합쳐진다.

　'뱀! 저 자매는 뱀이다! 에덴을 함락시키기 위해 들어온……적이다!'

　안토니오는 수빈의 손에 들린 핸드폰을 우두커니 바라봤다. 뱀의 맹독. 우린 저 독이 무서워 뱀을 이러지도 저러지도 못했다. 뱀독을 먼저 제거해야 한다. 변수를 제거해야 한다. 그럼 존재의 의미를 잃어버린 뱀은 스스로 궤멸한다. 그것이 에덴의 함락을 막을 유일한 대비다.

　"저, 그럼 하던 거마저 하세……. 뭐야! 왜요! 왜!"

　수빈은 스리슬쩍 자리를 뜨려 했다. 그러나 안토니오는 때를 놓치지 않고 사다리를 향해 돌진했다. 수빈은 억울하다는 투로 욕설을 내뱉으며 부리나케 달아났다. 심령을 어지럽히는 독사의 언어들. 역시…… 뱀이 분명하다.

16. 응답 (2)

검정색 판초 우의를 뒤집어 쓴 라자로는 자신보다도 키가 껑충 큰 수풀 사이에 쭈그린 채 숨어 있었다. 하늘이 열린 듯이 쏟아지는 비에 신발은 물론이고 팬티까지 축축했다. 우의는 사실상 은폐의 용도 외에는 아무 짝에도 쓸모없는 수준이었다. 이틀 연달아서 그것도 밤만 되면 호우 경보라니, 주님도 무심하시지.

라자로는 슬쩍 몸을 일으켰다. 커다란 돌 몇 개를 발 받침대 삼아 툭 튀어나온 벽돌 창틀로 눈을 내밀고 희미한 불빛이 새어 나오는 사무실 안을 들여다봤다. 아직도야. 창문을 때리는 빗방울에 얼룩져 컴퓨터 앞에 앉은 프란체스코의 뒷모습이 어른어른 보였다.

라자로는 손목시계를 살폈다. 벌써 두 시간째 저러고 계신다. 얼마 전에 자신이 사용법을 알려주기 전까지 인터넷 아이콘이 뭔지도 몰랐던 프란체스코였다. 그런 그가 두 시간 동안이나 컴퓨터로 대체 뭘 하고 있는지 짐작도 되지 않았다.

프란체스코는 처음 로또 당첨 소식을 듣고 나서부터 내내 로또의 '로' 자에도 관심 없어 보였다. 평생을 세상과 담쌓고 에덴에서만 살아온 그였다. 장담컨대 로또가 뭔지도 잘 모를 것이다. 그런 그가 대체 왜 갑자기 자매의 반반 제안을 수락했을까. 심지어 그것 때문에 베드로가 수도원을 뛰쳐나가기까지 했는데.

몇 시간 전, 기절한 사채업자 형제들을 어떻게 처리할지 논의를 마친 뒤 프란체스코는 다들 취침에 들도록 해산시켰다. 상황이 이 지경인데 잠을 자라니, 수상한 게 한둘이 아니었다. 라자로의 의심은 불신으로 번져갔고, 밤새 프란체스코를 감시하기에 이르렀다. 지금처럼 어둠 속에 은신해 온몸으로 비를 맞아가며, 처음부터 끝까지 전부 지켜봤다.

식당을 나온 프란체스코는 원장실로 돌아가 정말로 기도를 하는 것 같았다. 로또를 앞에 두고 한참 동안 눈물 콧물 쏟아가며 정말 기도만 했다. 그때까지는 내가 뭔가 오해를 한 것일까 헷갈렸다. 그러나 그것도 잠깐이었다. 기도를 마친 프란체스코는 무려 성경에 로또를 꽂아두었다. 라자로는 눈을 의심할 만큼 믿을 수 없었다. '견물생심'이 프란체스코의 오랜 모토였다. 세상 것이란 보고 만지는 것만으로도 그 악취가 옮는다며 필요 이상으로 멀리했던 사람이었다. 성경을 제 몸보다 사랑해 바닥에조차 내려놓지 않던 성자가 바로 프란체스코였다. 그런데…… 세상 더럽고 추악한 욕망의 집합체인 로또를 말씀 한가운데에 보관하신다고?

그렇게 기도를 마치고 나온 후로…… 지금까지 계속 저 상태인 것이다. 에덴에 이 소동이 일었는데 모두를 해산시키고, 다들 잠들었을 새벽 시간을 골라 남몰래 발소리를 죽여 사무실에 당도해 문까지 걸어 잠근 채로 익숙하지도 않은 컴퓨터를 붙들고 있다. 왜? 무엇 때문에? 대체 무슨 꿍꿍이이신 겁니까?

그때 드디어 프란체스코가 의자에서 일어나는 것 같았다. 그는 컴퓨터를 끄지도 않은 채 성경을 가슴팍에 꼭 끌어안고는, 도둑질이라도 하는 사람처럼 주변을 살피며 급히 사무실을 빠져나갔다. 이제야 알 수 있겠구나, 그 꿍꿍이가 뭔지.

라자로는 잠시 시간을 흘려보냈다. 그리고 저만치 프란체스코의 방에 불이 들어오는 것을 창문을 통해 확인하고 나서야 기다렸단 듯 사무실 창문을 열었다.

창문을 넘어 사무실로 들어온 라자로는 갑옷처럼 치덕거리는 우의를 벗어 던지고 컴퓨터 앞에 앉았다. 프란체스코는 분명 한참 동안 녹색 창을 봤다. 그렇다는 건 인터넷을 했다는 뜻이다. 라자로는 인터넷 기록을 살폈다. 다행스럽게도 기록은 고스란히 남아 있었다.

검색 결과. 네이버 국어사전. '로또'. 역시 로또가 뭔지도 모르셔서 찾아본 건가. 라자로는 자신의 예상이 맞아 들어가자 조금은 안심이 됐다. 로또가 뭔지도 모르는 사람이 로또를 어떻게 하려 했겠는가. 이어서 죽 늘어선 검색 기록들을 찬찬히 살펴갔다.

'비행기 표 예매하는 법'. 흠, 당첨금을 찾으려면 천생 누군가는 비행기를 타야 하니까. 라자로는 그렇게 이해하며 커서를 내렸다.

'김포행 저가 항공'. 주여, 이 와중에도 저가를 찾아보셨어. 라자로는 피식 커서를 내렸다.

'진에어'. 알렐루야. 잘 찾으셨네요. 인터넷에 소질이 있으십니다.

'진에어 회원 가입 절차'. 요즘 홈페이지 가입은 나도 복잡한데, 어려우시기도 했겠지. 라자로는 프란체스코의 머릿속을 헤아리듯 그의 인터넷 족적들을 따라갔다. 그런데 한 부분에서 스크롤을 멈출 수밖에 없었다.

'진에어 경로 우대'. 경로 우대 할인까지 받으시려 했구나…… 싶었다. 수십억을 찾으러 가면서 단돈 몇천 원이라도 아끼겠다는 건 세상 사람들은 웃을지 몰라도, 수사로서는 합당한 청빈이니까. 그러나 문제는 경로 우대란 만 65세 이상만 해당된다는 것이었다.

라자로는 갑자기 머리가 하얘졌다. 만 65세 이상은 우리 중 프란체스코 수사님밖에 없다. 본인이 직접 당첨금을 찾으러 간다는 소린가? 대체 왜? 에덴 밖은 위험하다며 출타도 안 하는 양반이 무슨 연유로?

결정적 의문 하나가 빈칸으로 남자 조바심이 들었다. 쫓기듯 나머지 검색 기록들을 살폈다. 프란체스코는 험난한 과정을 거쳐 결국 김포행 비행기 표 예매까지 성공한 것 같았다. 몇 시로 예매했는지까지는 알 수 없었다. 검색 기록의 한계였다. 굳이 이걸 하려고 이 새벽에 지금까지? 대체 왜 이렇게까지 급하게 하신 거지? 우리와 한 마디 상의도 없이? 아침에 말씀하려고 하셨나? 그럼 나한테 부탁해서 예매하셨어도 될 텐데? 아무리 이해해 보려

해도 석연치 않은 것투성이였다. 불안함을 삼키며 마지막 끄트머리까지 스크롤을 내린 라자로의 심장이 순간 덜컥 내려앉았다. 예상치도 못한 해답으로 모든 빈칸의 물음표가 단번에 채워졌다.

'제주도 토지 매입 방법', '수도원 부지 매매 절차', '종교 법인 설립 허가 조건'.

주여, 갑자기 두통이 밀려온다. 원장 수사님은 에덴을 누구보다 사랑하는 사람이다. 여기서 나고 자라 평생을 사셨으니 충분히 이해한다. 허나 그렇다는 건…… 에덴을 위해서라면 무슨 짓이라도 할 수 있다는 것을 의미하기도 한다.

교황령과 수도회의 적법한 절차에 의거하여 우리가 아프리카로 떠나게 될지언정 이곳만큼은 영원히 수도원으로, '에덴'의 이름으로 남기를 누구보다 바랄 만한 위인. 프란체스코라면 가능한 일이다. 아니, 검색 기록의 흐름으로 보건대 어쩌면…… 아주 에덴을 매입해 본인이 재단을 차리려는 건지도 몰랐다. 그건 탈회를 의미한다. 아프리카로 떠나지도 않겠다는 소리다.

프란체스코는 엄청난 결단을 한 게 틀림없었다. 허나 무엇이 됐든 결론은 하나였다. 프란체스코는 1등 당첨금을 그 누구와도, 단 한 푼도 나눌 생각이 없다는 것이다.

라자로는 모니터 앞에 고개를 숙이고 머리를 쥐어뜯었다. 허무하다. 다사다난했던 오늘 하루가 모두 허무하게 느껴졌다. 그러다가 이내 억울하다는 생각이 들었다. 로또를 두고 누구보다 솔직했던 건 수사들 중 나뿐이었다. 그것을 우리가 사용하자고, 그래도 괜찮다고, 시작부터 지금까지 그렇게 솔직한 고백을 해온 건 오직 나밖에 없었다.

주님 앞에서 떳떳치 못한 일이라는 건 잘 알았다. 허나 막말로 세상 법에 따르면 우리가 지은 죄는 애초부터 없지 않은가? 우리가 갈취를 했나, 살인을 했나? 심지어 영철 형제가 우리더러 써달라고 헌금까지 하지 않았는가?

현실적으로 내 말은 틀린 데가 없었다. 그러니까 다들 이러니저러니 하면서도 따랐던 거겠지. 그래 놓고 수사들은 끝까지 내 의도를 못 알아들은 척, 아닌 척했다. 못 이기는 척 다 같이 저질러 놓고도 끝까지 스스로의 거룩함을 지키려 의로운 척, 고상한 척했다.

그러나 나만큼은 아니었다. 수사들이 나를 마치 은 30냥에 주님을 팔아넘긴 가롯 유다 취급할 때도, 그러려면 그러라고 여겼다. 당신들이 죄스러움을 견디기가 힘이 들어 모든 책임을 전가할 누군가가 필요하다면! 그래, 정 가롯 유다 역할을 해줄 누군가가 필요하다면! 내가 기꺼이 돼주겠다고, 그렇게까지 생각했다! 이건 희생이었다. 나의 신앙적 희생이었단 말이다!

난들 이러는 게 좋았는 줄 아나? 아니! 지금 저 밖에 내리는 비만큼이나 나도 속으로 피눈물을 쏟았다! 나도 평생을 주님께 바친 수사다! 나도 주님의 자식이란 말이다! 그럼에도 나는 선택을 내린 것이다! 내 평생이 부정당하고, 주님께 내쳐진 자식이 될지도 모를 위험을 무릅쓰고 선택을 내린 거였다고!

라자로는 자리를 박차듯 벌떡 일어났다. 억울함이 분노로 바뀌고 있었다. 그런데 이제 와서 한 푼도 못 주겠다고! 하다못해 유다도 은 30냥은 받았는데! 이제 와 당신이 그걸 다 갖겠다고! 십자가는 나 혼자 다 지게 해놓고 면류관은 에덴 이름으로 기증을 하겠다고!

라자로는 사무실을 뛰쳐나갔다. 프란체스코의 의중을 파악한 이상 가만있을 수가 없었다. 복도를 한달음에 내달려 프란체스코의 방 앞에 다다라 다급하게 노크했다.

"라자로입니다!"

아무리 두드리고 불러도 방문은 열리지 않았다. 라자로는 항시 지참하고 다니는 마스터키를 이용해 문을 따버렸다. 도의적, 이성적 판단 따윈 사치였다. 여전히 불이 켜진 방 안에는 아무도 없었다. 프란체스코가 사라졌다. 버젓이 방에 있는 척까지 해가면서.

라자로는 프란체스코의 집무실로 달음질쳤다. 역시나 없었다. 이 새벽에 이 비를 뚫고 벌써 나갔단 말이야? 핸드폰도 없는 양반한테 연락할 길도 없고, 환장할 노릇이었다.

사무실로 되돌아온 라자로는 황급하게 유선전화의 다이얼을 돌렸다. 이제 아무 생각도 나지 않는다. 나의 신앙생활 전체와 맞바꾼 로또가 걸린 일이다. 제자리를 서성이며 초조하게 기다렸다. 한참 연결음이 흐르고 나서야, 잠이 덜 깬 매제의 목소리가 수화기 너머로 들려왔다.

"예……. 어디세요……."

"접니다, 매제. 조용한 곳에 가서 혼자 전화 받으세요."

"형님? 이 시간에 무슨 일이세요?"

"일단 나오세요. 시간 없으니까 묻지 말고 빨리!"

"아? 예, 예……. 나왔어요."

"지금 어디십니까? 혹시 아직 제주에 있습니까?"

"예. 저희 아직 숙소예요. 오늘 점심 비행기로 돌아가려고요."

됐다. 다행이다. 라자로는 안도의 한숨을 내쉬었다. 여동생 내외가 아직 돌아가지 않았다는 건 정말 다행스러운 일이었다. 그리고 그보다 다행스러운 것은 제주도에 공항이 단 하나뿐이라는 것이었다.

"아뇨. 점심까지 가지 마시고, 지금 당장 아침 첫 비행기를 예매하세요."

"지금요? 갑자기 왜……."

프란체스코는 분명 아침 첫 비행기를 예매했을 것이다. 누가 알아차리기 전에 한시라도 빨리 로또를 처분하고 싶으셨겠지. 에덴의 청지기로 평생을 지낸 노인네가, 그 길눈도 어두운 노인네가 날밤까지 새가며 불빛 한 점 없는 꼭두새벽에 홀로 길을 나섰을 때는 뻔했다. 아까 확인한 바로는 첫 비행기가 6시 30분. 지금 시각은 4시. 시간도 얼추 들어맞는다.

라자로는 매제에게 갑자기 왜 그래야 하는지에 대해 조목조목 설명했다. 아무리 긴박한 순간이어도 매제의 결단을 필요로 하는 일이기에 충분한 설명이 필요하다고 생각했다.

첫 비행기가 뜨기 시작하는 제주공항 김포행 플랫폼에 한 백발의 노인이 있을 것이다. 그를 알아보는 건 너무도 간단하리라. 본인 발로 공항을 와놓고는, 마치 저 먼 타국에서 조난이라도 당한 사람처럼 구부정한 자세로 여기저기 기웃거릴 테니까. 그보다 더 간단히는, 2026년의 드넓은 공항 안에서 다른 시대와 차원을 넘어오기라도 한 것마냥 후줄근한 수도복 차림의 노인은 단 한 명뿐일 테니까. 라자로는 이렇게 설명했다.

"그분을 찾으면요?"

"검색대 앞까지 모셔다 드리고, 도와드리세요. 그리고 그분보다 꼭 한 칸 앞에 서서 먼저 통과하세요."

"……그리고요?"

매제는 이제 잠은 달아난 듯한 목소리로, 그러나 대체 이게 지금 다 무슨 소리인지 의아한 말투로 그저 물을 뿐이었다.

"그분 성경책이 검색대를 통과하면…… 기다렸다가 그걸 가지고 곧장 가버리세요."

"……예?"

"그리 어려운 일은 아닐 겁니다. 그분은 공항 자체가 거의 처음이셔서 대처가 어리숙하신 데다, 아마 그 성경책 없이는 가던 길도 멈추실 테니까요."

"지금…… 도둑질을 하란 말씀이세요?"

매제는 꿈결이라도 되는 양 다소 어이없어하며 물었다. 도둑질이라고? 도둑질이라면 도둑질이겠지. 하지만 진짜 자신의 물건을 도둑질 당한 사람은 응당 어떤 수를 써서라도 범인을 잡아 물건을 되찾기 위해 노력하게 마련이야. 그런데 과연 원장 수사님이 그러실 수 있을까.

라자로는 프란체스코가 성경을, 정확히는 성경과 그 안에든 1등짜리 로또를 누군가에게 도둑맞더라도 그 흔한 신고조차 할 수 없을 것이라고 확신했다. '진짜 자신의 물건'이 아니라고 생각하실 테니까. 괜히 신고라도 했다간 그 로또에 얽힌 지금까지의 수많은 사연이, 에덴에 긁어 부스럼을 만들 것이라고 생각하실 테니까.

무엇보다도 라자로가 아는 프란체스코는 그런 불미스러운 일을 겪게 됐을 때, '이 일을 그만두어야 한다는 주님 뜻이시구나' 하며 마음을 접을…… 신실한 주님의 종이니까.

다행이란 생각이 들었다. 프란체스코가 세상 지리와 물정에 까막눈인 데다, 오직 주님 뜻만을 생각하는 바보 같은 노인인 것이. 그런데…… 왜 이렇게 눈물이 나는 거지. 라자로는 문득 자신의 책상 위에 놓인 액자가 눈에 들어오자 눈시울이 붉어졌다.

요셉의 입회 기념으로 에덴의 여섯 식구들이 수도원 안뜰에서 찍은 사진. 도미니코까지 함께한 모두가 환한 천사처럼 웃고 있다. 정 가운데에서 그들에게 폭 둘러싸인 본인조차도. 주여, 저는 정말로 유다가 되어버린 걸까요. 저 같은 쓰레기도 언젠가는 용서받을 수 있겠습니까.

"도둑질이 아닙니다. 그건 원래 제 십자가니까요."

그러나 라자로는 흐르는 눈물을 닦아내며 단호하게 말했다. 매제는 그래도 그렇지 어찌 그런 일을 하겠느냐부터 시작해 대체 왜 그래야 하는지를 뒤늦게도 물었다. 라자로는 거기에 대해서만큼은 긴말이 필요하지 않다는 것을 알았다. 그 성경의 값어치가 60억 원이라는 사실을 일러주자, 매제는 한참 동안 말이 없었다. 역시 예상이 맞았다. 수사들과 달리 세상 사람들을 설득하는 일은 그리 어렵지 않다. 성경을 훔치는 건 꺼림칙해도, 성경 안에 든 것이 60억이라면 기꺼이 고민을 하게 만드는 힘. 그게 곤궁의 잔혹함이니까.

수화기 너머의 침묵에서 깊은 고민이 느껴졌다. 통화 내내 무슨 뚱딴지같은 소리인지 들어나 보자 싶던 매제의 숨소리가 짙은 한숨으로 바뀐 것 같았다.

자네도 지금껏 힘들었겠지. 영원할 것만 같던 사업이 한순간에 망해버리고 가세가 기운 것도 모자라 거리에 내앉을 위기까지 왔을 때, 그때의 막막함은 아는 사람만 안다. 심지어 자네는 사랑하는 아내와 자식도 있잖은가. 그리고 그들은 내 하나뿐인 피붙이요, 사랑하는 조카이기도 하지 않은가.

나는 아프리카로 떠나면 그만이다. 우리 같은 사람들이야 주님께서 동행하시면 초막도 궁궐이다. 하지만 자네들은 아니잖은가. 더 고민하지 마. 시간이 없어. 이런 종용의 의미를 담아 헛기침을 했다.

그때 잠잠하던 수화기 너머에서 드디어 사람 말소리가 들려왔다. 그러나 돌아오는 목소리는 매제가 아니었다. 여동생이었다.

"라자로 수사님."

아둔하기긴! 혼자 나와서 받으라고 그리 당부했건만!

"죄송합니다, 형님. 사실 이 사람이랑 계속 같이 통화했어요. 스피커폰으로요."

사업이 왜 망했는지 알겠네! 눈치도 없고 상황 파악도 못 하는 어리석은 자 같으니라고! 라자로는 짜증이 치밀어 올랐지만 어떤 말도 할 수 없었다. 어떤 말이 돌아올지 알 수 없었기 때문이다.

"오빠."

아무 대답을 않자 여동생이 다시 그를 불렀다. 역시 대답은 할 수 없었다.

"우리 약속했잖아. 하려는 일을 옳다고 생각하지 말고 옳은 일을 하면서 살자고, 앞으로."

그래, 그랬지. 내가 너 음대 보내서 피아노 국가대표 만들겠다고 없는 집안 쌈짓돈까지 다 긁어모아서 사업해 불려온다고 나간 뒤에 다 말아먹고 기어 들어왔을 때, 나한테 네가 그랬다.

지긋지긋한 가난 고리 끊고 우리 가족도 아파트라는 데서 한번 살아보자고, 집안 기둥뿌리까지 뽑아서 또 그 미친 사업을 한다고 나갔다가 유치장 신세를 지고 있는 나한테 찾아온 날도 너는 그랬다.

꽃다운 나이에 남의 집 식모살이하면서 우리 뒷바라지해 준 불쌍한 우리 엄마. 평생 애물단지였던 주제에 무슨 바람이 들었는지 뒤늦게 효자 행세 해보겠답시고, 돌아가셨을 때라도 아버지 옆에 계셔야 한다면서 가족 공동묘지니 뭐니 묏자리 하나 사겠다고 집안 식기까지 싹 전당포에 넘겨서는 도박장 기웃거리다가 다 날려먹고 피떡이 돼서 거리를 서성이고 있었을 때도.

니들 아버지 잡아간 물귀신 무섭다고, 물가에는 평생 근처에도 안 갔던 겁 많은 우리 엄마. 결국 아버지 다 썩은 고깃배 위에서 그런 엄마 바다에 뿌리는 불효를 또 저지르면서, 살 자격도 없는 모질이 같은 새끼 나도 빠져 죽겠다고 난동 발광 피우고 있을 때, 그때도, 울면 안 될 네가 도리어 엉엉 울면서 날 붙잡고는 그랬지.

너는 항상 그렇게 약속해 줬다. 인생에 없느니만 못했던 오빠인 나한테. 라자로는 전하고 싶은 말이 많았지만, 이번에도 속으로 대답을 삼켰다.

"오밤중에 헤까닥하는 소리 그만하시고 우리 지금처럼만 잘 삽시다, 오빠. 맴이 숭하면 기도혀, 기도. 내 쭈욱 봉께 오빠한텐 그게 금은보화여."

"……미안하다."

라자로는 그 말만을 처음이자 마지막 대답으로 남긴 채 전화를 끊었다. 단 한 번도 떳떳한 오빠가 되어준 적도, 자식이었던 적도 없었기에 가족에게는 정말 평생 미안했다. 그러나 지금 이 미안하다는 말은 다른 의미였다.

어두운 사무실 창밖. 복도에 선 한 남자가 이쪽을 빤히 바라다보고 있었다. 그가 누구인지는 보이지 않아도 확신할 수 있는 실루엣이었다.

번쩍. 번개가 치자 잠시 그의 얼굴이 드러났다. 프란체스코 원장 수사님. 아직 떠나지 않으셨다. 아직 내 눈앞에 있다, 60억이. 미안하다, 동생아. 이번에도 그 약속은 못 지킬 것 같다.

"원장 수사님!!!"

라자로는 프란체스코를 부르며 달려 나갔다. 프란체스코는 수도복 후드를 뒤집어쓰고는 깃을 여미며 종종걸음으로 달아났다. 노인네, 지금 마주쳐 놓고 도망이라도 가겠다는 거야? 불러도 대답도 않으면서까지? 라자로는 필사적으로 프란체스코를 쫓아 복도를 달렸다. 현관 앞에 다다라서야 그의 어깨를 돌려세울 수 있었다.

"로또! 로또 주십쇼!"

"이거 놓게!"

프란체스코가 거칠게 뿌리치자 품 안에 있던 성경이 떨어졌다. 라자로는 얼른 성경을 주워 펼쳤다. 역시나. 지퍼 백째로 고스란히 들어 있는 로또. 라자로는 필요한 내용물만을 빼내고는 마치 뜯어낸 포장지처럼 성경을 집어 던졌다.

"안 돼!!! 무슨 짓이야!!!"

프란체스코는 비명에 가까운 고함을 쳤다. 패대기친 성경 때문이 아니었다. 프란체스코는 라자로에게 달려들었다. 라자로는 그가 로또를 빼앗지 못하도록 손을 공중에 쳐들었다. 이럴 때는 키가 작은 것이 한스럽다. 허리도 구부정한 노인네와 필생의 실랑이를 벌여야만 했다.

"비키십쇼! 대체 이렇게까지 하시는 이유가 뭡니까! 아프리카가 아니라 불구덩인들 어떻습니까! 낡아빠진 수도원이 어찌 된들 어떻습니까! 우리야 주님 계신 곳이면 거기가 에덴 아닙니까!"

"모르는 소리! 주님 응답이야! 어딜 감히 토를 다는가!"

프란체스코는 반쯤 정신이 나가버린 사람 같았다. 비록 노쇠한 육체에 힘은 없었지만, 어찌나 끈질기게 달라붙는지 빼앗길 것 같았다. 그 순간 복도 끝이 우렁우렁 울려왔다. 저건 뭐야! 긴 머리 찰랑이며 걸음아 나 살려라 달려오는 여자…… 수빈이었다. 자매는 뭐라 시끄럽게 외쳐대며 긴 복도를 달려오고 있었다.

"아악! 이 미친 새끼들을 믿은 내가 병신이지! 어! 거기! 거기요! 저 사람 좀 어떻게 해봐요!"

수빈은 등대를 발견한 표류선처럼 라자로와 프란체스코를 향해 손을 흔들었다. 그 뒤를 맹렬하게 따라오는 해적선은 안토니오로 보였다. 그런데…… 저건 또 뭐야! 그는 정말 해적이라도 된 것마냥 손에 칼까지 들고 있었다.

소란에 화답하듯 돌연 복도 옆쪽의 방문이 거칠게 열렸다. 달려오던 수빈은 그 문에 기가 막히게 부딪히며 그대로 나자빠졌다. 문을 열고 허겁지겁 뛰쳐나온 사람은 요셉이었다.

"자매님!!! 왜 그러고 계십니까!!!"

"아오, 새꺄! 니 때문이잖아!"

수빈은 쓰러진 채로 발목을 어루만지며 바득바득 소리쳤다. 안토니오는 때를 놓치지 않고 그 앞까지 다다랐다. 요셉은 그제야 상황을 바로 파악한 듯 안토니오를 향해 호통쳤다.

"칼 내려놓으십시오! 대체 뭐 하시는 겁니까! 주님이 두렵지도 않으십니까!"

"뱀독. 제거. 핸드폰. 주십쇼."

안토니오는 요셉이 보이지도 않는 듯 수빈에게 직행했다. 수빈은 쓰러진 채로 슬금슬금 뒤로 물러났다.

"왜 사람 말을 못 믿어요? 아무것도 안 찍었다니까. 나도 소리가 날 줄은 몰랐다고!"

"시끄러워. 뱀. 핸드폰. 어서."

"보자 보자 하니까 어따 대고 뱀이래? 당신 아까 걔들 죽이려고 한 거 내가 모를까 봐? 사체 유기에 살인 미수네? 그 새끼들 그렇게 만든 것도 당신들이니까 특수 폭행에, 여기서 나까지 건드리면 당신들 어떻게 될지 진짜 궁금하다."

안토니오는 귀를 틀어막았다. 시끄럽다. 시끄러워. 머릿속에서 흉악한 사탄의 목소리가 다시금 소리친다. '뱀! 변수! 제거!'. 메아리치는 명령이 뇌를 터트릴 것만 같다. 의지와 무관하게 또 칼을 쥔 손이 들린다. 안 돼. 지금 뱀을 해하면 더 큰 변수만 생길 뿐이다. 안토니오는 혼신의 힘을 다해 소리쳤다.

"사탄아!!! 물러가라!!! 사탄아!!! 물러가라!!! 사탄아!!! 물러가라!!!"

"얼씨구, 심신미약 감형을 받으시겠다? 코스프레 관두시지?"

수빈은 승기를 잡은 듯 소리쳤다. 이 정신 나간 겁쟁이 새끼의 발작 버튼은 진작에 파악했다. 지금 집행유예 중이기라도 한가 보지? 처벌이 쫄리면 얌전히 찌그러져 있어, 새끼야. 수빈은 보란 듯이 더욱 바득댔다.

"내가 딴 놈은 몰라도 너는 꼭 빵에 처넣는다. 서에서 보자고!"

"닥쳐! 닥쳐! 닥쳐!"

어라, 젠장. 예상과 달리 안토니오는 더 발작했다. 미친놈이 칼 든 손을 부들부들 떨면서 다가온다. 도망쳐야 한다. 놈의 헤까닥한 눈빛을 보니 그런 직감이 들었다. 하지만 발목이 말을 안 들었다. 시퍼런 칼끝이 얼굴 앞으로 다가온다. 시간이 멈춘 것 같다. 빌어먹을, 얼굴은 다치면 안 되는데. 이게 내 브랜드라고, 새끼야.

쩌적. 번개가 치자 칼날에 반사된 섬광이 눈을 부시게 했다. 그리고⋯⋯ 칼은 보란 듯이 바닥으로 떨어졌다. 달려온 요셉이 온

더 게스트

몸으로 안토니오를 날려버렸다. 지도 나자빠진 주제에 헐레벌떡 일어나 내 앞을 막아서서 제법 그럴싸하게 씩씩댄다. 짜식…… 좀 기특한데.

"지금 누가 누구보고 사탄이라 하십니까! 수빈 씨 털끝 하나라도 건드렸다간 보십쇼!"

"사랑. 역시. 변수. 통제 불능."

안토니오는 좀비처럼 다시 일어섰다. 그사이 요셉은 떨어진 칼을 저 멀리 걷어차 버렸다. 챙그르르르. 식칼이 시멘트 복도를 미끄러지듯 갈랐다.

툭. 그리고 라자로의 축축한 신발을 건드리며 멈췄다. 라자로는 번뜩이는 칼날을 보니 섬뜩해졌다. 저것들은 왜 다 기어 나와서 칼까지 들고 저러고 있지? 주여, 어떻게 이 지경까지 두고 보십니까. 요셉은 안토니오를 향해 두 주먹을 겨누며 싸울 태세를 취했다. 일 키우지 말고 들어가 있으라고, 제발. 라자로가 소리쳤다.

"그만들 두지 못합니까!!! 요셉!!! 어디 이상한 여자한테 빠져서는 하극상입니까!!!"

"이상한 여자라뇨!!! 수사님이나 그만두십시오!!! 수사님은 돈에 빠지셨잖습니까!!!"

저 대가리에 피도 안 마른 수사놈이! 일순 라자로는 심장이 쑥하니 빠진 것 같은 착각이 들었다. 어라? 요셉의 하극상에 열이 받아서가 아니었다. 어느새 손에서 로또를 빼앗은 프란체스코가 현관으로 달아나고 있었다. 라자로는 뒤늦게 프란체스코를 따라 달리며 외마디 비명을 질렀다.

"내놓으십쇼!!! 로또!!!"

수빈은 밖으로 헐레벌떡 달려 나가는 땅딸보 수사를 화들짝 놀라 바라봤다. 뭘 내놔? 로또? 미친, 설마. 경황이 없어서 저 인간들이 뭐 하나 했는데, 아뿔싸. 그럼 그렇지. 원장이 기어이 일을 냈구나, 빌어먹을! 수빈은 발목을 절뚝거리며 잽싸게 그들을 쫓았다.

"자매님! 어디 가세요!"

요셉이 소리쳤다. 제 옆에서 떨어지지 마세요, 수빈 씨. 지금 다들 상태가 이상합니다. 수빈 씨가 위험할 것 같단 말입니다! 주여, 이게 대체 무슨 상황입니까! 너무도 혼란스러웠다.

그 혼란을 틈타듯 안토니오가 요셉을 지나쳐 달려갔다. 안 돼! 뒤늦게 안토니오를 잡으려 따라 달렸다. 손이 닿으려던 순간 그만 무언가에 걸려 넘어졌다. 종탑과 연결된 밧줄이었다.

댕! 우렁찬 종소리가 에덴에 울려 퍼졌다. 넘어진 요셉은 끼익끼익 하는 불길한 소리에 순간적으로 종을 올려다봤다. 그러나 어느새 현관을 뛰쳐나간 안토니오를 보고는 헐레벌떡 그를 쫓았다.

"거기 좀 서십쇼!!!"

라자로는 있는 힘껏 소리쳤다. 그러나 요란한 천둥소리 때문에 목소리가 뻗어나가지 못한다. 어느덧 새벽 미명에 먼동이 트고 있었다. 검푸른 하늘빛 아래, 프란체스코가 몰아치는 비바람을 쌩쌩 뚫으며 안뜰을 지나고 있다. 저는 몸을 지탱하기도 버거운데, 저 노인네는 대체 어디서 저런 힘이 나는 겁니까, 주님!

그때 프란체스코가 우뚝 멈춰 섰다. 라자로는 이때다 싶어 휘청이는 다리에 힘을 주고 전력을 다해 달렸다. 몇 미터 더 가서야 프란체스코의 앞을 가로막은 검고 커다란 형체가 보였다.

"하! 하! 하! 하! 하! 하! 하!"

베드로! 그는 조카들의 3, 6, 9 게임에 눈치 없이 끼어든 주정뱅이 삼촌 마냥 퍼덕대며 주책을 부리고 있었다. 저건 또 상태가 왜 저런 거야!

"술을 마셨군, 베드로! 정신 차리고 비켜서게!"

프란체스코는 베드로에게 버럭 외쳤다. 어둡고 날이 궂어 잘 보이지 않아도 베드로가 만취했다는 것쯤은 알 수 있었다. 주님 곁으로 가는 그날까지 술을 입에 대지 않겠다더니, 이리 찢기고 저리 해진 흙투성이 몰골로 보아 많이도 마셨군그래.

프란체스코는 술에 취해 흔들거리는 베드로를 보니 불현듯 그를 처음 만난 날이 떠올랐다. 그때도 길바닥에서 피투성이가 되어서는, 저렇게 인사불성이 되도록 취한 채로 내게 패악을 부렸지. 나와 함께 주님의 식구가 되지 않겠느냐고 손을 내밀었을 때, 자네가 나를 비웃으며 소리친 말을 아직도 기억하네.

"나를 쓰러트릴 수 있다면! 좋을 대로 하십쇼!"

베드로의 우렁찬 목소리가 비바람을 뚫고 들어왔다. 지금도 그때와 같은 말을 하는군.

"와하하하! 베드로 수사님! 잘 오셨습니다! 나이스입니다!"

어느덧 바로 뒤에서 기뻐 소리치는 라자로의 목소리가 들려왔다. 프란체스코는 지퍼 백을 쥔 손에 힘을 불끈 주었다. 이 복권은 분명하신 주의 응답이다. 그런데 어찌! 때론 형제요, 때론 부자지

간과도 같았던 자네들이 방해꾼 역을 자처한단 말인가! 프란체스코가 앞뒤를 번갈아 보며 소리쳤다.

"자네들이 쓰러트려야 하는 자는 늙고 힘없는 내가 아니라 전능하신 주님일세! 가능하겠나! 가당키나 하겠는가!"

"웃기는 소리 마십쇼!"

베드로는 더 이상 참을 수가 없었다. 프란체스코는 지금 이 순간에도 손에 복권을 쥐고 있었다. 부동산 사장에게 전말은 다 들었다. 애초에 여기까지 달려오기를 결심한 순간, 벌어질 일은 예견했다. 존경하던 프란체스코에게 고운 말이 나갈 수 없으리란 것까지도. 왜냐하면…… 이젠 당신을 존경할 수가 없기 때문입니다!

"그 더러운 복권으로 에덴을 사시겠다고요?! 하물며 그것이 주님의 뜻이라고요?! 지금 그 염병할 복권 하나 때문에 식구들이 사탄에 씐 건 안중에도 없으십니까!"

"이게 내가 자네들을 지킬 수 있는 유일한 길이네!"

"당신이 우리의 아버지라면 그깟 종이 쪼가리가 아니라 식구를 지키시란 말입니다! 껍데기뿐인 에덴이 무슨 소용입니까!"

"아니! 우리의 진짜 아버지께선 이곳을 지키길 원하시네! 내 기도를 들으시고 나를 도구로 이용하시려는 거야! 이건 종이 쪼가리가 아니라 그 응답의 증표일세!"

"글쎄요! 주님께서 제게는 당신을 막고 식구를 지키라고 응답하시던데 말입니다!"

"맞습니다! 제게도 베드로 수사님께 한 말씀과 비슷한 응답을 주셨습니다! ……똑같지는 않지만요!"

듣고 있던 라자로도 베드로의 말을 거들듯이 소리쳤다. 앞뒤로 베드로와 라자로가 포위망을 좁혀오고 있다. 역시 좋게 끝내기는 글렀단 말입니까, 주님. 프란체스코도 이젠 물러설 수 없었다.

"서로가 주님의 응답이라고 우겨대니 진짜를 제외하고는 전부 사탄의 응답이라 봐도 무방하겠군!"

"누가 진짜인지는 가려보면 알겠군요!"

"그래요! 가려보십시다, 베드로!"

베드로와 라자로는 이제 아주 합이 잘 맞는 동지 같았다. 베드로는 성큼성큼 프란체스코에게로 다가갔다. 프란체스코는 몸을 작게 웅크린 채 방어 태세를 취했다. 마치 바들바들 떨고 있는 콩벌레 같았다. 베드로는 그 모습을 보니 다시 울화가 치밀었다.

기도할 때 말고는 땅에 머리를 박지 말라고 하시지 않으셨습니까! 어쩌다 이리도 망가지셨습니까! 이게 다 그 복권 때문입니다! 베드로는 주저 없이 프란체스코에게 손을 뻗었다. 그러나 프란체스코는 베드로가 사정권으로 다가오자 웅덩이의 진흙을 냅다 뿌려버렸다.

"크아악!"

베드로가 허둥지둥 안면의 흙을 씻어내는 사이, 프란체스코는 재빨리 그의 옆을 통과해 운신했다. 그러나 몇 발자국 가지 못해 그대로 멈춰 서야만 했다. 라자로가 필사적으로 프란체스코의 등에 매달렸다.

"그렇게 들고 다니다가 젖으면 쓰지도 못합니다!!!"

라자로는 악다구니를 쓰며 로또를 빼앗았다. 다행히 지퍼 백의 방수력은 훌륭했다. 라자로가 로또의 안녕을 확인하던 찰나, 이번에는 프란체스코가 온몸을 던져 라자로를 밀쳐 넘어뜨렸다. 둘은 흙탕물 위에서 엎치락뒤치락했다. 이 손에서 저 손으로 그리고 다시 이 손으로…… 로또의 주도권은 변덕을 부렸다. 그리고 그 순간, 엉겨 붙은 둘은 그 자세 그대로 동시에 승천했다.

"이제!!! 그만들 두십시오, 다!!!"

베드로는 프란체스코와 라자로를 번쩍 들어 자갈 바닥에 내동댕이쳐 버렸다. 프란체스코와 라자로는 뭍으로 나온 갯지렁이처럼 고통스럽게 꿈틀거렸다. 떨어진 지퍼 백은 바람을 타고 저만치 날아갔다. 베드로는 그것을 매섭게 쏘아보며 다가가 주워 들었다. 허리를 붙잡고 끙끙대는 라자로가 마지못한 목소리로 소리쳤다.

"크윽! 그래요! 수사님이라도 잘 보관하십쇼! 일단 다들 좀 진정한 뒤에……. 뭐 해!!! 베드로!!! 안 돼, 이 새끼야!!!"

라자로는 순간 욕지거리가 튀어나오고 말았다. 베드로는 바늘구멍에 실 꿰려는 노인네처럼 두툼한 손가락으로 지퍼 백을 열기 위해 부들거렸다. 그러더니 마음처럼 잘 되지 않는 듯 주님을 크게 한 번 부르짖더니…… 지퍼 백 채로 찢어버리려고 안간힘을 썼다!

저 무식한 자식이 진짜! 역시 자네와 나는 한 패가 될 수 없는 종자들이야! 저걸 무력으로 뺏을 수도 없을 텐데! 라자로가 안달복달하던 그때였다. 베드로는 돌연 저 멀리서 달려오는 광속 차량에 치인 가로수처럼 묵직하게 고꾸라졌다.

"커헉!"

"이런 쌍 진짜!!! 뭐 해!!! 놔요!!! 안 놔?!"

수빈이 발끝에 온 힘을 실어 드롭킥을 날려버린 것이었다. 자매는 그야말로 거침이 없었다. 쓰러진 베드로의 팔을 무릎으로 짓누르더니 손아귀를 이로 물어뜯기 시작했다. 그리고 결국은 로또를 쟁취해 내고야 말았다. 베드로는 물린 손을 부여잡고 어딘지 과도하게 아파했다.

"크아아악!!!"

"이게 어떤 로똔데 누구 맘대로 찢으려고!!!"

수빈은 로또의 안녕을 꼼꼼히 살피며 쏘아붙였다. 흡사 골리앗을 쓰러트린 다윗이 떠올랐다. 라자로는 그 모습에 감탄이 절로 나왔다. 저 싸이코 자매를 응원하게 될 줄이야!

"자매님! 나이스 샷입니다!"

"나이스는 얼어 죽을!"

지긋지긋한 놈들, 제발 다신 보지 말자! 수빈은 흙바닥을 나뒹구는 수사들을 뒤로한 채 정문을 향해 내달렸다. 발목이 부러질 것처럼 아팠지만 하는 수 없다. 이대로 그냥 가자, 좀! 다 끝내자, 제발! 그러나 어디 덫이라도 있었는지 무언가가 아픈 발목을 거칠게 휘어잡았다. 그대로 나자빠진 수빈은 염병할 족쇄를 노려봤다. 이런 미친 까까머리! 심신미약 새끼!

"뱀. 도망. 변수. 뱀. 도망. 변수."

"아악! 아파! 놔! 놔, 새끼야!"

수빈이 아무리 발길질을 해도 안토니오는 전혀 놓을 생각이 없어 보였다. 눈이 아예 맛이 갔다, 이 새끼. 하는 수 없다. 이거라도 먹고 떨어져라 좀! 수빈은 핸드폰을 찾기 위해 로또를 사수한 반대 손으로 주머니를 황급히 뒤적였다.

"핸드폰 줄게! 준다고요!"

"안 돼!!! 수빈 씨!!!"

눈썹 휘날리며 달려온 요셉이 공중으로 점프해 몸을 날리며 외쳤다. 그러나 이 빌어먹을 떨떨이는 수빈이 로또를 쥐고 있는 팔 위로 보란 듯이 떨어졌다. 아오, 이 등신 같은 새끼가 아까부터!

"어이쿠야! 죄송합니다! 괜찮으세요!"

"너 일부러 그랬지! 한패지, 새꺄?! 비켜! 비키라고! 아! 아악!"

"아닙니다! 오햅니다! 앗, 잠깐만! 거긴 만지지 마십쇼! 안 돼!"

수빈은 요셉이 버둥거리는 바람에 로또를 잡은 손에 힘이 풀려 버렸다. 안 돼, 썅! 또다시 자유를 되찾은 로또가 광풍에 휩쓸려 공중으로 치솟았다. 라자로는 발광을 하며 달려왔다.

"저런 바보 같은!!! 꽉 잡았어야지!!!"

"주여!!! 에덴!!!"

"다 비키십쇼!!! 기필코 찢어 없애리라!!!"

그 뒤를 따라 프란체스코와 베드로도 한마디씩 외쳐대며 비척비척 달려왔다. 수빈은 그 모습들을 바라보며 순간 소름이 돋는 것을 느꼈다. 와, 진짜 거머리 새끼들 엄청나다. 살면서 느껴본 가장 지랄 맞은 순간 베스트3 안에 든다고 확신했다. 그 와중에 지퍼 백은 그 누구의 손에도 잡히기 싫은 것처럼 공중을 유영하듯 날아다녔다.

"미식축구다……. 나도 좋아하는데…… 헤헤……."

"닥쳐. 뭔 개소리야! 너도 뿅 맞았냐? 가만있어 좀, X발!"

우물가에 숨은 현종학은 강리헌을 가까스로 밀어 넣었다. 더욱 바짝 자세를 낮춰도 모자랄 판에 자꾸 뛰쳐나가려는 강리헌 때문에 고역이었다. 아까 깨어난 후로 계속 구토를 하더니, 이렇게 전날 꽐라되고 새벽에 일 나가는 새끼마냥 상태가 메롱했다.

X같은 핑킹가위랑 씨름을 하다가 가까스로 지하 업소에서 빠져나왔는데, 이건 뭐 산 넘어 산이 따로 없다. 하필 저 미친 짱구들이 동시에 '못 말림' 상태로 '친연 풀 파티'를 즐기고 있을 줄이야, X발! 이 지랄 맞은 날씨에 진흙탕 뒹굴면서 꽥꽥대는 걸 보니 또다시 방광에 신호가 온다. 쭈그리고 있는 강리헌이 갑자기 현종학의 바짓가랑이를 킁킁댔다.

"우웁…… 찌린 내 난다……. 쥐포 냄새……. 헤헤……."

"X발, 닥쳐라. 죽인다!"

"으으윽! 마우스피스! 싫다!"

버섯 뭉치들에 나자빠진 강리헌은 외상 후 스트레스 장애가 오는 것처럼 발작했다. X발, 이 새끼 머리가 어떻게 된 게 분명하다. 이렇게 된 이상 저것들이 들어갈 때까지 여기서 기다리는 수밖에 없다. 다시 걸리는 날에는 진짜 오체분시 각이라고, X발!

그 순간 놈들의 일행 하나가 기척도 없이 다가온 탓에, 현종학은 프로페셔널한 '성대 컨트롤'로 비명을 억눌러야만 했다. 전에 스타벅스 앞에서 봤던 못생긴 불도그 새끼가 우물 앞에서 우리를 뚫어져라 쳐다보고 있었다.

"뭐! 뭘 봐, 개새꺄! 저리 꺼져! 훠이!"

그때였다. 때와 장소에 전혀 어울리지 않는 힙한 음악까지 어딘가에서 들려왔다. X발, 뭔 소리야, 이건 또! 익숙한 멜로디였다. AJR의 〈Bang!〉이라는 노래. 어, 잠깐. 이거 내 알람 소린데, X발.

"오, 이 노래 좋아! I get up, I get down~ and I'm jumpin' around~!"

강리헌은 갑자기 리듬을 타더니 노래를 따라 부르기 시작했다. 그러더니 옆에 있던 개새끼도 신이 나 같이 짖어대기 시작했다. 현종학은 허겁지겁 주머니를 뒤적거렸다.

"제발 닥쳐, 개새끼들아! 걸린다고, X발! 아! 안 돼, X발!"

주머니에서 가까스로 꺼낸 핸드폰이 우물에 빠져버렸다. 적당히 차오른 우물물이 우퍼 스피커처럼 사운드를 풍성하게 만들자 강리헌은 벌떡 일어나 댄스를 추기 시작했다. 울고 싶다, X발.

강리헌을 끌어 앉히려던 현종학은 온몸의 피가 다 식는다는 표현을 실감했다. 오수빈의 남친으로 추정되는 떨빡이 신부가 이쪽을 손가락으로 가리키고 있다. 자신의 동료 짱구들에게 위치를 보고하는 것 같았다. 아…… X됐다.

"저기 있습니다, 자매님!!!"

"크게 말하지 말고 봤으면 니가 가서 잡으세요!!!"

오수빈 고객님, 넌 대체 정체가 뭐야, X발! 오수빈의 명령 한마디에 다른 짱구들까지 득달같이 이쪽을 향해 달려오기 시작했다. 죽는다! 잡히면 진짜 죽는다고, X발!

현종학은 젖 먹던 힘을 다해 강리헌을 질질 끌어당겼다. 우물

더 게스트

뒤쪽으로 무성한 수풀들이 솟아 있다. 현종학은 거기에 강리헌을 밀쳐 넣고 자기도 몸을 날렸다. 어, 뭐야 X발 이거. 평지가 아니네. 현종학은 데굴데굴 경사를 굴렀다. 아래로 살벌하게 깎여 내려가는 경사로였다. 옆에서는 강리헌이 꺄르르 웃어제끼며 굴러가고 있었다. 너랑은 이제 안녕이다, X발.

돌부리 방지 턱에 멈춰 선 현종학은 넝마가 된 몸뚱이를 일으켜 지나온 곳을 올려봤다. 두 사람을 놓쳐 당황한 짱구들은 그들이 하늘로 솟은 줄 아는지 허공에 연이라도 날리듯 뒤엉켜 뛰어다니고 있었다. 저 어마무시한 약 기운을 보니 이번에 잡혔으면 진짜 어디 매달아 놓고 죽였을 것이다. 오줌 좀 지리고 핸드폰도 상납했지만…… 살았으니 된 거다, X발.

🕯

"어어어! 어어어! 어어어!"

미카엘은 눈앞에 펼쳐진 광경을 멀거니 바라봤다. 수사들과 신입 자매가 서로 사이좋게 한곳을 바라보며 똑같은 목소리로 짖어댄다. 노는 모습이 즐거워 보인다. 나도, 나도 놀고 싶어. 미카엘은 그들이 바라보는 허공을 저도 바라봤다.

나비다. 투명하고 반짝반짝한 나비가 두둥실 떠다닌다. 오늘 수사들이 아무도 놀아주지 않았다. 베드로 녀석은 밥도 안 줬다. 다들 나 말고 저 나비랑 노느라 그랬구나. 치사해.

어? 나비가 나한테 날아온다. 안녕. 너 인기가 좋구나. 부럽다. 넌 이름이 뭐니? Lotto? Ziploc? 이름이 두 개구나. 그것도 부럽다.

"미카엘!!!"

수사들이 거의 동시에 미카엘을 불렀다. 미카엘은 그런 그들을 갸우뚱 바라봤다. 가만있어 봐. 나도 나비랑 좀 놀게. 나도 놀고 싶어. 미카엘은 앞발로 나비를 꾹 눌렀다.

"저거 설마 먹는 거 아닙니까?!"

"미카엘이 갑자기 저걸 왜 먹습니까!"

"그럼 왜 저렇게 웃을까요?"

"미카엘은 원래 웃는 상입니다!"

"근데 왜 이렇게 다들 조심스러워요?!"

라자로와 요셉의 질문에는 버럭버럭 잘만 대답하던 베드로도 마지막 수빈의 질문에는 아무 말이 없었다. 버섯 뭉치 위에 앉아 있는 미카엘은 지퍼 백을 한 발로 꾹 누른 채 침을 질질 흘리고 있었다. 아무도 의견을 교환하지 않았지만, 모두가 공통적으로 불길한 예감을 느끼고 있었다. 보다 못한 수빈이 나서서 애교 섞인 목소리로 미카엘을 불렀다.

"미카엘~ 그거 가져간다? 우리 것이거든~."

미카엘은 고개를 까딱하더니 헥헥거리며 웃었다. 수빈은 서서히…… 미카엘 앞에 놓인 지퍼 백으로 손을 뻗었다. 왠지 모두가 조마조마하게 그 모습을 바라봤다.

"오구, 그렇지! 잠깐만~."

특유의 맹한 얼굴로 수빈을 빤히 바라보던 미카엘이 혀를 한

번 내밀고는 보란 듯이, 순식간에, 앞에 놓인 지퍼 백을 질겅질겅 두 번 만에 삼켜버렸다. 모두가 잠시 일시 정지된 화면처럼 멈춰 섰다. 오직 베드로만이 껄껄 웃으며 박수를 치기 시작했다.

"와하하하! 잘했어, 미카엘! 세상에서 가장 비싼 개가 됐구나!"

"베드로! 이게 지금 웃깁니까?! 교육을 어떻게 시켰으면 애가 저 모양입니까?!"

"저 새끼 지금 메롱한 거 맞죠? 일로 와봐, 개색갸! 뱉어! 뱉으라고, 쌰!!!"

"자매님! 참으세요!"

"주여…… 에덴을 어찌 개의 위장에 맡기시나이까……"

"변수. 변수. 변수."

미카엘은 나비에게는 미안하게 됐지만, 이제야 수사들과 신입 자매가 자신에게 다시 관심을 가져주는 것 같아 행복했다.

17. 무덤

깨진 유리와 괘종시계의 파편들, 널브러진 가재도구들, 젖은 옷가지들, 진흙투성이가 된 바닥, 그리고 말린 버섯들. 돌아온 식당 안은 그야말로 한바탕 폭풍이 휩쓸고 간 모양새였다. 오직 식탁 위에 차려진 먹음직스러운 진수성찬만이 풍비박산이 난 풍경 속 틀린 그림 찾기처럼 어울리지 않게 느껴졌다.

요셉은 저걸 언제 다 치우나 싶다가도, 에덴에서 본 적 없는 풍성한 식탁에 순간 '먹고 싶다'는 원초적 욕구를 느꼈다. 요셉은 왠지 머쓱해져 마주 앉은 수빈을 흘끔 바라봤다.

수빈은 팔짱을 낀 채 심각한 얼굴로 한곳을 응시하고 있었다. 완전히 넝마가 된 채 다 같이 둘러앉은 수사들 역시 같은 곳을 응시하고 있다.

식탁 가운데 자리에 우두머리처럼 앉아 있는…… 미카엘.

녀석이 수일은 굶은 것처럼 게걸스레 접시를 비우고 있었다. 꿀꺽. 요셉이 입맛을 다신 그때였다. 미카엘이 더는 못 먹겠다는 얼굴로 고개를 쳐들고 트림을 했다. 그리고는…… 씨익 웃었다.
"에이 진짜! 저거 뭐 알고 웃는 거 같다니까! 더 먹어, 더!"
동시에 맥이 빠진 수빈이 버럭 외쳤다.
"어허, 자매님! 원래 웃는 상이라니까!"
베드로는 만족스럽다는 듯 껄껄댔다. 입을 열 때마다 회식하고 들어온 아빠 냄새가 나는 것 같았다.
"저걸 어느 세월에 똥으로 뺍니까! 소화돼 버리면 어쩌려고요!"
보다 지친 라자로도 짜증을 냈다.
"아직입니다. 소형견이라. 미카엘은. 네 시간에서 여섯 시간은 걸립니다. 소화까지."
안토니오는 남 일처럼 허공에 대고 잠시 읊조리더니, 다시 하던 일에 몰두했다. 듣기로는 수빈의 핸드폰과 관련해 어떤 오해가 있었다는데, 그래도 그렇지 안토니오는 건네받은 핸드폰을 아주 분해하고 있었다. 수빈은 그 꼴을 어처구니없이 바라봤다.
"아니, 수사님은 대체 남의 핸드폰으로 뭐 해요? 사진도 지웠고, 녹음까지 지운 거 아까 다 확인했잖아요?"
"남았습니다. 변수. 가능성이 있습니다. 포렌식."
음, 포렌식이 뭐지. 요셉은 안토니오가 좀 많이 이상하긴 해도, 어쩌면 세상에 둘도 없는 천재가 아닐까 생각했다. 그 모습을 보던 라자로도 일견 비슷하게 생각한 것 같았다.
"좋은 생각이 있습니다! 안토니오 수사님을 쭉 보니까 지식의 강이 상상 이상으로 깊으신데, 의료 쪽으로도 일가견이 있으시지요?"

"했습니다. 웬만큼은. 공부."

"주여! 그럼 미카엘 개복 수술을 진행하는 건 어떨까요?"

"오호? 그래도 이 중에서 수사님이 제일 좀 말이 통하시네요."

"놀랍지만 저도 아까 자매님 보면서 잠시 그런 생각을 했습니다."

라자로와 수빈은 웬일인지 서로 맞장구를 쳤다. 옆에 앉은 베드로가 불쑥 물었다.

"개복이 뭡니까?"

"배를 가른다는 소리 같아요."

요셉이 대답하기가 무섭게 베드로는 식탁을 부술 듯 내리치며 버럭했다.

"뭐요?! 쟤는 내 새끼입니다! 입조심들 하십쇼!"

"새끼 교육을 어떻게 시켰기에 이리 여러 사람을 곤경에 빠뜨립니까! 막말로 개 한 마리보다 산 사람들이 우선 아닙니까!"

"라자로! 개복 당하기 싫으면 그 입 다무십쇼!"

"뭐라고요?! 야, 이제 아주 대놓고 강포하게 구시는군요! 그동안 그 성질머리 어떻게 죽이셨습니까!"

"누가 개를 잡재요? 필요한 것만 빼내고 다시 잘 어떻게 해주면 되는 거 아닌가?"

"자매님! 그걸 말이라고 합니까! 어디 한 마디만 더 해보십시오!"

"한 마디."

"저!!! 저 자매가 진짜!!!"

베드로는 또다시 엄청난 얼굴이 되어 벌떡 일어났다. 요셉은 그가 두려웠지만, 그만큼 수빈이 위기에 처하는 것을 더는 볼 수 없었다. 상황이 좀 그렇긴 해도 할 말은 해야 한다. 사실 아까부터 계속 준비해 온 말이었다. 어쩌면 지금이 적기일지도 몰랐다.

"그만들 두십시오! 제가 미카엘을 데리고 수빈 씨와 분가하겠습니다!"

"뭐라고요?! 미카엘을 누구 맘대로 데려갑니까!"

"요셉, 드디어 미친 겁니까? 그게 무슨 뜻인지는 알고 하는 말씀이에요?"

베드로와 라자로는 요셉의 폭탄 발언에 1초도 고민 없이 쏘아붙였다. 그러나 요셉은 이제 거리낄 게 없었다. 그래. 수빈 씨랑 60억짜리 프렌치불도그 한 마리 키우면서 알콩달콩 살아보는 거야. 오직 이 생각뿐이었다.

"압니다! 제가 에덴을…… 탈회하겠습니다! 이제 더는 주님 앞에서 미끄러지지들 마시고…… 수사님들은 하시던 대로 정금같이 나아가십시오!"

"저기…… 프러포즈는 가상한데요. 지금 그게 저 로또 빼내는 거랑 대체 무슨 상관이에요?"

"상관이 큽니다! 우리가 사랑과 정성으로 돌보면 애가 속이 편해져서 변으로 나오지 않겠습니까! 그럼 그때 저희가 당당히 당첨금을 찾아서! 반절을 여기로 보내드리는 겁니다!"

"……수사님이 사는 세상은 동화라도 되는 거예요?"

수빈 씨, 그렇게 감동하지 않으셔도 됩니다. 이제 이 동화는 당신과 함께 써 내려갈 생각이니까요! 그때 한쪽에서 묵상 기도를 하던 프란체스코가 일어나 넌지시 수빈에게 물었다.

"자매님, 혹시 담배 남았습니까?"

"네? 있긴 한데 돗댄데요."

프란체스코는 말없이 창밖을 보며 담배를 피우기 시작했다. 요셉은 물론이고 다른 수사들 역시 생전 본 적 없던 그의 모습에 모두 입을 다물고 각자의 상념에 잠겼다. 상황이 좀 더 안정된 후에 말할 걸 그랬나. 요셉은 후회가 밀려왔다.

동이 튼 것도 모자라 따사로운 햇살이 창을 통해 식당 안을 비췄다. 밤새 몰아치던 악천후가 다 꿈인 것만 같았다. 순간 프란체스코가 나지막이 입을 열었다.

"또 손님이 왔군."

수사들과 수빈은 엉거주춤 창가에 모여들었다. 창밖으로 말을 타고 안뜰을 행차 중인 범준의 모습이 보였다. 프란체스코를 제외한 모두가 다시 사색이 되어 웅성거렸다. 가만 보니 범준은 뒤에 말 수레를 끌고 오고 있었다. 수레에는 껌 종이처럼 구겨진 영철의 자전거가 있는 것 같았다. 듣던 대로 독특한 핑크색이 아니었다면 형체를 알아보기도 힘든 수준이었다. 베드로는 치를 떨었다.

"이 주사 저 집요한 양반이 기어이 저걸 가져왔군!"

"굳이 저걸 왜 가지고 오는 걸까요?"

요셉은 궁금해 물었다. 베드로는 또 잔뜩 화가 난 것 같았다.

"알게 뭡니까! 또 무슨 꼬투리를 잡으려고 그러겠지요!"

"그래서 이제 어찌실 겁니까? 혹시 아까 도망친 사채업자들이 뭐라도 홀린 건 아닙니까?!"

라자로는 골치가 아픈 듯 안절부절못했다. 안토니오가 떨리는 목소리로 중얼거렸다.

"이릅니다. 시간이. 그렇다기에는. 사경을 헤매고 있었습니다. 한 형제가. 대비해야 합니다. 다른 변수를."

"뭘 가지고 트집 잡을 줄도 모르는데요! 설마…… 관짝 어디 있냐고 또 찾는 거 아닙니까?!"

"라자로! 그걸 왜 이제 말씀하십니까!"

"그럼 지금 당장 관이라도 끌어 올립시다! 빨리요!"

"라자로! 그걸 왜 저를 보고 말씀하십니까!"

"다들 좀 조용히 해봐요! 저한테 방법이 있으니까. 여기 전화 어디 있어요?"

소란한 수사들 사이에서 잠자코 밖을 주시하던 수빈이 말했다. 라자로는 안달복달하며 되물었다.

"이 와중에 전화기는 왜요!"

"아, 내 핸드폰은 아작 났잖아요. 누구 때문에."

"사무실에 있습니다! 유선전화기!"

"이상한 짓들 하지 마시고 잘 둘러대고 있어요. 나 여기 없는 겁니다?"

수빈은 급히 식당 밖으로 달려 나갔다. 다들 미심쩍은 눈치였지만, 일단 수빈의 말대로 하는 수밖에 없어 보였다. 모두가 허둥지둥 움직이는 사이, 식당 문이 벌컥 열리기까지는 걸린 시간은 마치 일각처럼 느껴졌다.

"여기 다 모여 계셨네요? 넌 잠깐 나가 있자."

범준은 문 앞에서 짖어대는 미카엘을 식당 밖으로 몰아내고 문을 닫았다. 식탁에 모여 앉은 수사들은 식사를 하던 척…… 미카엘이 먹던 음식을 어색하게 퍼 먹었다.

"커헉, 컥! 식사 중이었습니다! 이 아침부터 또 무슨 일이십니까!"

베드로는 사례와 함께 이상한 목소리로 소리쳤다. 라자로가 다급하게 입 다물라는 눈치를 하는 것 같았다. 범준은 코웃음을 치더니 뒷짐을 지고 어질러진 식당 안을 설설 걸었다.

"무안하게 그리 날 세우지 마십시오. 여기 꼴을 보아하니 아주 난리가 났었나 봅니다?"

"굳이 이렇게 행차까지 않으셔도 제가 오늘 중에 과태료를 납부했을 텐데요."

라자로가 떠보듯 말했다. 범준은 창문 밖을 힐끔 쳐다봤다.

"아, 저거요. 그때 누가 '증거'를 말씀하셔서요. 저 자전거 주인은 돌아오셨습니까?"

"예?! 왜요?!"

하도 긴장한 탓에 요셉은 순간적으로 말을 뱉어버렸다. 라자로가 발로 정강이를 툭 찼다.

"예. 돌아오셔서 자매님과 떠나셨습니다. 자전거는 어차피 못 쓸 테니 그냥 마저 처리해 달라시더군요."

"아, 네."

"그런데 무슨 용무로 오셨습니까?"

"네 뭐, 저거 때문에 온 건 아닙니다. 오늘은 다른 공무 집행이 있어서요. 월요일 출근 시간 되자마자 딱 맞춰 왔습니다. 원리 원칙대로."

대체 저 형제는 왜 저렇게까지 우리를 못 잡아먹어 안달일까. 요셉은 억지로라도 입을 다물기 위해 음식을 욱여 넣었지만 돌이라도 씹는 것처럼 속이 불편해졌다. 다른 수사들도 잔뜩 긴장한 얼굴로 말을 아꼈다. 범준은 식탁을 턱 짚더니 눈을 치켜떴다.

"간밤에 그렇게 큰불이 났는데 무슨 생각으로 신고도 안 하셨습니까? 산불 나면 어떻게 책임지시려고?"

주여, 그거였구나. 요셉은 힐끔 창밖을 바라봤다. 맞은편으로 다 타버려 뼈만 앙상하게 남은 별관이 보였다. 저 지경이 됐으니 당연히 마을에서도 연기가 보였을 것이다. 가만히 있던 프란체스코가 애써 수습하듯 말했다.

"마침 큰비가 내리더군요. 주님이 도우셔서 해결을 했습니다."

"허, 그 양반은 참 대단하신 분이군요. 근데 전 나랏밥 먹는 일개 공무원이라 일을 해야 하거든요. 그래서 소방 점검을 좀 할까 하는데요."

"곧 문 닫는 수도원을 이제 와서 무슨 소방 점검입니까! 언제는 하셨습니까!"

베드로는 참다 참다 터진 것처럼 말을 뱉었다. 그러나 범준은 여유롭고 단호했다.

"당장 이따가 또 불이라도 나면요? 그때도 주님이 도와주신답니까?"

"하시지요, 주사님. 번번이 저희 때문에 수고롭게 해드려 죄송합니다."

프란체스코가 일어나며 말했다. 범준은 프란체스코를 빤히 흘겨보고는, 셔츠 앞주머니에서 수첩을 꺼냈다.

"마침 식당이니 주방부터 하죠."

범준은 다짜고짜 주방으로 향했다. 아아, 설마. 요셉은 불길한 생각이 들어 벌떡 일어나고 말았다. 다른 수사들도 마찬가지로 벌떡 일어나 안절부절 그의 뒤를 따랐다. 범준은 주방 문 앞에 떨어진 말린 버섯들을 펜으로 가리켰다. 어젯밤 베드로가 집어 던진 마우스피스들이었다.

"이거 버섯, 마을 분들 나눠드리고 그러진 않죠?"

"예! 저희만 먹습니다! 누가 오시지도 않는데요, 뭐! 좀 드릴까요?!"

베드로가 켕기듯 씩씩대자 라자로는 복장 터진다는 얼굴로 그를 잡아끌었다.

"아뇨. 다른 사람 드리려면 식품 안전 검증 받으셔야 합니다."

범준은 비아냥대며 버섯들을 발로 툭 차버렸다. 주방으로 들어간 그는 한참 동안 주방의 소방시설과 소화전을 꼼꼼히 살폈다. 딱히 꼬투리를 잡을 게 없는지 탐탁찮아 보였다. 소화기 계기판과 주기표까지 변태처럼 살피더니 괜히 빈정거렸다.

"교체 주기 하루라도 어기지 마십쇼. 다른 데는 어디 있습니까?"

휴, 됐다. 요셉은 냉장고 구석을 바라보며 안도의 한숨을 내쉬었다.

"잠깐. 저건 뭡니까?"

아아, 주여. 그러기가 무섭게 범준은 방공호를 감싼 철문 뚜껑을 향해 다가갔다. 안토니오가 떨리는 목소리로 중얼거렸다.

"배수판입니다. 주방 하수도. 배수 시설."

"그러니까 애초에 설계 도면에 없던 건데 뭐냐고요. 불법 시설물 개조입니까? 당신들, 여기 아직 재단 건물인 것 몰라요? …… 열어보세요."

수사들의 심장이 동시에 바닥으로 떨어지는 소리가 들리는 듯했다. 설계 도면까지 보고 왔다는 범준의 집요함에 다들 전의를 상실한 눈치였다. 오직 라자로만이 포기하지 않은 듯 보였다.

"여기 지어진 지가 100년도 넘는데 고릿적 설계도가 무슨 소용입니까. 날 더운데 괜한 수고 마시고 다른 쪽으로 가시지요. 확인하실 데가 많습니다."

"아뇨. 나 여기 봐야겠는데. 이거 보이시죠. 오늘은 공무 집행 중입니다. 원리 원칙대로. 여세요, 좋은 말로 할 때."

범준은 어딘지 상기된 모습으로 공무원 명찰을 흔들어 보였다. 제대로 건수 하나 잡았구나. 수사들은 다급하게 눈빛을 교환할 뿐 어느 하나 선뜻 나서지를 못했다. 범준은 그 모습에서 이상한 낌새를 차린 듯 코웃음을 쳤다.

"하, 불법 개조 맞네, 이거. 여기 뭐 있죠? 왜요. 또 열기 싫으신가? 그럼 제가 열죠, 뭐. 이야, 안 열리네? 아주 잠가두셨나?"

범준이 손잡이도 없는 철문을 낑낑대며 열려 했다. 어찌나 쌍

심지를 켰는지 앞뒤 보지도 않고 씨름 중이었다. 그 사이 맨 뒤에 밀려나 있던 베드로가 성큼성큼 다가왔다. 그는 라켓이라도 되는 양 손에 프라이팬을 든 채 부들대고 있었다. 수사들은 그런 베드로를 소리 죽여 말리느라 부들거렸다. 그때였다.

 핸드폰 기본 벨 소리가 주방 안에 울려 퍼졌다. 베드로가 프라이팬을 내려놓음과 동시에 범준이 땀을 닦으며 일어나 전화를 받았다. 요셉은 사람의 표정이 단 몇 초 사이에 저렇게 단계적으로 안 좋아질 수도 있다는 것을 처음 알았다. 수화기 너머로 알아들을 수 없는 말들이 속사포처럼 쏟아졌다.

 "예. 지금 갑니다."

 범준은 대답 한 번으로 통화를 마친 후, 신경질적으로 전화를 끊고는 작게 "개새끼"라고 중얼거리는 듯했다. 그는 겁먹은 미어캣들처럼 모여 있는 수사들 사이를 비집고 나가다가 휙 뒤를 돌았다.

 "이따 다시 봅시다."

 ♨

 "자매님이 하신 거 맞죠? 대체 어떻게 하셨어요?"

 잠시 후 미카엘을 안고 들어오는 수빈에게 요셉이 달려가 물었다. 이 와중에 군대 생활복 차림에서 입고 왔던 청청 패션으로 환복까지 한 상태였다. 수빈은 자신을 구세주 보듯 바라보는 수사들에게 별것도 아니라는 식으로 말했다.

"상관한테 찔렀죠. 댁의 부하 직원이 월권 행사 중이라고."
"월권이요?"
"건축과 차관씩이나 되는 양반이 직접, 그것도 혼자 소방 점검 나오는 게 월권이지 뭐예요. 그걸 소방공무원 놔두고 지가 왜 해? 그래서 제가 출동한 소방공무원인 척 좀 해줬어요."

수빈은 식탁 위에 범준의 명함을 턱 하니 내밀었다. 대체 이건 또 어떻게 구하신 거지. 요셉은 그녀를 우러러봤다. 라자로도 한 수 배운 모습으로 물었다.

"밖에 계셨는데 소방 점검을 하는 줄은 어찌 아셨습니까?"
"아, 그냥 찍었어요. 건물이 저 지경이 났는데 공무원이 아침 댓바람부터 와서 딴지를 걸 게 그거 말고 더 있겠나. 오면서도 계속 저기만 뚫어져라 보더만."

아아, 당신이란 여인은 대체 어디까지 멋지실 심산입니까. 모두가 그녀의 기지에 감탄하는 눈치였다. 그러거나 말거나 수빈은 팔을 걷어붙이며 바쁘게 주방으로 향했다.

"이러고 있을 시간 없어요. 빨리 움직여야지. 저 사람 금방 돌아올걸요?"
"뭘 말입니까?"

베드로는 어딘지 술이 좀 깬 것처럼 얼떨떨하게 물었다.

"영철이 꺼내야 할 거 아녜요! 지금 저기 딱 걸린 거 아녜요? 표정 보니까 죽다 산 얼굴들이구만. 이거 뭐 나쁜 짓도 손발이 맞아야 해먹지, 원."
"나쁜 짓이요?!"

요셉은 순간 화들짝 놀라 물었다. 딱히 어떤 생각을 거치지도 않고 본능적으로 튀어나온 물음이었다.

"그럼 우리가 좋은 짓 하는 건가? 그래도 지금 이건 괜찮아요. 유가족……이나 마찬가지인 제가 승낙한 일이니까."

수빈은 뭘 놀라느냐는 식으로 덤덤히 말했다. 나쁜 짓. 그러나 요셉은 갑자기 훅 들어온 그 단어에 심장이 저몄다. 우리는 지금까지 나쁜 짓을 하고 있던 건가. 물론 떳떳하진 못했어도 그건 세상의 기준에서만 그렇다고 생각했는데.

지하에서 관을 끌어 올리는 것은 보통 일이 아니었다. 여러 방법을 궁리하고 시도해 봐도 좀처럼 꺼내기가 힘들었다. 모두가 몸도 마음도 지친 기색이 역력했다.

"거 좀 똑바로 묶고 관을 이렇게 세로로 세우셔야지요!"

줄다리기라도 하듯 밧줄을 허리에 둘러맨 베드로가 사다리 아래를 향해 소리쳤다.

"아이고! 아휴! 수사님이 좀 내려와서 도와주십쇼! 여기 힘쓸 만한 사람이 없잖습니까!"

아래에서는 비명에 가까운 라자로의 목소리가 들려왔다. 베드로는 요셉과 수빈에게 밧줄을 넘기고는 구시렁대며 사다리를 내려갔다. 베드로가 빠지자 밧줄이 급격히 팽팽해져 하마터면 요셉과 수빈도 딸려 내려갈 뻔했다. 요셉은 드러눕다시피 버둥버둥 안간힘을 썼다.

이상한 일이었다. 어제 영철 형제의 장례미사를 치르려고 관을 내릴 때는 다들 이렇게까지 힘들어하지 않았던 것 같은데. 그런 생각이 들자 문득 한 말씀 구절이 떠올랐다.

"영혼이 없는 몸이 죽은 것과 마찬가지로 행동이 없는 믿음도 죽은 믿음입니다."

어쩌면 올리는 게 내리는 것보다 힘들어서가 아닐지도 모른다. 행동이 없는 믿음은 죽은 것이라고 했다. 그렇다면 믿음이 없는 행동도 죽은 것 아닐까. 어제의 우리에게는 믿음이 있었고, 지금의 우리에게는 믿음이 없어졌기 때문에…… 이 행동이 더욱 고된 것 아닐까.

"수사님 괜찮으세요? 힘드시죠?"

요셉은 수빈의 목소리에 번쩍 정신이 들었다. 그녀도 한껏 지친 모습으로 뒤에서 비지땀을 흘리고 있었다.

"전 괜찮습니다. 자매님이야말로 힘드시죠. 저 때문에 발목도 아직 편찮으실 텐데……."

"네. 좀 힘드네요……. 사실은 계속 힘들었어요. 엄청 많이."

참 솔직하다. 요셉은 그녀의 솔직함에 때 아닌 미소가 새어 나왔다. 그러자 수빈은 갑자기 밧줄을 내려놓고 가까이 다가왔다.

"발목 이까짓 건 괜찮아요. 힘쓰는 것도 뭐 자신 있구요. 근데요, 제대로 한번 살아보는 건 진짜 역겹도록 힘들었어요. 밴드 나와서 지금까지…… 계속요."

느닷없긴 했지만 그녀의 진심 어린 고해에 어떤 위로를 건네야 할지 고민이 됐다. 그래서 자신 역시 그녀처럼 그냥 솔직해지자고 생각했다.

"이젠 그만 힘드시도록…… 제가 어떻게든 도와드릴게요."

수빈의 구슬 같은 눈망울이 촉촉해졌다. 요셉은 그녀가 울지 않았으면 싶었다.

"미안해요, 수사님. 진심으로…… 미안합니다."

어? 요셉은 어딘가 저 깊은 심연으로 떨어지는 기분이 들었다. 용기 내어 내뱉은 고백이 거절당한 실망감 때문인 줄 알았다. 그러나 자신은 정말로…… 방공호 아래로 떨어지고 있었다.

쿵 소리와 함께 온몸이 부딪쳤지만 어떤 아픔도 느껴지지 않았다. 수사들이 주변에 모여드는 기척이 없었다면 바닥에 닿은 줄도 몰랐을 것 같다.

요셉은 누운 채로 방공호의 두꺼운 철문이 지이잉 소리와 함께 닫히는 모습을 바라봤다. 저 문이 그녀의 마음의 문인 것만 같았다. 지하 끝에서 멀어진 그녀의 얼굴을 보고 있자니 오히려 제일 아픈 곳은 심장이었다.

범준은 말보로레드 한 개비를 물고 불을 붙였다. 별로 즐기지도 않는 담배를 도저히 끊을 수 없는 이유는 빌어먹을 팀장 하나 때문이었다. 팀장이 30분간 침 튀기며 떠든 설교 내용은 요컨대 '너는 융통성이 없다' 이 한 마디일 것이다.

제주시청 흡연 구역에는 언제나 그렇듯 무늬만 공무원인 '인간 융통성'들이 삼삼오오 죽치고 앉아 노닥거리고 있었다. 시시덕대며 증기기관마냥 전자 담배 연기를 뿜어대는 무리 중 태반은 아까 들어올 때도 봤던 인간들이었다. 어이가 없다. 도대체가 공무원 명찰은 어디 융통성 제조업체에서 정기 납품이라도 하나 보지. 정작 일하려는 사람만 꼽 먹는 판국이라니.

하기야 팀장은 그냥 범준이 하는 모든 걸 마음에 안 들어 하는 사람이었다. 20대 후반에 7급으로 들어와서 서른일곱 애송이가 진작부터 6급 차관을 달고 다니니 아니꼽기도 하겠지. 본인은 내 면접관으로 들어왔을 때부터 정년 다가오는 지금까지 쭉 붙박인데 오죽하겠나.

범준은 입사 초기부터 줄곧 팀장이 자길 싫어하는 것을 알고 있었다. 들리는 말로는 범준이 신규자 교육까지 1등으로 들어와 상사 눈치 볼 줄 모르는 것이 영 융통성이 없었다는데, 글쎄, 사람이 사람을 싫어하는 데는 딱히 이유가 없다. 누가 물으면 이유랍시고 갖다 붙일 그럴싸한 명목을 찾는 것뿐이다. 그리고 싫어하는 이유가 없다는 건, 좋아하게 만들 방법도 없다는 것을 의미한다. 그래서 그 부질없는 융통성 따위 진작에 무시한 지 오래였다. 그것이 얼마나 부질없는지는 다년간의 성과가 증명하는 셈이다.

범준은 바지 주머니에서 휴대용 재떨이를 꺼내 피우다 만 담배를 집어넣었다. 종합하자면 이상한 건 팀장이 아니었다. 그 인간은 하던 대로 했을 뿐이다. 진짜 이상한 건 요 며칠 에덴을 둘러싼 그 빌어먹을 '융통성'이었다.

그들 역시 융통성 없는 종자들이라는 점에서는 자신과 묘하게 닮은 점이 있었다. 그런데 그들의 최근 작태는 융통성 그 자체였다. 법 없이도 살 것처럼 굴더니 불법 투기도 모자라 불법 개조까지 의심스럽다. 불이 난 것도 이상한데 불이 난 걸 신고조차 안 했다. 한 번도 어질러진 꼴을 본 적 없던 수도원인데, 좀 아까 식당은 아수라장도 그런 아수라장이 없었다.

결정적으로 조금 전 관할 소방서에 확인한 결과, 그 시간에 에덴으로 출동한 소방공무원이 있기는커녕 간밤에 화재가 있었단 사실조차 모르는 눈치였다. 누가 거짓말까지 해가며 수사들을 도운 것이다. 그리고 그게 누구인지는 어렵지 않게 짐작이 갔다. 공무원 사칭까지 해가며 시청 건축과 팀장에게 직통으로 전화 연결을 요구할 만큼 배포가 큰 '젊은 여자'는 적어도 이 동네에는 없다. 외지인 여자, 자전거 주인의 아내라던 어제 그 여자밖에 없다. 대체 왜지. 뭘 숨겨주려는 거지.

그때였다. 후문 담장 너머 교통경찰 하나가 범준의 애마에 딱지를 끊으려는 모습이 보였다. 도로교통법상 차마(車馬)로 분류되는 말은 도심 운행에 전혀 문제가 없다. 차든 말이든 언제나 주차 공간 부족이 문제라면 문제였다. 하, 이래서 저 녀석으로 출퇴근을 안 했던 건데. 범준은 무테안경을 고쳐 쓰며 후문을 지나 순경에게로 다가갔다.

"아이고~ 친절! 주무관님 애마셨구나~. 어쩐지 누가 여기다가 떡하니 말을 갖다 놨나 했습니다~. 야야, 딱지 끊지 마! 여기서 일하는 분이시다!"

범준을 발견하자 보조석에 있던 파출소장이 느릿느릿 기어 나와 햇병아리 순경을 나무랐다. 시청 근처 파출소의 경감이었다. 범준은 상관의 말 한마디에 "죄송합니다"라고 사과하며 꾸뻑 고개를 숙이는 앳된 순경을 바라봤다. 어째서 일하려는 우리가 꼽을 먹어야 합니까, 그죠? 범준은 그 말을 하려다 말고 그냥 마저 딱지를 끊게 했다.

"불법주정차 과태료 4만 원이죠? 서로 가시죠. 자진 신고하고 거기서 바로 납부할게요."

"아휴, 주무관님 정 없게 왜 그래요~. 그냥 두십쇼. 뭐 하러 사서 벌점 받아요~."

"정 있어도 벌점은 받아야죠. 그러라고 만든 법인데. 마침 그 근처로 현장 점검 갈 일도 있고. 그럼 서에서 뵙죠."

파출소에 도착한 범준은 막내 순경에게 자진 신고 절차를 밟았다. 순경은 그런 범준을 희한하게 보면서도 필요 이상으로 깍듯하게 대했다. 막내가 컴퓨터로 업무를 보는 사이, 소장과 다른 순경이 친절함과 성가심 그 어디쯤의 태도로 대꾸하는 목소리가 들려왔다. 범준은 그제야 그쪽을 돌아봤다.

백지장처럼 하얀 몸뚱이에 기괴한 문신을 잔뜩 그린 청년이 속이 터진다는 듯이 고래고래 소리치고 있었다. 그 옆에 반쯤 누워 있는 덩치 좋은 청년은 아예 웃통을 깐 채 잠든 것 같았다. 태닝이라도 한 듯한 조각 같은 상체였지만, 알아볼 수도 없는 라틴어 문신으로 가득한 바람에 아이들 낙서로 훼손된 미술품 같았다.

"아니, 민중의 지팡이들이 민중 얘기를 이렇게 안 들어도 돼요?! 우리 죽다 살아났다고, X발! 그 짱구, 아니, 뽕쟁이들한테! 아아악! 돌겠네, X발!"

"선생님, 솔직히 마약은 선생님들이 하신 것 같아요. 여기서 그만 이러시고 돌아가서 한숨 주무세요. 아이고, 많이도 잡수셨네."

소장은 이제 귀찮아진 듯 청년들을 주취자 취급했다. 말본새나 행색으로 보아 마약까진 모르겠지만, 밤새 술에 취해 있던 여행객들은 분명해 보였다. 백지장 청년의 발악은 요컨대 '마약 조직 소굴에서 자기 핸드폰을 좀 찾아달라'라는 거였다. 아직 술이 덜 깬 게 틀림없어 보였다.

아니나 다를까, 백지장 청년이 팔딱팔딱 뛸 때마다 찌린 내가 코를 찔렀다. 청년의 헐렁한 바지 앞섶에 선명하게 남은 누런 그러데이션과 이 소란 속에서도 침 흘리며 실실대는 미술품 청년의 표정으로 보아 간밤의 상태는 알 만했다. 업무를 처리 받은 범준은 서둘러 이 불결한 공간을 나서려고 발길을 돌렸다.

"하 X발, 핸드폰에 거래처 다 들어 있는데 돌겠네, 진짜! 아, 그럼 지하의 시체라도 확인해 봐요! 가보면 알 거 아냐! 그 신부들 완전히 눈깔 돌았다니까 진짜, X발!"

그 순간 범준은 발걸음을 멈출 수밖에 없었다. 고작 한마디에 발걸음을 멈출 만큼 자극적인 포인트가 몇 개인지 셀 수도 없었다. 그러나 범준이 궁금한 건 오직 하나였다. 범준은 돌아서서 백지장 청년에게로 다가갔다.

"저기 혹시 신부들이라면…… 신랑 신부 할 때 그 신부는 아니죠?"

프란체스코는 거실 한가운데에 힘없이 앉아 있었다. 라자로와 베드로는 저만치서 좁은 사다리에 사이좋게 매달려 발악을 하고 있었다. 천장의 철문을 열기 위해 안간힘을 쓰고 있는 것이었다. 도저히 힘에 부치는지 라자로는 아래를 내려다보며 버럭 성질을 냈다.

"잘 좀 생각해 보십쇼! 진짜 아무 방법이 없습니까?! 절대 어떤 방법도요?!"

구석에 쭈그린 안토니오는 다른 세상에 있는 사람처럼 허공을 향해 답했다.

"없습니다. 바깥의 개폐 스위치 외에는. 안에서 열 수 없는 구조로 설계했습니다."

무슨 일인지 그는 처음으로 가장 정상적인 발화를 하는 것 같았다. 라자로는 굳게 닫힌 철문을 신경질적으로 쳐대며 울부짖었다.

"대체 왜요?! 방주라면서! 무슨 놈의 방주가 일방통행입니까, 예?!"

"무덤이었나 봅니다. 방주가 아니라."

"뭐라고요?! 이제 와서 무슨 소립니까! 왜 이 미친 짓을 하신 겁니까! 대체 왜!!! 살려줘!!! 거기 누구 없습니까!!! 자매님!!! 야 이 자매년아!!!"

"가만! 가만 좀 있으십쇼! 어어어!"

라자로가 발작을 하는 바람에 위태롭던 베드로는 그와 함께 사다리 아래로 떨어졌다. 안토니오는 슬그머니 일어나 그리로 향했다. 그리고 천장의 철문을 허망하게 바라봤다.

"살고 싶어서. 살아남으려고 만든 줄 알았는데. 나갈 계획이 없었던 걸 보니. 죽고 싶어서. 죽으려고 만들었나 봅니다."

"하하하! 이제 볼 장 다 본 거로군요! 다 끝났습니다. 됐어요, 됐어!"

베드로는 실성한 사람처럼 누운 채 껄껄댔다. 라자로는 웅크린 채 흐느껴 우는 것 같았다. 별안간 형아가 울자 따라 우는 갓난아이처럼 요셉이 더 크게 울어대기 시작했다.

"크흐흑! 죄송합니다! 정말 죄송합니다! 제가 미쳤었나 봅니다! 다 저 때문입니다!"

"사내대장부가 그만들 질질 짜십쇼! 요즘 세상에 이만한 무덤이 어디 있다고! 안 그렇습니까!"

베드로는 흐느끼는 라자로의 엉덩이를 퍽퍽 치며 외쳤다. 라자로는 벌떡 몸을 일으키더니 베드로에게 화풀이를 했다. 둘은 온몸으로 아웅다웅하기 시작했다.

프란체스코는 그 광경을 그저 바라만 봤다. 죽음을 기다릴 입장에 처한 현실보다, 여기에 이르기까지 지나온 노정(路程)이 주님 보시기에 잘못되었단 사실이 더욱 마음 아팠다. 그러나 이래서는 안 된다. 이렇게 무기력하고 참담하게 끝을 맞이해서는 안 된다. 우리가 거쳐 온 길이 그릇됐을지언정, 나아가야 할 길만큼이라도 바르게 방향을 잡아야 한다. 비록 그 종착지가 죽음일지라도.

프란체스코는 몸을 일으켜 관 앞으로 다가갔다. 영철은 여전히 편안한 미소를 머금은 채 관 속에 누워 있었다. 선종한 사람의 낯빛이라기에는 한없이 밝았다. 지금까지 함께 지나온 그 많은 고난 가운데, 시작도 끝도 한결같이 평온한 이는 오직 영철뿐이었다.

"원장 수사님, 저희는 정말 지금까지…… 나쁜 일을 한 걸까요?"

다가온 요셉이 훌쩍이며 물었다.

"그걸 지금 정말 몰라서 하는 말입니까! 당연히 나쁜 일이지요! 그래도 그 뻔뻔스런 자매보다는 낫겠네요! 모르고 저지른 죄가 알고도 저지른 죄보다는 경하지 않겠습니까!"

라자로는 제풀에 지친 듯 엎어져서 푸념했다. 프란체스코는 모두를 돌아다봤다.

"죄질의 경중은 중요하지 않네. 중요한 건 우리가 주님의 뜻을 스스로 결정했다는 데 있어. 그것만큼 주님 보시기에 나쁜 일은 없었을 걸세."

수사들은 숙연해진 얼굴로 말이 없었다. 프란체스코는 찬찬히 말을 이었다.

"내가 에덴에서 제일 좋아하는 곳이 있네. 저 멀리 펼쳐진 바다를 바라보면 마음이 그렇게 좋을 수가 없었어."

"동쪽 뜰에 있는 벤치 말씀이시군요."

덤덤히 다가온 베드로가 관 앞에 털썩 주저앉았다.

"그래. 기도 제목이 생길 때마다 거기 나가 기도를 드리고 있으면 언제나 도미니코 수사님이 오셔서 이야기를 들어주시고는 했지. 그런데 어느 날 그 바다가 유독 아름답게 보이는 거야. 볕을 받은 수면이 반짝이며 눈길을 끌고, 기암절벽을 때리는 파도가 날 더러 이리 오라 부르는 것 같았지. 그래서 다가갔네. 더 가까이서 보고 싶었어. 발밑의 낭떠러지를 보지도 못하고 그리로 가까이, 가까이 다가가기만 했네. 그러다가 그만 실족하여 사망에 이르게 된 거야."

"살아 계시지 않습니까?"

베드로는 놀라 물었다. 프란체스코는 작게 웃었다.

"비유하자면 말이야. 그때 나의 실족과 사망은 그럼 바다의 탓인 걸까? 왜 그날따라 아름답게 빛내시는 바람에 저를 사망의 골짜기로 인도하시나이까, 주님. 그렇게 주님께 하소연이라도 해야 하는 걸까? 바다는 언제나 그랬듯 그곳에 있었을 뿐인데 말이네."

영철의 관 앞으로 모여든 수사들은 저마다의 방법으로 묵상을 이어갈 뿐 아무런 말이 없었다. 프란체스코는 품어둔 말을 마저 전했다.

"영철 형제가 이곳으로 와 죽음에 이르는 바람에, 남긴 복권이 하필 1등에 당첨되는 바람에, 수빈 자매가 찾아온 바람에, 이 주사가 우리를 의심의 눈초리로 보는 바람에, 세상이 우리 에덴을 곱지 못한 시선으로 보고 있던 바람에…… 그런 것들이 지금 우리를 실족하여 사망에 이르게 한 것 같지만 아닐세. 우리는 언제나 품고 있던 우리 마음의 바다를 그날따라 다르게 보고 만 거야. 그리고는 주여, 그 바다를 하필 이때 왜, 하필 이렇게도 아름답게 보이셨나이까 하면서 바다를 탓하고 있던 걸세. 변한 건 우리의 믿음이었는데 말이야. 그건 감히 주님을 탓하는 것이나 다름없지

더 게스트 415

않겠는가."

수사들은 각자 울림이 이는 얼굴로 작게 숨을 토했다. 그때 푹 한숨을 내쉰 라자로가 무언가를 고백하듯 어렵사리 말을 꺼냈다.

"마음의 바다. 그렇게 멋진 말로 포장되려니 부끄럽네요. 저는 형제의 로또가 1등에 당첨된 사실을 알고부터 지금까지 계속 수사님들을 속였습니다. 그리고 저를 속였습니다. 어쩌면 평생⋯⋯ 주님 앞에 한 번도 진실된 적이 없었을지도 모릅니다."

라자로는 사형대 앞에서 세상에 남길 마지막 말이라도 하는 사람 같았다. 그는 사랑하는 누이의 가족이 지금 제주도에 와 있다는 말을 시작으로 그들이 왜 제주도에 와 있는지에 대한 말들을 거쳐, 그들을 여기까지 이르게 한 것은 모두 자신의 탓이라는 내용으로 끝을 맺었다.

고해를 이어가는 라자로의 목소리는 덤덤했고, 그만큼 떨려왔다. 라자로가 그토록 당첨금을 갈구했던 이유에 대해 짐작했던 내용도, 처음 듣는 사실도, 모두는 그저 숙연히 경청할 뿐이었다.

"로또 당첨금이 6000만 원, 아니, 6억만 됐어도 혹하지 않았을 겁니다. 그 정도로는 제가 사랑하는 가족에게 여태껏 져온 빚을 갚기에 턱없이 부족하다 여겼을 테니까요. 근데 웬걸, 60억이라니 눈이 돌아가더군요. 우스운 일이지요. 제가 가족에게 진 빚은 마음의 빚이었는데 그걸 돈으로 때우려 들었다니. 저는 스스로의 빚을 저 좋을 대로 정죄한 겁니다. 평생의 부채감에서 자유롭고 싶어서, 그것을 주님께서 갚아주시는 것이라고 저를 속였습니다. 분에 넘치는 사랑만 받고 산 주제에 사랑하는 법은 제멋대로였던 겁니다."

 라자로의 눈시울이 붉어졌다. 그리고 당사자인 그가 무안할 만큼…… 옆에 앉은 베드로는 갑자기 목 놓아 꺽꺽 울었다. 베드로는 연신 "식구란 그런 것입니다!"라고 외쳐대며 라자로를 위로했다. 둘은 돌연 서로를 부둥켜안고 한참을 울었다.

 라자로의 진실 어린 고해는 다른 이들에게 깊은 울림을 일으킨 것 같았다. 수사들은 저마다가 묵히듯 간직해 온 마음의 바다들을 하나씩 내보였다. 어떤 이는 깊고 고요한 바다였고, 또 어떤 이는 거칠게 요동치는 바다이기도 했다. 그러나 프란체스코는 알 수 있었다. 서로가 지나온 세파의 파도들을 듣고, 위로하고, 함께 울어주는 것만으로도 각자의 물줄기가 하나의 대양으로 합쳐지고 있다는 것을.

 그때였다. 갑갑하게 숨이 막혀오는 방공호 안을 터트려 버릴 듯이 육중하고 둔탁한 종소리가 울려 퍼졌다. 마치 하늘에서 떨어진 소리 같았다.

 "종이 떨어졌나 봐요. 새벽에도 좀 위태로워 보였는데……."

 깜짝 놀란 수사들 사이에서 요셉이 속상해했다. 그러나 프란체스코는 달랐다. 이제 살아서는 다시 저 소리를 들을 수 없을 것이다. 그런 우리에게 주님께서 친히 세상에서의 마지막 종을 허락하셨구나. 한없이 감격스러웠다.

 "주님께서 우리에게 기도하라시는군."

 그 말에 수사들은 환한 낯빛으로 무릎을 꿇었다. 모두의 앞에는 웃고 있는 영철이 누워 있는 관 안이 있었다. 수사들은 누가 먼저랄 것도 없이 동시에 영철의 손에 손을 얹었다. 그리고 함께 눈물의 기도를 드렸다. 어떤 이는 영철에 대한 사죄를, 어떤 이는 영철의 축복을, 어떤 이는 영철을 이리로 보내신 주의 섭리를 위해 기도했지만 모두가 한데 모여 한마음으로 기도하는 것은 처음이었다. 프란체스코는 영철의 차가운 손이 한데 뒤엉킨 손들로 어딘지 조금은 따뜻해진 것 같았다.

　

철썩. 거센 파도가 방파제를 때리며 수빈의 얼굴에 짠물을 끼얹었다. 그러자 품에 안긴 미카엘이 수빈의 얼굴에 흐르는 소금물을 할짝댔다. 수빈은 그런 미카엘을 빤히 바라봤다. 웃는 상 맞네. 이런 상황에서도 이렇게 맹하게 웃는 걸 보면.

　수빈은 마을 어귀 편의점에서 사 온 커터 칼을 꺼냈다. 기타 케이스에 굴러다니던 동전 몇 개가 없었으면 이거조차도 사지 못할 뻔했다. 거지도 이런 거지가 또 있을까.

　"내가 이 정도로 불쌍한 사람이야, 미카엘. 그러니까 내가 이러는 걸 이해해 줄 수 있지? 용서해 달라고까지는 안 할게."

　수빈은 드르륵 칼날을 뽑았다. 미카엘은 배를 뒤집어 까는 순간까지 그저 침을 질질 흘리며 웃을 뿐이었다. 칼끝이 미카엘의 배 언저리까지 다다랐다. 이건 60억이 들어 있는 프렌치불도그 저금통이다. 남의 개를 들고 튀고, 칼을 사고, 인적이 드문 방파제까지 골라서 찾아온 데는 분명한 결심이 있었다. 예상했던 결말일 뿐이다.

"야!!! 왜 자꾸 웃고 지랄이야!!! 막 짖고 물어뜯고 발광이라도 하란 말이야!!!"

수빈은 커터 칼을 방파제에 집어 던졌다. 하고 싶은 대로 하란 듯이 가만히 있으니까 도저히 할 수가 없었다. 남의 속도 모르는 미카엘은 칼을 주워 오려는 듯 헥헥대며 들썩였다. 수빈은 미카엘을 꼭 끌어안았다. 그 와중에도 녀석의 뱃구레에서 꾸륵꾸륵 소리가 나자 이대로 소화돼 버리는 건 아닌가 불안해졌다. 다시 도전해 볼까. 진지하게 고민이 됐다. 그럴수록 스스로가 구제 불능의 최악으로 느껴졌다. 그때 미카엘이 갑자기 몸을 부르르 떨었다.

"뭐야 이거!!! 아오, 이 개새끼 진짜!!!"

미카엘이 품 안에 눅진한 응가를 아주 푸짐하게 지려버렸다. 볼 일을 마치고 쏙 빠져나온 미카엘은 꼬리를 파닥대며…… 씨익 웃었다. 너 이 개새끼 기다려. 칼 다시 주워 온다.

수빈은 구역질을 삼키며 청남방에 쳐 발린 응가를 털어냈다. 순간 방파제를 때리는 금속성 소리에 신경이 쏠렸다. 똥 속에 반짝이는 뭔가가 박혀 있다. 어? 저게 뭐지? 홀린 듯 응가 뭉치를 쥐고 바닷물에 씻어낸 수빈은 그 즉시 눈을 의심했다. 반지였다. 안쪽에 EVA란 이니셜이 각인되어 있는 반지. 2년 전, 영철이 마지막으로 건넨…… 프러포즈 반지.

지구상 수십억 인구 중에 단 두 사람이 서로 사랑에 빠지는 일은 정말 어처구니없는 일이 아닐 수 없다. 특히 그 두 사람이 '나만 믿는 년'과 '나 빼고 다 믿는 놈'이라면 더더욱 그렇다. 서로가 힘을 합쳐 함께 살 옥탑방을 구했을 때, 그때는 둘 다 뛸 듯이 기뻐했다. 연애 초반이란 통상적으로 서로 숨만 쉬어도 좋을 때니까. 그런 옥탑방이 지긋지긋해지기까지 4년이란 시간은 충분하고도 남는 시간이었다.

수빈은 사랑하는 사람과 더는 다 쓰러져 가는 옥탑방에서 살고 싶지 않았다. 그래서 이 거리 저 거리를 전전하며 노래를 불렀고, 이 기획사 저 오디션을 전전하며 악착같이 성공을 꿈꿨다. 하지만 영철은 달랐다. 그놈은 사랑하는 사람과 함께라면 옥탑방도 펜트하우스라고 했다. 그러니 이 현장 저 현장을 전전하며 일을 하고, 이 회사 저 회사를 전전하며 악착같이 모은 돈을…… 번번이 사기나 당하고 오는 것이리라. 수빈은 그렇게밖에 생각되지 않았다. 영철이 허구한 날 어디서 뒤통수나 맞고 돌아와도, 물론 정신 번쩍 들도록 지랄 맞은 면박을 주긴 했지만 진심으로 화를 낸 적은 없었다. 꼬깃꼬깃한 5만 원으로 시작된 우리 인연, 비록 궁상맞긴 해도 언제든 다시 시작하면 된다고 생각했으니까. 그러나 그날은 달랐다.

"사기당한 거 아니야! 이번에는 내가 도와준 거야!"

영철이 피땀 흘려 모은 돈을 또 한 번 "직장 동료"라는 새끼한테 사기 맞고 돌아와 그딴 어벙한 변명을 늘어놓았던 날, 그날은 하필이면 수빈에게도 최악의 날이었다. 사시사철 선글라스를 쓰고 다니던 기획사 사장이란 새끼한테 음반 사기라는 걸 난생처음 당하고 온 날이었으니까. 최악의 기분으로 화가 머리끝까지 났지만, 거기까지는 그런대로 괜찮았다. 원래도 개털이던 우리 인생, 깔끔하게 리셋하자고 마음먹었다. 그런데 그날 밤, 한참 집을 비운 영철이 돌아와 백금 반지와 함께 느닷없이 프러포즈를 했다.

수빈이 뚜껑 열렸던 이유는 여러 가지였다. 이 최악의 순간에 빚까지 낸 것, 옥탑방 보증금의 몇 배나 하는 백금 반지씩이나 사 온 것, 그리고…… 그 미친놈이 반지를 수빈의 것만 사 왔다는 것.

"아, 내 거는…… 좀 나중에 사면 돼. 그냥 지금 네가 먼저 행복했으면 좋겠어서……. 헤헤."

그중 제일 열 받는 이유는…… 반지를 사려고 모은 돈을 사기당한 날, 오직 나 하나 기분 좋으라고 프러포즈 반지를 한 짝만 사 오는 그 어벙함이었다. 영철은 항상 그런 식이었다. 아무런 현실 감각도 없는 주제에, 현실의 모든 이상과 목표를 나한테 맞췄다.

그래. 거기까지도 괜찮았다. 환불을 하든 중고 거래를 하든 어떻게든 없던 일로 되돌리면 될 것 같았다. 그러나 그날따라 영철의 주머니에 들어 있는 로또만큼은 도저히 참을 수가 없었다.

"야, 개털돼서 반지도 반쪽짜리 사면서 로또 사고 싶단 생각이 드냐?"

"어? 아, 이건 그냥…… 1000원밖에 안 하니까……."

틀린 말은 아니었다. 대체 백금 반지보다도 1000원짜리 로또 한 장이 왜 이렇게 더 아까웠는지 스스로도 이해되지 않았다. 하지만 화가 났다. 수빈은 서랍장에 잔뜩 쌓인 로또를, 하나같이 똑같은 번호들로 도배가 된 그 엿 같은 로또들을 신경질적으로 집어 던졌다.

"영철아! 나는 그냥 우리가 이런 거 같아서 그래! 아무런 의미도 희망도 없이 그냥 쌓여가는 1000원짜리 종이 쪼가리 같다고! 어? 무슨 말인지 알겠어?"

영철은 망망대해로 떠밀린 표류객처럼 한참을 말없이 좌절했다. 그러더니 갑자기…… 들고 있던 프러포즈 반지를 보란 듯이 꿀떡 삼켰다. 수빈은 그 미친놈에게 고래고래 소리치며 화장실로 끌고 가 구토, 똥오줌 할 것 없이 인간이 할 수 있는 모든 배변 활동을 강요했다. 끌려 들어간 영철은 인간이 할 수 있는 모든 배변 활동을 평생이라도 하지 않겠다며 고집을 부렸다. 그러면서 울먹였다.

"좋다고 할 땐 언제고! 웃을 땐 언제고!"

"이젠 모르겠어."

그게 로또를 말하는 건지, 그들의 관계를 말하는 건지. 묻는 놈도 대답하는 년도 서로 잘 모르는 것 같았다. 그리고 그게 두 사람의 마지막이었다. 어처구니없는 만남의 끝이 어처구니없는 건 어쩌면 당연한 일 같았다.

우욱. 수빈은 손바닥 위에 놓인 반지를 바라보니 갑자기 슬쩍 토가 쏠렸다. 어쩐지 백금이 왜 이렇게까지 녹이 슬었나 했다. 그러니까 영철이가 싼 걸 니가 다시 삼켰다가 또 싼 거란 소리겠네. 방파제 틈새에 드르누운 미카엘은 뭘 안 다는 듯이 또 씨익 웃는 것 같았다.

수빈은 반지를 꽉 쥐고는 파도를 향해 던질 자세를 취했다. 이것도 기막힌 우연이라면 우연이고, 돈이 된다면 돈이 되겠지만 영철이도 떠난 마당에 이제 와 이걸 가지고 있기는 영 찜찜할 것 같았다. 그때였다.

댕! 에덴 쪽에서 크고 둔탁한 종소리가 외마디 비명처럼 울려 퍼졌다. 그러자 미카엘이 벌떡 일어나더니 부리나케 오름 방향으로 달려 올라가기 시작했다.

"어 씨! 로또도 싸고 가, 이 새꺄!"

수빈도 헐레벌떡 기타 케이스를 주워 들고 미카엘을 쫓아가려던 찰나였다. 저만치 쭉 뻗은 해안도로 끝에서 말 한 마리가 전력 질주로 달려오는 모습이 보였다. 수빈은 반사적으로 방파제에 몸을 감추고 그쪽을 주시했다. 어쩐지 어디서 본 말 같다 했다. 거칠게 말을 모는 남자는…… 그 까탈스러운 시청 공무원이었다.

18. 지저스 크라이스트!

프란체스코는 갈수록 의식이 희미해지는 것을 느꼈다. 다른 수사들 역시 벽에 기댄 채 축 처진 모습들로 보아 마찬가지인 듯했다. 마치 잠결인 양 라자로가 힘없이 입을 뗐다.
"근데요, 안토니오······. 왜 이리 숨쉬기도 힘든 겁니까?"
"실내 산소 포화도······ 20퍼센트 아래로 떨어졌습니다······. 방폭, 방진을 위한 도료들로······ 완전 밀폐 상태인데다······ 양압 장치 시스템이 발효되면서······ 이산화탄소 비율이······."
"아아, 머리 아픈 얘기 그만하십쇼······. 더 숨 막힙니다······."
그 건강한 베드로도 허공에 손을 내저으며 간신히 말을 뱉었다.
"저도 형제님처럼 웃으며······ 주님 곁으로 갔으면 좋겠는데······."
관에 기대어 영철을 바라보던 요셉이 멍한 얼굴로 읊조렸다.
"지금부터 웃고 있으십쇼, 그럼······. 스마일······."
"오······ 그것 참 좋은 방법이군요······. 하하······ 하하하……."

라자로와 베드로는 실성한 듯 농담까지 덧붙였다. 간절한 자복과 회개 기도가 수사들을 의연하게 만들었지만, 막상 죽음의 문턱에 이르니 어쩔 수 없이 판단력이 흐려지는 모양이었다.

프란체스코 역시 자꾸만 눈이 감겨왔다. 이제 곧 도미니코 수사님을 뵐 수 있겠구나. 뵙게 되면 무슨 말씀을 어떻게 드려야 할까. 천근만근 같은 눈꺼풀이 끝내 닫히려는 순간이었다.

왈…… 왈왈왈…….

하늘에서 천사가 호명하는 소리인가. 조용하다 못해 시간이 멈춘 듯한 방공호 안으로 알아듣기 힘든 음성이 스며 들어왔다.

"미카엘…… 미카엘?!"

베드로는 귀를 의심하듯 상체를 일으켜 세웠다. 모두가 밀실 안에 들이치는 한 줄기 빛을 발견한 표정으로 천장을 바라봤다. 요셉은 묘수가 떠오른 것 같았다.

"그 자동 스위치요. 혹시 미카엘이 누를 수 있지 않을까요?"

"주여. 그게 가능합니까, 안토니오?!"

라자로가 숨을 헐떡이며 물었다. 안토니오는 손가락으로 바닥에 무언가를 계산하는 것 같았다.

"가능은 하지만. 15킬로그램은 돼야 합니다. 압력을 계산해 보면."

"미카엘을 뭘로 보십니까! 거뜬합니다!"

베드로가 버럭 외쳤다. 서로를 의미심장하게 응시하던 수사들은 최후의 힘을 끌어모으듯 일사불란하게 움직이기 시작했다.

안토니오는 널브러진 꽃잎을 가져다가 손가락으로 짓이겨 바닥에 격자무늬 좌표를 그렸다. 개폐 스위치가 있는 타일 위치를 파악하는 것 같았다. 신중하게 도면을 헤아리던 안토니오는 이윽고 화장실 천장의 어느 한 지점을 턱 하니 가리켰다. 베드로 위에 요셉이, 요셉 위에 라자로가 어깨를 밟고 서면서 3층 관제탑이 완성되었다. 서커스단의 기예에 가까운 모양새였다. 베드로는 휘청휘청 중심을 잡으며 미카엘이 짖어대는 쪽으로 움직였다. 천장의 소리에 귀를 기울이던 라자로는 사다리 근처 천장의 어느 한 부근을 주먹으로 쾅쾅 치며 소리쳤다.

"미카엘! 왼쪽으로! 여기로 와! 여기! 아니, 거기 말고! 야, 어디가, 임마! 미카엘!!! 제발!!!"

필사적인 수사들과 달리 미카엘은 의사소통에 쉽사리 응하지 않았다. 근처에 떨어진 버섯이라도 주워 먹는지 짖는 소리가 사방팔방으로 움직였다. 베드로는 짊어진 어깨가 무거운 듯 어마어마하게 인상을 써가며 소리쳤다.

"미카엘이 사람 말을 어찌 알아듣습니까! 믿음! 해보십시오! 믿음!"

"그건 사람 말 아닙니까?!"

"성령의 언어입니다! 잔말 마시고 믿음이라고 해보시라고요! 어깨가 떨어져 나갈 것 같습니다!"

"믿음!!! 믿음!!! 믿음!!! 됐습니까!!!"

정적 속에서 천장에 온 신경을 집중하던 라자로가 별안간 호들갑을 떨었다.

"좌, 좌로! 좌로 세 바퀴를 굴렀습니다! 주여, 어찌 이런 일이!"

"소망! 하면 우로 구르고, 사랑! 하면 점프도 합니다. 하하하!"

"그걸 왜 이제 말씀하십니까!"

"이제 생각난 걸 어쩝니까! 아, 그만 들썩거리시고! 소망! 사랑! 해보십시오!"

라자로가 소망을 외치자 미카엘이 우로 구르고, 사랑을 외치자 점프까지 하는 것 같았다. 모두가 경탄을 금치 못했다. 이어서 안토니오의 지시에 따라 베드로가 호령했고, 베드로의 호령에 따라 라자로가 천장을 치며 복명복창을 이어갔다. 중간에 낀 요셉 역시 힘을 보태려는 듯 입 맞추어 믿음, 소망, 사랑을 번갈아 외쳤다. 프란체스코는 에덴 역사상 이만한 단합력을 본 적이 없었다.

어느새 성령의 3층탑이 화장실 입성까지 성공하자, 이제는 화장실 안에서 간곡한 "사랑!!!"의 외침만이 쩌렁쩌렁 울려 퍼졌다. 그리고 마침내 지이잉, 하늘에서 진짜 빛줄기가 떨어졌다.

수사들은 얼싸안고 환희의 눈물을 흘렸다. 프란체스코는 그 모습을 보며 주님께 감사할 따름이었다. 주님께선 패역한 우리를 포기하지 않으셨다. 심판받아 마땅한 우리를 심판하지 않으셨다. 그러니까 죽음의 문턱에서 고난을 그치신 것 아닐까. 그렇게 생각하며 고생한 수사들을 하나씩 먼저 올려 보냈다. 그러나 마지막으로 사다리를 오른 프란체스코는 또다시 경솔했던 스스로의 인간됨을 가슴 깊이 반성할 수밖에 없었다. 그를 맞이한 건 수사들도, 미카엘도 아니었다.

"이야, 보면서도 놀랍네요. 진짜 개가 사람보다 낫네. 아니지,

사람이 개보다 못한 건가."

범준은 사납게 짖어대는 미카엘을 몇 번 쓰다듬더니 주방 밖으로 툭 쳐 내보냈다.

"불법 시설물 개조는 확인했고, 현행범인지 아닌지는 그 아래를 확인해 보면 알겠네요. 미란다 원칙은 그때 이분이 하실 겁니다. 원리 원칙대로."

범준은 수첩에 무언가를 끄적이며 형식적인 말투로 옆의 경찰관을 가리켰다. 견장에 무궁화 두 개가 달린 경감은 프란체스코도 본 적 있는 파출소장이었다. 소장은 본인도 적잖이 놀란 듯, 거느리고 온 경찰들을 아무 말 없이 방공호 아래로 투입 시켰다. 사색이 된 수사들이 프란체스코를 땅 위로 마저 부축해 올렸다. 떨리는 그들의 손길에서 두려움이 느껴졌다. 프란체스코는 수사들을 차마 바라볼 수가 없었다. 그러다가 용기 내어 그들을 바라봤을 때, 뜻밖의 결심이 섰다.

"주사님, 부탁 하나만 드려도 되겠습니까."

"들어는 드립니다."

범준은 쳐다보지도 않고 코웃음 쳤다. 수사들은 두려움과 의아함이 공존하는 얼굴로 그저 프란체스코를 물끄러미 쳐다보고만 있었다.

주님께선 패역한 우리를 포기하지 않으셨다. 심판받아 마땅한 우리를 심판하지 않으셨다. 그러니까 죽음의 문턱에서 다시 꺼내신 데는…… 분명한 뜻이 있으신 것 아닐까. 프란체스코는 작게 고개를 끄덕여 보이며 수사들을 안심시켰다.

얼마큼의 시간이 흘렀는지 전혀 알 수가 없었다. 요셉은 귀를 찢을 듯한 매미 소리에 정신이 혼미했다. 온몸에 땀이 비 오듯 흘렀다. 분명 대낮의 무더운 날씨 탓도 있겠지만, 이상하리만치 낮게 내려앉은 구름이 땅을 감싸고 있었기에 꼭 더위 탓은 아닐 터였다. 이건 식은땀이 분명했다. 긴장이 됐기 때문이다.

"이제 들어가 볼까."

본관 출입문 앞에서 잠시 묵상하던 프란체스코가 수사들을 돌아보며 말했다. 보라색 제의로 다시 갈아입은 프란체스코는 십자가와 향을 들고 섰다. 향 내음이 코끝을 간지럽히니 요셉은 새삼 장례미사가 실감이 났다. 관을 붙든 손끝으로 영철의 무게가 고스란히 전해지는 것 같았다.

독사 같은 이 주사가 흔쾌히 프란체스코의 부탁을 들어준 것은 뜻밖이었다. 그가 당최 어떻게 모든 진상을 파악하고 하필 그 순간에 들이닥쳤는지는 알 수도, 물을 수도 없었다. 꼼짝없이 죄인이 된 형국에 그럴 계제가 남지도 않았다. 헌데 그런 상황에서 장례미사 제안이라니. 요셉은 물론 다른 수사들 역시 프란체스코의 마지막 부탁에 적이 놀랐지만, 그것을 순순히 받아들인 범준에게 더욱 놀라는 눈치였다.

"모든 일에는 이유가 있네. 모든 일에는 이로움이 있고 주님의 계획이 있으시지. 이해할 수 없는 불행이 닥칠지라도, 그것의 이유를 알 수 없을지라도, 우리는 주님을 믿고 의지해야 하네. 그러니 주님께서 우리를 이렇게 다시 살리신 데는…… 우리에게 원하는 분명한 뜻과 계획이 있으신 게 아닐까. 자네들 생각은 어떤가."

얼떨떨해하던 수사들을 한데 모아, 프란체스코는 그렇게 말했다. 그제야 모두가 같은 마음으로 프란체스코의 결단을 합당하다 여기는 것 같았다. 누구 하나 불평이나 불만이 없었고, 불안이나 두려운 기색도 사라진 모습이었다.

이제라도 영철의 장례미사를 정식으로 치러주는 것. 그것만이 지금 우리가 할 수 있는 유일한 일임은 틀림없다.

범준은 소식을 듣자 곤란해하던 경찰들에게 선뜻 나서서 양해까지 구해주었다. 평소 같으면 씨알도 안 먹혔을 부탁을 위해 그가 그렇게까지 애써준 것 또한 분명 주님의 뜻이리라. 수사들은 그런 생각으로 한결 더 마음을 정결히 하며 영철의 장례미사를 경건하게 준비했다.

요셉은 묵직한 관을 치켜들며 정신을 차렸다. 모든 준비는 끝났다. 이제 들어가서 미사를 잘 치르기만 하면 되는 것이다. 비록 앞으로 어떤 처벌과 오명이 우릴 기다리고 있을지 모르지만, 할 수 있는 최선을 다해야만 한다. 그렇게 마음을 다잡으며 앞서 들어가는 프란체스코의 향을 따라 발걸음을 옮겼다. 그때였다.

"무지개, 무지개가 떴습니다."

요셉은 구름 속에서 선명한 무지개를 발견하고 아이처럼 탄성을 내지르고 말았다. 함께 관을 들고 있는 수사들과 프란체스코도 동시에 하늘을 올려다봤다.

"주님의 언약이로군."

프란체스코는 옅은 미소를 띠며 대답했다. 베드로도, 라자로도, 안토니오도, 모두가 그 말에 잠시 무지개를 보며 웃었다. 그러나 요셉은 그것이 너무도 아름다웠기에 오히려 슬퍼졌다. 보라색 제의를 갖춰 입은 수사들의 미소가 어딘지 다들 쓸쓸해 보이기 때문인 듯했다.

요셉은 입회 이래로 에덴에 이렇게나 많은 사람들이 찾아온 걸 본 적이 없었다. 성당은 만석이 된 것도 모자라 뒤쪽까지 사람들이 진을 치고 있었다. 수사들의 등장과 동시에 하나같이 명찰을 매단 처음 보는 사람들은 커다란 카메라들까지 세워두고 셔터를 눌러댔다. 그 사이로 운구 행렬을 이어가자니 심장이 터질 것 같았다. 그들 틈에서 관리 감독이라도 하듯 팔짱을 낀 범준을 발견하고 나서야 요셉의 심장이 차게 식었다. 이 주사가 기자들을 불렀구나. 우리를 도운 것은 에덴을 공개적인 조롱거리로 만들기 위한 속셈일 뿐이었구나. 치가 떨렸지만 지금 자신이 할 수 있는 일은 아무것도 없었다. 아니나 다를까, 벌써부터 성당 안은 수사들을 향한 두런거림으로 번잡했다. 수사들이 시신을 유기했다는 목소리부터 무슨 낯짝으로 장례를 치르냐는 목소리, 사실 자기들이 죽인 거 아니냐는 목소리까지 귓전을 파고드는 소리들은 제각각이었으나 하나같이 잔뜩 날이 서 있었다. 그들 중에는 익숙한 마을 주민도 있었고, 처음 보는 외지인도 뒤섞여 있었다. 당장 썩은 토마토라도 던질 것처럼 구는 몇 사람 때문에 요셉은 한두 번 발끈한 게 아니었다. 그러나 할 수 있는 일은 역시 아무것도 없었다. 에덴을 향한 조롱이라면 그게 누구든 먼저 두 팔 걷어붙이고 나서던 베드로도 가만히 있었다. 그는 어금니가 깨져라 입을 앙다물며 참고 있는 것 같았다.

"여기는 어떻게 알고 왔어! 왜 왔어, 왜!"

라자로는 인파 사이에서 누군가를 발견하고는 절망했다. 아이의 손을 잡은 중년 여성과 그 남편으로 보이는 남성. 라자로 수사님의 가족이구나. 그저 슬픈 얼굴로 고개를 끄덕이는 그들을 지나치자마자 라자로의 축 처진 어깨가 볼썽사납게 들썩였다. 우시는구나. 그리도 밝던 분이 이리도 서럽게. 그러나 요셉은 역시 아무것도 할 수 없었다.

프란체스코를 도와 복사를 서야 하는 요셉은 또다시 혼자서 강대상 뒤편에 앉았다. 앞에서 보니 성당을 가득 메운 인파가 더욱 실감이 났다. 그중에는 놀랍게도 수도회의 장상도 있었다. 장상은 도미니코의 장례미사 때도 봤던 두 사제를 거느리고 앞줄 끄트머리에 앉아 있었다. 프란체스코가 그를 향해 성호를 그어 보였지만, 장상은 비통한 얼굴로 눈을 감고 있을 뿐이었다.

요셉은 어디에도 시선을 둘 곳이 없어서 제대 위에 오른 영철의 관을 바라봤다. 고운 수의로 갈아입은 영철은 꽃밭에 파묻혀 낮잠이라도 자는 사람처럼 평안해 보였다. 형제는 자신의 장례식이 사람들로 북적였으면 좋겠다고 했는데. 그래, 형제의 생전 소망이 이렇게라도 이루어진 셈이구나. 요셉은 애써 다행이라 여기며 연신 마른침을 삼켰다.

프란체스코는 어수선한 분위기 속에서 묵묵히 장례 절차를 이어갔다. 곳곳에서 비아냥거리거나 구경거리라도 난 듯 사진을 찍어대던 사람들도 그 순간만큼은 망자에 대한 예의라고 생각했는지 순순히 절차를 따랐다.

말씀 봉독까지 마무리한 프란체스코는 마지막 강론을 위해 강대상에 올라 마이크 앞에 섰다. 수사들은 그 모습을 바라보기가 마음 아픈 듯 차마 고개를 들지 못했다. 우뚝 선 채로 멀거니 성당을 훑던 프란체스코가 입을 열었다.

"저는…… 불혹의 나이가 다 되어서야 처음으로 극장에서 영화라는 걸 봤습니다. 〈쇼생크 탈출〉이라는 영화였는데, 교도소에 사는 죄수들의 이야기였지요."

요셉도 본 적 있는 영화였다. 어릴 적에 고전 명화로 TV에서 방영해 줬던 영화다. 문제는 프란체스코가 지금 상황에 왜 '교도소'와 '죄수'에 관한 영화를 빗대어 강론하는지에 있었다. 장내 사람들 또한 요셉과 비슷한 생각을 했는지 급격히 다시 어수선해지는 것 같았다.

"영화는 따뜻했고, 희망이 있었습니다. 적어도 저를 극장으로 데려가셨던 도미니코 수사님은 그렇다고 하셨지요. 하지만 죄송하게도 저는 아니었습니다. 저의 주인공은 영화가 중반이 되기도 전에 이미 비참하게 죽음을 맞이했거든요. 브룩스라는 노인이었습니다. 그 노인은 극 중에서 주연은커녕 단역에 가까울 만큼 비중도 적은 인물이었습니다. 정작 주인공들 이름은 영화가 끝나자마자 잊어버렸는데, 희한하게도 그 노인의 이름은 30년이 넘은 지금까지도 기억에 남아 있는 걸로 보아…… 저한테만큼은 그가 진짜 주인공이었던 거지요."

좌중은 이제 프란체스코가 무슨 소릴 하나 들어나 보자는 듯 귀를 기울이고 있었다.

"브룩스는 50년을 교도소에서 지낸 장기수였습니다. 새파란 청춘에 수감되어 세상과 단절된 채로 일평생을 갇혀 지냈을 겁니다. 그런 그가 허리가 꼬부라진 노인이 되고 나서야 드디어 자유를 얻고 세상 밖으로 나가게 되지요. 듣기만 해도 가슴 벅찬 일이 아닐 수 없습니다. 헌데 그는 얼마지 않아 스스로 목숨을 끊습니다. 충격적이더군요. 당시 저의 충격은 그의 비참한 선택이 이해가 되지 않는 데 있었습니다. 그런데 더욱 충격적이었던 것은 세월이 흐를수록, 그와 연배가 비슷한 노인이 되어갈수록…… 그의 마음을 아주 고스란히 이해하고 있는 제 자신의 모습이었습니다."

요셉도 처음 듣는 프란체스코의 속내였다. 앞줄에 나란히 앉은 수사들 역시 그러한지 경청하는 얼굴들에 놀라움과 걱정이 뒤섞여 있었다. 하지만 프란체스코는 좋은 추억이라도 떠올리듯 담담히 말을 이었다.

"예전에 어느 일본인 기업가가 평생을 수사로 살아온 저보다도 멋진 말을 했더군요. '교도소와 수도원의 공통점은 세상과 고립되어 있다는 점이다. 그러나 차이가 있다면 불평을 하느냐, 감사를 하느냐 그 차이뿐이다. 교도소에서라도 감사를 하면 수도원이 될 수 있다'라고 말입니다. 저에게는 그 말이 참으로 옳다고 여겨졌습니다. 반대로 수도원이라도 감사가 없다면, 그건 교도소나 다름없다는 말이기도 할 테니 말입니다. 왜냐하면…… 제가 그렇게 느끼고 있었으니까요."

주여, 대체 무슨 말씀을 하시려는 거지. 요셉은 심장이 두근거렸다. 도통 의중을 파악하기 힘든 프란체스코의 고백은 이제 충격적이기까지 했다.

"저는 어느 순간부터 감사를 잃고 살았습니다. 감사가 없는 수도원이 교도소라면, 감사를 잃은 수사는 아마 죄수나 다름없겠지요. 브룩스라는 노인의 선택에 그토록 사무치게 공감했던 것을 보면, 저는 꽤나 오래전부터 죄수였나 봅니다. 그리고 저를 죄수로 만든 건 다름 아닌…… 여러분이었습니다."

요셉의 심장이 덜컥 내려앉음과 동시에 성당이 크게 술렁였다. 여기저기서 고성이 터져 나오기도 했다. 적반하장도 유분수라는 외침이었다. 요셉은 혼란스러워 수사들을 바라봤다. 모두가 똑같이 당황한 기색이 역력했다. 가뜩이나 눈에 핏발을 세우고 에덴의 비행(非行)을 안주거리처럼 씹으려는 사람들이 대다수였다. 공연히 그들을 자극할 이유가 없었다. 그러나 프란체스코는 더욱 단호해졌다.

"10여 년 전만 해도 저 안뜰에는 사람들이 넘쳐났습니다. 주님의 인도하심을 갈구하던 분들이었지요. 그러나 언젠가부터 그들이 믿는 것이 주님이 아니라 우물의 기적이면 어쩌나 불안한 마음이 들었습니다. 그때의 우물은 우상이나 다름없을 테니까요. 불안은 현실이 되는 것 같았습니다. 그즈음 여러분은 아예 주님의 품을 떠나버린 것도 모자라 에덴을 손가락질하며 돌을 던지더군요. 저는 그런 여러분이 증오스러웠습니다. 그 순간부터 저는 죄수였고, 이곳은 교도소가 되어버린 것입니다. 그러다가 문득 바깥세상을 내다봤습니다. 두렵더군요. 주님 울타리 밖에서는 여러분의 손가락질을 감당하기가 무서웠습니다. 하다못해 50년을 옥살이한 영화 속 노인도 그럴진대, 칠십 평생인 저는 오죽했겠습니까. 그래서 저는 이곳이 교도소나 다름없다 할지언정 이곳에서 살아야 했습니다. 이곳이어야만 살 수 있을 것 같았습니다. 그래서…… 그래서…….”

열변을 토하는 프란체스코의 목이 메어왔다. 그리고는 손을 들어 영철을 가리켰다.

“저 가여운 형제의 죽음을 알고도 방치했습니다. 더 이상의 손가락질이 두려워 숨기기까지 했습니다. 여러분이 밉다는 이유로 주님께 거짓말까지 했습니다. 이 자리를 빌려 영철 형제와 여러분과 그리고…… 주님께 간곡한 사죄의 말씀을 드립니다. 정말 죄송합니다.”

프란체스코는 강대상 옆으로 비켜 나와 청중 앞에 허리를 굽혔다. 간절했다. 프란체스코가 그토록 누군가에게 간절히 무언가를 구하는 모습은 처음이었다. 그리고는 수사들을 가리켰다.

“에덴의 다른 수사들은 그저 수도원장인 제가 시키는 대로 따랐을 뿐입니다. 이들은 제 말을 주님의 명령 다음으로 순종하는 이들이라 어쩔 수 없었을 겁니다. 이 모든 건 주님을 배반하고 여러분을 증오해 온 제 평생의 죄입니다. 죄의 값은 저만이 치러야 마땅한 일입니다. 그러니 부디…… 다른 수사들을 오해하지는 말

아주십시오. 부탁드립니다."

"원장 수사님!!!"

프란체스코를 목 놓아 부른 이는 다름 아닌 라자로였다. 라자로는 참다 참다 터진 것처럼 벌떡 일어나 청중을 향해 소리쳤다.

"저분 말은 전부 거짓입니다! 제가 다 계획했습니다! 여기 이 수사들은 세상 돌아가는 이치를 아무것도 모릅니다! 이 바보 같은 사람들은 다 내가 시키는 대로 한 죄밖에 없단 말입니다!"

베드로가 라자로를 끌어안다시피 다독여 앉혔다. 베드로는 금방이라도 눈물이 터질 것 같은 얼굴로 프란체스코를 뜨겁게 응시했다. 요셉은 알 수 있었다. 베드로의 속은 까맣다 못해 재가 될 만큼 타 들어가고 있을 것이다.

그 순간 느닷없는 박수 소리가 성당의 묘한 정적을 깨고 울려 퍼졌다. 맨 뒤에 선 범준이 보란 듯이 과장되게 고개를 끄덕거리며 외쳤다.

"듣던 중 가장 감동적인 연설이군요. 더 이상 미사를 진행하기엔 문제의 소지가 있어 보이는데, 나머지 얘기는 서에 가서 마저 하시죠. 참작이 될지는 모르겠지만."

요셉은 당장이라도 뛰쳐나가 범준의 멱살이라도 잡고 싶었다. 그러나 온몸이 떨려 움직일 수가 없었다. 미사 내내 바보처럼 아무것도 하지 못하는 스스로가 원망스러웠다. 밖에서 대기하고 있던 경찰들이 기다렸다는 듯이 성당에 들이닥쳤다. 가장 계급이 높아 보이는 중년의 파출소장이 프란체스코에게 다가와 직접 수갑을 채웠다.

"선생님을 현 시간부로 사체유기 혐의로 긴급체포하겠습니다. 변호사를 선임할 수 있으며, 변명의 기회가 있고……."

"야, 이 짭새야!!! 그 노인네가 무슨 힘이 있어서 사체를 유기해!!! 내가 다 사주한 거라고!!! 날 잡아가라고!!!"

라자로는 울며불며 경찰에게 달려들었다. 경찰들의 제지에 밀려 볼품없이 나가떨어지면서도 포기를 모르고 달려들었다. 라자로가 그렇게나 이성을 잃은 모습은 처음이었다. 오히려 베드로가 그를 뒤에서 번쩍 잡아 들어 말렸다. 라자로는 공중에서 버둥대며 괴로워했다.

"베드로!!! 계속 왜 이럽니까!!! 대체 왜 이럴 때는 가만히 있습니까!!! 저 자식들 다 때려눕히기라도 하란 말입니다!!!"

"아버지 결단을 분노 따위로 방해하란 말입니까!!!"

베드로가 불같이 소리쳤다. 무시무시한 눈빛을 쏘아대는 그의 눈가에 닭똥 같은 눈물이 떨어졌다. 연행되던 프란체스코가 그들 앞에 잠시 멈춰 섰다. 그는 나들이라도 가는 나그네처럼 편안해 보였다.

"라자로, 주님께서 동행하시면 교도소든 불구덩이든 그곳이 에덴 아니겠는가? 자네가 그래 놓고는."

"지금 농담이 나오십니까!"

"원장 수사님! 저희도 금방 따라가겠습니다!"

베드로가 울부짖었다.

"자네들은 아프리카에 가야지."

프란체스코는 그 말을 마지막으로 경찰들에게 붙들려 통로를 걸었다. 안토니오는 프란체스코가 지나가고 나서야 풀썩 주저앉았다. 웅크린 채 사시나무처럼 떨고 있는 안토니오는 소리 죽여 울고 있었다.

성당은 한없이 소란스러워졌다. 누가 기자고, 누가 마을 사람이고, 누가 외지인인지 분간이 가지 않을 정도로 모두가 에덴의 비통을 향해 카메라를 눌러댔다. 요셉의 심장이 입 밖으로 튀어나올 것처럼 요동쳤다. 멀어지는 프란체스코의 뒷모습을 보자 마지막일지도 모른다는 불안이 가장 크게 일었다.

그것이 프란체스코와의 마지막일지, 에덴 수도원의 마지막일지, 자신의 인생에서 수사로서의 마지막일지는 알 수 없었다. 그러나 그런 불안이 들자 한 가지 생각밖에 나질 않았다.

달력. 주님께서 주신 말씀으로 우리의 매일을 열던 달력을 봐야 한다.

요셉은 프란체스코를 지나쳐 부리나케 성당 뒤쪽으로 달려갔다. 우리가 말씀으로 하루를 시작하지 못한 것은 역사상 오늘이 처음일 것이다. 우리를 향해 예비하신 주님의 말씀을 모른 채로 오늘 하루가, 우리의 마지막이 지나가서는 안 된다. 요셉은 어제 날짜의 달력을 거침없이 뜯어냈다. 오늘 주신 하느님의 말씀이 정오의 빛처럼 빛나는 것 같았다.

"나를 왕으로 세우시며 선포하신 야훼의 칙령을 들어라. 너는 내 아들, 나 오늘 너를 낳았노라."(시편 2:7)

요셉은 프란체스코와 수사들을 향해 소리쳤다. 낼 수 있는 가장 큰 목소리로 몇 번을 외쳤다. 프란체스코가 옆을 지나며 그런 요셉의 어깨에 손을 얹고는 지긋이 웃어 보였다. 그때였다. 요셉의 우렁찬 목소리를 단숨에 묻어버릴 만큼 큰 고함이 성당 안을 날카롭게 때렸다.

"주여!!!"

베드로와 라자로가 겁에 질린 채로 앞쪽 통로에 주저앉았다. 연이어 뭇 사람들의 경악까지 더해져 성당은 혼돈으로 가득 찼다. 그들의 공포 어린 시선은 일제히 한곳을 향하고 있었다.

제대 위의 관. 요셉 역시 보면서도 눈을 의심할 수밖에 없었다. 관을 뒤덮다시피 가득 메운 꽃 무더기 위로, 그럴 리 없는 사람의 손이…… 우뚝 솟아 있었다.

"물! 물! 물!"

헐레벌떡 관 안을 살피던 안토니오가 사색이 되어 외쳤다. 요셉은 본능적으로 안뜰의 우물을 향해 달려가 살면서 가장 빠른 속도로 우물물을 한 바가지 퍼 와 안토니오에게 건넸다. 안토니오는 떨리는 손으로 천천히, 돌처럼 굳어 있는 영철의 입가에 물을 부었다. 성당의 모든 인파는 시공간이 멈춘 것처럼 그 모습을 보고 있었다. 그리고 이내 심신이 허약한 몇 사람이 혼절하듯 주저앉기 시작했다. 요셉도 재빨리 강대상을 붙들지 않았다면 쓰러질 뻔했을 만큼 충격적이었다.

영철이 관 속에서 천천히 상체를 일으켜 긴 머리를 흩날리며 고개를 돌리더니 인파를 바라봤다. 그리고는 하나하나 빤히 훑어보더니 어색하게 손을 흔들었다.

"아멘~."

찰나의 정적은 추진력을 얻은 듯이 동시에 폭발했다.

"주여!!!"

좌중은 너 나 할 것 없이 주님을 부르짖으며 영철을 향해 납작 엎드렸다. 사태를 파악한 기자들은 득달같이 달려들어 정신없이 플래시를 터트렸다. 경찰들마저 본인들이 무슨 임무로 이곳에 왔는지를 까먹은 듯 멍하니 서 있을 뿐이었다.

"형제님!!!"

오직 에덴의 수사들만이 다시 일어난 영철을 와락 끌어안았다. 영철은 당최 무슨 상황인지 영문도 모르겠다는 듯이 부끄러워했다. 하지만 수사들은 아주 관 속으로 들어가 영철을 부둥켜안고는 함께 드러누워 눈물 콧물을 쏟았다.

프란체스코는 주님의 경이로운 기적에 무릎을 꿇고 그 모습을 그저 바라봤다. 영철이 사흘 만에 부활했다. 모두가 기적의 산증인이 된 현장은 알 수 없는 열기로 끓어올랐다. 문득 프란체스코는 주변을 둘러보았다. 조금 전까지 옆에 있던 범준이 보이지 않았다.

"이 주사님!"

프란체스코의 부름에도 범준은 들은 체도 않고 현관 앞에 매어 둔 자신의 말에 올라탔다. 이대로 떠나게 해서는 안 된다. 이렇게 또 그를 포기해서는 안 된다. 프란체스코는 왠지 모르게 그 생각 밖에 들지 않았다.

"범준아!"

그제야 범준은 멈춰 서서 프란체스코를 돌아봤다. 범준이 어머니의 손을 붙잡고 왔던 어린 시절 이후 프란체스코가 그의 이름을 부른 것은 처음이었다.

"대체 무슨 수작을 부렸는지 모르겠는데요, 저 남자가 살아났다고 원장님이 그걸 풀 수 있을지는 아직 모르는 겁니다."

범준은 프란체스코의 양손을 결박한 수갑을 턱짓하며 말했다.

"치러야 할 죗값이 있다면 마땅히 치르겠습니다. 하지만 결단코 수작이 아닙니다. 이건 주님의 기적입니다."

"기적, 기적이요. 그 기적은 뭐가 그렇게 선택적이랍니까? 저희 어머니는 자격이 없었나 보죠?"

"아닙니다. 자매님은 주님 보시기에 훌륭한 분이셨습니다."

"아니요. 제가 다 들었습니다. 살고 싶어서, 살아보겠다고 그 되도 않는 희망에 부풀어서 치료도 마다하고 꼬박꼬박 저 빌어먹을 우물물 퍼다 먹던 게 우리 어머니였습니다. 그런데 당신은 그런 사람의 유일한 희망을 단 한 마디로 박살 냈죠. 기적의 자격을 박탈시킨 겁니다."

범준의 눈시울이 붉어졌다. 매사 냉철한 그가 그토록 흥분한 모습은 본 적이 없었다. 프란체스코는 눈앞이 하얘지는 것 같았다. 범준의 말에 그때의 기억이 떠올랐다. 기적처럼 병을 고침 받아 건강히 살아갈 수 있겠냐고 묻던 그 젊은 어머니의 간절한 고해가, 그 힘없고 병든 여인에게 자신이 뱉었던 무책임한 대답이. 그걸 그 어린 아들이 들었던 게로구나. 그래서 그 아들이 이렇게나 장성할 때까지도 아파하였구나. 메는 목으로 말을 쏟는 범준의 모습은 그 시절과 닮아 보였다.

"그때 원장님이 한 말은 하나도 알아들을 수가 없었습니다. 저 우물이 한낱 맹물이라는 말밖에는 이해할 수가 없었다고요. 그런데 그게 우리 어머니한테 무슨 의미였는지 아십니까? 어차피 말뿐인 기적이라면, 그 한 마디가 얼마나……."

"미안합니다. 자매님이 치료를 받으셨으면 했습니다. 우물물을 더 이상 믿지 않으셨으면 했습니다. 그래서 그게 최선의 말이라고 생각했습니다. 헌데…… 아니었습니다."

범준은 더 이상 어떤 말도 이을 수 없었다. 프란체스코가 사과를 했기 때문도, 그가 자신의 앞에서 눈물을 흘리고 있어서도 아니었다.

"한 가정의 절망이 두려워 도망치는 말이었습니다. 원망이 두려워 희망을 주지 못했습니다. 미안합니다. 너무 늦게 용서를 구해…… 정말 미안합니다."

평생 혐오한다고 생각했던 대상은 프란체스코도, 에덴도 아닌 바로 자신이었다는 사실이 말문을 틀어막았다. 엄마가 세상을 떠난 것에 대한 증오의 대상이 필요했다. 이기적이고 치기 어렸던 그 마음이 에덴을 싫어할 명목을 계속해서 만들어 냈던 것이다. 그게 아니고서야 이런 대화를 지금껏 꺼내지도 않았을 이유는 없을 테니까. 그게 아니고서야 프란체스코의 저 진실 된 말 한마디에 평생의 증오가 이렇게나 눈 녹듯 녹아내릴 리 없을 테니까.

"저희 어머니는 돌아가시는 순간까지 여길 사랑하셨습니다. 그리고 저는 그런 어머니를 지금도 여전히 사랑합니다. 그뿐이었습니다."

누군가를 싫어하는 데는 사실 분명한 이유가 있을지도 모른다.

요컨대 그를 싫어하지 못하는 내 마음이 싫었던 것이다. 범준은 그런 생각이 들자 말고삐를 틀어 황급히 자리를 떴다. 프란체스코는 그 자리에 서서 멀어지는 범준의 뒷모습을 하염없이 바라봤다.

"참 여기저기…… 드라마네, 드라마야."

수빈은 뒤뜰의 벽면에 바짝 붙은 채로 그 모습을 바라봤다. 말을 타고 멀어지는 시청 공무원은 왜인지는 모르지만 분명 눈물을 훔치는 것 같았다. 어이없는 일투성이구나. 저 자식이 원장 앞에서 질질 짜다니. 수빈은 벽면에 붙어 숨은 채로 몇 걸음을 옮겨 열린 문 너머를 힐끔 들여다봤다. 성당 앞쪽으로 통하는 문이었다.

멀쩡하게 서 있는 영철이 수사들과 사람들 틈에 둘러싸여 있다. 봐도 봐도 믿을 수가 없는 광경이었다. 마음 같아서는 너 이 새끼 그동안 죽은 척이라도 한 거냐, 아니면 뭐 진짜 부활이라도 한 거냐, 너 때문에 내가 무슨 일들을 겪은 줄 아느냐며 달려가 저 긴 머리끄댕이라도 붙잡고 하소연하고 싶었지만 그럴 수 없었다.

수빈은 품에 안고 있는 미카엘을 바라봤다. 내가 무슨 면목으로 쟤를 보겠어. 그치, 미카엘. 미카엘은 또 뭘 다 안다는 듯 헥헥대며 웃었다. 그리고는…… 또다시 몸을 부르르 떨기 시작했다. 수빈은 불길한 확신에 퍼뜩 미카엘을 던져버렸다.

"야, 이 똥개 새끼! 내가 니 변비약이냐?!"

하지만 미카엘은 신속 쾌변의 달견이었다. 기어이 수빈의 하얀 민소매 티셔츠 위에 또 한 번 눅진한 응가를 쏟아낸 뒤였다. 너 때문에 아끼던 청남방도 버렸는데. 고마워, 미카엘. 덕분에 이제 아무런 죄책감도 안 들 것 같다, 이 새끼야. 수빈은 죽일 듯이 미카엘을 노려보며 똥을 털어냈다. 그런데 녀석의 상태가 심상치 않았다. 아직도 숙변이 남은 듯 안간힘을 쓰며 끙끙대고 있었다. 왜 침을 꿀꺽 삼키게 되는지는 모르겠지만 침을 삼키며 녀석의 숙변 제거 현장을 지켜 본 수빈은 숨이 멎는 것만 같았다.

지퍼 백. 미카엘이 부들부들 뽑아낸 응가에는…… 로또가 들어 있었다. 기적은 여기서도 일어나는구나. 수빈은 떨리는 가슴을 달래며 응가 더미로 다가갔다. 더럽고 자시고 아무 생각도 안 들었다. 그렇게 맨손으로 묽은 응가를 파헤치던 그때.

"수빈아!"

수빈은 그 자세 그대로 얼어붙었다. 고개를 돌릴 수가 없었다. 분명히 영철이 목소리였다.

"오수빈! 수빈이 맞지?"

"아닌데요."

수빈은 조잡한 목소리 변조로 시치미를 떼면서까지 기어코 지퍼 백을 건져냈다. 진짜 상황 한번 엿 같다. 죽다 살아난 전 남친하고 2년 만에 처음 만나는데 개똥을 만지고 있네, 쌍. 별안간 앞문으로 튀어나온 수사들의 웅성거림이 들려왔다.

"자매님! 거기서 뭐 하세요?"

제발 그냥 가, 이 떨떨아. 요셉의 목소리와 동시에 플래시 세례까지 터지는 듯했다. 따라 나온 기자들은 뒤에서 찰칵찰칵 난리를 치며 "자매님이면 이분과 남매가 되십니까!" 내지는 "이분 애인이십니까!" 같은 오만 질문을 쏟아냈다.

하, 짜증난다. 보통 사람들 같았으면 얼굴도 들지 못할 상황일지 모르지만 최고의 순간이 최악의 순간이 된 지금, 오수빈은 그딴 수군거림에 얼굴 붉히는 머저리가 아니었다. 수빈은 벌떡 일어나 뒤를 돌았다. 그리고 쉴 새 없이 터지는 카메라들에게 똥 묻은 가운뎃손가락을 선사했다.

19. 기적

〈Jejus Christ!〉

〈장사한 지 사흘 만에 죽은 자 가운데서 부활한 시신, 그는 누구인가?〉

〈죽은 자도 살려내는 우물물: 에덴 성수의 부활?〉

〈Jejus의 그녀, 대체 정체가 무엇인가?〉

"왜 다 지저스 철자를 틀리게 썼지……. Jesus인데."

영철의 핸드폰으로 기사들을 보던 요셉이 머리를 긁적였다.

"제주 예수라고 제주스랍니다. 참 나."

라자로는 자기도 어이가 없는지 실소를 터트렸다. 식당에 한데 모여 기사를 들여다보던 수사들과 영철도 다 같이 박장대소했다. 영철은 기사마다 대문짝만 하게 실린 자신의 사진을 보며 머쓱해 했다. 그러다가 수빈이 섬뜩하게 웃으며 중지를 들어 올린 기사에서는 다 같이 흠칫했다. 요셉은 대뜸 부루퉁해져서는 입을 열었다.

"그런데 자매님은 대체 사진을 왜 이렇게 찍으셨어요?"

"사진은 무슨. 가만있는 사람을 냅다 찍어대는 게 파파라치지 뭐예요?"

저만치 떨어져 앉아 있는 수빈이 콧방귀를 뀌었다. 요셉은 지지 않고 툴툴댔다.

"가만히 안 계셨으면서."

"아, 진짜! 혼자 총대 메고 빼내줬으면 고마워해야 하는 거 아니에요? 똥 냄새가 아직도 나는 것 같구만!"

지퍼 백에 든 로또를 파닥파닥 흔들며 쏘아붙이던 수빈이 돌연 헛구역질을 했다. 식당 안의 모두는 참았던 웃음을 다시금 터트렸다. 프란체스코는 살아 웃고 있는 영철을 눈앞에서 보자니 이 모든 것이 꿈만 같았다.

영철은 수사들과 함께 병원에 다녀왔지만, 사흘간 죽은 상태나 다름없던 원인에 대해서는 정확한 진단을 받지 못했다. 검사 결과 원인 불명의 가사 상태 정도로 추정하는 것 같았다. 가사 상태의 연유를 가장 그럴싸하게 규명해 준 것은 뜻밖의 사람이었다.

"헌데요, 원장 수사님. 허옥 자매님 말씀을…… 믿어도 되겠습니까?"

"그러게요. 워낙 연로하셔서 총기도 쇠하신 데다…… 이게 농담인지 진담인지 영 그렇습니다."

베드로와 라자로는 내내 의문스러운 듯 그렇게 물어왔다. 그러나 프란체스코가 알기로 허옥 자매는 지금이야 편의점 일을 하는 호호 할머니에 불과하지만, 왕년에는 꽤나 잘나가던 '화타'였기에 나름대로…… 믿을 만은 하다고 생각했다. 허옥의 말에 의하면 영철의 가사 상태는 에덴의 말린 버섯에서 비롯된 강한 명현반응이라고 했다.

수도원까지 쫓아와 버섯을 살핀 허옥은 수십 년을 섭취한 에덴의 수사들에게는 내성이 생겨서 그렇지, 일반인에게는 버거운 효험이 있었을 것이라고 말했다. 심지어 영철이 그날 한 번에 너무 많은 양의 식사를 한 데다, 직전에 감기 기운이 있어 양약까지 먹고 올라왔다는 사실을 듣고는 이래저래 일이 벌어질 만도 했다 여기는 것 같았다. 자신이 허준의 자손이라며 동의보감 몇 구절을 줄줄 읊더니 켈켈거렸다는데…… 다른 수사들은 그 대목이 못 미더운 듯했다.

그러나 프란체스코에게는 그것이 참이든 거짓이든 아무 상관이 없었다. 중요한 건 영철이 이렇게 건강히 살아 있다는 점이었다. 덕분에 꼼짝없이 사체유기죄로 잡혀 들어갈 뻔한 상황에서 풀려나기도 했으니까.

사체유기죄에서 '사체'가 살아난 경우는 본인도 경찰 인생 중 듣도 보도 못했다며 난감해하던 파출소장은 형식적인 조사만을 마치고 프란체스코를 돌려보냈다. 프란체스코는 이 모든 일이 주님의 역사이신 것만 같아 그저 감사, 또 감사할 뿐이었다.

끼익. 주방 철문이 열리고 안토니오가 맛있는 음식을 내왔다. 영철과 수빈, 그리고 수사들은 처음 만났던 그 순간들처럼 한데 모여 음식을 나누었다. 에덴의 상징과도 같은 버섯은 우선 식재료에서 제해야 했지만, 이렇게 함께 모여 먹는 것만으로도 더할 나위 없이 맛이 좋았다. 물론 즐거운 대화만이 오갈 수는 없었다.

더 게스트   449

다시 만난 기적은 황홀해도 에덴이 영철에게 저질렀던 일이 참혹했던 것만큼은 변함없기 때문이었다. 식사 도중 수사들은 밥풀을 튀어가며 용서를 구했고, 그간 자행했던 모든 일을 영철에게 털어놓았다. 그러자 무엇이 그리도 즐거운지 내내 웃음을 머금고 이야기를 듣던 영철이 이렇게 대답했다.

"와…… 저는 진짜 한두 번 죽을 뻔한 게 아니었네요. 그때마다 수사님들이 실패하는 바람에 절 살려주셨군요. 헤헤."

"어휴…… 어벙해. 싫다 싫어."

보다 못한 수빈이 절레절레 고개를 저었다. 프란체스코와 수사들만이 영철의 가늠할 수 없는 도량에 감복할 뿐이었다. 그토록 기다린 만남이었을 텐데, 수빈과 영철은 어딘지 서로 어색해 보였다. 영철은 우물쭈물 항변했다.

"아 뭐, 나는 그냥 살면서 최고로 푹 자고 있었단 말이야. 꿈도 엄청 꾸고."

"꿈이요?"

요셉이 궁금한 듯 물었다.

"예. 뭘 많이 꾼 거 같은데 다 기억은 안 나요. 근데 확실히 기억나는 거는…… 제가 꼭 여기 수도원 주변처럼 푸른 들판에 있었어요. 웬 강가인 것 같았는데, 거기서 번쩍번쩍한 게 저한테 말을 거는 거예요. 뭐라고 하나 궁금해서 가까이 갔더니……. 뭐랬더라……. 좀 길고 어려웠는데……."

영철은 곰곰이 되짚듯 말했다. 그 이야기를 듣는 수사들의 안색에 점차 놀라움이 번졌다. 모두가 목을 빼고 영철의 다음 말을 고대할 뿐이었다.

"죄송해요. 잘 기억이……. 근데 마지막은 기억나요! '너는 내 아들, 나 오늘 너를 낳았노라.' 이랬어요. 그래서 목소리가 남잔데 아빤가? 근데 아빠가 날 어떻게 낳았지? 이러고 깬 것 같은데. 헤헤……."

"주여!!! 성령이 임하셨군요!!!"

베드로가 벅찬 듯 자리를 박차고 일어났다. 다른 수사들 역시 영철의 영적 체험이 놀라워 입을 다물지 못했다. 오직 수빈만이 "그거 개꿈이네 개꿈" 하며 심드렁히 밥을 먹었다.

"좋은 꿈…… 맞는 거죠? 뭔가 따뜻하고 포근한 느낌이었거든요. 그래서 죽은 듯이 잤나. 헤헤. 여기가 주님의 집이라 그랬나 봐요. 저도 어릴 때 주님의 집에서 컸거든요."

영철은 긴 머리를 긁적대며 부끄럽게 웃었다. 그리고는 '주님의 집'이라고 적힌 유리 파편 하나를 집어 들어 너스레까지 떨었다. 부서진 괘종시계의 파편, 아직 치우지 못한 부스러기였다. 편히 농담까지 곁들일 정도로 영철과 수사들은 가까워진 것 같았다.

놀라운 일이 아닐 수 없었다. 사실상 하루의 면식으로 수사들은 영철을 가족처럼 대했다. 영철 역시 자신이 죽음 직전까지 이른 곳에서, 죽음으로까지 몰고 갈 뻔한 이들과 형제처럼 어울렸다. 어질러진 식당 안은 오히려 평강이 흘러넘치는 양, 모두의 즐거움으로 가득 찬 것 같았다. 그러나 프란체스코의 놀라움에는 다른 영향이 더 컸다. 주님의 기적이 임하신 이 기쁜 순간에도, 프란체스코는 영철이 식탁 위에 올려놓은 '주님의 집' 파편에서 눈을 뗄 수가 없었다.

🕯

붉은 석양빛이 저 멀리 바다를 귤색으로 빛냈다. 간만에 저녁밥을 든든히 먹고 쫓길 걱정도, 어디서 묵어야 할지에 대한 걱정도 없는 채로 이렇게 노을 진 바다까지 보고 있으니 수빈은 어딘지 호사스럽게 느껴졌다. 벤치 끝에 걸터앉아 다리를 까딱이던 수빈은 반대쪽 끝에 걸터앉아 있는 영철을 흘끔 바라봤다. 멀쩡하다. 진짜 멀쩡해. 봐도 봐도 꿈인지 생신지 모르겠다. 긴 머리 흩날리며 아무 말도 없는 영철을 보고 있자니 한없이 어색해졌다.

"머리는 왜 기른 거야. 더티 섹시, 그런 거냐."

"어? 아, 그냥 안 자르고 두다 보니까······."

2년 만에 봐도, 죽다 살았어도, 여전히 어벙하다. 영철은 머리를 만지작대며 우물쭈물 말하다가 대단한 용기라도 낸 듯 입을 열었다.

"바다 좋다."

"난 어제랑 오늘 원 없이 봤다."

"너랑 제주도 놀러 왔을 때 이후로 처음 봤어, 바다."

"나도거든."

"근데······ 나 여기 있는 거 어떻게 알고 왔어?"

영철은 먼 바다를 보며 물었다. 참 난감한 질문을 아무렇지도 않게 하는구나. 수빈은 마땅한 대답을 생각하다가 이내 그냥 관

두자 싶어졌다.

"커플 어플."

영철은 눈에 띄게 당황하더니 한껏 의아한 표정으로 수빈을 바라봤다.

"너 그거 안 지웠어?"

뜨끔했다. 사실 수빈 스스로도 의아했다. 처음 로또 당첨 소식을 접했을 때보다, 헤어진 지 2년이나 지났는데 이걸 아직도 안 지운 놈과 안 지운 년이 더 어처구니가 없게 느껴졌다.

"내가 헤어졌다고 카톡 프사 바꾸고, 사진 정리하고, 어플 지우고 그런 사람으로 보이냐. 사는 것만으로도 정신없어 죽겠는데. 그러는 넌 왜 안 지웠어?"

"말했는데……. 그냥 나는 기다리겠다고……."

"언제. 뭘."

"니가 이제 잘 모르겠다고, 헤어지자고 했을 때…… 내가 확실해질 때까지 기다린다고 말했잖아."

수빈은 그제야 마지막 헤어지던 순간이 또렷이 기억났다. 그렇게 말한 게 너였구나. 그렇다고 2년 동안 아무 말도 없이 기다렸다고. 뭘 기다려, 대체. 꿍해 있는 영철을 보자니 갑자기 가슴속이 알 수 없는 감정으로 답답해졌다.

"그래서…… 왜 찾아왔는데?"

영철은 정말로 용기를 내어 물은 것 같았다. 그 용기가 수빈의 머릿속을 복잡하게 했다. 로또 1등 맞았으니 돈 좀 빌려달라고 하려고 했다. 별 뜻 없이 그게 진짜였다. 그러나 대답을 기다리는 영철의 눈빛에서 진심이 보였기에, 수빈은 선뜻 대답이 나오지 않았다.

그때 대뜸 카톡 알림이 울렸다. 화들짝 놀라 핸드폰을 꺼내 보는 영철의 표정이 시시각각으로 울적해졌다. 수빈은 화면을 곁눈질했다. 읽지 않은 카톡이 이미 여러 개였지만, 하나같이 읽을 가치가 없는 것들이었다. 로또 1등 당첨이 된 직후에 뜬금없이 잘 지내냐고 안부를 물어오는 연락들. 안 봐도 비디오다. 영철의 어벙한 얼굴을 보자니 속만 터졌다.

"너 그 인간들 또 도와줄 거야?"

"어? 아, 아니……. 이제 사기 안 당할 거야."

못 미덥다. 못 미더워. 수빈은 영철이 로또를 만지작거리는 모습을 보자 물가에 내놓은 애마냥 위태롭게 느껴졌다.

조금 전 식사를 마친 영철은 저 로또를 수사들에게 도로 헌금하겠다고 폭탄선언을 했다. 그러자 수사들은 정중히 거절하겠다며 핵폭탄선언을 했다. 60억을 알고도 헌금하겠다는 놈이나, 그 난리를 피워놓고 이제 와 사양하는 양반들이나 수빈으로서는 어처구니가 없었다. 그러나 지금 이렇게 영철을 바로 보고 있자니, 그건 수빈에게 또 다른 기회임이 분명했다. 수빈은 나지막이 영철을 불러 돌아본 그의 눈을 빤히 바라보며 말했다.

"왜 찾아왔냐고 했지. 너 그거 또 사기당할까 봐 왔어. 그 전에 내가 먼저 사기 치려고. 괜찮아?"

"아아…… 응. 괜찮아."

영철은 어벙하게 웃었다. 수빈은 그 웃음이 하도 어이가 없어서 빵 터지고 말았다. 영철은 영문도 모르면서 따라 웃었다. 어벙함의 전염력은 엄청났다. 2년의 공백을 지나, 서로가 이 지경을 겪고도 같이 웃을 수 있을 만큼.

어쩌면 말이야, 다시 시작할 수도 있는 걸까, 우리. 난데없이 그런 생각이 드는 년이나, 그런 생각을 들게 하는 놈이나 쌍으로 어처구니가 없어 수빈은 자꾸 웃음만 나왔다. 생각해 보니 참 오랜만에 제대로 웃는 것 같았다.

프란체스코는 말끔하게 정리한 식당에 홀로 서 있었다. 창가로 불그스름한 석양빛이 들이쳤다. 그 밖으로 벤치에 앉아 서로를 향해 정답게 웃는 영철과 수빈의 모습이 보였다. 젊은 연인의 감격적인 해후를 보고 있자니 저도 모르게 아련해지는 것 같았다.

해후란 그런 것이지. 프란체스코는 식탁에 앉았다. 그리고 아까 영철이 건넸던 '주님의 집' 파편을 꺼내어 바라봤다. 더욱이 그 해후가 주님의 섭리 가운데 일어난 일이라면…… 그때의 아련함이란 말로 이룰 수 없는 것이다. 그것이야말로 '기적'일 테니까.

프란체스코는 그때에 대해 꼭 이렇게 기억했다. 2002년 월드컵으로 붉게 달아올랐던 세상이 아직까지 남아 있는 그 열기로 추운 겨울을 이겨내던 때, 성탄절을 얼마 앞두고 도미니코 수사님과 수도회 재단의 보육원으로 봉사를 다니던 때, 흩날리는 눈발을 맞으며 〈주님의 집〉이라는 명패를 지나 꽃송이 같은 꼬마들을 맞이했던 때, 보따리 가득히 사 들고 간 단팥빵을 하나씩 입에 문 꼬마들 사이로 홀로 떨어져 있는 아이가 있었다. 지금 에덴의 식당에 부스러기로 남아버린, 그 괘종시계 앞에 서 있던 아이. 프란체스코는 다가가 물었다. 너는 왜 빵을 먹지 않니. 그리고 우물쭈물하던 아이가 대답하기도 전에 그 이유를 알 수 있었다. 다른 녀석들이 아이의 빵까지 빼앗아 먹고 있었다.

"많이 먹고 싶은 친구한테 양보를 했구나."

아이는 끄덕였다. 울고 싶으면 울어도 이상하지 않을 나이에 울음을 참는 아이의 끄덕임이 마음 아팠다. 아이를 근처 구멍가게로 몰래 데려가 빵을 한 아름 안겨주고 나서야 마음이 좋아졌다.

"아저씨, 복권이 뭐예요?"

가게를 나와 길을 걸으며 아이가 물었다. '복권 판매점'이라고 적힌 간판을 보면서.

"착한 사람한테 하느님이 상 주시는 거야."

"아저씨도 착한데. 나 빵 사 줬잖아요."

"아저씨는 저런 거 안 사. 왜? 사고 싶니?"

끄덕이던 아이를 그날따라 왜 그냥 지나치지 못했을까. 그렇게 아이를 데리고 들어간 복권 판매점에는 무엇이 무엇인지도 모를 만큼 많은 복권들이 있었다. 그랬기에 프란체스코는 아이가 고를 수 있도록 놔두었다. 아이는 기대에 찬 모습으로 한참을 고민했다. 그러더니 'Lotto'라는 이름의 복권을 골랐다. 주머니 속의 꾸깃꾸깃 남은 1,000원으로 딱 한 장을 살 수 있던 복권. 그 주에 처음으로 개시됐다는 복권이었다.

"네가 숫자를 골라보렴."

아이는 1, 3, 5, 7, 9를 골랐다. 독특한 숫자여서 이유를 물으니 이렇게 답했다.

"시계 숫자에요."

그래서 시계를 그렇게 보고 있었구나. 그게 네 유일한 친구였구나. 그러나 아이는 마지막 숫자 하나를 더 고르지 못하고 머뭇댔다. 프란체스코가 다시 이유를 물으니 이렇게 답했다.

"10까지밖에 몰라요."

그래서 프란체스코는 아이의 숫자 배열을 해치지 않는 선에서, 아이가 아는 숫자를 넘어서는 11을 마지막으로 적어주고는 그것을 아이에게 주었다. 아이는 신이 나 웃었고, 가게 주인은 흐뭇해하며 농담을 건넸다.

"되면 어쩌려고 그러세요~."

"그럼 하느님의 뜻이시겠지요."

프란체스코는 아이를 쓰다듬으며 그렇게 대답했다. 아이는 그 말이 뭐가 그리 좋았는지, 〈주님의 집〉이라고 적힌 명패를 지나 집으로 돌아가는 내내 "하느님의 뜻이시겠지요~" 하며 따라 했다. 아이야, 너는 그렇게 착하고 순수한 주님의 아들이었는데 너를 까마득히 잊고 있었구나.

프란체스코는 다시 창밖으로 시선을 돌려 기분 좋게 앉아 있는 영철을 바라봤다. 형제여, 주님이 자네를 이곳에 보내신 이유가 대체 무엇이셨을까.

날이 밝자마자 떠날 채비를 마친 영철과 수빈은 안뜰을 서성였다. 차라리 호우 경보가 나왔나 싶을 만큼 또다시 뜨거운 아침 햇볕이 내리쬐었다. 영철은 처음 에덴에 왔던 복장 그대로, 짝퉁 Gore-tax 가방까지 메고는 수빈과 티격태격하며 웃고 있었다. 다른 것이 있다면 그의 손에 1등짜리 로또가 들려 있다는 것 정도였다.

요셉은 성당의 열린 현관 너머로 그 모습을 바라보고 있었다. 과연 사람의 머리로는 감히 짐작조차 할 수 없는, 주님의 신묘하신 섭리가 놀라워 입을 다물 수가 없었다.

프란체스코는 형제, 자매와 이별하기 전에 수사들을 급히 이곳에 불러 모았다. 그리고 수십 년 전 어린 영철과의 인연에 대해 모두에게 소상히 전했다. 모두가 요셉처럼 입을 다물질 못했다. 프란체스코는 수사들에게 정중히 의견을 물었다.

"영철 형제에게 권유해 보면 어떻겠나. 우리와 함께…… 주님의 가족이 되자고 말이네."

"그럼 로또는 어떻게 되는 걸까요?"

라자로가 심각한 얼굴로 물었다. 다들 잡아먹을 것처럼 라자로를 쏘아보자 그가 장난스럽게 웃었다.

"당연히 찬성입니다. 영철 형제에게 평생 속죄하며 살라는 주님의 뜻이신가 보군요!"

"그럼요! 형제는 꿈속에서 주님의 부르심까지 받았습니다! 저희에게 선택의 여지는 없습니다!"

베드로도 신이 나 외쳤다.

"벌어진 모든 일들이. 주님의 설계가 아니고서야. 아무것도 설명이 안 됩니다."

안토니오도 굳게 고개를 끄덕였다.

"무엇보다 저대로 형제가 돌아가면 또 다른 사기꾼들이 들러붙을까 봐, 또 스스로 그런…… 극단적인 생각을 하실까 봐 걱정됐는데 정말 잘됐어요!"

요셉도 강한 동의를 표했다. 프란체스코는 그제야 환히 웃으면서도 겸연쩍어했다.

"고맙네. 모든 것이 여호와 이레임은 틀림없어. 하지만 말 그대로 권유일 뿐일세. 선택은 형제의 몫이겠지."

요셉은 과연 그 말도 맞는다고 생각했다. 영철에게는 이제 어마어마한 돈이 있다. 성격은 좀 쉽지 않지만 저리도 아름답고 당찬 자매까지 함께한다. 가뜩이나 지금의 세상 사람들에게 대뜸 수사가 되겠느냐 묻는 것은 얼토당토않은 권유일 것이다. 그것도 이곳에서 죽음의 문턱을 오갔던 영철에게는 더욱이 그럴 것이다.

수사들은 조마조마한 마음으로 함께 현관을 나섰다. 프란체스코가 영철과 수빈에게로 다가갔다. 요셉은 다른 수사들과 함께 한 발자국 떨어져 바라봤다. 프란체스코의 권유에 영철은 한동안 말이 없었다. 역시인가. 그렇게 생각할 때였다. 머리를 긁적이던 영철이 의아해하며 입을 열었다.

"저 같은 사람도…… 수사가 될 수 있나요?"

"수사가 되면 앞으로는 매주 로또를 살 수 없는데, 괜찮으시겠습니까?"

프란체스코가 조심스럽게 물었다. 영철은 수사들을 하나하나 돌아봤다. 그리고는 대답 대신 갑자기 흐느껴 울기 시작했다. 영철은 흐르는 눈물을 훔쳐가며 쉬지 않고 끄덕거렸다. 프란체스코는 그를 와락 끌어안았다. 요셉도, 베드로도, 라자로도, 안토니오도, 그제야 모두가 달려가 영철을 안았다. 요셉은 그제야 깨달았다. 60억 따위와 비교도 되지 않을 만큼 값진 열매가 에덴에 열렸다는 것을.

"어? 수빈아!"

훌쩍이던 영철이 갑자기 안뜰을 향해 외쳤다. 수빈은 자리라도 비켜주듯 이미 저만치 안뜰을 걷고 있었다. 영철은 잠시 안절부절못하더니 그런 수빈에게로 달려갔다.

"야! 오수빈! 잠깐만!"

역시 이상한 놈이다. 서로 갈 길 정해진 마당에 잠깐은 뭔 놈의 잠깐. 수빈은 영철의 부름을 뒤로하고 서둘러 발걸음을 옮겼다. 그런데 그 이상한 놈은 그보다 더 서둘러 달려왔다. 노량진역 앞에서 처음 만났던 그때처럼. 수빈은 문득 그런 생각이 스치자 발길을 멈추고 뒤를 돌아봤다.

"그냥 가면 어떡해! 저기…… 이거!"

헐레벌떡 뛰어온 영철이 대뜸 건넨 것은…… 꼬깃꼬깃한 로또였다.

"너한테 사기당하는 거야. 헤헤."

그때나 지금이나 너는 어쩜 이렇게 한결같냐. 바뀐 게 있다면 그때는 5만 원이고 지금은 60억이라는 것뿐이네. 수빈은 어이가 없어서 웃음만 나오는 채로 영철이 손에 쥔 로또를 바라봤다. 간절히 바라던 것이었다. 어쩌면 생각지도 않은 최선의 결말일지도 몰랐다.

"하나만 묻자. 내가 이거 안 받으면 당첨금은 어쩔 건데?"

"어?! 글쎄…… 헌금하려고 했던 거니까…… 수사님들이랑 상의해 봐야 하지 않을까……."

어벙하다. 어벙해. 어벙함의 전염력은 역시나 엄청났다. 이 어벙한 놈이 적어도 그때처럼 또 홀로 쇼핑백에 번개탄 들고 다닐 일은 없겠다는 확신이, 나름 남는 장사처럼 느껴질 만큼.

"그럼 그걸로 술이나 한잔 사, 나중에."

영철은 잠시 걱정스런 눈빛을 보내다가 이내 웃으며 고개를 끄덕였다. 저만치 모여 있는 수사들은 성호를 그으며 작별 인사를 건네는 것 같았다. 갑자기 수사를 권유하는 양반들이나, 그걸 또 덥석 하겠다는 놈이나……. 어휴, 싫다 싫어.

만나서 뭣 같았고 다시는 보지 맙시다. 수빈은 그런 의미를 담아 환한 미소와 함께 허공에 가운뎃손가락을 한 번 날려주고는 휙 발길을 돌렸다.

"주여! 저 자매가 끝까지 진짜!"

"원장 수사님! 다시 모시고 올까요?!"

"두십시오. 제발. 그냥 가시도록."

라자로와 베드로는 씩씩댔고, 안토니오가 그런 그들을 말렸다.

프란체스코는 그러거나 말거나 껄껄대며 웃었다. 하지만 요셉은…… 수빈의 저 가운뎃손가락에 또 방정맞게 심장이 뛰었다.

하여튼 진짜 못 말리는 자매님이야. 요셉은 안뜰을 유유히 빠져나가는 그녀의 뒷모습을 멀거니 바라봤다. 기타 케이스를 손에 쥔 그녀의 날갯죽지에 EVA라는 타투가 햇빛을 받아 빛나는 것 같았다. 정말이지 밉지만…… 미워할 수 없는 뮤즈였다.

20. 에필로그

"창원 가는 버스, 1시 거 하나 주세요."

인천 터미널은 올 때마다 사람이 미어터졌다. 매표소에서 표를 끊은 수빈은 인파 사이를 헤치고, 저만치 그나마 한적해 보이는 편의점에 들어갔다. 수빈은 컵라면 하나를 집고 카운터로 향하다가 멈칫, 매대 위에 진열된 참치 캔 하나를 심드렁히 바라봤다.

수빈은 편의점 입식 테이블에 선 채 컵라면을 휘휘 저으며…… 우적우적 참치를 씹었다. 호사다 호사야. 컵라면 먹으면서 이 비싼 참치캔을 다 까보네. 그런 생각이 들자 여전히 이따위 걸 호사스럽게 여기고 있는 스스로에게 소름이 끼쳐, 수빈은 다 익지도 않은 컵라면에 후루룩 코부터 박았다.

하기야 한 푼이라고 아끼려고 아등바등 산 게 몇 년인데 오죽하겠나. 그랬던 자신이 덥석 참치 캔을 집을 수 있게 된 것은 수빈으로선 꽤나 어처구니없는 일이었다. 생각해 보면 에덴에 다녀온 지 보름이라는 시간 동안, 별의별 어처구니없는 일밖에 없기도 했다. 흠. 수빈은 입 안 가득 컵라면을 밀어 넣다 문득 참치 캔을 노려봤다. 그러고 보니…… 시작은 참치였다.

에덴에서 돌아와 짐 같지도 않은 짐을 풀기가 무섭게, 느닷없이 '참치들'에게서 연락이 왔었다. 기억하기로 러시아 월드컵이 한창일 때 거리에서 대판하고 밴드를 나왔으니까 장장 8년 만의 연락인 셈이지, 아마.

여차저차 그 옛날 아지트나 다름없던 어느 시장 노포에서 녀석들을 다시 만나게 되었다. 녀석들은 사람 불러놓고 스지탕이 다 쫄아 바닥을 드러낼 때까지 술만 마셔댔다. 그러다가 혀가 꼬부라질 즈음이 돼서야 입을 연다는 게, 그냥 똥 묻은 손으로 니가 빼큐 날리는 '기사'를 보니 뜬금없이 옛날 생각이 났다며 횡설수설하더니…… 새로 시킨 스지탕이 나올 때쯤엔, 사실 기사가 아니라 '기타'를 보고 옛날 생각이 났다며 말장난을 했다. 하필 기사 속 자신이 빌어먹을 기타를 진짜로 메고 있었단 건, 수빈도 그때야 안 사실이었다.

이후로 참치들은 수빈이 음악을 그만둔 줄 알았다면서 돌연 푸념을 늘어놨다. 수빈은 난데없는 잔소리가 하도 어처구니가 없었기에, 그날 코가 비뚤어질 만큼 음악 얘기로 취하도록 만들어 줘 버렸다. 술자리와 음악 얘기의 조합이란 그야말로 엄청난 것이었다. 서로 8년이나 묵혀온 오해라면 오해랄 것들이, 단 몇 시간 만에 풀려버릴 정도로 말이다. 그러다가 재수도 없게 옆 테이블에서…… 병신 머저리 듀오를 딱 마주치게 된 것이다.

그런데 그게 또 어처구니없는 일이었다. 수빈이 냅다 튀어버리려던 찰나, 놈들은 면상이 파랗게 질려서는 먼저 꽁무니를 빼버렸다. 옆에서 꽐라가 된 참치들은 꿈이라도 꾼 것 마냥 무슨 상황이냐 닦달을 했다.

"그런 개자식들을 살려두는 건 로큰롤이 아니지이~!"

돌연 발광을 하며 계산도 안 하고, 그놈들을 죽일 듯 쫓아갈 줄 알았다면…… 절대로 자초지종 따위 말해주지 않았을 것이다. 그렇게 술 스피릿 충만한 채로 얼떨결에 다시 뭉쳐버린 에바와 참치들은, 그렇게 얼떨결에 그 자식들 사무실까지 쳐들어가 버렸다.

그러나 나오라는 병신 머저리는 코빼기도 안 비치고, 웬 도토리묵 같은 떵어리가 툭 튀어나왔다. 도토리묵은 한껏 무게를 잡더니 '놈들이 오수빈 일에서 제발 손 떼게 해달라고 사정사정했다'라는 어처구니없는 소식을 전해왔다. 하지만 그보다 더 어처구니없는 건 '그리고 그 오수빈의 빚을 어떤 장발의 음침한 남자가 전부 갚고 갔다'라는 소식이었다.

창원행 고속버스에 오른 수빈은 텅 빈 좌석들 중 맨 뒷자리 구석에 털썩 앉았다. 그리고 어쩌면 지금 이 순간이 제일 어처구니없는 일일지도 모른다. 몇 년 만인지 기억도 나지 않을 만큼 오랜만에…… 집으로 향하는 길이기 때문이다.

당장의 경제난도 해결됐겠다, 드디어 발 뻗고 눕겠구나 싶었다. 그런데 빌어먹을 옥탑방에 혼자 덩그러니 누워 있자니, 갑자기 엄마 아빠랑 삼겹살이나 구워 먹고 싶다는 어처구니없는 생각이 들어버린 것이다.

여하튼. 그래서 간다. 냄새만 맡아도 아나필락시스가 올 것 같은 한약방으로. 언제 버려도 관심 없다던 기타를 여전히 등에 메고. 영철이가 싼 걸 미카엘이 또 싼 희대의 프러포즈 똥 반지를 손가락에 낀 채 말이다. 염병할 나도 정상이 아닌 거지 이제. 수빈은 좌석에 반쯤 드러누워 하릴없이 핸드폰을 바라봤다. 그렇게 포털 사이트의 기사를 의미 없이 내려보던 그때였다.

〈'로또 1등 당첨금 전액 기부' 제주특별자치도 에덴 수도원, 대통령 표창〉

이런 미친. 수빈은 등받이에 전기라도 흐르는 듯이 벌떡 자세를 고쳐 앉았다. 그래, 고맙다. 번데기 앞에서 주름잡았지 내가. 역시나 이것들에 비하면 자신은 한참 정상처럼 느껴졌다.

〈지난 7월 전국 40여 곳의 사회 복지 단체에 평균 1억 원씩, 누적 4,053,000,330원을 기부한 에덴 수도원이 사회적 공헌을 인정받아 사랑 나눔 기념식에서 대통령 표창을 받았다. 그중 유독 2억을 기부한 한 익명의 단체에 대해 에덴 수도원 측은 '음지에서 고통받는 영혼 구원에 힘쓴 것'이라며 뜻을 밝혔다.〉

야 씨. 이거 나잖아. 음지니 고통이니 아주 저주를 해라 저주를. 수빈은 실소하며 스크롤을 내려갔다.

기사의 댓글 창은 꽤나 뜨거웠다. 뜨거움의 절반은 사실과 무관한 비난이었고, 나머지 절반은 그 비난을 향한 비난이었다. 그날 로또와 관련해 있었던 일들을 두고, 에덴에 대해 나뉜 두 가지의 여론은 극명했다. 좋아요 놈들과 싫어요 놈들.

하여간 남 얘기에 불붙여서 신나게 태워 먹고 버리기 좋아하는 건 시대 불문, 만국 공통이다. 그런 세상에서 에덴이 어떻게 기억될지는 모른다. 그 사람들의 생각이 모인 게 사실이 될 테니까. 그러나 어느 미친놈 말마따나 중요한 건…… 내가 보고 겪은 진실이겠지. 수빈은 선심 쓰듯 '좋아요'를 눌러주곤 창밖으로 휙 시선을 던졌다.

미친놈. 죽다 살아나더니 갑자기 수사가 되겠다고 할 때 알아봤다. 영철이 놈은 헤까닥 한 게 분명했다. 기껏 상의한다는 게 전액 기부라니 어벙한 놈. 쯧. 그래도 이왕 이렇게 된 거 이제 에덴 이름으로 2억 찰 때까지 적금 붓는 수밖에는 없어 보였다.

다 쓰러져 가는 한약방엔 역시나 아무도 없었다. 마을을 들어서는 내내 귀가 따갑도록 수빈을 반겨주는 건 "오수빈이 미스코리아 나가도 되겠네!" 내지는 "오수빈이 뭐 하노 시집 안 가고!"라고 말해대는 동네 어르신들뿐이었다.

그럼 그렇지 하며 수빈이 혼자 기름 판에 삼겹살을 굽고 있을 무렵, 간드러진 색소폰 소리와 함께 엄마가 등장했다. 방랑 가객 자유 영혼 엄마는 한약사 자격증은 취미로 딴 사람처럼 여전히 색소폰을 불며, 이 동네 저 동네 쏘다니는 것 같았다.

"아빠는?"

"자식새끼고 남편 새끼고~ 집 나가면 돌아오질 않는~ 내에~ 팔자야아~"

그건 엄마도 마찬가지잖아. 수빈은 볼이 터져라 쌈을 싸 먹으면서도, 리드미컬한 신세 한탄을 쉬지 않는 엄마를 어처구니없이 바라봤다. 그래도, 저렇게 건강해 보이는 건 다행이다.

"언제 나갔는데 또."

"낸들 아나! 한 일주일 됐나~ 또 그 심마니 영감탱이들이랑 어디 산자락 몰려가서 땅 파고 다니지 않겠나!"

"심마니 영감탱이 등장! 오우! 딸랑구 왔나!"

엄마가 아빠 욕에 시동을 걸려던 찰나, 아빠도 귀신같이 등장했다. 금광, 산삼, 석유, 돈 되는 거라면 사시사철 캐러 다니는 한탕주의 아빠 역시 여전히 전국 방방곡곡을 쏘다니는 것 같았다. 어찌 됐든 세 식구가 간만에 오붓한 식사를 이어가나 싶었다.

오늘처럼 기쁜 날 보양이 빠져서야 되겠냐며 자기 상체만 한 인삼주를 배시시 들고 온 아빠는 혼자 실컷 보양을 하더니, 거짓말처럼 딸기코가 되어서는, 이제 가무가 필요한 시점이라며 수빈이 가져온 기타 케이스를 열어젖혔다. 그리고 그 안에서 편지 한 통이 떨어졌다. 수빈은 영문도 몰랐다. 대체 언제 넣어 놨는지도 모를…… 요셉의 짧은 러브레터였다.

'안녕은 영원한 헤어짐은 아니겠지요. 자매님이 이걸 보실 때 에덴을 떠올리실 것 같았어요. 그리고 에덴을 떠올리실 때 어쩌면…… 저도 한 번쯤은 떠올리실 수 있겠지요. From. 요셉.'

요셉이 편지 봉투 안에 고이 넣어둔 '이것'은 다름 아닌 에덴의 말린 버섯이었다. 야, 이 새끼야, 영철이 이거 먹고 죽다 살았다면서 이걸 날 주냐. 심지어 버섯에 'EVA'라고 각인까지 해 뒀다, 미친놈. 수빈은 여러모로 소름이 끼쳐 버섯을 쓰레기통에 버리려 일어났다. 그때였다.

"니…… 그거 어디서 났나?"

심마니 인생 30년 아빠가 아끼던 인삼주를 줄줄 흘리며 물었다. 아빠는 덜덜 떨리는 손으로 버섯을 집어 들고는 벌떡 일어나 괴성을 질렀다.

"시, 시시시, 심봤다!!!"

"잘못 본 거 같은데."

"임마, 이게 송로다 송로! 영어로 뜨뢔플! 우리나라서 잘 안 나기로 유명한 종이다이가! 니 유럽이라도 갔다 왔나 어?! 이게 킬로당 못 가도 1000만 원이다! 1000만 원!!!"

엄마는 또 허튼소리로 바람 잡는다며 아빠의 등에 싸대기를 후려갈겼다. 그러나 수빈 역시 마시던 소주를 줄줄 흘릴 수밖에 없었다.

댕— 댕— 댕— 그르르댕댕—!

요셉은 도대체 에덴에서 들어본 적도 없는 종소리에 화들짝 놀라 복도를 달렸다. 다행히 별일은 아니었다. 성당 옆의 종탑 아래, 사다리를 붙든 베드로가 위를 향해 소리치고 있었다.

"아휴, 라자로!!! 그걸 이렇게!!! 이렇게 묶으시라니까요!!!"

"아 참, 정말!!! 제가 키가 작잖습니까!!! 안 닿는다고요!!!"

종 위쪽에선 라자로의 목소리가 우렁우렁 퍼졌다. 벌써 며칠째, 둘은 떨어진 종의 보수 작업을 하며 낑낑대고 있었다. 좀체 결과가 미진해서 그런지…… 베드로와 라자로는 저렇게 곧잘 티격태격했다. 요셉은 혹시나 또 서로 의가 상하시는 건 아닐까 걱정도 했다. 엊그제까지는 말이다.

엊그제 누이의 전화를 받은 라자로는 울며불며 사무실을 박차고 나왔다. 감정이 몹시 북받쳤는지 훌쩍이는 통에 정확히 알아듣진 못했지만, 조카가 피아노 콩쿠르에서 최연소 우승을 한 것도 모자라, 멜로디언으로 연습을 했다는 수상 소감이 일파만파 퍼져 아주 인기 스타가 되었다는 것 같았다. 여기저기 재단에서 지원이 들어오는 덕에, 어린 조카가 무너지던 집안의 대들보가 되었다며 라자로는 눈물로 주님을 찬미했다. 그리고 그런 라자로를 얼싸안고 베드로는 당사자보다 더 크게 울음을 터트렸다. 둘은 꼭 한 형제 같다고, 요셉은 생각했다.
　"요셉. 나와서 바람 좀 쐬게. 날이 참 좋아."
　현관 밖에 선 프란체스코가 빼꼼 요셉을 보고는 손짓했다. 요셉은 현관으로 나가 프란체스코의 옆에 서서 안뜰을 바라봤다. 우물가에 죽 줄을 선 사람들이 요셉을 보자 밝게 성호를 그어 인사했다. 요셉도 그런 그들을 향해 환히 성호를 그었다.
　오늘은 더 많이들 오셨네. 요 며칠 하루가 다르게 에덴을 찾는 사람들이 늘어나는 것 같았다. 손에 통을 하나씩 든 형제, 자매들은 긴 줄을 기다리면서도 하나같이 희망으로 화해진 낯빛이었다. 요셉은 옆에 선 프란체스코를 힐끔 바라봤다. 프란체스코는 시간이 날 때마다 이곳에 나오면서도, 그때마다 이렇게 행복한 미소를 머금고 있었다. 요셉 역시도 전해만 듣던 이 광경을 볼 때면, 깨기 싫은 꿈처럼 심장이 몽글몽글해지는 것 같았다. 그때였다.
　"저거 우물, 조만간 수도꼭지 검사할 겁니다. 사람들 장티푸스 걸리면 어떻게 책임지시려고."

깜짝이야. 또 오셨네. 어디선가 나타난 범준은 우물물을 몇 모금 마시며 다가와 요셉에게 턱 하니 바가지를 건넸다. 프란체스코가 고개를 끄덕이며 성호를 그어 보이자 범준은 자신의 말에 올라 휙 가버렸다. 프란체스코는 그 모습을 보며 웃음이 삐져나오는 걸 참는 것 같았다.

범준과 프란체스코 사이에 무슨 일이 있었는지 요셉은 알 길이 없었다. 그러나 에덴이라면 독을 품던 이 주사가 한순간에 저 정도로 유해질 수 있는 것은, 주님의 뜻이 분명함은 확실했다. 아무쪼록 이 주사도 근래 말 농장 절벽가의 펜스 공사 때문인지 자주 우물물을 마시러 오는 것 같았다.

요셉은 멀어지는 범준의 뒷모습을 바라보다 퍼뜩, 저만치 별관 부지에서 혼자 진땀을 빼는 안토니오를 발견하고 달려갔다.

"수사님! 제가 뭐 도와드릴까요?"

안토니오는 괜찮다는 듯 웃으며 요셉의 어깨를 톡톡 두드렸다. 별관 신축을 위해 며칠간 설계 도면 작업에 열을 올리시더니, 이제는 대체 어디서 공수해 오는 것인지…… 날이 갈수록 원목 자재들이 잔뜩 쌓여갔다. 천재 건축가의 사고란 요셉으로선 쉽게 이해하기 힘든 것이었다.

그러나 안토니오는 얼마 전 다 함께 식사를 하다가 문득, 죽은 줄로만 알았던 영철이 살아난 것을 두고 '인생에서 듣도 보도 못한 변수'라고 하며, 그것은 함락된 것조차 다시 세우시는 '인생에서 듣도 보도 못한 주님의 역사(役事)'라고 했다.

요셉은 그 말 역시도 다는 알아듣지 못했다. 허나 한 가지 만은 알 수 있었다. 안토니오가 그 고백을 한 후로부터 변수라는 말 대신, 주님의 역사라는 말을 사용한다는 것이었다.

"주여, 이건 어떤 역사신지요."

마침 안토니오가 옆에서 맹한 얼굴로 헥헥거리는 미카엘을 향해 나지막이 말했다. 그러고 보니 이제 건축 일을 하면서도, 다시 침묵을 서원하지 않으시는구나. 그 또한 참 좋으신 주님의 역사이신 것 같아 웃음을 흘리던 요셉은 이내…… 안토니오의 다리에 매달려 교미를 시도하는 미카엘을 떼어내기 위해 안간힘을 써야만 했다.

"다녀왔습니다!"

그때 저만치 정문 너머, 제 몸보다도 훨씬 커다란 수레를 힘겹게 끌고 오는 누군가의 실루엣이 보였다. 작열하는 태양의 후광을 받으며 다가오는…… 영철이었다. 하나둘 안뜰로 나온 수사들이 영철을 도와 함께 수레를 끌었다. 수레가 본관 앞까지 다다르자, 프란체스코는 시원한 우물물 한 바가지를 영철에게 건넸다.

"더운데 고생 많았네, 에제키엘."

에제키엘. 주님께서 영철 형제에게 주신 새 이름이었다. 새로이 태어난 영철과, 그 이름만큼이나 깔끔하게 머리를 자른 형제의 모습은 볼수록 환해 보였다. 영철은 감사히 우물물을 마시고는 땀을 훔쳤다.

"헤헤. 아니에요. 말 농장집 사장님은 조금 뒤에나 오신대요."

"그럼 우리가 먼저 실어볼까."

"아멘!"

프란체스코가 소매를 걷자 모두가 아멘으로 화답했다. 수사들은 일사불란하게 본관 앞쪽에 쌓아둔 마대 자루로 향했다. 입구가 오므려지지 않을 정도로 가득 채운 100킬로그램짜리 자루가 열 개니까…… 주여. 저것만 해도 1톤이란 거군요. 요셉은 봉우리처럼 쌓인 자루 더미를 볼 때마다 에덴에 '버섯'이 이렇게나 많았단 게 놀라울 따름이었다.

영철이 에덴의 식구가 된 이상 저 버섯들을 계속해서 식재료로 사용하기에는 무리가 있다는 게 모두의 결론이었다. 아무리 수사들에게는 그간 이상이 없었다 한들, 기상천외한 효험을 목도하고 나니 조금은 불안한 것도 사실이었다.

그래서 수사들은 에덴에 있는 버섯들을 싹 긁어모아…… '비료'로 만들기로 했다. 비록 그간의 맛이 그립기는 할 것이다. 하지만 땅에서 온 소산을 다시금 땅으로 돌려보내면, 주님께서 어련히 또 새로운 소출을 주시리라! 이것이 에덴 수사들 모두의 믿음이었다. 오랜 세월 비료 공장에 다녔다던 말 농장집 주인 형제가 선뜻 도움을 준 것 또한, 그러한 주님의 뜻일 터였다.

"요셉. 자네는 너무 힘 빼지 말고…… 맡은 사명을 마저 감당하는 게 어떻겠나?"

그때 프란체스코가 낑낑대며 자루를 옮기는 요셉을 타일렀다. 함께 손발을 맞추던 다른 수사들도 그런 요셉을 향해 얼른 들어가라며 웃어 보였다. 요셉은 홀로 몸이 편한 것이 죄송스럽긴 했지만…… 하는 수 없어 보였다.

방으로 돌아온 요셉은 책상 앞에 앉았다. 에덴은 각자가 원래

맡았던 소임들에 특별한 사명들까지 더해져 바쁜 나날을 보내고 있다. 그중에서도 요셉에게 주어진 사명은 조금 더 특별한 것이었다.

요셉은 책꽂이에서 빨간 습작 노트를 꺼냈다. 더는 야설 노트라고 부를 수 없었다. 이 안에 담기고 있는 이야기는 이제 야설이 아니니까. 애지중지하던 《제1권》의 모든 야설들을 말끔히 지우고, 새로운 소설을 쓰고 있다.

우리가 주님 앞에 저지른 사흘간의 죄악에 관한 이야기를. 그리고 우리가 주님 앞에서 체험한 사흘간의 기적에 관한 이야기를 말이다.

저지른 죄악이 어떻게 기적과 연관될 수 있는지 요셉은 솔직히 아직도 의문이었다. 그러나 언젠가 도미니코 수사님이 우리 곁에 계셨을 때 해주셨던 말씀이, 조금은 힌트가 되는 것 같았다.

"요셉. 인생을 살면서 한 번도 아파본 적 없는 사람과 죽을병에 걸렸다가 기적처럼 나은 사람, 둘 중에서 어느 쪽이 더 주님의 축복일까?"

요셉은 수수께끼 같던 도미니코의 그 질문에 선뜻 답을 내리질 못했었다. 그러자 도미니코는 껄껄 웃으며 말했다.

"어느 쪽이든 오늘을 더 감사하고, 내일을 더 소중히 여기게 되는 쪽이 축복 아닐까?"

다시 생각해도 아리송한 말이었다. 허나 분명한 건 주님께서 우리에게 허락하신 사흘은, 에덴으로 하여금 오늘을 더 감사하게 만들고, 내일을 더 소중히 여기도록 만들었다는 것이다. 그러니 이것은 분명하신 주님의 축복이었다.

 요셉은 잠시 묵상을 하고 펜을 들었다. 수사들은 이 사명을 요셉에게 맡기며 말했다. 우리에게 일어난 기적처럼, 도무지 사람의 머리로는 이해할 수 없던 일들의 연속처럼, '1, 3, 5, 7, 9, 11' 이런 번호로 찍은 로또가 1등에 당첨되는 것처럼. 이 소설 역시도 주님께서 훗날 어느 누군가에게 축복처럼 발견시키실 수도 있지 않겠느냐고 말이다. 똑똑—. 그때 누가 요셉의 방문을 두드렸다.

 "수사님, 에제키엘입니다."

 빼꼼 방문을 연 영철은 땀을 뻘뻘 흘리면서도 즐거워 보였다. 요셉은 일어날 채비를 하며 말했다.

 "에제키엘 수사님. 역시 일손이 부족하시지요?"

 "아! 아닙니다. 그게…… 손님이 오셔서요. 수사님을 급하게 찾으시는데."

 손님, 누구지? 요셉이 갸우뚱하는 찰나였다.

 "잠깐만요!!! 아오, 저거 수레 지금 다 어디 가는데!!!"

 자신이 누구인지 고민조차 하지 말라는 듯, 복도에서 까랑까랑한 목소리가 울려 퍼졌다. 영철은 그쪽을 잠시 돌아보더니 요셉을 향해 해맑게 웃었다.

 "수빈 자매님이 오셨습니다."

 요셉은 짐짓 아무렇지 않은 척 고개를 끄덕이며 발길을 옮기는가 싶더니…… 헐레벌떡 다시 책상으로 돌아왔다. 왠지 또다시 자매에게 노트를 발각될 것만 같은 예감이 들어서였다. 그러다가 문득 깨달았다. 주여. 이제 아무런 상관이 없겠군요, 참. 요셉은

더 게스트

노트를 덮어 책상 한가운데에 보란 듯 정돈하며 웃었다.

더 게스트(The Guest). 볼수록 참 마음에 드는 제목이었다.

작가의 말

《더 게스트》는 '우연'에 관한 이야기입니다. 우연이란 단어를 사전에서 찾아보면 그 뜻은 이러합니다.

'아무런 인과관계가 없이 뜻하지 아니하게 일어난 일.'

실로 그렇습니다.
각기 다른 사연을 가진 다섯 명의 수사가 하필 에덴 수도원에 모여 살게 된 일.
스스로 생을 마감하려던 한 청년이 하필 에덴 수도원으로 오게 된 일.
같은 번호로 10년을 넘게 사 온 로또가 하필 에덴 수도원에 있을 때 1등에 당첨된 일.
그것을 헌금한 청년이 하필 그 직후에 에덴 수도원에서 죽음을 맞이한 일.

이렇듯 서로 간에 아무런 인과관계도 없고, 뜻하지도 않게 일어난 일들의 연속으로부터 이 이야기는 비롯됩니다. 참으로 희박한 우연의 일치입니다. 실제로 이런 일을 경험한다면, 혹시 필연은 아닐까 싶을 만큼 말입니다. 그래서 이번에는 '필연'이란 단어를 사전에서 찾아봤습니다.

'사물의 관련이나 일의 결과가 반드시 그렇게 될 수밖에 없음.'

재미있는 일이었습니다. 뜻하지 아니하게 일어난 일들이 거듭되면, 반드시 그렇게 될 수밖에 없는 일로 느껴진다는 것은 사뭇 놀랍기까지 했습니다. 우연의, 우연의, 우연. 도무지 합리적인 사고로는 불가해한 일들의 연속 안에서, 각자만의 필연성을 발견한 에덴의 수사들처럼 말입니다. 그런데 그것은 비단 수사들만의 이야기가 아니었습니다.

아무런 인과관계가 없이, 내 의지와는 무관하게 일어나는 일들이란 살면서 누구나 한 번쯤은 겪게 되는 일들입니다. 그것들은 대체로 유혹, 고난, 역경, 환란, 시련이라는 이름으로 찾아옵니다. 그것들은 내가 알 수도 없고, 해낼 수도 없는 모습으로 불청객처럼 다가옵니다. 그것들은 연속해서 들이닥치는 통에 나의 불행이 필연인 양 오해하게 하거나, 좌절이 예정된 양 착각하게 만들기도 합니다.

하지만 저는 응원하고 싶습니다.

볼품없이 흔들려도 쓰러지지 않으려 버티는 사람들.

숱한 실패에도 단 한 번의 바른 선택을 위해 포기하지 않는 사람들.

지금의 고난이 훗날을 위한 연단의 과정이라 믿는 사람들.

당장의 위기가 언젠가의 기회로 바뀌리라 인내하는 사람들.

그런 이들에게 '오늘을 더 감사하고, 내일을 더 소중히 여기게 되는' 기적 같은 축복이 반드시 임하시기를 말입니다. 우연의 연속과 서로가 필연이라 믿었던 것들의 충돌을 넘어…… 60억 따위와 비교도 되지 않을 만큼 값진 열매가 열린, 어느 수도원처럼 말입니다.

정정하겠습니다.

《더 게스트》는 우연에 관한 이야기가 아닙니다. 그렇다고 필연에 관한 이야기도 아닙니다. 이해할 수 없는 우연과 이해하고 싶은 필연 사이에서, 양심을 지키기 위해 선한 싸움을 펼치는 '사람'에 관한 이야기입니다.

첫 책이다 보니, 간략하게나마 제 소개도 필요할 것 같습니다. 저는 누군가의 세계를 오롯이 담아내야 하는 것에 거룩한 부담감을 가진 '이야기' 창작자입니다. 세상의 모든 이야기를 좋아하지만, 그중에서도 코미디 장르의 이야기를 참 좋아합니다. 그런 의미에서…… '코미디'라는 단어를 사전에서 또 찾아봤습니다.

'남의 웃음거리가 될 만한 일이나 사건.'

코미디의 두 번째 의미로 이러한 것이 있었습니다. 충격적이었습니다. 여기서 '웃음거리'란 남으로부터 비웃음과 놀림을 받을 만한 일, 또는 그런 사람을 일컫는다는 걸 알고 나선 2차 충격을 받았습니다. 저에게는 타인의 불행을 참 좋아하는…… 그런 악취미는 전혀 없었으니 말입니다.

그래서 생각해 봤습니다. 만약 누가 길을 걷다가 실수로 넘어져 죽었다면, 그건 결코 웃긴 일이 아닙니다. 그런데 그 누군가가 사실 민망해서 죽은 척을 하고 있었다면…… 웃깁니다. 그러나 그 누군가가 살았는지 죽었는지, 민망해서 저러는지 아파서 저러는지 알지 못한다면 그것 역시 그다지 웃긴 일이 아닙니다.

그제야 알았습니다. 코미디란 남의 웃음거리가 될 만한 일이나 사건에 대해 저 사람이 살았는지 죽었는지, 왜 저러는지, 왜 저래야만 했는지, 얼마나 난처할지, 그 난처함을 어떻게 극복할지에 대한 관심과 시선으로부터 비롯된다는 것을 말입니다. 저는 그런 관심과 시선을 참 좋아하는, 이야기 창작자입니다. 앞으로 또 다른 이야기로, 이런 따뜻한 시선을 여러분과 공유하게 되기를 소망합니다.

《더 게스트》가 나오기까지 큰 힘이 되어주신 저의 은사님이신 올댓스토리 김희재 대표님, 시작부터 완주까지 함께 달려주신

추태영 PD님, 여러 모양으로 도움 주신 올댓스토리 직원분들과, 저를 응원해 주신 모든 분께 깊은 감사를 드립니다. 그리고 언제나 기도로 지지해 주시는 사랑하는 부모님, 감사합니다.

추신
- 작품에 등장하는 인물, 장소, 단체들은 실제가 아닙니다.
- 인용된 말씀 구절들은 작품의 분위기와 현실적 여건을 고려하여 '공동번역 성서'를 사용했습니다.
- 저는 개신교인입니다. 그래서 가톨릭 수도원 소재의 이야기를 다룸에 있어 여러 조사와 자문을 바탕으로 창작했지만, 표현에 다소 흡한 점이 있었다면 양해 부탁드립니다.

김찬영
Soli Deo Gloria

더 게스트

ISBN	979-11-88660-58-2 (03810)
1판 1쇄	2023년 4월 10일
지은이	김찬영
발행인	김희재
책임편집	추태영
마케팅	김근형 강성삼
표지디자인	이경란
내지디자인	박초아
교정교열	김세나
펴낸곳	(주)올댓스토리
출판등록	2009년 11월 23일 제2009-000151호
주소	서울특별시 마포구 성지3길 67 4층
전화	02-564-6922
전자우편	cabinet@allthatstory.co.kr
홈페이지	www.storycabinets.net

- 캐비넷은 (주)올댓스토리의 임프린트입니다.
- 이 책의 판권은 지은이와 캐비넷에 있습니다.
- 이 책 내용의 전부 또는 일부를 재사용하려면 반드시 양측의 동의를 얻어야 합니다.
- 잘못된 책은 구입처에서 바꾸어 드립니다.